लज्जा

"बहुसंख्यकों के आतंक में अल्पसंख्यकों की सुरक्षा की समस्या है 'लज्जा'।"

— राजेन्द्र यादव

"...The truth, as Nasrin and a handful of other brave souls have dared to utter, is that not all traditions are worthy of keeping, that not all long-held principles are equally valid. Not every word written in a holy book—any holy book—is indeed holy. Not every attempt to bring enlightenment to the shadows of ignorance can be dismissed as 'cultural imperialism'..."

—LOS ANGELES TIMES

"...Taslima Nasrin, the fiery feminist from Bangladesh who angered the Muslim clergy in her country by questioning the Koran and writing about sexuality, has written a brutally honest and brave memoir of her childhood to the age of 14..."

— WASHINGTON POST

"...But Nasreen is no Rushdie (although they can be compatible spiritual allies). However, the story she seeks to put before us is so deliciously conflicted that it, like an unwiped teardrop, can head only one way: towards the heart..."

— OUTLOOK INDIA:

"...HONESTY is always disconcerting. Children are good at it, until they learn deceit from their elders. The child remains in the woman, but the woman soon internalises the message that being a good girl means not talking about certain things. Taslima Nasrin, in the consensus opinion of those who presume to judge her, is not a good girl..."

— THE HINDU

लज्जा

तसलीमा नसरीन

अनुवाद

मुनमुन सरकार

पुनरीक्षक

महेन्द्र मिश्र

वाणी प्रकाशन

प्रकाशन के उत्कृष्टतम 62 वर्ष

पेपरबैक पहला संस्करण : 1994
पेपरबैक पैंतीसवाँ संस्करण : 2022
पेपरबैक छत्तीसवाँ संस्करण : 2023
पेपरबैक सैंतीसवाँ संस्करण : 2025

vaniprakashan.com

वाणी प्रकाशन

4695, 21-ए, दरियागंज, नयी दिल्ली-110 002
फ़ोन : + 91 11 23273167, 23275710

शाखाएँ

अशोक राजपथ, पटना-800 004, बिहार
कॉफ़ी हाउस कैम्पस, महात्मा गांधी मार्ग, प्रयागराज-211 001, उत्तर प्रदेश
महात्मा गांधी अन्तरराष्ट्रीय हिन्दी विश्वविद्यालय, वर्धा-442 001, महाराष्ट्र

sales@vaniprakashan.in
vaniprakashan@gmail.com

LAJJA

by Taslima Nasrin
Translated by Munmun Sarkar
Reviewed by Mahendra Mishra

ISBN : 978-93-5229-183-0

Fiction

Picture Courtesy: Sitangshu Guha, U.S.A.

₹ 295

जी.एस. ऑफ़सेट, दिल्ली-110 095 में मुद्रित
वाणी प्रकाशन का लोगो मक़बूल फ़िदा हुसैन की कूची से

इक्कीस वर्ष के बाद भी...

'लज्जा' उस समय लिखी गयी जब मैंने बांग्लादेश में मुस्लिम कट्टरपन्थियों को हिन्दुओं पर हमला करते देखा। यह सब दिसम्बर 1992 में हुआ। भारत के हिन्दू कट्टरपन्थियों ने अयोध्या में बाबरी मस्जिद को गिरा दिया था। और बांग्लादेश के कट्टरपन्थियों ने इसके प्रतिशोधस्वरूप बांग्लादेश के निर्दोष हिन्दुओं पर हमले किये, उनके घर जला दिये, उनके मन्दिरों और पवित्र स्थलों को नष्ट कर दिया और हिन्दू महिलाओं के साथ बलात्कार किया। 'लज्जा' में मैंने इस भयंकर हिंसा का विरोध किया था। बांग्लादेश सरकार ने 'लज्जा' के प्रकाशन के दो महीने बाद पुस्तक पर इसलिए पाबन्दी लगा दिया क्योंकि हिन्दुओं की पूरी हिफाजत करना सरकार की जिम्मेदारी थी और वह इसमें पूरी तरह नाकाम रही थी। बांग्लादेश में 'लज्जा' पर आज भी पाबन्दी है। इस पाबन्दी के खिलाफ अदालत का दरवाजा खटखटाने की हिम्मत बांग्लादेश में किसी में भी नहीं है।

बहुत-से लोग यह मानते हैं कि 'लज्जा' में मैंने इस्लाम की आलोचना की है और बांग्लादेश के कट्टरपन्थियों ने मेरे खिलाफ फतवा जारी कर दिया है—ये दोनों ही बातें झूठी हैं। मैंने 'लज्जा' में इस्लाम की बुराई नहीं की है और यह फतवा भी 'लज्जा' की वजह से नहीं है। यह फतवा इसलिए जारी किया गया है क्योंकि मैंने और कई किताबों में इस्लाम की आलोचना की है।

'लज्जा' कई भाषाओं में अनूदित और कई देशों में प्रकाशित हो चुकी है। मुख्य तौर पर तो यह भारतीय उपमहाद्वीप में व्याप्त धार्मिक वहशीपन का साक्ष्य है। धर्म लोगों को पागल बना देता है, और तब उन्हें बुनियादी इन्सानियत से मुँह मोड़ने में भी संकोच नहीं होता। आज भी, धर्म की राजनीति इस उप-महाद्वीप को सभ्य और यहाँ के लोगों को सचमुच शिक्षित होने नहीं देती। 'लज्जा' को विरोध के प्रतीक के तौर पर देखा जा सकता है। यह विरोध है उस हिंसा, नफरत और मार-काट के खिलाफ जो धर्म के नाम पर पूरी दूनिया में जारी है।

लेखक अपनी किताबों के माध्यम से लोगों में जागरूकता फैलाने का काम करते हैं। धर्मान्ध लोग पढ़ते नहीं और शासक किताबों को जला देते हैं। और इसलिए, 'लज्जा' में वर्णित घटनाएँ बांग्लादेश में बार-बार होती हैं। 'लज्जा' इक्कीस

वर्ष पूर्व लिखी गयी थी। आज भी, बांग्लादेश में हिन्दुओं पर अत्याचार हो रहे हैं और कई हिन्दू असुरक्षा के एहसास में भारत आ जाते हैं। जिनमें लज्जा नहीं है वे अपने समाजों को बदलते नहीं देखना चाहते।

जब तक 'लज्जा' में वर्णित घटनाएँ होती रहेंगी और जब तक दो भिन्न धर्मों के लोगों के बीच टकराव होता रहेगा, तब तक यह किताब प्रासंगिक बनी रहेगी। 'लज्जा' मज़हब की बात नहीं करती, यह इन्सानियत की बात करती है। 'लज्जा' नफरत की बात नहीं करती, यह प्यार की बात करती है। 'लज्जा' बराबरी चाहती है, भेदभाव नहीं। 'लज्जा' को प्रतीक्षा है समानता, समानानुभूति और स्वतन्त्रता के युग की।

तसलीमा नसरीन
जुलाई 2014

सुरंजन सोया हुआ है। माया बार-बार उससे कह रही है, 'दादा उठो, कुछ व्यवस्था तो करो। देर होने पर कोई दुर्घटना घट सकती है।' सुरंजन जानता है, इस व्यवस्था का अर्थ है कहीं जाकर छिप जाना। जैसे चूहा डर कर बिल में घुस जाता है, और जब उसका डर खत्म होता है तो चारों तरफ देखकर बिल से निकल आता है, उसी तरह उन्हें भी छिपना होगा; परिस्थिति शांत होने पर इधर-उधर देखकर छिपने की जगह से निकलना होगा। आखिर क्यों उसे घर छोड़कर भागना होगा? सिर्फ इसलिए कि उसका नाम है सुरंजन दत्त, पिता का नाम सुधामय दत्त, माँ का नाम किरणमयी दत्त और बहन का नाम नीलांजना दत्त? क्यों उसके माँ-बाप, बहन को भी घर छोड़ना होगा? कमाल, बेलाल या हैदर के घर में आश्रय लेना होगा? जैसा कि दो साल पहले लेना पड़ा था। तीस अक्तूबर की सुबह कमाल अपने इस्कोटन के घर से कुछ आशंका महसूस कर दौड़ा आया था, सुरंजन को नींद से जगाकर कहा था, 'जल्दी चलो, दो-चार कपड़े जल्दी से लेकर घर पर ताला लगाकर सभी मेरे साथ चलो। देर मत कर, जल्दी चल।' कमाल के घर पर उनकी मेहमाननवाजी में कोई कमी नहीं थी, सुबह नाश्ते में अंडा रोटी, दोपहर को मछली भात, शाम को लॉन में बैठकर अड्डेबाजी, रात में आरामदेह बिस्तर पर सोना, काफी अच्छा बीता था वह समय। लेकिन क्यों उसे कमाल के घर पर आश्रय लेना पड़ता है? कमाल उसका बहुत पुराना दोस्त है। रिश्तेदारों को लेकर वह कितने दिन कमाल के घर पर रह सकता है। लेकिन उसे वहाँ क्यों रहना पड़ेगा? उसे क्यों अपना घर छोड़कर भागना पड़ता है, कमाल को तो भागना नहीं पड़ता? यह देश जितना कमाल का है ठीक उतना ही सुरंजन का भी। नागरिक अधिकार दोनों के समान होने चाहिए। लेकिन कमाल की तरह वह क्यों सिर उठाकर खड़ा नहीं हो सकता। वह क्यों इस बात का दावा नहीं कर सकता कि मैं इसी मिट्टी की सन्तान हूँ, मुझे कोई नुकसान न पहुँचे।

सुरंजन लेटा ही रहता है, उठता नहीं। माया बेचैन होकर इस कमरे से उस कमरे में टहल रही है। समझाना चाहती है कि कुछ अनिष्ट हो जाने के बाद दुखी होने से क्या फ़ायदा! सी.एन.एन. टीवी बाबरी मस्जिद तोड़े जाने का दृश्य दिखा रहा है। टेलीविजन के सामने सुधामय और किरणमयी स्तंभित बैठे हैं। वे सोच रहे हैं कि सन् 1990 के अक्तूबर की तरह इस बार भी सुरंजन किसी मुसलमान के

घर पर उन्हें छिपाने ले जाएगा। लेकिन आज सुरंजन को कहीं भी जाने की इच्छा नहीं है, वह सोच रहा है कि वह सारा दिन सो कर ही बिताएगा। कमाल या अन्य कोई यदि लेने भी आता है तो कहेगा, 'घर छोड़कर नहीं जाऊँगा, जो होना है सो हो।'

आज दिसम्बर महीने की सातवीं तारीख है। कल दोपहर अयोध्या में सरयू नदी के किनारे घना अन्धकार उतर आया था। कार सेवकों ने साढ़े चार सौ वर्ष पुरानी एक मस्जिद तोड़ डाली। विश्व हिन्दू परिषद द्वारा घोषित कार सेवा शुरू होने के पच्चीस मिनट पहले यह घटना घटी। कार सेवकों ने करीब पाँच घंटे तक लगातार विध्वंस की कार्रवाई से तीन गुम्बद सहित पूरी इमारत को धूल में मिला दिया। यह सब भारतीय जनता पार्टी, विश्व हिन्दू परिषद, आर.एस.एस. और बजरंग दल के सर्वोच्च नेताओं की मौजूदगी में हुआ। केन्द्रीय सुरक्षा वाहिनी, पी. ए.सी. और उत्तर प्रदेश पुलिस निष्क्रिय खड़ी-खड़ी देखती रही कार सेवकों का यह नृशंस कांड। दोपहर दो बज कर पैंतालीस मिनट पर एक गुम्बद तोड़ा गया, चार बजे दूसरा गुम्बद और चार बजकर पैंतालिस मिनट पर तीसरे गुम्बद को भी उन्मत्त कार सेवकों ने ढहा दिया। इमारत को तोड़ते समय चार कार सेवक मलवे में दबकर मर गये और सौ से अधिक घायल हुए।

सुरंजन बिस्तर पर लेटे-लेटे ही अखबार के पन्नों को उलट रहा था। आज के सभी अखबारों की बैनर हेडिंग (प्रधान शीर्षक समाचार) है—बाबरी मस्जिद का ध्वंस, विध्वस्त, वह कभी अयोध्या नहीं गया, बाबरी मस्जिद नहीं देखी। देखेगा भी कैसे, उसने तो कभी देश से बाहर कदम रखा ही नहीं। राम का जन्म कब हुआ था और उसकी किस भूमि को खोदकर कोई मस्जिद बनी यह उसके लिए बिलकुल तुच्छ विषय है। लेकिन सुरंजन यह मानता है कि सोलहवीं शताब्दी के इस स्थापत्य पर आघात करने का मतलब सिर्फ भारतीय मुसलमानों पर ही आघात करना नहीं बल्कि सम्पूर्ण हिन्दुओं पर भी आघात करना है। दरअसल, यह सम्पूर्ण भारत पर, समग्र कल्याणबोध पर, सामूहिक विवेक पर आघात करना है। सुरंजन समझ रहा है कि बंगलादेश में भी बाबरी मस्जिद को लेकर तीव्र तांडव शुरू हो जाएगा, सारे मन्दिर धूल में मिल जाएँगे। हिन्दुओं के घर जलेंगे, दुकानें लूटी जाएँगी। भारतीय जनता पार्टी की प्रेरणा से कार सेवकों ने वहाँ बाबरी मस्जिद को तोड़ कर इस देश के कट्टर कठमुल्लावादी दलों को और भी मजबूत कर दिया है। विश्व हिन्दू परिषद, भारतीय जनता पार्टी और उनके सहयोगी दल क्या यह सोच रहे हैं कि उनके उन्मत्त आचरण का प्रभाव सिर्फ भारत की भौगोलिक सीमा तक ही सीमित रहेगा? भारत में शुरू हो गये हैं भीषण साम्प्रदायिक दंगे। मारे गये लोगों की संख्या पाँच सौ, छह सौ, हजार तक पहुँच गयी है। प्रति घंटे की रफ्तार से मृतकों की संख्या बढ़ रही है। हिन्दुओं के स्वार्थरक्षकों को क्या मालूम नहीं है

कि दो से ढाई करोड़ हिन्दू बंगलादेश में हैं? सिर्फ बंगलादेश में ही क्यों, पश्चिम एशिया के प्रायः सभी देशों में हिन्दू हैं। उनकी क्या दुर्गति होगी, क्या हिन्दू कठमुल्लों ने कभी सोचा भी है? राजनैतिक दल होने के नाते भारतीय जनता पार्टी को इस बात की जानकारी होनी चाहिए कि भारत कोई 'विच्छिन्न जम्बू द्वीप' नहीं है। भारत में यदि विष फोड़े का जन्म होता है तो उसका दर्द सिर्फ भारत को ही नहीं भोगना पड़ेगा, बल्कि वह दर्द समूची दुनिया में, कम-से-कम पड़ोसी देशों में तो सबसे पहले फैल जाएगा।

सुरंजन आँख मूँद कर लेटा रहता है। उसे धकेल कर माया बोली, 'तुम उठोगे कि नहीं बोलो! माँ, पिताजी तुम्हारे भरोसे बैठे हैं।'

सुरंजन अँगड़ाई लेते हुए बोला, 'तुम चाहो तो चली जाओ, मैं इस घर को छोड़कर एक कदम भी नहीं जाऊँगा।'

'और वे?'

'मैं नहीं जानता।'

'यदि कुछ हो गया तो?'

'क्या होगा!'

'अगर घर लूट लिया, जला दिया।'

'क्या तुम उसके बाद भी बैठे रहोगे?'

'बैठा नहीं, लेटा रहूँगा।'

खाली पेट सुरंजन ने एक सिगरेट सुलगायी। उसे चाय पीने की इच्छा हो रही थी। किरणमयी रोज सुबह उसे एक कप चाय देती है, पर आज अब तक नहीं दी। इस वक्त उसे कौन देगा एक कप गरम-गरम चाय। माया से बोलना बेकार है। यहाँ से भागने के अलावा फिलहाल वह कुछ भी सोच नहीं रही है। इस वक्त चाय बनाने के लिए कहने पर उसका गला सप्तम स्वर पर पहुँच जाएगा। वह खुद ही बना सकता है पर आलस उसे छोड़ ही नहीं रहा है। उस कमरे में टेलीविजन चल रहा है। सी.एन.एन. के सामने आँखें फाड़कर बैठे रहने की उसकी इच्छा नहीं हो रही है। उस कमरे से माया थोड़ी-थोड़ी देर में चीख रही है, 'दादा लेटे-लेटे अखबार पढ़ रहा है, उसे कोई होश नहीं।'

सुरंजन को होश नहीं है यह बात सही नहीं है। वह जानता है कि किसी भी समय दरवाजा तोड़कर एक झुंड आदमी अन्दर आ सकते हैं, उनमें कई जाने, कई अनजाने होंगे। घर के सामान तोड़-फोड़कर, लूटपाट करेंगे और जाते-जाते घर में आग भी लगा देंगे। ऐसी हालत में कमाल या हैदर के घर आश्रय लेने पर कोई नहीं कहेगा कि हमारे यहाँ जगह नहीं है, लेकिन उसे जाने में शर्मिंदगी महसूस होती है। माया चिल्ला रही है तुम लोग नहीं जाओगे तो मैं अकेली ही चली जा रही हूँ। पारुल के घर चली जाती हूँ। दादा कहीं ले जाने वालें है, मुझे नहीं लगता।

उन्हें जीने की जरूरत नहीं होगी, मुझे है!

माया समझ गयी है कि चाहे कारण कुछ भी हो सुरंजन आज उन्हें किसी के घर छिपने के लिए नहीं ले जाएगा। निरुपाय होकर उसने खुद ही अपनी सुरक्षा के बारे में सोचा है। 'सुरक्षा' शब्द ने सुरंजन को काफी सताया है।

सुरक्षा नब्बे के अक्टूबर में भी नहीं थी। प्रसिद्ध ढाकेश्वरी मन्दिर में आग लगा दी गयी। पुलिस निष्क्रिय होकर सामने खड़ी तमाशा देखती रही, किसी को रोका नहीं। मुख्य मन्दिर जल कर राख हो गया। अन्दर घुस कर उन लोगों ने देवी-देवताओं के आसन को विध्वस्त कर दिया। उन्होंने नटमन्दिर, शिवमन्दिर, अतिथिगृह, उसके बगल में स्थित श्री दामघोष का पैतृक निवास, गौड़ीय मठ का मूल मन्दिर, नटमन्दिर, अतिथिशाला आदि का भी ध्वंस कर डाला, मन्दिर के भीतर का सामान लूट लिया। जयकाली मन्दिर भी चूर-चूर हो गया। ब्रह्म समाज की चारदीवारी के भीतर वाले कमरे को बम से उड़ा दिया गया। राम-सीता मन्दिर के भीतर आकर्षक हस्तकला से सुसज्जित सिंहासन तोड़-फोड़ कर उसके मुख्य कमरे को नष्ट कर दिया। नया बाजार के मठ को भी तोड़ डाला। बनग्राम मन्दिर को सब्बल से तोड़ा गया। शंखारी बाजार के सामने स्थित हिन्दुओं की पाँच दुकानों में लूटपाट व तोड़फोड़ के बाद उन्हें जला दिया गया। शिला वितान, सुर्मा ट्रेडर्स, सैलून और टायर की दुकान, लॉण्ड्री, मिला मार्बल, साहा केबिन और रेस्टोरेंट—कुछ भी उनके विनाश से बच नहीं पाया।

शंखारी बाजार के मोड़ पर ऐसा ध्वंस-यज्ञ हुआ कि दूर-दूर तक जहाँ भी नजर जाती, विनाश के अवशेष के सिवाय कुछ भी नजर नहीं आता था। डेमरा में शनि अखाड़े का मन्दिर भी लूटा गया। पच्चीस परिवारों का घर-द्वार सब कुछ दो-तीन सौ साम्प्रदायिक आतंकवादियों द्वारा लूटा गया। लक्ष्मी बाजार के वीरभद्र मन्दिर की दीवारें तोड़ कर अन्दर का सब कुछ नष्ट कर डाला। इस्लामपुर रोड की छाता और सोने की दुकानों में आग लगा दी। नवाबपुररोड पर स्थित मरणचाँद की मिठाई की दुकान, पुराना पल्टन बाजार की मरणचाँद की दुकान भी तोड़ डाली। राय बाजार के काली मन्दिर की मूर्ति को सड़क पर गिरा कर तोड़ा। सुत्रापुर में हिन्दुओं की दुकानों को लूट कर, तोड़ कर उन पर मुसलमानों के साइन बोर्ड लटका दिये गये। नवाबपुर के 'घोष एंड संस' की मिठाई की दुकान को लूट कर उसमें 'नवाबपुर युवा यूनियन क्लब' का एक बैनर लटका दिया गया। ठठेरी बाजार के बटतली मन्दिर को तोड़कर तहस-नहस कर डाला गया। नवाबपुर की 'रामधन पंसारी' नामक प्राचीन दुकान को भी लूटा गया। बाबू बाजार पुलिस चौकी से मात्र कुछ गज की दूरी पर अवस्थित 'शुकलाल मिष्ठान्न भंडार' को धूल में मिला दिया गया। वाद्ययंत्र की प्रसिद्ध दुकान 'यतीन एंड कम्पनी' के कारखाना व दुकान को इस तरह तोड़ा गया कि सिलिंग फैन से लेकर सब कुछ भस्मीभूत हो

गया। ऐतिहासिक साँप मन्दिर का काफी हिस्सा तोड़ दिया गया। सदरघाट मोड़ पर स्थित रतन सरकार मार्केट में भी लूटपाट और तोड़फोड़ की।

सुरंजन की आँखों के सामने एक-एक कर उभर आये नब्बे की लूटपाट के वे सब भयावह दृश्य। क्या नब्बे की घटना को दंगा कहा जा सकता है? दंगा का अर्थ मारपीट—एक सम्प्रदाय के साथ दूसरे सम्प्रदाय के संघर्ष का नाम ही दंगा है, लेकिन इसे तो दंगा नहीं कहा जा सकता। यह है एक सम्प्रदाय के ऊपर दूसरे सम्प्रदाय का हमला, अत्याचार। खिड़की से होकर धूप सुरंजन के ललाट पर पड़ रही है। जाड़े की धूप है। इस धूप से बदन नहीं जलता। लेटे-लेटे उसे चाय की तलब महसूस होती है।

अब भी सुधामय की आँखों में वे सब दृश्य उभरते हैं। चाचा, बुआ, मामा, मौसी सभी एक-एक कर देश छोड़कर जा रहे हैं। मयमनसिंह जंक्शन से फूलबाड़ी की दिशा में गाड़ी छूटती है। जब कोयले का इंजन धुआँ छोड़ता हुआ सीटी बजाकर चल देता है तो गाड़ी के डिब्बे से हृदय विदारक रोने की आवाज आती है। पड़ोसी भी जाते-जाते कह रहे हैं, 'सुकुमार चलो! यह मुसलमानों का होमलैंड है। यहाँ अपनी जिन्दगी की कोई निश्चयता नहीं है।' सुकुमार दा जुबान के पक्के हैं, उन्होंने कहा, 'अपनी मातृभूमि में यदि निश्चयता नहीं है तो फिर पृथ्वी के किस स्थान पर होगी? देश छोड़कर मैं भाग नहीं सकता। तुम लोग जा रहे हो तो जाओ। मैं अपने पुरखों का घर छोड़कर कहीं नहीं जाऊँगा। नारियल, सुपारी का बगीचा, खेती-बाड़ी, जमीन-जायदाद, दो बीघा जमीन पर बना हुआ मकान, यह सब छोड़कर सियालदह स्टेशन का शरणार्थी बनूँ, ऐसी मेरी इच्छा नहीं है।' सुधामय तब उन्नीस वर्ष के थे। कॉलेज के दोस्त उनके सामने ही चले जा रहे थे। उन्होंने कहा था, 'तुम्हारे पिताजी बाद में पछताएँगे।' सुधामय ने भी उस समय अपने पिता की तरह बोलना सीखा था, 'अपना देश छोड़कर दूसरी जगह क्यों जाऊँगा? मरूँगा तो इसी देश में और जीऊँगा भी तो इसी देश में।' 1947 में कॉलेज खाली हो गया। जो नहीं गये थे, वे भी जाएँगे कह रहे थे। उँगलियों पर गिने जाने लायक कुछ मुसलमान छात्र और बचे हुए थे। दरिद्र हिन्दुओं के साथ कॉलेज पास करने के पश्चात् सुधामय लिटन मेडिकल कॉलेज में भर्ती हो गये।

1952 में वे चौबीस वर्षीय गरम खून के युवक थे। ढाका के रास्ते में जब 'राष्ट्रभाषा बांग्ला होनी चाहिए' का नारा लगाया जा रहा था तब सारे देश में उत्तेजना की लहर दौड़ गयी। 'उर्दू ही पाकिस्तान की राष्ट्रभाषा होगी'—मुहम्मद अली जिन्ना के इस सिद्धान्त को सुनकर साहसी और प्रबुद्ध बंगाली युवक उत्तेजित हो गये थे। बांग्ला को राष्ट्रभाषा बनाने की माँग को लेकर पाकिस्तानी

शासक दल के सामने वे झुकी हुई रीढ़ की हड्डी को अब सीधा कर, तन कर खड़े हो गये। विरोध किया, पुलिस की गोली खाकर मौत को अपनाया, खून से लथपथ हो गये। लेकिन किसी ने राष्ट्रभाषा बांग्ला होने की माँग नहीं छोड़ी। सुधामय उस समय काफी उत्तेजित थे, जुलूस के सामने खड़े होकर 'बांग्ला चाहिए' का नारा लगाया था। जिस दिन पुलिस की गोली से रफीक सलाम, बरकत, जब्बर ने जान दी थी, सुधामय भी उसी जुलूस में थे। गोली उन्हें भी लग सकती थी। वे भी देश के महान शहीदों में एक हो सकते थे। उनहत्तर के जन आन्दोलन में भी सुधामय घर पर बैठे नहीं रहे। उस समय अयूब खान के आदेश पर पुलिस जुलूस देखते ही गोली चलाती थी। तब भी बंगालियों ने 'ग्यारहवीं दफा' की माँग को लेकर जुलूस निकालना नहीं छोड़ा। पुलिस की गोली से मरे आलमगीर मंसूर, मिंटू की लाश को कन्धे पर उठाये वे मयमनसिंह की सड़कों पर घूमे थे, उनके पीछे सैकड़ों शोक संतप्त बंगाली, पाकिस्तानी सैनिकों के विरुद्ध फिर एक बार कमर कस कर उतरे थे।

1952 का भाषा आन्दोलन, 1954 का संयुक्त फ्रंट निर्वाचन, 1962 का शिक्षा आन्दोलन, 1964 का फौजी शासन विरोधी आन्दोलन, 1966 में छह दफा आन्दोलन, 1968 का अगरतल्ला षड्यंत्र मामला विरोधी आन्दोलन, 1970 का आम चुनाव और 1971 का मुक्ति युद्ध इस बात को प्रमाणित करते हैं कि द्विजातीय आधार पर देश विभाजन का सिद्धान्त सरासर गलत था। अबुल कलाम आजाद ने कहा था—

> It is one of the greatest frauds on the people to suggest that religions affinity can unite areas which are geographically, economically, linguistically and culturally different. It is ture that Islam sought to estabilish a society which transcends racial, linguistic, economic and political forntiers. History has however proved that after the first few decades or at the most after the first century, Islam was not able to unite all the muslim countries on the basis of islam alone.

जिन्ना भी द्विजातीय खोखलेपन की बात को जानते थे। माउंटबेटन ने जब पंजाब और बंगाल के विभाजन की बात कही थी, तब जिन्ना ने कहा था—

> A man is Punjabi on a Bengali before he is Hindu or Muslim. They share a comlon histroy, language, culture and economy. If you divide them, you will cause endless bloodshed and trouble.

सन् 1947 से 1971 तक 'बंगाली जाति' को अनन्त रक्तपात और कठिनाइयाँ झेलनी पड़ी थीं, जिसकी चरम परिणति 1971 का मुक्ति युद्ध था। तीस लाख बंगालियों के खून के बदले में प्राप्त आजादी इस बात को प्रमाणित करती है कि धर्म कभी जाति-सत्ता की नींव पर नहीं रह सकता। जाति-सत्ता की नींव भाषा-संस्कृति,

इतिहास आदि हैं। यह सच है कि पंजाबी मुसलमान के साथ बंगाली मुसलमान की 'एक जातीयता' एक दिन पाकिस्तान द्वारा ही लायी गयी थी। लेकिन हिन्दू-मुसलमान की द्विजातीयता की धारणा को तोड़कर इस देश के बंगालियों ने सिद्ध कर दिया है कि उन्होंने पाकिस्तान के मुसलमानों के साथ सुलह नहीं की।

इकहत्तर में सुधामय मयमनसिंह के एक अस्पताल में डॉक्टर थे। उस समय वह घर और बाहर दोनों जगह काफी व्यस्त रहते थे। शाम को स्वदेशी बाजार में एक दवा की दुकान पर बैठते थे। तब किरणमयी की गोद में छह महीने का बच्चा था। बड़े बेटे सुरंजन की उम्र बारह वर्ष थी। इसलिए उनका उत्तरदायित्व कम नहीं था। अस्पताल में भी उनको अकेले ही सब कुछ सँभालना पड़ता था। उसी बीच समय मिलते ही शरीफ के साथ अड्डेबाजी करने जाते थे। वह मार्च की सात या आठ तारीख होगी। रेसकोर्स के मैदान में शेख़ मुजीब का भाषण सुनकर आये शरीफ, बबलू, फैजुल, निमाई ने रात के बारह बजे आकर सुधामय के ब्रह्मपल्ली के घर का दरवाजा खटखटाया। शेख मुज़ीबुर्रहमान ने जनसभा को सम्बोधित करते हुए कहा है—'यदि एक भी गोली और चली, यदि मेरे और एक भी आदमी की हत्या की गयी, तो फिर आप लोगों से मेरा अनुरोध है कि घर-घर को दुर्ग बना डालें। जिसके पास जो है, उसे लेकर ही मुकाबला करना होगा। हमारा संग्राम मुक्ति का संग्राम है। हमारा संग्राम स्वाधीनता का संग्राम है।' वे गुस्से से काँप रहे थे। टेबिल ठोंकते हुए बोले, 'सुधा दा, कुछ तो करना होगा। बैठे रहने से काम नहीं चलेगा।' यह तो सुधामय भी समझ रहे थे। इसके बाद पच्चीस मार्च की वह काली रात आयी। रात के अँधेरे में पाकिस्तानी सैनिकों ने सोये हुए बंगालियों के ऊपर अचानक हमला बोल दिया। दोस्तों ने आकर सुधामय के घर का दरवाजा भी खटखटाया था और फुसफुसाहट के साथ कहा था, 'युद्ध में जाना होगा। इसके अलावा अन्य कोई उपाय नहीं है।' भरा-पूरा परिवार छोड़कर युद्ध में जाना, फिर उनकी उम्र भी कुछ युद्ध में जाने की नहीं थी। फिर भी अस्पताल में उनका मन नहीं लग रहा था। कॉरीडोर में अकेले टहलते रहे। युद्ध में जाने की एक तीव्र इच्छा रह-रहकर उन्हें व्याकुल करती है। घर पर भी वे अन्यमनस्क हो रहे थे। किरणमयी से कहा, 'किरण, क्या तुम अकेले घर सँभाल लोगी? मान लो मैं कहीं चला गया।' किरणमयी आशंका से नीली पड़ गयी। बोली, 'चलो, इंडिया चले जाते हैं। आस-पड़ोस के सभी इंडिया चले जा रहे हैं।' सुधामय ने खुद भी ग़ौर किया कि सुकांत चट्टोपाध्याय, सुधांशु हालदार, निर्मलेन्दु भौमिक, रंजन चक्रवर्ती सभी चले जा रहे हैं। सैंतालीस में जिस तरह से चले जाने की धूम मची थी, उसी तरह। उन लोगों को वे 'कॉवर्ड' कहकर गाली देते थे। निमाई ने एक दिन सुधामय से कहा, 'सुधा दा, सेना शहर की सड़क पर निकल पड़ी है। वे हिन्दुओं को पकड़ रहे हैं, चलिए भाग जाते हैं।' सैंतालीस में सुकुमार दत्त के कण्ठ में जैसी दृढ़ता थी, वही

सुधामय अपने कण्ठ में धारण किये हुए हैं। उन्होंने निमाई से कहा, 'तुम जाते हो तो जाओ, मैं भागने वाला नहीं हूँ। पाकिस्तानी कुत्तों को मारकर देश आजाद करना है। और, हो सके तो उस समय लौट आना!' तय हुआ फैजुल के फूलपुर गाँव के मकान में किरणमयी को रखकर शरीफ, बबलू, फैजुल के साथ नालिताबाड़ी की तरफ चल देंगे। लेकिन पाकिस्तानी सैनिकों के हाथों पकड़े गये। ताला खरीदने के लिए निकले थे। 'चरपाड़ा मोड़' पर कोई ताला मिलता है या नहीं, यदि मिल जाता है तो घर पर ताला लगाकर रात के अँधेरे में भैंसागाड़ी में चढ़ बैठेंगे। उत्तेजना और आवेग से उनका दिल बैठा जा रहा है। शहर श्मशान की तरह सुनसान है। एक-दो दुकानों का दरवाजा आधा खुला हुआ है। अचानक 'हाल्ट' कहकर उन्हें रोक लिया गया। वे तीन थे। एक ने पीछे से कालर खींचकर कहा, 'क्या नाम है?'

सुधामय क्या नाम बोलें, सोच ही रहे थे कि उन्हें याद आया किरणमयी ने कहा था, उससे पड़ोसियों ने कहा है कि जिन्दा रहने के लिए नाम बदलना होगा। फातिमा अख्तर जैसा कुछ नाम रखना होगा। सुधामय ने सोचा, उनका हिन्दू नाम अवश्य ही इस वक्त निरापद नहीं है। वे भूल गये अपना नाम, पिता का नाम सुकुमार दत्त, दादा का नाम ज्योतिर्मय दत्त। सुधामय खुद का कण्ठ-स्वर सुनकर खुद ही चौंक गये जब उनके कण्ठ से खुद-ब-खुद अपना नाम निकला—सिराजुद्दीन हुसैन। नाम सुनकर एक ने भारी-भरकम आवाज में गुर्रा कर कहा, 'लुंगी खोलो।' सुधामय ने लुंगी नहीं खोली। उन्होंने खुद उनकी लुंगी खींचकर खोल दी। सुधामय ने तब समझा था कि निमाई, सुधांशु, रंजन क्यों भाग गये! भारत विभाजन के बाद काफी संख्या में हिन्दूओं ने देश त्याग दिया। साम्प्रदायिकता की बुनियाद पर भारत-पाकिस्तान का विभाजन होने के बाद हिन्दुओं के लिए सीमा खुली हुई थी। उस वक्त काफी संख्या में हिन्दू, विशेषकर उच्च व मध्य वर्ग के शिक्षित हिन्दू, भारत चले गये। 1981 की जनगणना के अनुसार देश में हिन्दू धर्मावलंबियों की संख्या 1 करोड़ 5 लाख 70 हजार यानी पूरी जनसंख्या का 12.1 प्रतिशत थी। पिछले आठ वर्षों के दौरान यह संख्या बढ़कर अवश्य ही सवा से डेढ़ करोड़ हो गयी होगी। यह अनुमान सरकारी गणना के आधार पर किया गया है कि, जबकि सुधामय का अनुमान है कि जनगणना में भी भेदभाव किया जाता है। हिन्दू धर्मावलंबियों की सही संख्या सरकारी हिसाब से बहुत अधिक है। करीब दो करोड़ के आसपास। कुल जनसंख्या का 20 प्रतिशत हिन्दू इस देश में हैं। 1901 की जनगणना के अनुसार पूर्वी बंगाल में हिन्दुओं की संख्या 33.1 प्रतिशत थी। 1911 में यह संख्या घटकर 31.5 प्रतिशत हो गई। 1921 में 30.6 प्रतिशत, 1931 में 29.4 प्रतिशत और 1941 में 28 प्रतिशत रह गयी। इकतालीस वर्ष में भारत विभाजन से पहले हिन्दुओं की संख्या में पूर्वी बंगाल में पाँच प्रतिशत की

कमी आयी थी। लेकिन विभाजन के बाद दस वर्षों में ही हिन्दुओं की संख्या 28 प्रतिशत से घटकर 22 प्रतिशत हो गयी। यानी चालीस वर्षों में जो कमी आयी, वह महज दस वर्षों में आ गयी। पाकिस्तानी शासन काल में हिन्दू भारत जाने लगे। 1961 की जनगणना के अनुसार हिन्दुओं की संख्या 18.5 प्रतिशत थी, जो कि 1974 में घटकर 13.5 प्रतिशत हो गयी। लेकिन देश स्वाधीन होने के बाद भी हिन्दुओं की संख्या घटने की दर कम हो गयी, बहुत कुछ विभाजन के पहले की ही तरह। 1974 में हिन्दुओं की संख्या 13.5 प्रतिशत थी। 1981 में यदि यह 12.1 प्रतिशत होती है तो अवश्य ही कहा जा सकता है कि पहले की तुलना में कम हिन्दू घर छोड़कर जा रहे हैं। लेकिन किस साल तक पलायन की दर इस तरह कम रही–तिरासी, चौरासी, पचासी, नवासी या नब्बे तक? इस देश में क्या नब्बे के बाद भी हिन्दुओं की संख्या में कमी नहीं आएगी? या फिर बानवे के बाद?

सुधामय अपनी छाती के बायीं तरफ दर्द महसूस करने लगे। यह उनका पुराना दर्द है। सिर के पीछे की तरफ भी दर्द हो रहा है। शायद प्रेशर बढ़ गया है। सी.एन.एन. में बाबरी मस्जिद का प्रसंग आते ही उस दृश्य को बन्द कर दिया जा रहा है। सुधामय का अनुमान है, इस दृश्य को देखते ही लोग हिन्दुओं के ऊपर टूट पड़ेंगे, इसलिए सरकार दया कर रही है। लेकिन खरोंच लगते ही टूट पड़ने की जिन्हें आदत है, क्या वे सी.एन.एन. का दृश्य देखने का इन्तजार करेंगे? सुधामय छाती का बायाँ हिस्सा पकड़कर लेट गये। माया तब भी बेचैनी से बरामदे में टहल रही है। वह कहीं चले जाना चाह रही है। सुरंजन के न उठने पर कहीं जाना भी तो सम्भव नहीं हो रहा। सुधामय, बरामदे पर जहाँ धूप आकर पड़ी है, अपनी असहाय दृष्टि डाले हुए हैं। माया की छाया लम्बी हो रही है। किरणमयी स्थिर बैठी हुई है, उनकी आँखों में भी कितनी कातर याचना है–चलो जीयें! चलो, चले जाते हैं! लेकिन घर-द्वार छोड़कर कहाँ जाएँगे सुधामय! इस उम्र में पहले की तरह भाग-दौड़ करना सम्भव है? पहले जिस तरह जुलूस देखते ही दौड़कर चले जाते थे, पाकिस्तानी शासकों के विरुद्ध किसी भी आन्दोलन में वह सबसे आगे जाकर खड़े हो जाते थे। घर उन्हें रोक नहीं सकता था, वैसी शक्ति अब उनमें कहाँ! उन्होंने सोचा था कि आजाद और धर्मनिरपेक्ष बंगलादेश में हिन्दू अपनी राजनैतिक, आर्थिक, सामाजिक और धार्मिक आजादी का उपयोग करेंगे। लेकिन धीरे-धीरे इस देश के ढाँचे से फिसल कर गिर गयी धर्मनिरपेक्षता। इस देश का राष्ट्रधर्म अब इस्लाम है। जिस कट्टरपंथी साम्प्रदायिक दल ने इकहत्तर के मुक्ति युद्ध का विरोध किया था और जो स्वतंत्रता प्राप्ति के बाद बिल में छुप गया था, आज उसने बिल से अपना सिर निकाल लिया है। वह आज गर्वित होकर घूम रहा है, जुलूस निकाल रहा है, बैठकें कर रहा है। उसी ने नब्बे के अक्तूबर में हुए दंगे-फसाद में हिन्दुओं के मन्दिर, घर-द्वार लूट कर, तोड़-फोड़ कर आग लगा दी थी।

सुधामय आँखें मूँद कर लेटे रहे। उन्हें मालूम नहीं है कि इस बार क्या होने वाला है। उत्तेजित हिन्दुओं ने बाबरी मस्जिद तोड़ दी है। उनके पाप का प्रायश्चित्त अब बंगलादेश के हिन्दुओं को करना होगा। बंगलादेश के अल्पसंख्यक सुधामयों को नब्बे के कट्टरपंथी मुसलमानों के चंगुल से भी छुटकारा नहीं मिला था फिर बानबे में कैसे मिल जाएगा? इस बार भी सुधामय जैसों को चूहे के बिल में जाकर छुपना होगा। क्या सिर्फ हिन्दू हैं इसीलिए? हिन्दुओं ने भारत में मस्जिद तोड़ी है, इसके जिम्मेदार सुधामय क्यों होंगे? वे फिर बरामदे में पड़ रही माया की छाया को देखने लगे। छाया हिल रही है, कहीं और स्थिर नहीं रुकती। छाया हिलते-हिलते अचानक अदृश्य हो गयी। माया पिता के कमरे में घुसी। उसके साँवले चेहरे पर बूँद-बूँद पसीने की तरह आशंका जमा हो गयी थी। माया ने झल्लाकर कहा, 'तो फिर, तुम लोग यहीं पड़े रहो, मैं जा रही हूँ।' किरणमयी ने डाँटकर पूछा, 'कहाँ जाओगी?' माया जल्दी-जल्दी बाल झाड़कर बोली, 'पारुल के घर। तुम्हें यदि जीने की इच्छा नहीं है तो फिर मैं क्या कर सकती हूँ। लगता है दादा भी कहीं नहीं जाएँगे।'

चेहरे पर उत्कंठा का भाव लिये सुधामय ने पूछा, 'और अपने 'नीलांजना दत्त' नाम का क्या करोगी?' तुरन्त उन्हें अपना 'सिराजुद्दीन' नाम याद आया। माया का कंठस्वर थोड़ा काँपा। फिर बोली, 'ला इलाहा इल्लाल्लाहु मुहम्मदुर रसुलुल्लाह' कहने पर कहते हैं कि मुसलमान बना जा सकता है। वही बनूँगी। नाम होगा, 'फिरोजा बेगम।'

'माया!' किरणमयी ने माया को रोकना चाहा।

माया ने गर्दन टेढ़ी करके किरणमयी को देखा। मानो वह गलत नहीं कर रही हो, यही स्वाभाविक है। सुधामय ने लम्बी साँस छोड़कर फटी-फटी नजरों से एक बार माया को, फिर किरणमयी को देखा। माया ने न तो सैंतालीस का देश-विभाजन देखा है, न पचास का दंगा और न इकहत्तर का मुक्ति-युद्ध। होश सँभालने के बाद देखा है देश का राष्ट्रधर्म इस्लाम है, देखा है उसने और उसके परिवार ने कि अल्पसंख्यक सम्प्रदाय के व्यक्तियों को समाज के साथ अनेक तरह का समझौता करना पड़ता है। उसने नब्बे की भीषण आग देखी है। इसलिए अपनी जिन्दगी बचाने के लिए माया किसी भी चेलैंज को स्वीकार करने के लिए तैयार है। माया अन्धी आग में जलना नहीं चाहती। सुधामय की आँखों की शून्यता माया को निगल लेती है। उनके सामने माया नाम का अब कोई नहीं है। सुधामय के सीने में तीव्र वेदना धीरे-धीरे बढ़ती गयी।

सुरंजन की चाय की तलब नहीं मिटती। वह उठकर नल की तरफ जाता है। मुँह धोये बिना ही एक कप चाय पीने से अच्छा होता। माया की कोई आवाज नहीं आ

रही। क्या वह लड़की चली गयी? सुरंजन मंजन करता है, काफी समय तक मंजन करता रहा। घर में एक अजीब-सा, गम्भीर माहौल है, मानो अभी-अभी कोई मरने वाला है। अभी तुरन्त बिजली गिरने वाली है और सभी किसी की मौत की प्रतीक्षा कर रहे हैं। सुरंजन चाय की तलब लिये हुए सुधामय के कमरे में आता है, बिस्तर में पैर रखकर आराम से बैठता है। माया कहाँ है? सुरंजन के सवाल का उत्तर कोई नहीं देता। किरणमयी खिड़की के सामने उदास बैठी हुई थी। वह कुछ न कहकर चुपचाप उठकर रसोई में चली गयी। सुधामय छत की काठ की कड़ी की ओर भावविहीन दृष्टि से देख रहे थे, आँख मूँद कर करवट बदलकर लेट गये। सम्भवतः कोई उसे यह खबर देने की जरूरत महसूस नहीं कर रहा है। वह समझता है कि वह ठीक ढंग से अपने कर्तव्य का पालन नहीं कर रहा है। उसे जो करना चाहिए था अर्थात् परिवार के सभी सदस्यों को लेकर कहीं भाग जाना चाहिए था, वह ऐसा नहीं कर पा रहा है। या फिर ऐसा करने की उसकी इच्छा नहीं है। सुरंजन जानता है कि माया जहाँगीर नाम के एक लड़के से प्यार करती है। मौका मिलते ही वह उसके पास मिलने जाएगी। जब एक बार घर से निकली ही है तो चिन्ता किस बात की। दंगा शुरू होने पर हिन्दू परिवारों का हाल-चाल पूछना मुसलमानों का एक तरह का फैशन है। यह फैशन अवश्य ही जहाँगीर भी करेगा और माया उससे धन्य हो जाएगी। धन्य होते-होते माया ने यदि किसी दिन जहाँगीर से शादी कर ली तो! माया से दो क्लास आगे पढ़ता है वह लड़का। सुरंजन का सन्देह है कि जहाँगीर अन्त में माया से शादी नहीं करेगा। सुरंजन खुद भुक्तभोगी है इसलिए समझ सकता है। उसकी भी तो शादी परवीन के साथ होते-होते रह गयी। परवीन ने कहा था, तुम मुसलमान बन जाओ। सुरंजन का कहना था धर्म बदलने की क्या आवश्यकता है। इससे तो अच्छा है कि हम दोनों अपना-अपना धर्म मानेंगे। यह प्रस्ताव परवीन के परिवार वालों को नहीं जँचा। उन लोगों ने एक बिजनेसमैन के साथ परवीन की शादी तय कर दी। परवीन भी रो-धोकर शादी के पीढ़े पर बैठ गयी।

सुरंजन उदास नजरों से एक टुकड़ा बरामदे की तरफ देखता रहा। किराये का मकान है न आँगन है, और न नंगे पाँव चलने के लिए ज़मीन। किरणमयी चाय का प्याया लिये हुए कमरे में आती है। माँ के हाथ से चाय का प्याला लेते हुए सुरंजन ने कुछ इस तरह कहा जैसे कुछ हुआ ही न हो, 'दिसम्बर आ गया, लेकिन सर्दी नहीं पड़ी, बचपन में जाड़े की सुबह में खजूर का रस पिया करता था'।

किरणमयी ने लम्बी साँस छोड़ते हुए कहा, 'यह किराये का मकान है, यहाँ खजूर का रस कहाँ मिलेगा। अपने ही हाथों लगाये पेड़-पौधों वाला मकान तो पानी के भाव बेच आयी।'

सुरंजन चाय की चुस्की लेता है और उसे याद आ जाता है खजूर काटने वाले

रस की हाँडी उतार लाते थे। माया और वह पेड़ के नीचे खड़े ठिठुरते रहते थे। बात करने पर उनके मुँह से धुआँ निकलता था। वह खेलने का मैदान, आम, जामुन, कटहल, अमरूद, सुपाड़ी और नारियल का बगीचा आज कहाँ! सुधामय कहते थे, यह है तुम्हारे पूर्वजों की भूमि इसे छोड़कर कभी कहीं मत जाना।

अन्त में सुधामय दत्त उस मकान को बेचने के लिए बाध्य हुए थे। जब माया छह वर्ष की थी तब एक दिन स्कूल से घर लौटते समय वह खो गयी थी। शहर में कहीं भी वह नहीं मिली वह किसी रिश्तेदार के घर नहीं गयी, किसी परिचित वालों के घर भी नहीं वह एक टेंशन की घड़ी थी। सुरंजन ने अनुमान लगाया था कि एडवर्ड स्कूल के गेट के सामने कुछ लड़के पाकेट में छुरा लिये हुए अड्डेबाजी करते हैं, वे ही माया को उठा ले गये होंगे। दो दिन के बाद माया घर लौट आयी थी अकेले। उस समय वह कुछ बता नहीं पायी थी कि वह कहाँ से आ रही है, कौन लोग उसे पकड़ ले गये थे। पूरे दो महीने तक माया अस्वाभाविक आचरण करती रही। नींद में भी चौंक जाती थी। आदमी देखते ही डर जाती थी। रात-रात भर घर पर पथराव होने लगा। बेनामी चिट्ठियाँ आने लगीं कि वे माया का अपहरण करेंगे। जिन्दा रहने के लिए रुपया देना होगा। सुधामय शिकायत दर्ज करने के लिए थाने में भी गये थे। थाने में पुलिस ने सिर्फ नाम-धाम, पता आदि लिख लिया था, बस और कुछ नहीं। वे लड़के घर में घुसकर बगीचे से फल तोड़ लेते, सब्जी बागान को पैरों से कुचल देते, बागान के फूल तोड़कर ले जाते थे। कोई कुछ बोल नहीं सकता था। मुहल्ले के लोगों के सामने भी इस समस्या को रखा गया लेकिन कोई फायदा नहीं हुआ। उनका कहना था, हम लोग क्या कर सकते हैं? यही सिलसिला चलता रहा। अपने कुछ दोस्तों को साथ लेकर सुरंजन ने समस्या को सुलझाना चाहा था। शायद समाधान भी किया जा सकता था, लेकिन सुधामय ने नहीं माना। उन्होंने निर्णय लिया कि मयमनसिंह से तबादला करा लेंगे। घर बेच देंगे। घर बेचने का एक और भी कारण था। इस घर को लेकर लम्बे समय से मुकदमा चल रहा था। उनके पड़ोसी शौकत अली जाली दलील दिखाकर घर पर कब्जा करने की कोशिश कर रहे थे। इसे रोकने के लिए लम्बे समय से कोर्ट-कचहरी की भाग-दौड़ करते-करते सुधामय बहुत अशान्त थे, बहुत क्लान्त। सुरंजन घर बेचने के पक्ष में नहीं था। वह उस समय कॉलेज में पढ़ने वाला साहसी युवक था। छात्र यूनियन से कॉलेज की संसद के निर्वाचन में विजयी हुआ था। वह चाहता तो इन बदमाश छोकरों को पिटवा भी सकता था लेकिन सुधामय घर बेचने के लिए अधीर हो गये। वे इस शहर में और नहीं रहेंगे, ढाका चले जाएँगे। इस शहर में उनकी प्रैक्टिस भी ठीक से नहीं चल रही थी। स्वदेशी बाजार की फार्मेसी में शाम को बैठते थे। रोगी नहीं आते, दो-चार आते भी तो वे हिन्दू दरिद्र। इतने दरिद्र कि उनसे पैसा लेने की इच्छा ही नहीं होती। सुधामय की उद्विग्नता देखकर सुरंजन ने

भी जिद नहीं की। अब भी उसे दो बीघा जमीन पर बने अपने विशाल मकान की याद आती है। उस वक्त दस लाख रुपये के मकान को सुधामय ने मात्र दो लाख रुपये में रईसउद्दीन साहब के हाथों बेच दिया। फिर किरणमयी से बोले, 'चलो-चलो सामान बाँधकर तैयार हो जाओ।' दहाड़ें मार-मार कर किरणमयी रोई थी। सुरंजन को यकीन नहीं आ रहा था कि सचमुच वे लोग यहाँ से जा रहे हैं। जन्म से जाना-पहचाना घर-द्वार छोड़कर जाने की उसकी इच्छा नहीं थी। जिस माया के लिए सब कुछ छोड़कर जा रहे थे वही माया गर्दन हिलाकर बोली, 'मैं सूफिया को छोड़कर नहीं जाऊँगी।' सूफिया उसकी बचपन की सहेली थी। पास में ही उसका घर था। शाम को आँगन में बैठकर दोनों गुड्डे-गुड़ियों का खेल खेलती थीं। वह भी माया से अत्यन्त घनिष्ठ हो गयी थी। मगर सुधामय ने किसी की नहीं सुनी। यद्यपि उनका सम्बन्ध ही वहाँ से ज्यादा था। उन्होंने कहा, 'जिन्दगी के अब दिन ही कितने बाकी रह गये हैं, अन्तिम दिनों में बाल-बच्चों को लेकर जरा निश्चित जिन्दगी बिताना चाहता हूँ!'

क्या निश्चित जीवन बिताना कहीं भी सम्भव है? सुरंजन को मालूम है, यह सम्भव नहीं। जिस ढाका में आकर सुधामय निश्चिन्त हुए थे, उसी ढाका में, एक स्वतन्त्र देश की राजधानी में, सुधामय को धोती छोड़कर पाजामा पहनना पड़ा। सुरंजन को अपने पिता के दर्द का अहसास हो रहा था। वे मुँह से कुछ नहीं कहते थे फिर भी उनकी दुखभरी साँसें दीवारों से टकराती रहती थीं। सुरंजन यह सब कुछ समझ रहा था। उनके सामने एक दीवार थी, वे लाख कोशिश करने के बावजूद उस दीवार का अतिक्रमण नहीं कर पाये। कोई भी नहीं कर पाया; न सुधामय, न ही सुरंजन।

सुरंजन बरामदे की धूप की तरफ एकटक देखता रहा। अचानक दूर से आने वाली एक जुलूस की आवाज से वह चौंका। जुलूस के पास आने पर सुरंजन उस जुलूस में लगाये जा रहे नारे को समझने की कोशिश करने लगा। सुधामय और किरणमयी भी कान लगाये हुए थे। सुरंजन ने देखा कि किरणमयी ने उठकर खिड़की बन्द कर दी। खिड़की बन्द करने के बावजूद जब जुलूस घर के सामने से गुजर रहा था तब उसका नारा स्पष्ट सुनाई दे रहा था—'एक-दो हिन्दू पकड़ो, सुबह-शाम नाश्ता करो।' सुरंजन ने देखा सुधामय काँप उठे। किरणमयी बन्द खिड़की की तरफ पीठ करके स्थिर खड़ी थी। सुरंजन को याद आया कि नब्बे में भी इन लोगों ने यही नारे लगाये थे। वे हिन्दुओं का नाश्ता करना चाहते हैं। मतलब निगल जाना चाहते हैं। इस वक्त वे सुरंजन को अगर पा जाएँ तो चबा जाएँगे। वे कौन हैं? मुहल्ले के लड़के ही तो! जब्बार, रमजान, आलमगीर, कबीर, अबेदिन यही लोग तो! ये दोस्तों की तरह, छोटे भाइयों की तरह सुबह-शाम बातें करते हैं, मुहल्ले की समस्या को लेकर बातचीत करते हैं। सब मिलकर समाधान

भी करते हैं। यही लोग अब सात दिसम्बर को जाड़े की शीतकाल की सुबह में सुरंजन का नाश्ता करेंगे!

सुधामय ढाका आकर तांतीबाजार में ठहरे थे, वहाँ उनके ममेरे भाई असित रंजन का घर था। उन्होंने ही उनके लिए छोटा-सा, किराये का एक मकान खोज दिया था। असित ने कहा था, 'सुधामय, तुम रईसजादे हो, किराये के धर में रह पाओगे?'

सुधामय ने जवाब दिया था, 'क्यों नहीं रह सकूँगा? और लोग भी तो रहते हैं?'

'रहते हैं। लेकिन तुमने तो जन्म से ही दरिद्रता नहीं भोगी। फिर अपना घर बेचा ही क्यों? माया तो बच्ची है, कोई जवान लड़की तो नहीं, जो कोई ऐसी-वैसी घटना घटेगी। हमने अपनी उत्पला को कलकत्ता भेज दिया क्योंकि वह तो कॉलेज नहीं जा पा रही थी। मुहल्ले के लड़के धमकी देते थे कि उसे उठा ले जाएँगे। उसी डर से मैंने उसे भेज दिया। अभी 'तिलजला' (कलकत्ता का एक मुहल्ला) में अपने मामा के घर में है। लड़की जवान होने पर बहुत चिन्ता होती है दादा!'

सुधामय असित रंजन की बातों को अनसुना नहीं कर पाये। हाँ, दुश्चिन्ता तो होती ही है। वे सोचना चाहते हैं कि मुसलमान लड़की के बड़े होने पर भी तो दुश्चिन्ता होती होगी। सुधामय की एक छात्रा को भी तो एक बार कई युवकों ने रास्ते में पटक कर साड़ी खोल दी थी। वह लड़की तो हिन्दू नहीं थी, मुसलमान ही थी! वे लड़के भी तो मुसलमान ही थे। सुधामय खुद को सान्त्वना देते हुए बोले, दरअसल, हिन्दू-मुसलमान कुछ नहीं, दुर्बल लोगों पर मौका पाते ही सबल व्यक्ति अत्याचार करते हैं। नारी दुर्बल है इसीलिए सबल पुरुषों ने उस पर अत्याचार किये हैं। असित रंजन ने अपनी दोनों लड़कियों को कलकत्ता भेज दिया है। रुपया-पैसा भी ठीक ही कमाते हैं। इस्लामपुर में सोने की दुकान है। अपना दो-मंजिला पुराना मकान है। इसे ठीक-ठाक भी नहीं किया। न ही नया मकान बनाने की कोई इच्छा है। सुधामय से एक दिन उन्होंने कहा, भैया, रुपया-पैसा खर्च मत करो। जमा करो। हो सके तो घर बेचने का पैसा वहाँ मेरे रिश्तेदार के पास भेज दो। वे जमीन-जायदाद खरीद कर रखेंगे! सुधामय ने पूछा 'वहाँ मतलब?'

असित रंजन ने धीमी आवाज में कहा, 'कलकत्ता में। मैंने तो खरीदा है।'

सुधामय ने ऊँची आवाज में कहा, 'तुम कमाओगे यहाँ और खर्च करोगे उस देश में? तुम्हें तो देशद्रोही कहा जा सकता है।'

असित रंजन सुधामय की बातें सुनकर हैरान हो जाते थे। वे सोचते थे, किसी हिन्दू को उन्होंने ऐसा कहते नहीं सुना। बल्कि उन्हीं की तरह वे लोग भी रुपया-पैसा यहाँ खर्च न कर जमा रखने के पक्ष में हैं। क्योंकि कब क्या होगा,

कौन कह सकता है! यहाँ जमकर बैठेंगे और कब कौन आकर जड़ से उजाड़ फेंकेगा!

सुधामय कभी-कभी सोचते हैं कि क्यों वे मयमनसिंह छोड़कर चले आये। अपने घर के स्नेह ने क्यों नहीं उन्हें आतुर किया? माया को लेकर समस्या हुई थी, वह तो हो ही सकती है। अपहरण के मामले में हिन्दू-मुसलमान दोनों सम्प्रदायों के लोग भुगत सकते हैं। क्या सुधामय अपने घर में सुरक्षा का अभाव महसूस करते थे? वे अपने आप से ही सवाल कर रहे थे। तांतीबाजार के उस छोटे-से मकान में लेटे-लेटे सुधामय सोचते रहते क्यों वे अपना मकान छोड़कर इस अनजान इलाके में आकर रहने लगे? क्या वे अपने स्वयं को इस तरह छिपा रहे थे? क्यों अपनी जमीन-जायदाद रहने के बावजूद खुद को शरणार्थी जैसा लगता था? या फिर शौकत साहब की नकली दलील से उन्हें डर लग गया था कि वे हार जाएँगे? खुद का ही घर है और खुद ही मुकदमें में हार जाएँ। इंससे तो अच्छा है समय रहते ही इज्जत बचाकर चले जाएँ। सुधामय ने अपने एक फुफेरे भाई को इसी तरह अपना घर छोड़ते हुए देखा है। टांगाइल के 'आकुर ठाकुर' मुहल्ले में उनका मकान था। बगल में रहने वाला मजीर मुंशी एक हाथ जमीन हड़प लेना चाहता था। अदालत में मुकदमा दायर हुआ। पाँच वर्ष तक मुकदमा चला। अन्त में फैसला जमीर मुंशी के पक्ष में रहा। उसके बाद तारापद घोषाल अपना देश छोड़कर इंडिया चले गये। शौकत साहब का मुकदमा भी तारापद के मामले का रूप न ले ले यह सोचकर उन्होंने जल्द से जल्द अपने बाप-दादा की जमीन को बेच दिया, अगर यह हो भी जाता तो हैरानी की बात नहीं होती। क्योंकि सुधामय का पहले की तरह रुतबा नहीं था और यार-दोस्तों की संख्या भी घटती जा रही थी। मौका पाते ही एक-एक हिन्दू परिवार देश छोड़कर चला जाता था। कई लोगों की मृत्यु हो गयी। कितनों को कन्धा देना पड़ा। जो जिन्दा भी थे, उनके भीतर थी चरम हताशा; जैसे जिन्दा रहने का कोई मतलब ही नहीं था। उनके साथ बातें करते हुए सुधामय ने पाया कि वे भी डर रहे हैं। मानो जल्दी ही आधी रात में कोई दैत्य आकर उन्हें मसल जाएगा। सबके सपनों का देश इंडिया, सभी गोपनीय ढंग से सीमा पार होने की तैयारी करने लगे। सुधामय ने कई बार कहा था, 'जब देश में युद्ध शुरू हुआ तब कायरों की तरह इंडिया भागने लगे। फिर जब देश आजाद हुआ तो वीरता के साथ वापस आ गये, अब बात-बात में इंडिया भाग जाते हो। इसने उसे धक्का मार दिया, इंडिया भाग जाओ। तुम सब के सब कावर्ड हो। सुधामय से धीरे-धीरे जतीन देवनाथ, तुषार कर, खगेश, किरण सभी दूर होने लगे। वे उनसे दिल खोलकर बातें नहीं करते। सुधामय अपने ही शहर में बड़े अकेले हो गये। उनके मुसलमान दोस्त शकूर, फैसल, माजिद, गफ्फार के साथ भी दूरियाँ बढ़ने लगीं। यदि उनके घर गये तो वे कहते, 'तुम जरा बैठक में बैठो सुधामय, मैं नमाज पढ़कर आता हूँ।' या

फिर कहते, 'आज आये हो, आज तो घर में मिलाद है!' वामपंथियों की उम्र बढ़ने के साथ-साथ उनकी धर्म के प्रति निष्ठा बढ़ती है। सुधामय बहुत ही अकेले हो गये। अपने शहर में चिन्ता, चेतना, मननशीलता के अभावा ने उन्हें काफी आहत किया। इसीलिए वे भागना चाहते थे—देश छोड़कर नहीं, सपनों का शहर छोड़कर। ताकि उन्हें सपनों की नीलो मृत्यु मगरमच्छ की तरह निगल न सके।

सुरंजन शुरू-शुरू में चिड़चिड़ाता था कि अपना घर छोड़कर कबूतर के दरबे में रहना पड़ रहा है, बाद में उसे भी आदत पड़ गयी थी। विश्वविद्यालय में भर्ती हुआ, नये-नये दोस्त बने, फिर से सब कुछ अच्छा लगने लगा। यहाँ भी वह राजनीति करने लगा। यहाँ भी मीटिंग, जुलूस में लोग उसे बुलाने लगे। किरणमयी को यह सब अच्छा नहीं लगता था, वह पहले भी सुरंजन को मना कर चुकी थी और आज भी उसे आपत्ति है। वह अपने हाथों से लगाये गये बगीचे, पेड़-पौधों आदि के बारे में सोच-सोच कर आँसू बहाती रहती थी। उसे याद आया कि क्या उन्होंने जो सेम का मचान लगाया था, वह अब तक है? और वह अमरूद का पेड़! उतने बड़े अमरूद मुहल्ले के किसी भी पेड़ में नहीं फलते थे। नारियल के पेड़ों के नीचे क्या वे लोग नमक-पानी देते होंगे! क्या इन बातों को सोचकर सिर्फ किरणमयी को ही तकलीफ होती थी, सुधामय को नहीं होती?

ढाका में तबादला होने के बाद सुधामय ने सोचा था कि प्रमोशन के लिए कुछ किया जा सकेगा। मंत्रालय में गये भी थे लेकिन वहाँ जाकर छोटे-छोटे क्लर्कों की टेबिल के सामने बैठे रहना पड़ता था। 'भाई मेरी फाइल का कुछ होगा?' सवाल करते-करते थक गये थे लेकिन इसका सही जवाब कभी नहीं मिला। 'हो रहा है', 'होगा' जैसे शब्द सुनकर सुधामय को वापस आना पड़ता था। कोई-कोई कहता, 'डॉक्टर बाबू, मेरी लड़की को पेचिश हुई है जरा उसके लिए दवा लिख दीजिए।' वे अपना पैड और पेन निकालकर लिखते हुए पूछते, 'मेरा काम होगा तो फ़रीद साहब?' फरीद साहब तब मुस्कराकर कहते, 'यह सब क्या हमारे बस की बात है?' सुधामय को सूचना मिलती कि उनके जूनियरों का प्रमोशन हो रहा है। उनकी आँखों के सामने डॉ. करीमुद्दीन, डॉ. याकूब मुल्ला की फाइलें आयीं। वे एसोसियेट प्रोफेसर की पोस्टिंग लेकर काम भी करने लगे और सुधामय का जूता सिर्फ घिसता ही गया। वे हमेशा कहते रहते, 'आज नहीं कल आइए', 'आपकी फाइल सचिव के पास जाएगी'। या फिर 'कल नहीं, परसों आइए आज मीटिंग है।' कभी कहते 'मंत्री देश के बाहर गये हुए हैं, एक महीना बाद आइए।' यह सब सुनते-सनते एक दिन सुधामय को समझ में आ गया कि अब कुछ होने वाला नहीं। डेढ़-दो वर्षों तक पदोन्नति के पीछे भाग दौड़ करके तो देख लिया। जिन लोगों को लाँघ कर जाना होता है, वे जाते ही हैं। उनकी योग्यता रहे या न रहे। सेवानिवृत्ति का समय आ गया। इस समय एसोसियेट प्रोफेसर का पद प्राप्त करना

उनका हक बनता था, उन्होंने इस पद के लिए कोई लोभ नहीं किया। यह तो उनका हक था। जूनियर लोग इस पद को लेकर उनके सिर पर विराजमान थे।

अन्ततः सहायक अध्यापक के रूप में ही सुधामय दत्त ने सेवानिवृत्ति ली। उन्हीं के साथ काम करने वाले माधव चन्द्र पाल ने सुधामय को फेयरबेल की माला पहनाते हुए उनके कानों में फुसफुसाकर कहा, 'मुसलमानों के देश में अपने लिए बहुत ज्यादा किसी चीज की आशा करना ठीक नहीं है। हमें जितना मिल रहा है, वही बहुत है।' इतना कहकर वे ठहाका मार कर हँसने लगे। वे भी तो मजे में सहायक अध्यापक की नौकरी किये जा रहे हैं। एक-दो बार पदोन्नति के लिए उनका नाम भी दिया गया था। अन्य नामों के लिए भले ही कोई आपत्ति न उठी हो, इस नाम के लिए जरूर उठी थी। इसके अलावा माधवचन्द्र की एक और गलती थी। वे सोवियत संघ घूम कर आये थे। बाद में सुधामय ने सोचा था, माधवचन्द्र ने गलत नहीं कहा था। पुलिस प्रशासन या सेना के उच्च पदों पर हिन्दुओं की भर्ती या पदोन्नति के मामले में यों तो बंगलादेश के कानून में कोई मनाही नहीं थी लेकिन पाया गया कि मंत्रालयों के किसी सचिव या अतिरिक्त सचिव के पद पर कोई हिन्दू सम्प्रदाय का व्यक्ति नहीं था। तीन संयुक्त सचिव और कुछ उप-सचिव हैं, जिनकी संख्या उँगलियों पर गिनी जा सकती है। सुधामय को यकीन है कि वे इने-गिने संयुक्त सचिव और उप-सचिव अवश्य ही पदोन्नति की आशा नहीं करते होंगे। सारे देश में मात्र छह हिन्दू डी.सी. हैं। हाई कोर्ट में मात्र एक हिन्दू जज है। पुलिस के छोटे पदों पर शायद उनकी नियुक्ति होती है लेकिन एस.पी. के पद पर कितने हिन्दू हैं? सुधामय ने सोचा, आज वे 'सुधामय दत्त' होने के कारण ही एसोसियेट प्रोफेसर नहीं बन पाये। अगर वे मुहम्मद अली या सलीमुल्लाह चौधरी होते तो इस तरह की बाधा नहीं आती। बिजनेस करने पर भी यदि मुसलमान पार्टनर न हो तो हमेशा लाइसेंस नहीं मिलता। इसके अलावा सरकार द्वारा संचालित बैंक, विशेषकर वाणिज्यिक संस्थाओं से तो बिल्कुल ऋण नहीं दिया जाता है।

सुधामय दत्त ने पुनः तांतीबाजार में रहने योग्य वातावरण बना लिया। जन्म स्थान छोड़कर भी उनका देश के प्रति मोह खत्म नहीं हुआ। वे कहते, 'सिर्फ मयमनसिंह ही मेरा देश नहीं है, बल्कि सारा बंगलादेश ही मेरा देश है।'

किरणमयी लम्बी साँस छोड़कर कहती थीं, 'तालाब में मछली पालूँगी, सब्जी लगाऊँगी, बच्चे अपने पेड़ का फल खाएँगे यह सब तो अब स्वप्न की तरह है।' और, अब तो हर महीने किराया देकर कुछ नहीं बचता। गहरी रात में किरणमयी प्रायः कहती, 'घर बेचकर और रिटायर्ड होकर तो अच्छा-खासा रुपया मिला। चलो, अब हम यहाँ से चले जाते हैं। वहाँ पर तो अपने बहुत रिश्तेदार हैं।'

पर सुधामय कहते, 'रिश्तेदार तुम्हें एक दिन भी खिलाएँगे, सोचती हो?

सोचती हो कि तुम उनके घर पर ठहरोगी। देख लेना, वे मुँह फेर लेंगे। फिर कहेंगे, कहाँ ठहरी हैं, चाय-नाश्ता करेंगी?'

'अपना ही रुपया-पैसा होगा तो दूसरों के आगे हाथ क्यों फैलाऊँगी?'

'मैं नहीं जाऊँगा। तुम जाना चाहती हो तो जाओ। अपना घर छोड़ा, इसका मतलब यह तो नहीं कि अपना देश भी छोड़ दूँ?' सुधामय झल्लाकर यह सब कहते। सुधामय दत्त तांतीबाजार छोड़कर 'अरगानी टोला' में छह वर्ष रहने के बाद करीब सात वर्षों से 'टिकाटुली' में रह रहे हैं। इसी बीच हार्ट की बीमारी पकड़ चुकी है। गोपीबाग की एक दवा की दुकान में बैठने की बात थी लेकिन वहाँ भी नियमित रूप से नहीं बैठ पा रहे हैं। घर पर ही रोगी आते हैं। बैठक में रोगी देखने के लिए एक टेबिल और एक तरफ एक चौकी रखी हुई है। दूसरी तरफ बेंत का एक सोफा रखा हुआ है। बुकशेल्फ में काफी किताबें हैं, जिनमें डॉक्टरी, साहित्य, समाज, राजनीति आदि की किताबों का ढेर है। सुधामय अपना अधिक समय उसी कमरे में बिताते हैं। शाम को चप्पल चटकाते हुए निशीथ बाबू आते हैं, अख्तारूज्जमाँ, शहीदुल इस्लाम, हरिपद भी प्रायः यहाँ आते हैं। देश की राजनीति को लेकर बातें होतीं। किरणमयी उनके लिए चाय बनाती है। ज्यादातर बगैर चीनी की चाय ही बनानी पड़ती क्योंकि सभी की उम्र हो गयी है।

जुलूस की आवाज सुनकर सुधामय चौंककर बैठ गये। सुरंजन का जबड़ा सख़्त हो गया है। किरणमयी का कबूतरों जैसा नरम दिल डर और क्रोध से जोर-जोर से धड़कने लगा। क्या सुधामय को कोई आशंका, थोड़ा भी क्रोध नहीं होना चाहिए?

सुरंजन के दोस्तों में मुसलमानों की संख्या ही अधिक है लेकिन उन्हें मुसलमान कहना भी ठीक नहीं। वे धर्म-कर्म को कोई खास महत्त्व नहीं देते। इसके अलावा वे सब तो सुरंजन को हमेशा अपना निकटस्थ व्यक्ति ही मानते हैं। उनके मन में इसे लेकर कोई दुविधा नहीं थी। पिछली बार तो कमाल खुद आकर सुरंजन और उसके परिवार को अपने घर ले गया था। वैसे तो पुलक, काजल, असीम, जयदेव भी सुरंजन के दोस्त हैं लेकिन घनिष्ठता कमाल, हैदर, बेलाल और रबिउल के साथ ही अधिक है। सुरंजन जब भी किसी मुसीबत में पड़ा, काजल और असीम से अधिक हैदर और कमाल को अपने नजदीक पाया। एक बार सुधामय को सोहरावर्दी अस्पताल में भर्ती कराने की नौबत आयी थी। उस समय रात के डेढ़ बज रहे थे। हरिपद डॉक्टर ने कहा, 'मायोकार्डियल इनफैक्शन है, तुरन्त अस्पताल में भर्ती कराना होगा।' यह बात जब सुरंजन ने काजल से जाकर कही तो वह जम्हाई लेकर बोला, 'इतनी रात गये कैसे शिफ्ट करेंगे? सुबह होने दो, कुछ

इन्तजाम किया जाएगा।' लेकिन सूचना मिलते ही बेलाल फौरन गाड़ी लेकर सुरंजन के घर पहुँच गया था। खुद भाग-दौड़ करके उन्हें अस्पताल में भर्ती करवाया। बार-बार सुधामय से कहता रहा, 'काका बाबू आप किसी तरह की चिन्ता मत कीजिए, मुझे आप अपना बेटा ही समझिये।' उसका व्यवहार देखकर सुरंजन का मन गद्गद हो उठा था। जब तक सुधामय अस्पताल में थे, बेलाल उनका हाल-चाल पूछने आ जाया करता। परिचित डॉक्टरों से सुधामय के प्रति विशेष ध्यान देने को कह दिया था। समय मिलते ही वह खुद मिलने आ जाया करता है, इतना सब कुछ। पैसा तो काजल के पास भी है लेकिन क्या वह सुरंजन के लिए इतना उदार हो सकता है? सुधामय की बीमारी में जितना भी खर्च हुआ, पूरा रबिउल ने दिया। एक दिन टिकाटुली के घर पर अचानक रबिउल आया। पूछा, 'सुनने में आया है कि तुम्हारे पिताजी अस्पताल में हैं?' सुरंजन के 'हाँ' या 'नहीं' कहने से पहले ही टेबिल पर एक लिफाफा रखते हुए बोला, 'इतना पराया मत सोचो मेरे दोस्त' इतना कहते हुए वह जिस तरह अचानक आया था, अचानक चला भी गया। सुरंजन ने लिफाफा खोलकर देखा, उसमें पाँच हजार रुपये थे। सिर्फ सहायता की इसलिए नहीं, बल्कि उसके साथ हृदय का मेल भी अधिक था। रबिउल, कमाल और हैदर को सुरंजन ने अपने जितना करीब पाया उतना असीम, काजल, जयदेव को नहीं पाया। इतना ही नहीं, परवीन को भी उसने जितना प्यार किया था, उसे यकीन नहीं होता कि वह किसी अर्चना, दीप्ति, गीता या सुनन्दा को उतना प्यार कर पाएगा। साम्प्रदायिक भेदभाव करना तो सुरंजन ने कभी सीखा ही नहीं। बचपन में तो वह जानता ही नहीं था कि वह हिन्दू है। वह उस समय मयमनसिंह जिला स्कूल की कक्षा तीन-चार में पढ़ता था। खालिद नाम के एक सहपाठी के साथ कक्षा की पढ़ाई-लिखाई से सम्बन्धित किसी बात को लेकर उसका तर्क-वितर्क हो रहा था। जो थोड़ी ही देर में झगड़े में बदल गया। खालिद ने उसे गालियाँ दीं। खालिद ने कहा, 'कुत्ते का बच्चा!' सुरंजन ने कहा, 'तुम कुत्ते का बच्चा!' खालिद ने कहा, 'हिन्दू'! सुरंजन ने कहा, 'तुम हिन्दू!' उसने सोचा, 'कुत्ते का बच्चा', 'सुअर का बच्चा' की तरह 'हिन्दू' भी एक गाली ही है। काफी समय तक सुरंजन सोचता था कि 'हिन्दू' शब्द शायद तुच्छार्थ, व्यंगार्थ में व्यवहृत होने वाला कोई शब्द है। बाद में बड़ा होकर सुरंजन को पता चला कि हिन्दू एक सम्प्रदाय का नाम है और वह उसी सम्प्रदाय का एक व्यक्ति है। आगे चलकर उसे यह भी ज्ञात हुआ कि वह दरअसल मानव सम्प्रदाय का व्यक्ति है और बंगाली जाति का है। किसी भी धर्म ने इस जाति को नहीं बनाया। वह बंगाली को असाम्प्रदायिक और समन्वयवादी जाति के रूप में ही मानना चाहता है। उसे विश्वास है कि 'बंगाली' शब्द एक विभाजन विरोधी शब्द है। 'बंगाली स्वधर्मीय विदेशी को अपना और अन्य धर्मावलम्बियों को पराया समझता है',—यह जो गलत

धारणा है, इसी ने बंगाली को 'हिन्दू' और 'मुसलमान' में बाँटा है।

आज दिसम्बर महीने की आठ तारीख है। सारे देश में हड़ताल है। दरअसल, यह हड़ताल घातक दलाल निर्मूल कमेटी की ओर से घोषित की गयी है। मगर जमाते इस्लामी द्वारा घोषणा की गयी कि उसने बाबरी मस्जिद के ध्वंस के खिलाफ हड़ताल रखी है। हड़ताल चल रही है, इसी बीच सुरंजन अँगड़ाई लेते हुए बिस्तर से उठा सोचा, एक बार घूम आया जाए। आज दो दिन हो गये, उसने अपने प्रिय शहर का चेहरा नहीं देखा। उस कमरे में किरणमयी मारे डर के सहमी हुई है। सुधामय के मन में भी कोई शंका है या नहीं, सुरंजन समझ नहीं पाता। इस बार उसने घर पर साफ कह दिया कि वह कहीं छिपने नहीं जाएगा। मरना होगा तो मरेगा। मुसलमान यदि घर के लोगों को काटते हैं तो काटें। फिर भी सुरंजन घर से कहीं नहीं जाएगा। माया अपने भरोसे गयी है, जाए। वह अपने अन्दर जीने की तीव्र इच्छा लिये हुए मुसलमान के घर आश्रय लेने गयी है। एक-आध पारुल-रिफ़ात की छतरी के नीचे रहकर बेचारी माया जान बचाना चाह रही है।

लगातार दो दिन बिस्तर में लेटे रहने के बाद जब सुरंजन बाहर निकलने के लिए हुआ, तो किरणमयी हैरान होकर बोली, 'कहाँ जा रहे हो?'

'देखता हूँ, शहर की हालत कैसी है! हड़ताल कहाँ तक सफल है, जरा देखूँ!'

'बाहर मत जा, सुरो बेटा! पता नहीं, कब क्या हो जाए।'

'जो होगा, देखा जाएगा। एक दिन तो मरना ही है। अब और मत डरो। तुम्हें डरते हुए देखकर मुझे गुस्सा आता है।' बाल काढ़ते हुए सुरंजन ने कहा।

उसकी बात सुनकर किरणमयी काँप उठी। वह लपककर सुरंजन के हाथ से कंघी छीनते हुए बोली, 'मेरी बात सुन, सुरंजन। जरा-सा सावधान हो जा। सुनने में आ रहा है कि हड़ताल के दौरान दुकानों को तोड़ा जा रहा है, मन्दिरों को जलाया जा रहा है। घर पर ही रहो। शहर की हालत देखने की कोई जरूरत नहीं।'

सुरंजन हमेशा से जिद्दी रहा है। वह भला किरणमयी की बात क्यों मानेगा? लाख मना करने पर भी वह चला गया। बाहर के कमरे में सुधामय अकेले बैठे थे। वे भी हैरान होकर लड़के का जाना देखते रहे। घर से बाहर कदम रखते ही शाम की स्निग्धता को चीरती हुई बाहर की निर्जनता ने उसे जकड़ लिया। क्या वह थोड़ा डर रहा था? शायद हाँ! फिर भी जब सुरंजन ने आज शहर में घूमने की ठान ही ली है तो वह अवश्य जाएगा। इस बार उसे लेने या हाल-चाल पूछने कोई नहीं आया। न बेलाल आया, न कमाल, न कोई और। अगर वे आते भी तो सुरंजन नहीं जाता। क्यों जाएगा? आये दिन हमला होगा और वे सामान बटोरकर भोगेंगे?

छिः। पिछली बार वह गधा था जो कमाल के घर गया था। इस बार कोई आएगा तो साफ कह देगा, 'तुम्हीं लोग मारोगे और तुम्हीं लोग दया भी करोगे, यह कैसी बात है। इससे तो अच्छा है कि तुम लोग सारे हिन्दुओं को इकट्ठा करके एक

फायरिंग स्क्वाड में ले जाओ और गोली से उड़ा दो। सब मर जाएँगे तो झमेला ही खत्म हो जाएगा। फिर तुम्हें बचाने की जरूरत भी नहीं पड़ेगी। सारा झमेला ही एक बार में खत्म हो जाएगा। सुरंजन ज्यों ही सड़क पर निकला सुनकर हैरान हो गया कि मुहल्ले के लड़कों का एक दल उसके घर से थोड़ी दूर पर खड़ा है। उसे देखकर चिल्ला उठे, 'हिन्दू है, पकड़ो-पकड़ो!' पर आते-जाते सात वर्षों से वह उन लड़कों को देख रहा है। सुरंजन उनमें से एक-दो को पहचानता भी है। उनमें से आलम नाम का लड़का प्रायः उसके घर चन्दा माँगने आता है। मुहल्ले में उनका एक क्लब है। क्लब के सांस्कृतिक कार्यक्रमों में सुरंजन गाना भी गाता है। कुछ लड़कों को वह डी.एल. राय और हेमांग विश्वास का गाना सिखायेगा उसने सोचा था। कल तक यही लड़के अपनी हर जरूरत में अक्सर, 'दादा यह कर दो, वह कर दो। यह सिखा दो, वह सिखा दो' कहते-कहते उसके आगे-पीछे घूमते रहते थे। इस मुहल्ले के लोगों का कहना है सुधामय लम्बे समय तक मुफ्त में इलाज करते रहे हैं और यही लोग 'वह देखो, हिन्दू है। पकड़ो-पकड़ो!' कहकर सुरंजन को पीटना चाहते हैं।

सुरंजन उनकी तरफ देखकर उल्टे रास्ते चलने लगा। डर कर नहीं, बल्कि लज्जित होकर। मुहल्ले के परिचित लड़के उसे पीटेंगे, यह सोचकर ही वह लज्जित हो गया। यह लज्जा वह स्वयं पिट रहा है इसलिए नहीं, बल्कि उन लोगों के लिए जो उसे पीट रहे हैं। लज्जा पीड़ित होने की नहीं, बल्कि जो अत्याचार कर रहे हैं, उनके लिए होती है।

सुरंजन चलते-चलते 'शापला' इलाके में आकर रुका। चारों ओर सन्नाटा था। जगह-जगह पर लोगों की भीड़ है। रास्ते में ईंटों के टुकड़े, जली हुई लकड़ी, टूटे हुए काँच बिखरे पड़े हैं! देखकर लग रहा है, अभी-अभी भीषण तांडव हुआ होगा। एक-दो युवक इधर-उधर दौड़ रहे हैं। कुछ कुत्ते बीच रास्ते में इधर से उधर भाग रहे हैं। घंटी बजाते हुए एक-दो रिक्शे इधर से उधर जा रहे हैं। उसे कुछ समझ में नहीं आ रहा कि कहाँ क्या हो रहा है। कुत्तों को कोई डर नहीं। क्योंकि उन्हें जात का कोई डर नहीं। सुरंजन ने अन्दाजा लगाया कि वे कुत्ते खाली रास्ता पाकर ही इधर-उधर भाग रहे हैं। सुरंजन का भी जी चाह रहा है कि वह सड़क पर दौड़े। मोती झील की कोलाहलपूर्ण व्यस्त सड़क को इस तरह सुनसान देखकर सुरंजन के मन में बचपन की तरह से फुटबॉल खेलने की या चॉक से निशान बनाकर क्रिकेट खेलने की इच्छा हो रही है। सुरंजन यह सब सोचते हुए चल रहा था कि अचानक उसकी निगाह बायीं ओर के एक जले हुए मकान पर पड़ी। जिसका नामपट्ट, दरवाजा, खिड़की सब कुछ जल गया था। यह इण्डियन एयरलाइंस का दफ्तर है। कुछ लोग उस जले हुए दफ्तर के सामने खड़े होकर हँस रहे हैं। क्या किसी ने भौं सिकोड़कर सुरंजन को देखा? उसके मन में सन्देह होता है।

वह तेजी से आगे की तरफ चलने लगा, मानो इन घरों के जल जाने से उसे कोई मतलब नहीं। आगे वह देखने जा रहा है कि और क्या-क्या जला है। जिस प्रकार जले हुए पेट्रोल की महक सूँघने में आनन्द आता है, क्या सुरंजन को आज उसी प्रकार जली हुई लकड़ी की महक लेने में आनन्द आ रहा है? शायद हाँ? चलते-चलते उसने देखा सी.पी.बी. आफिस के सामने लोगों की भीड़ है। रास्ते में ईंट-पत्थर बिखरे पड़े हैं। फुटपाथ पर जो किताबों की दुकानें थीं, जहाँ से सुरंजन ने काफी किताबें खरीदी थीं, सब जलकर राख हो गयी हैं। एक अधजली किताब सुरंजन के पैरों से टकराई। उस पर लिखा हुआ था—मैक्सिम गोर्की की 'माँ'। क्षणभर में उसे लगा कि वह 'पावेल' है और अपनी माँ के शरीर में आग लगाकर पैरों के नीचे उसे रौंद रहा है। सुरंजन का शरीर सिहर उठा। वह उस जली हुई किताब के सामने सहमा हुआ खड़ा रहा। चारों तरफ लोगों का जमघट है। लोग कानाफूसी कर रहे हैं। उस इलाके में चरम उत्तेजना पूर्ण वातावरण है। सभी 'क्या हुआ' और 'क्या होने वाला है' इसी को लेकर कानाफूसी कर रहे हैं। सी.पी.बी. आफिस जल गया है। कम्युनिस्ट अपनी स्ट्रेटिजी बदल कर अल्लाह-खुदा का नाम ले रहे हैं। फिर भी कठमुल्लावादी आग से उन्हें रिहाई नहीं मिली। कामरेड फरहाद के मरने पर बड़ा जनाजा निकाला गया, मिलाद भी हुआ, फिर भी साम्प्रदायिकता की आग में कम्युनिस्ट पार्टी का दफ्तर जलाया गया। सुरंजन निःशब्द खड़ा, जला हुआ दफ्तर देखता रहा। अचानक सामने क़ैसर खड़ा मिला। बिखरे हुए बाल। शेव न किये हुए गाल। काफी चिंतित स्वर में बोला, 'तुम क्यों निकले हो?'

सुरंजन ने उसके सवाल के जवाब में सवाल किया 'क्यों, मेरे लिए निकलना मना है?'

'नहीं, मना तो नहीं है, लेकिन इन जानवरों का तो कोई भरोसा नहीं, सुरंजन! सचमुच क्या ये कोई भी धर्म मानते हैं? जमात शिविर की युवा शाखा के उग्रपंथियों ने कल दोपहर को यह सब किया है। पार्टी ऑफिस, फुटपाथ की किताबों की दुकानें, इण्डियन एयरलाइन्स का दफ्तर सब कुछ जला दिया। स्वाधीनता विरोधी शक्तियाँ तो इस मौके की तलाश में हैं कि वे किसी भी एक मामले को अपने 'फेवर' में लेकर चिल्लायें, ताकि उनका ऊँचा स्वर सबके कानों तक पहुँचे।'

दोनों साथ-साथ तोपखाने की तरफ चलने लगे। सुरंजन ने पूछा, 'उन लोगों ने और कहाँ-कहाँ आग लगाई है?'

क़ैसर ने कहा, 'चट्टोग्राम के तुलसीधाम, पंचाननधाम, कैवल्यधाम मन्दिर को तो धूल में मिला दिया इसके अलावा मालीपाड़ा, श्मशान मन्दिर, कुरबानीगंज, कालीबाड़ी, चट्टेश्वरी, विष्णुमन्दिर, हजारी लेन, फकीर पाड़ा इलाके के सभी मन्दिरों को लूटकर आग लगा दी है।' थोड़ा रुककर सिर झटकते हुए क़ैसर ने कहा, 'हाँ,

साम्प्रदायिक सद्भावना जुलूस भी निकाला गया।'

सुरंजन एक लम्बी साँस छोड़ता है। क़ैसर ने दाहिने हाथ से बालों में उँगलियाँ फेरते हुए कहा, 'कल सिर्फ मन्दिर ही नहीं, माझीघाट मछुआपट्टी में भी आग लगा दी गयी। कम-से-कम पचास घर जल कर राख हो गये।'

'फिर क्या हुआ?' सुरंजन ने उदासीन भाव से पूछा।

'नरसिंदी में चलाकचड़ और मनोहरदी के घर और मन्दिरों को जला दिया गया। कुमिल्ला के पुराने अभय आश्रम को जला दिया गया और नोवाखाली में भी सभी जघन्य काण्ड किए गये।'

'वह कैसे?'

'सुधाराम थाना के अधरचाँद आश्रम सहित और भी सात हिन्दू घरों को जला दिया है। गंगापुर गाँव में जितने भी हिन्दू परिवार थे, पहले लूटा, बाद में जला दिया। सोनारपुर के शिवकाली मन्दिर में और विनोदपुर के अखाड़ा को भी खत्म कर दिया। चौमुहानी का काली मन्दिर, दुर्गापुर का दुर्गाबाड़ी मन्दिर, कुतुबपुर और गोपालपुर के मन्दिर भी तोड़ दिए। डॉ. पी.के. सिंह की दवा की फैक्टरी, अखण्ड आश्रम तथा छयानी इलाके के मन्दिरों को भी धूल में मिला दिया गया। चौमुहानी बाबूपुर, तेतुइया मेंहदीपुर, राजगंज बाजार टेंगिरपाड़ा, काजिरहाट, रसूलपुर, जमींदारहाट, पोड़ाबाड़ी के दस मन्दिरों को और अट्ठारह हिन्दू घरों को लूट कर जला दिया गया। जिसमें एक दुकान, एक गाड़ी और एक महिला भी जल गयी। भावर्दी के सत्रह मकानों में से तेरह को जलाकर राख बना दिया गया। हर घर को लूटा गया और महिलाओं के साथ बलात्कार हुआ। विप्लव भौमिक को छुरा भोंका गया है। कल विराहिमपुर के सभी घर व मन्दिर उनकी चपेट में आये हैं। इतना ही नहीं, जगन्नाथ मन्दिर, चरहाजीरी गाँव की तीन दुकानें और क्लब को भी लूटा और तोड़ा गया। चरपार्वती गाँव के दो मकान, दासेर हाट का एक मकान, चरकुकरी और मुछापुर के दो मन्दिर व जयकाली मन्दिर को भी जला दिया गया। सिराजपुर के प्रत्येक व्यक्ति को पीटा गया, हर घर को लूटा गया और अन्त में उन घरों को जला दिया गया।'

'अच्छा!'

सुरंजन इससे ज्यादा कुछ कहना नहीं चाहता। बचपन की तरह उसके मन में रास्ते के ईंट या पत्थर के टुकड़े को पैर से उछालते हुए चलने की इच्छा हो रही थी। क़ैसर और भी कई मन्दिरों को जलाने, घरों को लूटने, जला दिये जाने की घटनाएँ बताता रहा। सुरंजन ने पूरा-पूरा सुना भी नहीं। उसे सुनने की इच्छा भी नहीं हो रही थी। प्रेस क्लब के सामने दोनों खड़े हो गये। वह पत्रकारों का जमघट, कानाफूसी देखता रहा। कुछ-कुछ सुना भी। कोई कह रहा है, भारत में अब तक दो सौ से अधिक व्यक्ति दंगे-फसाद की चपेट में आकर अपनी जान गँवा चुके हैं।

जख्मी हुए हैं कई हजार। आर.एस.एस., शिवेसना सहित कट्टरपंथी दलों को निषिद्ध घोषित किया गया है। लोक सभा में विपक्ष के नेता के पद से आडवाणी ने इस्तीफा दिया है। कोई कह रहा है, चट्टग्राम, नन्दनकानन तुलसीधाम का एक सेवक दीपक घोष भागते समय जमातियों द्वारा पकड़ा गया। उसे पकड़ कर वे लोग जलाने की कोशिश कर ही रहे थे कि उसी समय बगल के कुछ पहरेदारों ने दीपक को मुसलमान बताया फलस्वरूप जमातियों ने दीपक को मारपीट कर ही छोड़ दिया।

सुरंजन के परिचित जिन लोगों ने भी उसे देखा, हैरान होकर पूछा, 'क्या बात है? तुम बाहर निकले हो! कोई अशुभ घट सकता है। घर चले जाओ।'

सुरंजन ने कोई जवाब नहीं दिया। वह बड़ा लज्जित महसूस कर रहा था। उसका नाम सुरंजन दत्त है इसलिए उसे घर पर बैठे रहना होगा और क़ैसर, लतीफ, बेलाल, शाहीन ये सब बाहर निकलकर कहाँ क्या हो रहा है, इसकी चर्चा करेंगे। साम्प्रदायिकता के विरोध में जुलूस भी निकालेंगे और सुरंजन से कहेंगे—तुम घर चले जाओ। यह कैसी बात है? क्या सुरंजन उनकी तरह विवेकपूर्ण, मुक्त विचार धारा और तर्कवादी मन का व्यक्ति नहीं है? वह दीवार से सटकर उदास खड़ा रहा। उसने सिगार की दुकान से एक पैकेट 'बांगला फाइव' खरीदा। जलती हुई रस्सी से एक सिगरेट जलाया। सुरंजन अपने आपको बड़ा अलग-थलग पा रहा था। चारों तरफ इतने लोग हैं। इसमें से कई उसके परिचित और कोई-कोई तो घनिष्ठ भी है। फिर भी वह बड़ा अकेलापन महसूस कर रहा है। मानो इतने लोग चल फिर रहे हैं, बाबरी मस्जिद के टूटने और उसी के परिणामस्वरूप इस देश के मन्दिरों के तोड़े जाने की उत्तेजनापूर्ण चर्चा कर रहे हैं। यह सब सुरंजन का विषय ही नहीं है। वह चाहकर भी इसमें शामिल नहीं हो पा रहा है। पता नहीं कहाँ पर उसे हिचकिचाहट-सी महसूस हो रही है। सुरंजन समझ रहा है कि उसे सभी छिपाना चाहते हैं, दया कर रहे हैं। उसे अपने समूह में शामिल नहीं कर रहे हैं। सुरंजन जोर से कश खींचकर धुएँ का एक गोला ऊपर की ओर छोड़ता है। चारों तरफ उत्तेजना है और वह अपने शिथिल शरीर का भार दीवार के सहारे छोड़ देता है। कई लोगों ने सुरंजन को तिरछी नजर से देखा। विस्मित हुए, क्योंकि एक भी हिन्दू आज घर से बाहर नहीं निकला है। डरकर सभी बिल में घुसे हुए हैं। इसलिए सुरंजन का साहस और हठ देखकर लोग हैरान तो होंगे ही।

क़ैसर एक समूह में शामिल हो जाता है। जुलूस का आयोजन चल रहा है। पत्रकार लोग झोला और कैमरा लटकाये इधर-उधर भाग-दौड़ कर रहे हैं। उनमें लुत्फर को देखकर भी सुरंजन उसे बुलाता नहीं है। वह खुद ही सुरंजन को देखकर आगे आता है। चेहरे पर उत्कंठा का भाव लिये हुए कहता है, 'दादा, आप यहाँ क्यों आये?'

'क्यों, मुझे आना नहीं चाहिए?'

लुत्फर के चेहरे और आँखों से एक चरम उत्कंठा का भाव झलक रहा है। उसने पूछा, 'घर पर कोई असुविधा तो नहीं हुई?'

सुरंजन ने पाया कि आज लुत्फर की बातों और कहने के अन्दाज में एक तरह का अभिभावक जैसा भाव झलक रहा है। यह लड़का हमेशा से जरा शर्मीले स्वभाव का था। उसकी नजर से नजर मिलाकर कभी बात नहीं की। इतना विनयी, शर्मीला और भद्र लड़का। इस लड़के को सुरंजन ने ही 'एकता' अखबार के सम्पादक से बात करके वहाँ नौकरी दिलायी थी। लुत्फर ने एक बेंसन सिगरेट जलाया। सुरंजन के काफी करीब आकर बोला, 'सुरंजन दा, कोई असुविधा तो नहीं हुई?'

सुरंजन ने हँसकर कहा, 'कैसी असुविधा?'

लुत्फर जरा असमंजस में पड़ गया। बोला, 'क्या बताऊँ दादा। देश की जो हालत है...'

सुरंजन अपनी सिगरेट का फिल्टर नीचे गिराकर पैर से मसलने लगा। लुत्फर हमेशा उसके साथ धीमे स्वर में बोलता था, लेकिन आज उसकी आवाज ऊँची लग रही थी। सिगरेट का कश लेकर धुआँ छोड़ते हुए, भौंहें सिकोड़कर उसकी तरफ देखते हुए कहा, 'दादा, आज आप कहीं और ठहर जाइए, आज घर पर ठहरना उचित नहीं होगा। अच्छा सुरंजन दा, घर के आसपास के किसी मुस्लिम परिवार में कम-से-कम दो रात के लिए आपके ठहरने का इन्तजाम नहीं हो सकता?'

सुरंजन की आवाज में उदासीनता थी। वह दुकान की जलती हुई रस्सी की ओर देखते हुए बोला, 'नहीं।'

'नहीं?' इस बार लुत्फर ज्यादा चिन्तित हुआ। सुरंजन ने पाया कि उसके सोचने के अन्दाज में एक अभिभावक जैसा भाव झलक रहा है। वह समझ गया कि इस वक्त कोई भी उसके साथ इसी तरह का अभिभावकत्व का भाव दिखायेगा। बिना पूछे ही उपदेश देगा—घर पर रहना ठीक नहीं, कहीं छिपकर रहना चाहिए। कुछ दिनों तक घर के बाहर मत जाना। अपना नाम और परिचय किसी को मत बताना। परिस्थिति सँभल जाने पर ही निकलना, वगैरह। सुरंजन की इच्छा हुई कि एक और सिगरेट सुलगाये। लेकिन लुत्फर के गम्भीरतापूर्ण उपदेश ने उसकी इच्छा को नष्ट कर दिया। ठंड ज्यादा है। वह दोनों हाथों को मोड़कर छाती से लगाते हुए पेड़ की गहरी हरी पत्तियों को देखने लगा। हमेशा से उसे जाड़े का मौसम अच्छा लगता है। सुबह गरम-गरम पीठा खाना, और रात में धूप में सुखाई हुई गरम रजाई ओढ़कर माँ से भूत की कहानियाँ सुनना। यह सोचकर ही वह रोमांचित हो गया। लुत्फर के सामने कन्धे से झोला लटकाये एक दाढ़ी वाला युवक बेमतलब बोले जा रहा था, ढाकेश्वरी मन्दिर, सिद्धेश्वरी काली मन्दिर, रामकृष्ण मिशन, महाप्रकाश मठ, नारिन्दा गौड़ीय मठ, भोलागिरि आश्रम सब तोड़ दिया गया है। लूटा भी गया

है। स्वामी आश्रम भी लूटा गया है। शनि अखाड़े के पाँच घरों को लूटकर जला दिया है। शनि मन्दिर, दुर्गा मन्दिर को भी तोड़कर जला दिया गया है। नारिन्दा का ऋषिपाड़ा और दयालगंज का मछुआपाड़ा भी इसकी लपेट से बच नहीं पाया। फार्मगेट, पल्टन और नवाबपुर के मरणचाँद की मिठाई दुकान, टिकाटुली की देशबन्धु मिठाई दुकान को भी लूटकर जला दिया गया। ठठेरी बाजार के मन्दिर में भी आग लगा दी गयी। लुत्फर ने लम्बी साँस छोड़कर कहा, 'ओह!'

सुरंजन, लुत्फर की लम्बी साँस को कान लगाये सुनता है। वह समझ नहीं पा रहा था कि वह यहाँ खड़ा रहेगा, जुलूस में शामिल होगा या कहीं और चला जाएगा। या फिर रिश्तेदार विहीन, बन्धुहीन किसी जंगल में जाकर अकेला बैठा रहेगा। झोले वाला वह युवक वहाँ से हटकर एक और दल में शामिल हो गया। लुत्फर भी जाने के लिए मौका ढूँढ़ रहा है। क्योंकि सुरंजन का भावहीन चेहरा उसे बेचैन कर रहा है।

चारों तरफ दबी हुई उत्तेजना है। सुरंजन भी चाह रहा है कि वह दल में शामिल हो जाए। उसकी इच्छा है कि कहाँ-कहाँ मन्दिर टूटा, जला, कहाँ-कहाँ मकान-दुकानों को लूटा गया, इस चर्चा में हिस्सा ले। वह भी स्वतःस्फूर्त होकर कहे—'इन धर्मवादियों को चाबुक मारकर सीधा करना चाहिए। ये नकाबपोश धार्मिक ही दरअसल सबसे बड़े ठग हैं।' लेकिन वह कह नहीं पाता। उसकी तरफ जो भी तिरछी नजरों से देख रहा है, सबकी आँखों से करुणा का भाव झलक रहा है। मानो उसका यहाँ रहना खतरे से खाली नहीं है। मानो वह यहाँ खड़े रहने, उनकी तरह उत्तेजित होने, उनके साथ जुलूस निकालने योग्य व्यक्ति नहीं है। इतने दिनों तक वह भाषा, संस्कृति, अर्थनीति, राजनीति के विषय में मंच और अड्डों पर गरमागरम भाषण देता रहा है, लेकिन आज उसे एक अदृश्य शक्ति ने गूँगा बना दिया है। कोई नहीं कह रहा है कि सुरंजन तुम कुछ कहो, कुछ करो, डटकर खड़े हो जाओ।

क़ैसर जमाव तोड़कर बाहर आया। फुसफुसाकर बोला, 'आयतुल मोकाररम में बाबरी मस्जिद तोड़ने को लेकर सभा होगी। लोग इकट्ठा हुए हैं, तुम घर चले जाओ।'

'तुम नहीं जाओगे?' सुरंजन ने पूछा।

क़ैसर ने कहा, 'अरे नहीं! साम्प्रदायिक सद्‌भावना का जुलूस नहीं निकालना है क्या!'

क़ैसर के पीछे लिटन और माहताब नाम के दो युवक खड़े थे। उन्होंने भी कहा, 'दरअसल, हम सब आपकी भलाई के लिए ही कह रहे हैं। सुनने में आया है कि इन लोगों ने 'जलखाबार' (नाश्ता) नामक दुकान को भी जला दिया है। ये सारी घटनाएँ आसपास में ही हुई हैं। वे अगर आपको पहचान लेंगे तो क्या होगा,

बताइए तो! वे हाथ में छुरा, लाठी, कटार लेकर खुलेआम घूम रहे हैं।'

क़ैसर ने एक रिक्शा बुलाया। वह सुरंजन को रिक्शे में चढ़ा देगा। लुत्फर आगे बढ़कर उसका हाथ पकड़कर खींचते हुए बोला, 'आइए दादा! आइए दादा! सीधे घर जाइए। इस वक्त पता नहीं क्यों आप बाहर निकले!'

सुरंजन को घर भेजने के लिए सभी उतावले हो उठे थे। सुरंजन को नहीं पहचानते, ऐसे भी एक-दो व्यक्ति वहाँ आ गये और क्या हुआ, जानना चाहा। उन्हें समझाते हुए उन सबने कहा—ये हिन्दू हैं, इनका यहाँ रहना उचित नहीं है। सभी ने सिर हिलाकर हामी भरी—हाँ, इनका रहना ठीक नहीं। लेकिन वह तो घर लौटने के लिए नहीं निकला था। वे उसका हाथ पकड़कर पीठ सहलाते हुए रिक्शे पर उसे चढ़ाना चाह रहे थे। उसी समय सुरंजन ने झटके से अपना हाथ छुड़ा लिया।

सुधामय लम्बे होकर सोये रहना चाहते हैं, लेकिन नहीं सो सकते। बेचैनी-सी लग रही है। सुरंजन फिर इस समय निकला है। उसके निकलने के बाद दरवाजे पर धीरे-धीरे दस्तक हो रही थी। सुधामय लपक कर बिस्तर से उतरे। सुरंजन वापस आ गया होगा। नहीं, आ गया होगा। नहीं, सुरंजन नहीं, अख़्तरुज्जमां आये हैं। इसी मुहल्ले में उनका मकान है। वे सेवानिवृत्त अध्यापक हैं। उम्र साठ से अधिक होगी। घर में घुसते ही अपने हाथों से कुंडी लगा दी। 'क्यों, कुछ हुआ तो नहीं?' अख़्तरुज्जमां ने दबी आवाज में पूछा। 'नहीं तो! क्या होगा?' सुधामय ने कमरे का बिस्तर, टेबुल, किताब-कापियों की तरफ देखकर सिर हिलाया। अख़्तरुज्जमां खुद ही कुर्सी खींचकर बैठ गये। वे 'सरवाइकल स्पेंडलाइट्रिस' के रोगी हैं। गर्दन सीधी रखकर आँखों की पुतलियाँ नचाते हुए बोले, 'बाबरी मस्जिद की घटना तो जानते ही हैं? वहाँ कुछ भी नहीं बचा। छिः छिः।'

'हाँ...।'

'आप कुछ कह नहीं रहे हैं। क्या आप सपोर्ट कर रहे हैं?'

'सपोर्ट क्यों करूँगा?'

'तो फिर क्यों कुछ नहीं कह रहे हैं?'

'बुरे लोगों ने बुरा काम किया है। इसमें दुखी होने के सिवाय क्या कर सकते हैं?'

'एक सेकुलर राष्ट्र की यदि यह अवस्था है। छिः छिः!'

'पूरी राष्ट्रीय परिस्थिति, पूरी राजनैतिक घोषणा, सुप्रीम कोर्ट, लोक सभा, पार्टी, गणतांत्रिक परम्परा—सब कुछ असलियत में ढकोसला ही है। चलता हूँ सुधामय बाबू, भारत में चाहे जितना भी दंगा-फसाद हो रहा हो, इस देश की तुलना में तो कम ही है।'

'हाँ। चौंसठ के बाद नब्बे में, फिर इतना बड़ा दंगा-फसाद हुआ।'

'चौसठ न कहकर पचास कहना ही ज्यादा ठीक रहेगा।'

पचास के बाद चौंसठ में जो दंगा हुआ था उसका सबसे बड़ा पक्ष था साम्प्रदायिकता का स्वतः-स्फूर्त प्रतिरोध। जिस दिन दंगा-फसाद शुरू हुआ, उस दिन माणिक मियाँ, जहर हुसैन चौधरी और अब्दूस सालिम के प्रोत्साहन से हर अखबार के पहले पेज की बैनर हैडिंग थी—'पूर्व पाकिस्तान रुखे दाड़ाओं' (पूर्व पाकिस्तान डटकर खड़े रहो)। पड़ोसी एक हिन्दू परिवार की रक्षा करते हुए पचपन वर्षीय अमीर हुसैन चौधरी ने अपनी जान दी थी। 'आह!'

सुधामय की छाती का दर्द और तेज हुआ। वे पलंग पर लेट गये। एक हल्की गरम चाय मिलने से अच्छा लगता। लेकिन चाय देगा कौन? सुरंजन के लिए किरणमयी चिन्तित है। अकेले ही बाहर चला गया। अगर जाना ही था तो हैदर को साथ लेकर गया होता। किरणमयी की चिन्ता ने सुधामय को भी आक्रान्त कर दिया। हमेशा से ही सुरंजन का आवेग बहुत गहरा है। उसे घर में बन्द करके नहीं रखा जा सकता। इस बात को सुधामय तो जानते ही हैं, फिर भी दुश्चिन्ता ऐसी चीज तो नहीं कि समझाने पर शान्त हो जाए। वे इस बात को दिल में दबाये हुए अख़्तरुज्जमां के विषय पर लौट आये, 'कहा गया है कि शान्ति ही सभी धर्मों का मूल गन्तव्य है', लेकिन उसी धर्म को लेकर इतनी अशान्ति, इतना रक्तपात। मनुष्य कितना लांछित हो सकता है, इस शताब्दी में आकर यह भी देखना पड़ा!

धर्म की पताका उड़ाकर मनुष्य और मनुष्यत्व को जिस तरह से चकनाचूर किया जा सकता है, शायद उतना और किसी चीज से सम्भव नहीं।

अख़्तरुज्जमां ने कहा—'हाँ!'

किरणमयी दो कप चाय लेकर कमरे में आयी, 'क्या आपका दर्द और बढ़ गया है? न हो तो नींद की गोली ले लीजिए।' इतना कहकर चाय का प्याला दोनों के सामने रखती हुई खुद भी पलंग पर बैठ गयी।

अख़्तरुज्जमां ने पूछा, 'भाभी तो शायद शंखा (बंगालियों के सुहाग की निशानी सफेद चूड़ी) सिंदूर नहीं पहनती हैं न?'

किरणमयी नजरें झुकाकर बोली, 'पचहत्तर के बाद से नहीं पहनती हूँ।'

'चलिए, अच्छा हुआ। फिर भी सावधान रहिएगा।'

किरणमयी धीरे से मुस्कराई। सुधामय के होठों पर भी यही मुस्कराहट आयी। अख़्तरुज्जमां जल्दी-जल्दी चाय पीने लगे। सुधामय की छाती का दर्द कम नहीं हुआ। उन्होंने कहा, 'मैंने तो धोती पहनना कब का छोड़ दिया है। फॉर द सेक ऑफ डीयर लाइफ, माई फ्रेंड।'

अख़्तरुज्जमां चाय का प्याला रखते हुए बोले, 'चलता हूँ। सोचता हूँ उधर से विनोद बाबू को भी एक बार देखता जाऊँगा।'

सुधामय लम्बे होकर लेट जाते हैं। उनके सामने रखी-रखी चाय ठंडी हो गयी। किरणमयी दरवाजे पर कुंडी लगाये हुए बैठी रहती है। वह जलती हुई बत्ती की

उलटी तरफ बैठी हुई है। उनके चेहरे पर छाया पड़ी है। पहले वह बहुत अच्छा कीर्तन गाया करती थी। किरणमयी ब्राह्मणबाड़िया के जाने माने पुलिस अफसर की बेटी है। सोलह वर्ष की उम्र में उनकी शादी हो गयी। शादी के बाद सुधामय उससे कहते, 'किरणमयी, तुम रवीन्द्र संगीत सीखो। उस्ताद रख देता हूँ।' मिथुन दे से कुछ दिनों तक सीखा भी। मयमनसिंह के कई सांस्कृतिक अनुष्ठानों में उसे गाना गाने के लिए बुलाया जाता था। सुधामय को याद आया कि टाउन हॉल में एक बार किरणमयी गाना गाने के लिए गयी थी। उस समय सुरंजन की उम्र चार वर्ष की थी। शहर में गिने-चुने गायक थे। समीरचन्द्र दे के बाद किरणमयी गाने के लिए मंच पर आयी। सुधामय श्रोताओं की प्रथम पंक्ति में बैठे थे। उनका तो पसीना छूट रहा था, पता नहीं कैसा गाएगी। लेकिन एक भजन सुनाने के बाद दर्शक 'वन्स मोर, वन्स मोर' कहने लगे। तब उसने दूसरा भजन गाया था, "भुवनेश्वर हे, मोचन करो बन्धन सब मोचन करो। प्रभु मोचन करो भय, सब दैन्य करो, नित्य चकित चंचल चित, करो निःसंशय।" उस गीत के बोल और स्वर में इतना दर्द भरा था कि सुनकर सुधामय जैसे नास्तिक व्यक्ति की आँखों में भी आँसू आ गये।

आजादी के बाद किरणमयी बाहर गाने के लिए जाना नहीं चाहती थी। उदीची के अनुष्ठान में सुमिता नाहा, मिताली मुखर्जी गाएँगी। सुरंजन भी अपनी माँ से जिद्द करता था, माँ तुम भी गाओ न। किरणमयी हँसती, 'मैं कब से रियाज छोड़ चुकी हूँ, अब क्या पहले की तरह गा पाऊँगी।' सुधामय कहते, 'जाओ न। आपत्ति किस बात की। पहले तो गाती थीं। लोग तुम्हें पहचानते भी हैं। प्रशंसा भी तो काफी अर्जित की है।'

'हाँ, प्रशंसा मिली है। जो लोग तालियाँ बजाते थे, वही बाद में कहते, हिन्दू लड़कियों को लाज शर्म नहीं है। इसलिए वे गाना सीखती हैं। पराये मर्द के सामने बदन दिखाकर गाना गाती हैं।'

सुधामय परिस्थिति को सँभालते हुए कहते, 'जैसे मुसलमान लड़कियाँ गाना गाती ही नहीं हैं?'

'वह तो अब गाती हैं। पहले तो नहीं गाती थीं, इसलिए हमें बातें सुननी पड़ती थीं। मिनती दीदी इतना अच्छा गाना गाती थीं। एक दिन मुसलमान लड़कों के एक दल ने उन्हें घेर लिया और कहा कि उनका मुसलमान लड़कियों को गाना सिखाने का इरादा है।'

सुधामय ने कहा, 'तो क्या हुआ! गाना सिखाना तो अच्छी बात है।'

'उन लड़कों का कहना था, मुसलमान लड़कियों का गाना गाना ठीक नहीं, बुरी बात है। गाना गाने से बुरी हो जाएँगी।'

'अच्छा!'

उसके बाद से किरणमयी भी गाने पर ज्यादा ध्यान नहीं देती थी। मिथुन दे कभी-कभी कहते, 'किरण, तुम्हारा इतना अच्छा गला था, तुमने गाना छोड़ ही दिया।'

किरणमयी लम्बी साँस छोड़ती हुई कहती, 'दादा, अब कुछ भी अच्छा नहीं लगता। सोचती हूँ, गाकर क्या होगा। ये सब नाच-गाना तो लोग पसन्द नहीं करते। बुरा कहते हैं।'

इस तरह धीरे-धीरे उसका गाना छूट ही गया। सुधामय ने भी जबर्दस्ती नहीं की। लेकिन बीच-बीच में शिकायत जरूरत करते थे कि 'बाहर न गाओ, घर पर तो गा ही सकती हो।' घर पर हो नहीं पाता था। काफी रात होने पर भी जब नींद नहीं आती थी, तब दोनों छत पर जाते थे। ब्रह्मपुत्र के लिए, ब्रह्मपुत्र के बगल में स्थित उस घर के लिए, जिसे वे छोड़ आये थे, उनका दिल रोया करता था। दूर स्थित नक्षत्रों की तरफ दोनों देखते रहते थे। किरणमयी गुनगुनाती थी, 'पुराने उस दिन की बातें, भूलें कैसे हाय,' जिसे सुनकर सुधामय जैसे कठोर इन्सान के हृदय में भी न जाने कैसा लगता था। उनमें भी शैशव, किशोरावस्था के खेल का मैदान, स्कूल का आँगन, उफनती नदी, नदी तट का घना वन, वन के बीचोंबीच से होती हुई पतले सँकरे रास्ते से होकर सपनों के पार जाने की इच्छा होती। इतने कड़े हृदय वाले आदमी होने के बावजूद सुधामय आधी-आधी रात तक किरणमयी को आलिंगनबद्ध किये सुबक-सुबक कर रो पड़ते थे। सुधामय के कष्ट की कोई सीमा नहीं है। इकहत्तर में उनकी आँखों के सामने जगन्मय घोषाल, प्रफुल्ल सरकार, निताई सेन को मार दिया गया। वे कैम्प में ले जाकर गोली से उड़ा देते थे। दूसरे दिन ट्रक में लाद कर सूने स्थान पर फेंक आते थे। हिन्दुओं को देखते ही पाकिस्तानी उठा ले जाते थे, बूट से लात मारते, बन्दूक की नाल से कूँचते, आँखें निकाल लेते थे, पीठ की हड्डियाँ तोड़ डालते थे। जब वे इतना अत्याचार करते थे, तब लगता था कि अब छोड़ देंगे। लेकिन बाद में वे गोली मार देते थे। कई मुसलमानों को मार-पीटकर छोड़ देते हुए सुधामय ने देखा था, लेकिन किसी हिन्दू को जीवित छोड़ते नहीं देखा। मेहतरपट्टी का कुआँ हिन्दू और मुलसमानों की लाशों से ठसाठस भरा था। देश आजाद होने के बाद जब कुएँ से हजारों की तादाद में हड्डियाँ निकाली गयीं तब मजीद, रहीम, इदरीस के रिश्तेदार उन हड्डियों पर गिरकर बिलख-बिलख कर रोये थे। कैसे पता चलेगा कि कौन-सी हड्डी मजीद की है और कौन-सी अनिल की? सुधामय की टूटी हुई टाँगें, पसली की टूटी हुई तीन हड्डियाँ जुड़ चुकी थीं। पेनिस काट लिए जाने का घाव भी सूख रहा था, लेकिन सीने का घाव अब तक ताजा था। आँखों के आँसू भी नहीं सूखे थे। जिन्दा रहना क्या इससे ज्यादा कुछ है? शारीरिक रूप से जिन्दा रहने के बावजूद कैम्प से लौटकर सुधामय को यह नहीं लगा था कि वे जिन्दा हैं। फूलपुर के अर्जुनखिला

गाँव में अब्दुस सलाम नाम से उन्हें सात महीने तक एक बाँस की दीवार वाले मकान में रहना पड़ा था। उस समय सुरंजन को साबिर कहकर पुकारना पड़ता था। जब वहाँ रहने वाले लोग किरणमयी को फातिमा कहकर पुकारते थे तो सुधामय को सुनने में शर्म आती थी। पसलियों की टूटी हुई हड्डियाँ जितना छाती में चुभती थीं उससे कहीं अधिक फातिमा नाम सुनने से चुभन होती थी। दिसम्बर में मुक्तिवाहिनी का पलड़ा भारी हुआ, तब सारा गाँव 'जय बांग्ला' कहता हुआ खुशी से नाच उठा। पूरे सात महीने तक जिस प्रिय नाम को वे पुकार नहीं पाये थे, उस दिन मन भरकर उस नाम को पुकारा था सुधामय ने 'किरण! किरण!!!' वक्ष में जमे हुए उनके दुःख की ज्वाला उस दिन बुझ गयी थी। यही है सुधामय का जय बांग्ला! हजारों व्यक्तियों के समक्ष जोर-शोर से 'किरणमयी' को 'किरणमयी' कहकर पुकारने को ही वे 'जय बांग्ला' के नाम से जानते हैं।

अचानक बुरी तरह से दरवाजा खटखटाने की आवाज से दोनों चौंक उठे। हरिपद भट्टाचार्य आये हैं। जीभ के नीचे 'निफिकार्ड' टेबलेट रखकर आँखें बन्द किए सोये रहने के बाद सुधामय को दर्द से थोड़ी राहत मिली। हरिपद घर के आदमी की तरह ही हैं। हरिपद को देखकर सुधामय उठकर बैठ गये।

'क्या आप बीमार हैं? बड़े फीके-से लग रहे हैं!'

'हाँ हरिपद। कई दिनों से शरीर की हालत ठीक नहीं है। प्रेशर भी नहीं देखा।'

'पहले से पता होने पर मैं बी.पी. मशीन ले आता।' किरणमयी बोली, 'देखिए न! सुरंजन भी इस वक्त बाहर निकला है। आप किस तरह आये?'

'शार्ट कट मारकर आया हूँ। मेन रोड से नहीं आया।'

काफी देर तक कोई कुछ नहीं बोला। हरिपद अपनी चादर उतारते हुए बोले, 'ढाका में आज बाबरी मस्जिद के तोड़े जाने को लेकर प्रतिवाद हो रहा है, दूसरी तरफ शान्ति जुलूस भी निकाला जा रहा है। राजनैतिक दलों और विभिन्न संगठनों ने साम्प्रदायिक सद्भावना बनाये रखने के लिए सभी का आह्वान किया है। मंत्री सभा की बैठक में जनता से संयम बनाये रखने के लिए अनुरोध किया गया है। शेख हसीना ने कहा है कि किसी भी कीमत पर साम्प्रदायिक सद्भावना बनाये रखिये। भारत के दंगा-फसाद में दो सौ तेईस लोगों की मृत्यु हुई है, चालीस शहरों में कर्फ्यू जारी किया गया है। साम्प्रदायिक दलों को निषिद्ध घोषित कर दिया गया है। नरसिंह राव ने बाबरी मस्जिद का पुनर्निर्माण कराने का वचन दिया है।'

इतना कहकर हरिपद गम्भीर चेहरा लिये हुए बैठे रहे। फिर कहा, 'कुछ तय किया है? क्या यहीं रहिएगा? मुझे नहीं लगता है कि यहाँ रहना उचित होगा। मैंने तो सोचा था, ससुराल चला जाऊँगा। मेरी ससुराल मानिकगंज में है। लेकिन आज सुबह साले ने आकर बताया कि मानिकगंज शहर और घिउर थाने के इलाके में सौ से भी अधिक घरों को लूट कर आग लगा दी गयी है। पच्चीस मन्दिरों को तोड़कर

जला दिया गया। वक्झुड़ी गाँव के हिन्दुओं के मकानों को जला दिया गया। आधी रात में आठ-दस युवक देवेन सूर के घर में घुसकर उसकी बेटी सरस्वती को उठा ले गये फिर बलात्कार किया।'

'क्या कह रहे हैं!' सुधामय आर्तनाद कर उठे।

'आपकी बेटी कहाँ है?'

'माया अपनी सहेली के घर पर है।'

'मुसलमान के घर तो...!'

'हाँ!'

'तो फिर ठीक है।' हरिपद जी ने निश्चिन्तता की साँस छोड़ी।

किरणमयी भी निश्चिन्त हुई। सुधामय चश्मे का शीशा पोंछते हुए बोले, 'दरअसल सारा दंगा-फसाद इधर ही है। मयमनसिंह में कभी दंगा होते नहीं देखा। अच्छा, हमारे मयमनसिंह में भी कुछ हुआ है क्या, हरिपद बाबू?'

'सुना है, पिछली रात में फूलपुर थाने के बथुआडीह गाँव में दो मन्दिर, एक पूजा मंडप और त्रिशाल में एक काली मन्दिर तोड़ दिया है।'

'शहर में तो कुछ नहीं हुआ होगा? दरअसल, देश के उत्तर की ओर यह सब कम ही होता है। हमारे तरफ कभी मन्दिर जलाने की घटना नहीं घटी, है न किरणमयी?'

'नार्थ बुक हॉल रोड के सार्वजनिक पूजा दफ्तर, जमींदारों की काली प्रतिमा और मन्दिर सब का ध्वंस कर दिया। आज शान्तिनगर का 'जलखाबार' (नाश्ता) नामक मिठाई की दुकान, शतरूपा स्टोर को भी लूटने के बाद जला दिया गया। पिछली रात में जमात दल के लोगों ने कुष्टिया के छह मन्दिरों को तोड़ दिया। इसके अलावा चिटागांग, सिलहट, भोला, शेरपुर, काक्सबाजार, नोवाखाली के बारे में जो कुछ भी सुना है, उससे तो मुझे बहुत डर लग रहा है।'

'डर किस बात का?' सुधामय ने पूछा।

'सामूहिक पलायन!'

'अरे नहीं! इस देश में उस तरह से दंगा नहीं होगा!'

'नब्बे की बातें भूल गये दादा! या फिर वह आपको उतना महत्त्वपूर्ण नहीं लगा।'

'वह तो इरशाद सरकार द्वारा रची गयी घटना थी।'

'क्या कह रहे हैं दादा! बंगलादेश सरकार के जनसंख्या ब्यूरो का हिसाब देखिए न। इस बार 'एक्सोड्स' भयंकर ही होगा। सजाई हुई घटना में लोग अपने देश की मिट्टी को त्याग कर इस तरह से चले नहीं जाते। क्योंकि देश की मिट्टी तो फूल के गमले की मिट्टी नहीं है, जिसे खाद-पानी देकर थोड़े-थोड़े दिन बाद बदल दें। दादा, काफी डरता हूँ। एक लड़का कलकत्ता में पढ़ता है। लड़कियाँ यहाँ हैं। लड़कियाँ बड़ी हो गयी हैं उनकी फिकर में नींद नहीं आती। सोचता हूँ, कहीं

चला जाऊँ।'

सुधामय चौंक गये। एक ही झटके से चश्मा उतारते हुए बोले, 'हरिपद बाबू, आप पागल हो गये हैं? ऐसी अशुभ बातें ज़ुबान पर भी मत लाइये।'

'यही कहेंगे न कि यहाँ पर मेरी प्रैक्टिस अच्छी है। अच्छा रुपया कमा रहा हूँ। अपना घर है। है न?'

'नहीं हरिपद! कारण वह नहीं है। सुविधा है इसलिए नहीं जा सकते, बात यह नहीं है। सुविधा न रहने पर भी जाने का सवाल क्यों आएगा? क्या यह तुम्हारा देश नहीं है? मैं तो सेवानिवृत्त व्यक्ति हूँ। कमाई भी नहीं है। लड़का भी नौकरी-चाकरी नहीं करता। रोगी देखता हूँ, उसी से परिवार चलता है। अब दिन-ब-दिन रोगियों की संख्या भी घट रही है। इसका मतलब यह थोड़े ही है कि मैं चला जाऊँगा? जो लोग देश छोड़कर चले जाते हैं, क्या वे आदमी हैं? चाहे जो भी हो, जितना भी दंगा-फसाद हो, बंगाली तो असभ्य जाति नहीं है। थोड़ा बहुत कोलाहल हो रहा है, रुक जाएगा। पास-पास स्थित दो देश हैं। एक देश में आग लगेगी तो उसकी लपट दूसरे देश में तो जाएगी ही। माइंड इट हरिपद! चौंसठ का दंगा बंगाली मुसलमानों ने नहीं लगाया था, बिहारी मुसलमानों ने लगाया था।'

हरिपद बाबू अपनी चादर से नाक-मुँह अच्छी तरह से ढाँकते हुए बोले, 'चादर से अपना चेहरा छिपाये हुए जो निकल रहा हूँ तो बिहारी मुलसमलानों के डर से नहीं दादा, आपके बंगाली भाइयों के डर से।'

हरिपद बाबू सावधानी से दरवाजा खोलकर दबे पैरों से बायीं ओर की गली से होते हुए अदृश्य हो गये। किरणमयी दरवाजे को दोनों उँगलियों से थोड़ा खोलकर बेचैनी के साथ सुरंजन की प्रतीक्षा करती रही। थोड़ी-थोड़ी देर बाद एक-एक जुलूस जा रहा है—'नाराए-तकबीर अल्लाहो अकबर' का नारा लगाता हुआ। उनका कहना है किसी भी तरह भारत सरकार को बाबरी मस्जिद का निर्माण करना होगा, वरना खैर नहीं।

सुरंजन काफी देर रात घर लौटा। वह नशे में धुत था। उसने किरणमयी को बता दिया कि उसे भूख नहीं है। रात में वह खाना नहीं खाएगा।

सुरंजन बत्ती बुझाकर सो जाता है। उसे नींद नहीं आती। वह सारी रात करवटें बदलता रहता है। चूँकि उसे नींद नहीं आ रही है इसलिए वह एक-एक कदम चलता हुआ अतीत में लौटता है। इस राष्ट्र की चार मूल नीतियाँ थीं—बांग्ला जातीयता, धर्मनिरपेक्षता, गणतंत्र और समाजवाद। बावन के भाषा आन्दोलन से लेकर लम्बे समय के गणतांत्रिक संग्राम और उसके चरम मुक्ति-युद्ध के बीच जो साम्प्रदायिक और धर्मान्ध शक्तियाँ परास्त हुई थीं, बाद में मुक्ति-युद्ध की चेतना विरोधी प्रतिक्रियाशील चक्र के घूमने, राष्ट्रीय सत्ता और संविधान के चरित्र-परिवर्तन के फलस्वरूप मुक्ति-युद्ध में तिरस्कृत और पराजित वही साम्प्रदायिक कट्टरपंथी

शक्तियाँ पुनर्जीवित हुईं। धर्म को राजनैतिक हथियार के रूप में इस्तेमाल करने की कुशलता के जरिए अवैध और असंवैधानिक रूप से इस्लाम को राष्ट्रधर्म बनाने के बाद साम्प्रदायिक और मौलवादी शक्ति की तत्परता बहुत अधिक बढ़ गयी।

कुमिल्ला जिले के दाउदकान्दी उपजिला सवाहन गाँव में 1979 की 8 फरवरी की सुबह हिन्दू ऋषि सम्प्रदाय के ऊपर आसपास के गाँवों के करीब चार सौ लोगों ने अचानक हमला किया। इन लोगों ने चिल्लाकर घोषणा की—'सरकार द्वारा देश में इस्लाम को राष्ट्रीय धर्म घोषित किया गया है। इसलिए इस्लामी देश में रहने के लिए सबको मुसलमान बनना पड़ेगा।' उन लोगों ने ऋषियों के प्रत्येक घर में लूटपाट की तथा आग लगा दी। मन्दिरों को धूल में मिलाकर कई लोगों को पकड़ कर ले गये, जिनकी अब तक कोई खबर नहीं मिली। लड़कियों के साथ खुलेआम बलात्कार किया गया। इस हमले में बुरी तरह घायल हुए कई व्यक्ति अब तक जीवित हैं।

नरसिंदी में, शिवपुर जिले के आबीरदिया गाँव के नृपेन्द्र कुमार सेनगुप्ता और उनकी पत्नी अणिमा सेनगुप्ता को एक वकील के घर में रोककर सवा आठ बीघा जमीन की जबरदस्ती रजिस्ट्री करवा ली गयी। 27 मार्च, 1979 को अणिमा ने नरसिंदी के पुलिस मुख्यालय में लिखित शिकायत की कि अभियुक्तों ने उसे डराया-धमकाया। उस इलाके के लोग भी डर के मारे कुछ कह नहीं पाये। इसके बाद अणिमा को ही चार दिनों तक जेल में बन्द रखकर उस पर तरह-तरह के जुल्म ढाए गये।

उस वर्ष 7 मई को फीरोजपुर जिले के काउखाली उपजिला के बाउलाकांदा गाँव में दस-बारह सशस्त्र व्यक्तियों ने हालदारों के मकान पर हमला किया। घर का सामान लूटने के बाद मन्दिरों को तोड़कर उल्लसित होते हुए नारा लगाया था—'मालाउन हिन्दुओं का निधन करो, मन्दिर तोड़ मस्जिद करो।' वे हिन्दुओं को जल्द-से-जल्द देश छोड़ देने की धमकी दे गये।

चट्टग्राम जिले में राउजान उपजिला के गश्चि गाँव के एक डेढ़ सौ मुसलमानों ने वैद्य बाड़ी में 9 मई को दिन के उजाले में बम फोड़कर आग लगा दी और परिवार के सदस्यों को गोली से मौत के घाट उतार कर तांडव नृत्य किया।

सोलह जून को फीरोजपुर जिले में स्वरूपकाठी उपजिला के आठधर गाँव में दस-बारह पुलिस वालों ने गौरांग मण्डल, नगेन्द्र मण्डल, अमूल्य मण्डल, सुबोध मण्डल, सुधीर मण्डल, धीरेन्द्र नाथ मण्डल, जहर देउरी समेत पन्द्रह-सोलह हिन्दुओं को बन्दी बनाया। गौरांग मण्डल के आँगन में लाकर उनकी पिटाई शुरू की। गौरांग मण्डल की पत्नी रेणु ने जब रोकना चाहा तो पुलिस वालों ने उसे एक कमरे में ले जाकर उसके साथ सामूहिक बलात्कार किया। अन्य महिलाओं ने जब उन्हें रोकना चाहा तब उन्हें भी लांछित होना पड़ा। सनातन मण्डल की लड़की रीना को

भी जबरदस्ती पकड़कर उन लोगों ने बलात्कार किया। इस घटना के बाद रीना का अपहरण हो गया और तब से आज तक वह लापता है।

अट्ठारह जून को रात के ग्यारह बजे फीरोजपुर जिले में ही नजीरपुर उपजिला के चाँदकाठी गाँव में तीन पुलिस वाले और स्थानीय चौकीदार ने कुछ सशस्त्र व्यक्तियों को साथ लेकर तलाशी की। तलाशी करते समय उन लागों ने हिन्दुओं को देश छोड़ने की चेतावनी दी। सर्वहारा पार्टी का सदस्य होने का आरोप लगाकर दुलाल कृष्ण मण्डल सहित चार-पाँच हिन्दुओं को थाने में ले जाकर उन पर खूब जुल्म ढाया गया। बाद में आठ-दस हजार रुपये लेकर उन्हें छोड़ दिया गया। इस इलाके के काफी हिन्दुओं ने देश छोड़ दिया। खुलना जिले में दिघलिया उपजिला के गाजीरहाट यूनियन के बारह गाँवों में अल्पसंख्यक हिन्दुओं पर अवर्णनीय अत्याचार शुरू हुआ। चुनाव में हार कर चेयरमैन पद के उम्मीदवार मुल्ला जमालुद्दीन ने किराये के गुंडे लगाकर हिन्दुओं की खेती-बाड़ी में बाधा डाली। वे धान काट ले जा रहे थे, गाय-बैलों को खोलकर ले जा रहे थे, दुकानों को लूट रहे थे।

बारिशाल जिले के दुर्गापुर गाँव में दान की जमीन पर अवैध कब्जा करने और लीज लेने के विरुद्ध दर्ज मामले के कारण 10 दिसम्बर, 1988 को अब्दुस सुबहान भुइंया और यू.पी. सदस्य गुलाम हुसैन ने हथियारबंद लोगों के साथ राजेन्द्रनाथ के घर पर हमला किया। उन्होंने राजेन्द्रनाथ को कत्ल करने की धमकी देकर घर से सोना-गहना सब लूटकर जाते-जाते घर में आग लगा दी। वे अष्टधातु की बनी राधाकृष्ण की मूर्ति भी उठा ले गये जो देना नहीं चाहते थे उन्हें बुरी तरह से पीटा गया। जाने से पहले वे राजेन्द्रनाथ को सपरिवार देश छोड़ने का 'हुक्म' दे गये।

26 अगस्त, 1988 की सुबह बागेरहाट जिले में रामपाल उपजिला के तालबुनिया गाँव में कुछ कट्टरपंथियों के उकसावे से प्रेरित होकर पुलिस वालों ने बूढ़े लक्ष्मणचन्द्र पाल के घर में घुसकर उसके पोते विकासचन्द्र पाल को बुरी तरह पीटा। इतना ही नहीं लक्ष्मणचन्द्र के बड़े बेटे पुलिन बिहारी पाल और मँझले बेटे रवीन्द्रनाथ पाल को भी पुलिस ने काफी पीटा। पुलिन की पत्नी ने जब पुलिस वालों को रोकना चाहा तो पुलिस ने उसे भी पीटा! इसके बाद पुलिस पुलिन, रवीन्द्रनाथ और विकास को बाँधकर थाने में ले आयी, वहाँ पर झूठा केस दर्ज करके उन्हें जेल में डाल दिया गया। उन्हें जमानत भी नहीं मिली। दरअसल, स्वतंत्रता प्राप्ति के कुछ समय पहले शोलाकुड़ा गाँव के अब्दुल हाकिम मुल्ला को लक्ष्मणचन्द्र की भतीजी के साथ बलात्कार करने और परिवार के अन्य सदस्यों को मारने-पीटने के जुर्म में मल्लिक, हारून मल्लिक और अब्दुल जब्बार काजी को लेकर पुलिस की सहायता से उसने लक्ष्मणचन्द्र पाल के परिवार से इस तरह बदला लिया। इस घटना के बाद सुरक्षा के अभाव से आशंकित कई हिन्दू परिवारों ने देश छोड़ देने का निर्णय लिया।

गोपालगंज के कोटालीपाड़ा, मकसूदपुर सहित पूरे गोपालपुर जिले में हिन्दुओं के घरों में चोरी, डकैती, लूटमार, चार सौ बीसी, गैर कानूनी ढंग से घरों पर कब्जा करने, झूठा मामला दायर करने, बलात्कार करने, मन्दिरों को तोड़कर आग लगाने की घटना तो है ही, साथ ही पुलिस का अत्याचार भी खूब चला। कोटालीपाड़ा लाखिरपाड़ गाँव में दिनदहाड़े खुलेआम हिन्दुओं पर हमला किया गया, उनकी बेटियों पर जुल्म ढाया और मादारबाड़ी, लाखिरपाड़ा, घाघर बाजार, खेजूरबाड़ी, कान्द्री आदि इलाकों में हिन्दुओं को डरा धमकाकर रुपया ऐंठा, कीमती वस्तुओं को लूटकर स्टाम्प पेपर पर हस्ताक्षर भी करवा लिया। यहाँ के काफी हिन्दुओं ने डर कर देश छोड़ दिया। मण्टू काजी ने कोटालीपाड़ा में सोनाली बैंक की मिसेज भौमिक के साथ पाशविक बलात्कार किया। कान्द्री गाँव की ममता, मधु सहित कई लड़कियों को नौकरी देने के बहाने उपजिला कार्यालय में बन्द कर बलात्कार किया गया।

बागेरहाट जिले में चितलमारी उपजिला के गरीबपुर गाँव में अनिलचन्द्र के घर 3 जुलाई, 1988 की आधी रात पुलिस घुसी। अनिलचन्द्र घर पर नहीं थे। पुलिस वालों ने उसकी पत्नी और बच्चे को काफी पीटा। उसी रात गाँव के स्कूल मास्टर अमूल्य बाबू के घर पर भी पुलिस ने लूटपाट की। 4 तारीख को सुड़ीगाती गाँव के क्षितीश मण्डल की पत्नी और बेटी के साथ पाशविक अत्याचार किया गया। 5 तारीख को उसी गाँव के श्यामल विश्वास के घर पर भी पुलिस ने हमला किया और घर की कीमती वस्तुओं को लूट लिया। इन घटनाओं के कुछ दिनों बाद से चितलमारी गाँव के नीरद बिहारी राय के घर में ज़बरन घुसकर एक असामाजिक व्यक्ति रहने लगा। प्रशासन से कहने-सुनने का भी कोई फायदा नहीं हुआ। कालशिरा गाँव के एक हिन्दू को यू. पी. सदस्य मंसूर मल्लिक जबरदस्ती उसके घर से निकालकर खुद रहने लगा है। वह बेघर व्यक्ति अब सड़क पर भटकता है।

गोपालगंज के शिक्षा विभाग के कार्यपालक जहूरसाहेब ने हिन्दू महिलाओं को नौकरी दिलाने का लालच दिखाकर उनकी इज्जत लूटी। डेमकैर गाँव में विश्वासवाड़ी की दो महिलाओं का उसी तरह से बलात्कार किया गया। इतना ही नहीं, ये जनाब हिन्दू शिक्षक-शिक्षिकाओं को तबादले का डर दिखाकर उनसे रुपया भी ऐंठते हैं।

गोपालगंज के आलती गाँव के जगदीश हालदार के घर पर पुलिस और उस इलाके के हथियारबंद युवकों ने एक साथ मिलकर हमला किया। पूरे घर को तहस-नहस कर दिया। परिवार के सदस्यों के साथ मारपीट की और लूटपाट भी की। जाते-जाते सबको मार डालने की धमकी भी दे गये। उस वर्ष गाँव के और भी कई मकानों पर इसी तरह हमला हुआ और कई मन्दिरों को तोड़ डाला गया। आशुतोष राय, सुकुमार राय, मनोरंजन राय, अंजलि राय, सुनीति राय और बेला विश्वास उनके हाथों उत्पीड़ित हुए थे। जाते समय वे धमकी दे गये कि इस देश

में कोई मन्दिर नहीं रह सकता।

गोपालगंज जिले में मकसूदपुर उपजिला के 'उजानि संघ' के अध्यक्ष खायेर मुल्ला की मृत्यु को मुद्दा बनाकर पुनरुत्थानवादी कट्टरपंथियों और पुलिस ने उस इलाके के हिन्दुओं पर अत्याचार किया। पुलिस ने वासुदेवपुर गाँव के शिबू की पत्नी और महाढेली गाँव की मुमारी अंजलि विश्वास के साथ बलात्कार किया। शिमुलपुर गाँव के बारह लोगों पर सर्वहारा दल का समर्थक होने का आरोप लगाकर उन्हें गिरफ्तार किया गया और उन पर काफी अत्याचार किया गया। बाद में एक बड़ी राशि के बदले उनको छुटकारा मिला।

20 जून को फिरोजपुर जिले में स्वरूपकाठी उपजिला के वास्तुकाठी गाँव में पुलिस ने हिन्दुओं की फसल को तहस-नहस कर दिया। खेत में जो काम कर रहे थे, उन्हें थाने में बन्द कर दिया गया और काफी रुपये वसूलने के बाद ही उन्हें छोड़ा गया। इसी गाँव में 11 जून को उपजिला के स्वास्थ्य विभाग की सेविका मिनती रानी अपनी भाभी और भाई को लेकर अपनी सहेली छवि रानी के घर मिलने आदमकाठी जा रही थी। रास्ते में अस्थायी पुलिस कैम्प में बन्द करके उन्हें सताने की धमकी दी जाने लगी। बाद में एक हजार रुपये के बदले उन्हें छोड़ा गया। स्वरूपकाठी के पूर्व जलाबाड़ी गाँव के सुधांशु कुमार हालदार की चौदह वर्षीय लड़की शिउली को मामा के घर जाते समय रास्ते में पकड़कर रुस्तम अली नाम के एक आदमी ने उसके साथ बलात्कार किया। शिउली रास्ते में बेहोश होकर पड़ी थी। सुधांशु हालदार ने जब वहाँ के जाने माने लोगों से इसकी फरियाद की तो उससे कहा गया, 'यह सब अगर नहीं बर्दाश्त कर सकते तो इस देश को छोड़ना होगा।'

7 अप्रैल को बागुड़ा जिले में शिवगंज उपजिला के बूडीगंज बाजार में डॉ. शचीन्द्र कुमार साहा के आवास के सामने मस्जिद बनाने के मकसद से मस्जिद कमेटी के लोगों ने उनके घर पर हमला किया। उन्होंने डॉक्टर साहा के घर का दरवाजा और खिड़की तोड़ डाली। सामान लूटकर घर में आग लगा दी। उन लोगों ने उनके घर से सटे मन्दिर को तोड़कर धूल में मिला दिया। करीब दो घण्टे तक ताण्डव चला। इस दौरान करीब 11 लाख रुपये का सामान लूट लिया। घटना के समय डॉक्टर साहब के लड़के ने किसी तरह भागकर थाने में खबर दी तो पुलिस अधिकारी अपनी पुलिसवाहिनी लेकर गये तो जरूर लेकिन अभियुक्त अलताफ हुसैन मण्डल के नेतृत्व में अन्य अभियुक्तों ने लाठी, लोहे के रॉड, ईंट-पत्थर से पुलिस पर आक्रमण किया। इसमें कुछ पुलिस वाले घायल भी हुए। बाद में शिवगंज उपजिला के कार्यकारी अधिकारी ने अलताफ हुसैन मण्डल सहित पैंसठ लोगों के विरुद्ध शिकायत दर्ज की। उन लोगों को गिरफ्तार भी किया गया। लेकिन ऊपर से आदेश होने के कारण अभियुक्तों को रिहा करना पड़ा। डॉक्टर

साहब के परिवार के सदस्यों को भी मार डालने की धमकी दी गयी। इससे पूरे इलाके के हिन्दू असुरक्षा महसूस करने लगे। अब वे इस इलाके को छोड़कर जाने के बारे में सोचने लगे हैं।

फरीदपुर जिले में आलताफडांगा उपजिला के टिकरापाड़ा गाँव में 3-4 मई, 1980 को हिन्दुओं के ऊपर अत्याचार किया गया। इस इलाके के हिन्दू जान बचाने के लिए अपना-अपना घर छोड़कर दूसरी जगह आश्रय लेने लगे।

मागुरा जिले में मुहम्मदपुर उपजिला रायपुर यूनियन के राहतपुर गाँव के निवासी हरेन विश्वास की पत्नी, नाबालिग लड़की और उसके बेटे की बहू के साथ उसी इलाके के प्रभावशाली नजीर मृधा ने बलात्कार किया। इस मामले की शिकायत दर्ज कराने पर नजीर नायर और उसके सहयोगियों ने ऐसा अत्याचार शुरू किया कि हरेन विश्वास और उसके परिवार को देश छोड़ने के लिए बाध्य होना पड़ा।

19 और 20 मई को गोपालगंज जिले में कोटालीपाड़ा उपजिला के देवग्राम में पुलिस बंगभूमि आन्दोलन में शरीक होने के अभियोग में उस गाँव के अनिल कुमार बागची, सुशील कुमार पाण्डे, माखनलाल गांगुली को गिरफ्तार किया गया। काफी रुपये वसूलने के बाद उन्हें छोड़ा गया। झालकाठी जिले के उपजिला मीराकाठी गाँव के रमेशचन्द्र ओझा को जबरदस्ती धर्मान्तरित किया गया। रमेशचन्द्र की पत्नी मिनती रानी और उसके बड़े भाई नीरद ओझा पर भी धर्म बदलने के लिए दबाव डाला जा रहा है। मिनती रानी ने जब खुद स्थानीय जाने-माने लोगों से यह बात कही तो उन्हीं को उल्टे पाशविक अत्याचार भुगतने की धमकी दी गयी। मिनती रानी अब जान बचाने के डर से भागी-भागी फिर रही हैं।

गोपालगंज जिले में कचुवा उपजिला के जवाई गाँव में सुधीर वैद्य की पत्नी के साथ सुलतान नाम के एक नौकरी से निकाले गये पुलिस जवान ने बलात्कार किया। लोकलाज के डर से उस महिला ने अपने आपको कहीं छिपा लिया है। इतना ही नहीं, उसे जान से मार डालने की धमकी भी दी गयी है। उसी गाँव के उपेन्द्र माला की एक गाय को जबह करके मुसलमान खा गये। उसने जब उसकी शिकायत की तो उल्टे उसे ही लांछित होना पड़ा। गोपालगंज की बौलनताली यूनियन के बौलनताली गाँव में कार्तिक राय ने अपने ही खेत के धान की फसल की रक्षा करते हुए मुहल्ले के मुसलमानों के हाथों जान दे दी। और उसकी पत्नी रेणुका इस निर्दयी हत्याकाण्ड को उनके दबाव में आकर 'स्वाभाविक मृत्यु' कहने को बाध्य हुई।

कुमिल्ला जिले में लाकसाम उपजिला के दक्षिण चाँदपुर के प्रेमानन्द शील की नौवीं कक्षा में पढ़ने वाली लड़की मंजुरानी शील का 4 दिसम्बर, 1988 की रात आठ बजे अब्दुर रहीम ने अपने दल-बल के साथ अपहरण किया। दूसरे दिन

सुबह लासाम थाने में शिकायत दर्ज की गयी। फिर भी मंजुरानी का अब तक कोई पता नहीं चला। अपहरणकर्ता प्रेमानन्द शील और उसके परिवार के सदस्यों को धमकाते फिर रहे हैं। पूरे मामले में पुलिस मूकदर्शक बनी हुई है। इस इलाके के अभिभावक अपनी लड़कियों को स्कूल भेजने का साहस तक नहीं जुटा पा रहे हैं।

25 अप्रैल को बरिशाल जिले में उजिरपुर उपजिला के गुटिया गाँव में पुलिस ने कीर्तन करते सोलह हिन्दुओं को गिरफ्तार किया। वे सब के सब दिहाड़ी पर काम करने वाले मजदूर थे।

राष्ट्रधर्म बिल पास होने के बाद जैसोर जिले में अभयनगर उपजिला के सिद्धिरपाशा गाँव के हिन्दू 20 हजार रुपये फी बीघा कीमत की जमीन सात-आठ हजार रुपये बीघा बेचकर भारत जा रहे थे। क्योंकि वहाँ के कुछ लोगों ने प्रचारित किया था कि हिन्दुओं की सम्पत्ति अब बेची नहीं जा सकेगी। इस पर गाँव के माधव नन्दी बाकी हिन्दुओं को समझाने की कोशिश कर रहे थे कि उनकी बातों में आकर अपनी जमीन-जायदाद मत बेचिए। इसके कुछ ही दिनों बाद आधी रात को माधव नन्दी के घर पर बारह-चौदह लोगों ने हमला कर दिया। उन सब के हाथों में कटारी, बल्लम आदि थे। हमलावरों ने माधव नन्दी की सात महीने की गर्भवती पुत्रवधू और जवान लड़की के साथ बलात्कार किया।

कुष्टिया के खोकसा उपजिला के देवने विश्वास पर पन्द्रह मई को गोली चलाई गयी। इसकी शिकायत भी दर्ज की गयी लेकिन आज तक कोई गिरफ्तार नहीं हुआ।

1988 में 12 और 16 अगस्त को पुलिस ने सशस्त्र युवकों को साथ लेकर बागेरहाटा जिले में चितलमारी उपजिला के गरीबपुर गाँव पर हमला किया। उन्होंने मन्दिर की देवमूर्ति को तोड़ डाला, लड़कियों की इज्जत लूटी। बीस-इक्कीस लोगों को बेतहाशा पीटने के बाद रुपया ऐंठ कर छोड़ा। नारायण वैरागी, सुशान्त ढाली, अनुकूल बाड़ई, रंजन ढाली, जगदीश वैरागी काफी दिनों तक जेल में रहे।

चारबालीयाड़ी गाँव में भी इसी तरह का हमला हुआ। पन्द्रह-सोलह व्यक्तियों को जेल में बन्द करके रुपया वसूलने के बाद छोड़ा गया। हिजला और बड़बाड़िया गाँव में भी आठ-नौ व्यक्तियों को गिरफ्तार किया गया, उन पर जुल्म ढाया गया, अन्त में रुपयों के बदले उन्हें मुक्ति मिली।

सातक्षीरा के ताला उपजिला में पारकुमिरा गाँव के रवीन्द्रनाथ घोष की किशोरी लड़की छन्दा के साथ, जो तीसरी कक्षा में पढ़ती है, गाँव के ही स्कूल शिक्षक ने बलात्कार किया। 1979 में 16 मई को यह घटना घटी। उस दिन, रात में छन्दा अपने परिवार के सदस्यों के साथ बरामदे में सोई हुई थी। आधी रात को उसका स्कूल मास्टर नईमुद्दीन कुछ लोगों को साथ लेकर आया और जबरदस्ती छन्दा को उठा ले गया। बगल के एक बगीचे में ले जाकर उसके साथ बलात्कार किया।

दूसरे दिन सुबह छन्दा खून से लथपथ अचेत हालत में मिली। उसे सातक्षीरा अस्पताल में दाखिल कराया गया। ताला थाने में रिपोर्ट दर्ज कराये जाने पर भी अभियुक्तों को गिरफ्तार नहीं किया गया।

गोपालगंज जिले में मकसूदपुर उपजिला के गोहाला गाँव की उज्ज्वला रानी के साथ उसके बाप की सम्पत्ति हथियाने के फिराक में लगे पाँच व्यक्तियों ने बलात्कार किया। उज्ज्वला रानी के अभिभावक जब मकसूदपुर थाने में रिपोर्ट लिखाने गये तो थानेदार ने एफ. आई. आर. ही दर्ज नहीं किया।

बरिशाल जिले में झालकाठी, नलछिटी, स्वरूपकाठी, बानूरियापाड़ा, आगैलझरा, उजिरपुर, नजरीपुर, गौरनदी आदि इलाकों के सर्वहारा पार्टी के सदस्यों को गिरफ्तार करने के बहाने अल्पसंख्यकों पर अत्याचार किया गया। उन्हें गिरफ्तार करने के बाद रिश्वत लेकर छोड़ा गया। पुलिस के अत्याचार से भयभीत होकर उस इलाके के अनेक हिन्दू भागे-भागे फिर रहे हैं। आगैलझरा उपजिले के काशीनाथ हालदार पुलिस अत्याचार से उत्पीड़ित होकर करीब अधमरे पड़े हैं।

फीरोजपुर जिले में नाजिरपुर उपजिला के दीघा यूनियन के तहत नावढाना गाँव के केशव साधु और उसके इकलौते पुत्र की, सर्वहारा पार्टी के साथ मिले होने के आरोप में, पुलिस ने इतनी पिटाई की कि बेटे को मार खाते देख केशव साधु को दिल का दौरा पड़ा और उसका निधन हो गया।

नरसिंदी जिले में रायपुर उपजिला की चरमधुआँ युनियन के चरमधुआँ गाँव में शहाबुद्दीन और अलाउद्दीन के नेतृत्व में सत्तर-अस्सी लोगों के एक दल ने सूत्रधर पाड़ा के हिन्दुओं के घर पर हमला किया और लूटपाट की। बीस परिवारों के करीब डेढ़ सौ सदस्य गाँव छोड़कर शरणार्थियों का जीवन जी रहे हैं।

नेत्र कोना जिले में मदन उपजिला के जहाँगीरपुर गाँव में 16 मई को पुनरुत्थानवादी कट्टरपंथियों के एक दल ने अल्पसंख्यक नेता विनय वैश्य के घर पर हमला किया। विनयबाबू के परिवार के सदस्यों को छत्तीस घंटे तक बन्दी बनाकर उनके घर पर लूटपाट की। थाने में वे शिकायत करने गये तो उल्टे पुलिस उन्हीं के दोनों बेटों को पकड़ कर ले गयी। बाद में उन लोगों को छोड़ दिया गया।

बाकरेगंज चाँदपुर यूनियन के दुर्गापुर गाँव में दस दिसम्बर को स्थानीय यू.पी. सदस्य गुलाम हुसैन के नेतृत्व में करीब सौ व्यक्तियों ने राजेन्द्र चन्द्र दास के घर पर हमला किया। लूटपाट की, घर के लोगों को मारा पीटा और अन्त में घर में आग लगा दी। कोतवाली थाने में राजेन्द्र चन्द्र ने जब मुकदमा कर दिया तो उनके घर में फिर से आग लगा दी गयी और परिवार के सदस्यों को जान से मार डालने की धमकी दी। उपजिला अदालत में मुकदमा किये जाने पर भी पुलिस चुप रही।

नोवाखाली जिले में बेगमगंज उपजिला के मीर वारिसपुर गाँव में दिनेश चन्द्र दास की सम्पत्ति कुछ लोगों ने जबरदस्ती हड़प ली।

सुरंजन को नींद नहीं आती। उसने 'एकता' पत्रिका में दो वर्षों तक काम किया था। वह रिपोर्टर के रूप में काम करता था। इस सिलसिले में उसे देश के कोने-कोने तक भागना पड़ता था। इस तरह की अत्याचार की खबरें उसके थैले में ही पड़ी रह जाती थीं। कुछ छपतीं और कुछ नहीं छपती थीं। सम्पादक कहते, 'जानते हो सुरंजन, यह दुर्बल के ऊपर सबल का अत्याचार है। यदि तुम अमीर हो तो तुम हिन्दू हो या मुसलमान, यह फैक्टर नहीं है। पूँजीवादी समाज व्यवस्था का तो यही नियम है। जाकर देखो, दरिद्र मुसलमानों की हालत भी ऐसी ही है। धनी व्यक्ति चाहे हिन्दू हो या मुसलमान, दरिद्र का शोषण कर रहा है।'

जाड़ा बहुत जमकर पड़ रहा है न? सुरंजन बदन से रजाई हटाता है। बहुत पहले सुबह हो चुकी है। बिस्तर से उठने का उसका मन नहीं होता। कल रात वह सारा शहर घूमता रहा। किसी के घर जाने की इच्छा नहीं हुई। किसी से बात करने का मन नहीं हो रहा था। वह अकेला चलता रहा। उसने यह भी सोचा कि घर पर माँ-बाप चिन्ता कर रहे होंगे। फिर भी उसकी लौटने की इच्छा नहीं हुई। डर से सहमी हुई किरणमयी का चेहरा देखने से वह खुद भी डर रहा था। सुधामय भी भावहीन आँखों से देखते रहे। सुरंजन की इच्छा हो रही थी कि वह कहीं बैठकर शराब पिये, ताकि वह शराब पीते-पीते माया की करुष आँखों को भूल सके; जिन आँखों में किंचित भय की छाया के साथ वह 'दादा, दादा' कहकर सुरंजन को पुकार रही थी। देखते-ही-देखते वह धड़धड़ाकर बड़ी हो गयी। अभी उस दिन की ही तो बात है। वह छोटी-सी गुड़िया भैया का हाथ पकड़े नदी देखने जाती थी। वह श्यामली सुन्दर लड़की दुर्गापूजा आते ही फ्रॉक खरीद देने की माँग करती थी। सुरंजन कहता, 'पूजा-वूजा की बात छोड़ दो! मिट्टी की प्रतिमा बनाकर असभ्य लोग नाचेंगे और तुम नया कपड़ा पहनोगी, छिः। तुम्हें मैं सभ्य नहीं बना सका।'

माया लाड़ भरे स्वर में कहती, 'भैया, पूजा देखने जाऊँगी। ले जाओगे?' सुरंजन धमकाता। कहता, 'इन्सान बनो, इन्सान! हिन्दू मत बनो।'

माया खिलखिलाकर हँसती। कहती, 'क्यों, हिन्दू लोग आदमी नहीं होते!' 1971 में माया को 'फरीदा' कहकर पुकारा जाता था। 1972 में भी जब दंगा-फसाद समाप्त हो गया था, सुरंजन के मुँह से कभी-कभी 'फरीदा' निकल जाता था। माया इससे गाल फुला लेती थी। उसका गुस्सा उतारने के लिए सुरंजन मोड़ की दुकान से उसे चॉकलेट खरीद देता था। चॉकलेट पाकर वह और खुश हो जाती थी। जब वह चॉकलेट गाल में रखती थी, तब उसकी मायावी आँखें खुशी से चमक उठती थीं। वह बचपन में मुसलमान सहेलियों को रंगबिरंगे गुब्बारे खरीदते देखकर गुब्बारे के लिए भी जिद करती। इतना ही नहीं वह पटाखे फोड़ेगी, फुलझड़ी जलायेगी,

इसके लिए किरणमयी का आँचल पकड़कर घूमती रहती थी। और कहती, 'आज नादिरा के घर पुलाव और मांस पकेगा, मैं भी पुलाव खाऊँगी।' किरणमयी भी पुलाव पकाती थी।

माया परसों सुबह गयी है। आज तक उसकी कोई खबर नहीं मिली। उसे लेकर माँ पिताजी को कोई दुश्चिन्ता भी नहीं है। मुसलमान के घर में कम-से-कम जिन्दा तो रहेगी। इतनी सी उम्र में वह दो-दो ट्यूशन करती है। 'इडेन कॉलेज' में पढ़ती है, और अपनी पढ़ाई-लिखाई का खर्च खुद ही चलाती है। सिर्फ सुरंजन को ही हाथ पसारना पड़ता है। उससे नौकरी-चाकरी कुछ भी नहीं हो पायी। फिजिक्स में मास्टर डिग्री लेकर बैठा हुआ है। शुरू-शुरू में नौकरी करने की इच्छा थी। कई जगह इंटरव्यू भी दिया था। वह विश्वविद्यालय का मेधावी छात्र था। लेकिन जो लड़के उससे पढ़ाई में मदद लेने आ जाया करते थे, वही फाइनल परीक्षा में उससे ज्यादा नम्बर लेकर पास हुए। नौकरी के मामले में भी वही हुआ। उससे कम नम्बर पाने वाले छात्र को शिक्षक की नौकरी मिल गयी, लेकिन उसे नहीं मिली। उसने कई इण्टरव्यू दिये। इण्टरव्यू में उसे कोई पछाड़ नहीं पाया। लेकिन जो लड़के बोर्ड से निकलकर दुखी होकर कहते थे कि बाइबा अच्छा नहीं हुआ, सुरंजन देखता कि अंततः 'अप्वॉयंटमेंट लेटर' उन्हें ही मिलता था। इस पर सुरंजन हैरान होता था। कुछेक बोर्ड में बात उठी कि सुरंजन अदब नहीं जानता है, परीक्षकों को सलाम नहीं करता है। दरअसल, 'अस्सलाम वालेकुम', 'आदाब' या 'नमस्कार' से ही केवल श्रद्धा ज्ञापित की जा सकती है, सुरंजन इस बात को नहीं मानता है। जो लड़का 'अस्सलाम वालेकुम' कहकर गद्गद भाव से बात करता है, वही बोर्ड से निकलकर परीक्षकों को 'सुअर का बच्चा' कहकर गाली देता है। उसी लड़के को लोग सभ्य मानते हैं और वही इण्टरव्यू में चुना भी जाता है। पर जिस सुरंजन ने 'अस्सलाम वालेकुम' नहीं कहा, उसने कभी शिक्षकों को गाली नहीं दी। उसी ने लोगों से 'बेअदब' होने का इनाम पाया है। पता नहीं, इसी वजह से या फिर वह हिन्दू है, इसलिए उसे कोई सरकारी नौकरी नहीं मिली। गैर-सरकारी प्रतिष्ठान में उसे एक नौकरी मिली थी, परन्तु तीन महीने नौकरी करने के बाद उसे और अच्छा नहीं लगा। उसने वह नौकरी छोड़ दी। इधर माया ठीक है। उसने हालात से समझौता कर लिया है। दो ट्यूशन पढ़ाती ही है। और सुनने में आया है कि एक एन. जी. ओ. में नौकरी भी ठीक हो गयी है। सुरंजन को शक होता है कि ये सारी सुविधाएँ जहाँगीर नाम के लड़के ने दिलाई होंगी। क्या माया अंततः कृतज्ञ होकर उस लड़के से विवाह कर लेगी? आशंका के तिनकों से उसके मन में गौरैया पक्षी की तरह घोंसला बनने लगा। एक प्याला चाय लिये किरणमयी सामने आकर खड़ी हो गयी। आँखों के किनारे सूजन आ गयी है। सुरंजन समझ गया कि वह रातभर सो नहीं पायी। वह भी कहाँ सो सका? लेकिन इस बात को उसने जाहिर नहीं

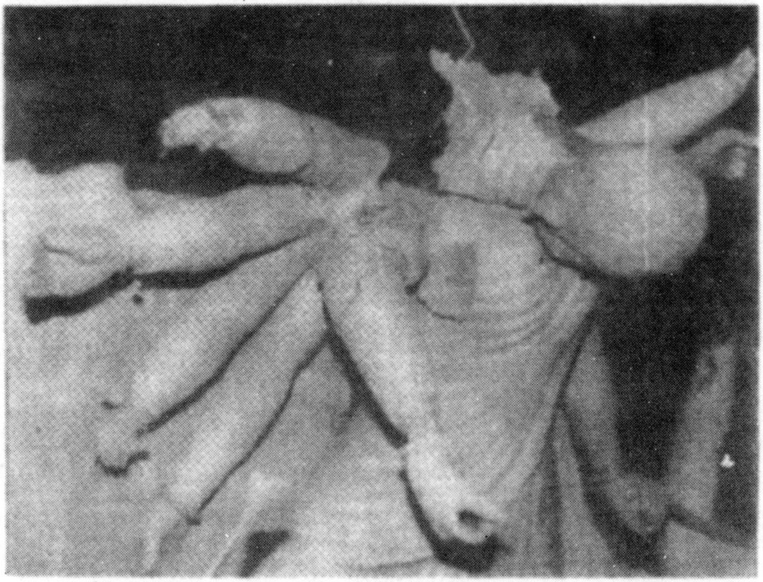

यह दुर्गा की टूटी हुई प्रतिमा है। 1988 में इस्लाम को राज्य धर्म की घोषणा द्वारा संविधान को बिगाड़ने के बाद, मन्दिरों को अपवित्र करना और देवी-देवताओं की मूर्तियाँ तोड़ना रोज का काम हो गया। हिन्दू बस्तियों पर हमले और विनाश में परिवार द्वारा पूजित देवी-देवताओं की मूर्तियाँ भी शामिल थीं। हिन्दुओं को काफिर और विधर्मी करार देकर उनसे सुरक्षा की ऊँची कीमत वसूल की जाती थी। उन्हें देश छोड़कर भारत चले जाने की चेतावनी दी जाती थी। उनकी स्त्रियों के साथ सामूहिक बलात्कार होता था, अक्सर माता-पिता और परिवारजनों के सामने।

अक्टूबर 8, 2001, पूर्णिमा रानी शील, एक चौदह साल से कम उम्र की लड़की को उसकी माँ की बाँहों से खींचकर, जब वो बेहोश हो गयी, तो इस्लामी राष्ट्रीय और उग्रवादी पार्टी के लोगों द्वारा उसके साथ सामूहिक बलात्कार हुआ।

कैवल्यधाम में श्री श्रीराम ठाकुर का जला हुआ चित्र, चट्टग्राम।

कैवल्यधाम के मूल मन्दिर के सभी जले हुए भवन, चट्टग्राम।

गोपालगंज–'92, टुंगीपाड़ा के बशुरिया गाँव में जले घर का मलबा साफ करती एक स्त्री।

गोपालगंज–'92, कविराजबाड़ी का ध्वस्त काली मन्दिर ग्राम चिकरारी–टुंगीपाड़ा।

कुमारी राशमणि बैन–एक नाबालिग हिन्दू लड़की के साथ इस्लामी आतंकवादियों द्वारा बलात्कार।

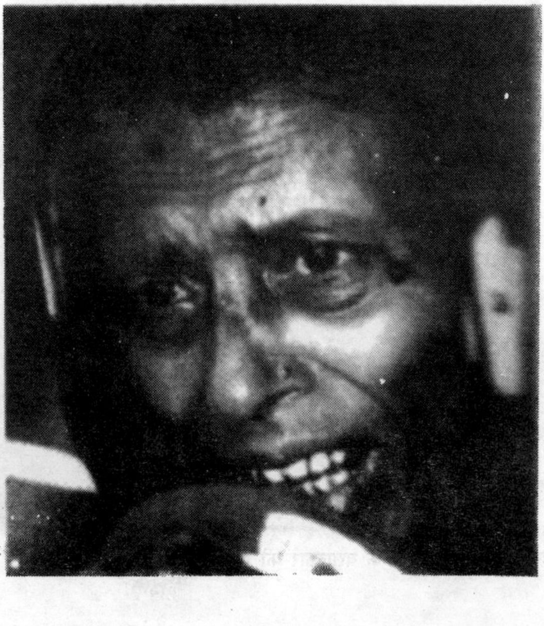

एक 50 साल की इस औरत के साथ भी इस्लामी आतंकवादियों ने बलात्कार किया।

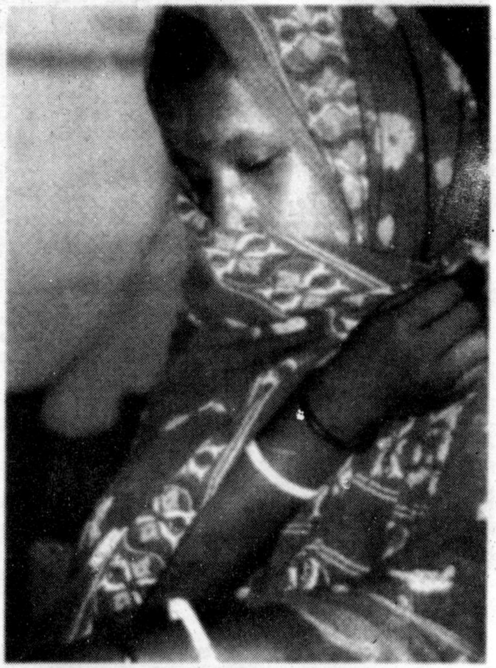

सुजाता–एक हिन्दू गृहिणी–भोला के गाँव अन्नदा प्रशाद में अपने घर में मुस्लिम आतंकवादियों के बलात्कार का शिकार हुई।

इस्लामी आतंकवादियों के बलात्कार की शिकार एक बालिका।

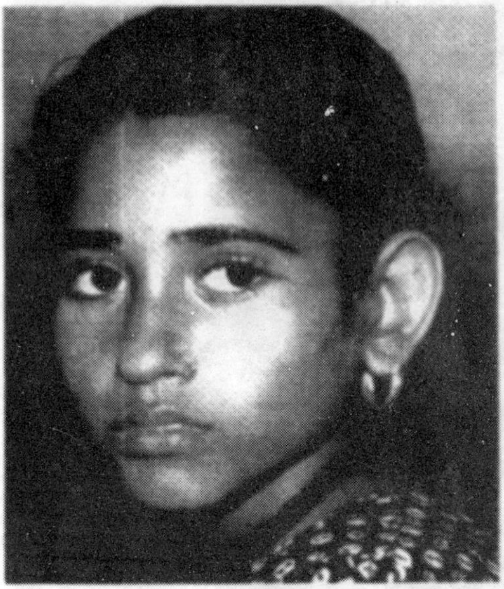

रीतारानी की उम्र 8 वर्ष है।

अक्टूबर 4, 2001–एक बी. एन. पी. जमात-ए-इस्लामी आतंकवादी गुट ने अन्नदा प्रशाद गाँव पर हमला किया। रीतारानी को पकड़कर उन्होंने उसके साथ सामूहिक बलात्कार किया।

सामूहिक बलात्कार इस्लामी आतंकवादियों का चुनिन्दा हथियार बन गया है। अगर परिवार के किसी सदस्य का कत्ल हो जाये तो परिवार किसी अन्य जगह जाकर रह सकता है। लेकिन घर की किसी लड़की के साथ बलात्कार होना अलग बात है। उसके बाद परिवार अपना देश छोड़कर चला जाता है। इस्लामी आतंकवादियों का यही उद्देश्य है।

मुस्लिम आतंकवादी गिरोह ने इस विकलांग हिन्दू स्त्री के साथ भी बलात्कार किया।

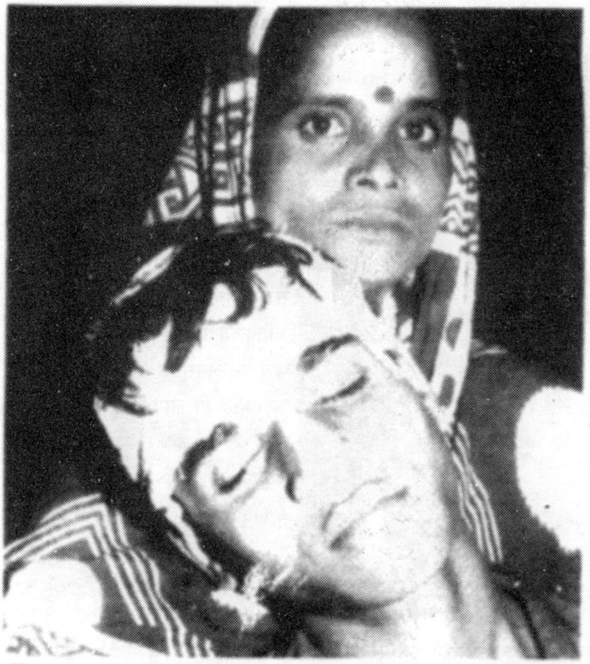

मीरेश्वर का लड़का संजीव (हिन्दू) अपनी माँ की गोद में इस्लामी चरमपन्थियों द्वारा एक हमले के समय।

रामशील में शरणागत स्त्रियाँ। उन्होंने रोते-रोते बताया–उन्होंने हमारी इज्ज़त लूट ली और अब कहते हैं यह हमारा देश नहीं।

ये बलात्कार की शिकार हिन्दू स्त्रियाँ किसी शरणस्थली से लौटी हैं और बलात्कार के डर से कहीं फिर गायब न हो जाएँ।

अक्टूबर 5, 2001 की रात इस हिन्दू गृहिणी का मीरेश्वर, चट्टग्राम में सामूहिक बलात्कार हुआ।

होने दिया। जम्हाई लेते हुए कहा, 'इतना दिन चढ़ आया, पता ही नहीं चला।' मानो गहरी नींद में होने के कारण ही उसे पता नहीं चल पाया, वरना अगर उसे सुबह होने का आभास होता तो वह अन्य दिनों की तरह आज भी उठकर टहलने गया होता। जॉगिंग करता। किरणमयी चाय का प्याला लिये खड़ी रहती है। टेबिल पर रखकर जा भी सकती थी, लेकिन उसने ऐसा नहीं किया। सुरंजन को लगा कि किरणमयी कुछ बोलना चाहती है। लेकिन वह कुछ नहीं कहती। मानो वह बेटे के चाय का प्याला लेने के इन्तजार में ही खड़ी है। दो व्यक्तियों के बीच कितने कोस का फर्क होने पर कोई व्यक्ति इस तरह निर्वाक रह सकता है, सुरंजन इस बात को समझता है। वह खुद ही बात छेड़ता है, 'क्या माया आज भी नहीं लौटी?'

'नहीं!' मानो इस प्रश्न की प्रतीक्षा में ही वह खड़ी थी। मानो सुरंजन के मुँह से निकले किसी भी शब्द को लेकर वह दो-चार बातें कह सकती है। इस तरह जल्दी से जवाब देकर वह पलंग पर बैठ गयी। लड़के के दायरे के अन्दर! सुरंजन ने अनुमान लगाया कि इतना नजदीक बैठने का कारण दरअसल असुरक्षा की बेचैनी ही है। वह किरणमयी की न सो पायी आँखों, अस्त-व्यस्त बाल व मलिन साड़ी से अपनी नजरें हटा लेता है। जरा झुककर प्याला उठाकर घूँट भरता है—'वह क्यों नहीं लौट रही है? मुसलमान लोग उसकी रक्षा कर रहे हैं? उसे हम पर विश्वास नहीं? एक बार पूछा तक नहीं कि हम लोग यहाँ कैसे हैं? केवल उसके जीने भर से काम चल जाएगा?'

किरणमयी चुप रहती है। सुरंजन चाय के साथ-साथ एक सिगरेट सुलगाता है। माँ-बाप के सामने उसने कभी सिगरेट नहीं पी। लेकिन आज उसने 'फस' से माचिस जलायी। कश लेकर मुँह भर धुआँ भी छोड़ा। उसे याद भी नहीं रहा कि वह किरणमयी के सामने सिगरेट नहीं पीता है। मानो अन्य दिनों की तरह यह सामान्य दिन नहीं है। इतने दिनों तक माँ-बेटे की जो दूरी थी, वह समाप्त हो गयी। जो सूक्ष्म दीवार थी, वह टूटी जा रही है। कितने दिन हो गये, उसने अपना स्नेहातुर हाथ किरणमयी की गोद में नहीं रखा। क्या बेटा बड़ा होते ही माँ के स्पर्श से इस तरह दूर होता जाता है! सुरंजन की इच्छा हो रही थी कि वह अबोध बालक की तरह माँ की गोद में सिर रखकर बचपन में पतंग उड़ाने की बात करे। उसके मामा जो सिलहट से आते थे, नवीन नाम था उनका, वे अपने ही हाथ से पतंग बनाते थे, और काफी अच्छा उड़ाते भी थे। आसमान में दूसरी पतंगों को काटकर उनकी पतंग अकेले ही समूचे आकाश में विचरण करती रहती।

सुरंजन ने माँ की गोद को तृष्णातुर नजरों से देखा। सिगरेट का अन्तिम कश लेकर पूछा, 'क्या कल कमाल, बेलाल या कोई और आया था?'

किरणमयी ने शान्त स्वर में कहा, 'नहीं!'

कमाल एक बार पूछने भी नहीं आया। उसने हैरान होकर सोचा, क्या दोस्तों ने सोच लिया कि सुरंजन मर गया होगा, या फिर वह जिन्दा रहे, वे नहीं चाहते?

किरणमयी ने धीरे से बुझी हुई आवाज में पूछा, 'कल तुम कहाँ गये थे? और तुम तो चले गये, तुम्हारे पीछे अगर कुछ हो जाता तो? उस घर का गौतम दोपहर में अंडे खरीदने के लिए दुकान गया था। रास्ते में मुसलमान लड़कों ने उसे पीटा। सामने के दो दाँत टूट गये हैं। सुनने में आया कि पैर की हड्डी भी टूट गयी है।'

'अच्छा!'

'तुम्हें याद है, दो साल पहले शनि अखाड़ा से गीता की माँ आती थी, उसका घर-द्वार कुछ नहीं था। सब कुछ जला दिया था। गीता की माँ हमारे घर का काम छोड़कर इसलिए चली गयी कि अपनी जमीन पर मकान बनाएगी। घर बनाया भी था काम करके दो-चार पैसे जोड़-जोड़कर। वह सुबह आयी थी। लड़के-बच्चे लेकर भागी-भागी फिर रही है। इस बार भी उसने जो नया घर बनाया था, जलाकर राख कर दिया गया है। जमीन पर कुछ भी नहीं है। आज सुबह आकर पूछ रही थी—'भाभी, किसी दुकान में जहर मिलेगा? शायद पागल हो गयी है।'

'अच्छा!' सुरंजन चाय का प्याला तकिये के बगल में रखता है।

'माया के यहाँ आने की बात कह रहे हो, उसके लिए तो और भी दुश्चिन्ता होगी।'

'तो इसके लिए उसे मुसलमानों की छतरी के नीचे जिन्दगी बितानी होगी?'

सुरंजन का स्वर कठोर हो गया था। वह भी एक बार परिवार के सदस्यों को लेकर कमाल के घर गया था। लेकिन उस समय मुसलमान के घर आश्रय लेने पर उसे [illegible] नहीं हुई थी। उसे लगा था कि कुछ बुरे लोग बुराई कर रहे हैं, थोड़े ही दिनों में सब ठीक हो जाएगा। सभी देशों में ऐसे दुष्ट लोग रहते हैं। लेकिन अब वैसा नहीं लगता। अब यह सब कुछ बुरे लोगों की बुराई नहीं लगती। अब तो सन्देह होता है कि यह सब और बड़ा, और भी गम्भीर षड्यंत्र है। हाँ, सन्देह ही होता है! क्योंकि अब सुरंजन को यह यकीन नहीं होता कि कमाल, बेलाल, केसर, लुत्फर सब असाम्प्रदायिक हैं। क्या अठहत्तर में जनता ने संविधान में 'बिसमिल्लाह' शामिल करने के लिए आन्दोलन किया था, जो जियाउर रहमान की सरकार ने बिसमिल्लाह को बैठा दिया? 1988 में क्या जनता इस्लाम को राष्ट्रधर्म बनाने के लिए रो रही थी, जो इरशाद सरकार ने इस्लाम को राष्ट्रधर्म बना दिया? क्यों किया ऐसा? सेक्यूलरिज्म में क्या तो बंगालियों का अगाध विश्वास है, विशेषकर मुक्तियुद्ध की समर्थक शक्तियों का! पर वे तो राष्ट्रीय ढाँचे में साम्प्रदायिकता के विषवृक्ष रोपण देखकर भी उतने क्षुब्ध नहीं हुए। क्षुब्ध होने पर क्या नहीं होता? जिस देश के गर्म खून वाले व्यक्ति इतना बड़ा युद्ध कर सकते हैं, उस देश के व्यक्ति आज साँप की तरह ठंडे क्यों हैं? क्यों वे साम्प्रदायिकता के पौधे को समूल उखाड़ फेंकने की जरूरत अनुभव नहीं कर रहे हैं? क्यों वे ऐसी एक असम्भव बात को सोचने

का साहस जुटा पा रहे हैं कि धर्म निरपेक्षता के बगैर भी गणतंत्र आएगा या आ रहा है? ऐसा सोचना तो उन्हीं व्यक्तियों का है न, जो स्वतंत्रता के पक्ष की शक्ति थे? प्रगतिशील आन्दोलन से जुड़े थे!

'सुनने में आया है कि कल मुसलमानों ने सोयारीघाट का मन्दिर और श्यामपुर का मन्दिर तोड़ डाला है?' किरणमयी कातर कंठ में बोली। सुरंजन ने अँगड़ाई ली। बोला, 'क्या तुम कभी मन्दिर जाती थीं, जो मन्दिर टूटने पर तुम्हें दुःख हो रहा है? तोड़ने दो न, हानि क्या है? धूल में मिल जाएँ ये सब धर्म की इमारतें।'

'मस्जिद के तोड़े जाने पर उनको गुस्सा आता है, तो मन्दिर के तोड़े जाने पर हिन्दुओं को भी तो गुस्सा आएगा। क्या यह बात उन्हें मालूम नहीं है? या नहीं समझते हैं? एक मस्जिद के लिए वे लोग सौ-सौ मन्दिरों को तोड़ रहे हैं। इस्लाम क्या यही शान्ति का धर्म है?'

'इस देश के हिन्दू गुस्सा करके कुछ भी नहीं कर सकते, इस बात की जानकारी मुसलमानों को है। इसीलिए वे ऐसा कर रहे हैं। क्या कोई एक भी मस्जिद में हाथ लगा पा रहा है? नया बाजार का मन्दिर दो वर्षों से टूटा पड़ा है। बच्चे उस पर चढ़कर उछल-कूद करते हैं, पेशाब करते हैं। किसी भी हिन्दू में है हिम्मत जो मस्जिद की साफ-सुथरी दीवार पर दो मुक्का मार आये?'

किरणमयी चुपचाप उठकर चली गयी। सुरंजन समझता है कि वह अपने ही भीतर अपनी एक दुनिया बना चुकी है। परिवार के बाहर वह कभी पैर नहीं बढ़ाती। वह परवीन को जिस नजरिये से देखती थी, अर्चना को भी उसी नजरिये से देखती। वह भी थोड़ा-सा लड़खड़ा गयी। उसके मन में भी सवाल उठा कि क्रोध-अभिमान पर सिर्फ मुसलमानों का ही अधिकार है?

बाबरी मस्जिद पर संकट आने के बाद ही, यानी नब्बे के अक्टूबर से ही इस देश में हिन्दुओं पर अत्याचार और मन्दिरों पर हमला शुरू हुआ, ऐसी बात नहीं। सुरंजन को याद आया कि 1973 में 21 अप्रैल की सुबह जिला शहर के साहब बाजार में ऐतिहासिक काली मन्दिर की काली प्रतिमा को अयूब अली नामक एक व्यक्ति ने अपने हाथों से तोड़ दिया था। मन्दिर तोड़ने के बाद हिन्दुओं की दुकानों को भी तोड़ दिया गया।

16 अप्रैल को उसी बाजार के झिनाइद में शैलकूपा उपजिले के रामगोपालपाड़ा में रामगोपाल मन्दिर की विख्यात रामगोपाल प्रतिमा चोरी हो गयी। बाद में शैलकूपा श्मशान के बगल में टूटी-फूटी हालत में वह प्रतिमा पड़ी मिली। लेकिन उसके अलंकार नहीं मिले।

सीताकुण्ड के पूर्व लालानगर गाँव में जयगोपाल हाटी काली मन्दिर को जलाकर भस्मीभूत कर दिया गया। उत्तर चाँदगाँव की कुराइशा चाँदगाँव और दुर्गाबाड़ी की प्रतिमा को भी तोड़ दिया गया।

राष्ट्रधर्म बिल पास होने के दो महीने बाद खुलना जिले में फूलतला उपजिला के दक्षिणडीही गाँव की बगल में पुराने कालाचाँद मन्दिर की कसौटी पत्थर की बनी मूर्ति और उसका सोने का अलंकार चोरी हो गया। मन्दिर कमेटी के सचिव फूलतला थाने में रिपोर्ट करने गये तो उल्टे पुलिस ने उन्हें ही गिरफ्तार कर लिया और उन पर शारीरिक अत्याचार किया। मन्दिर कमेटी के सभी सदस्यों के नाम गिरफ्तारी का फरमान जारी किया गया। जिले के एस. पी. उस इलाके का दौरा करने गये तो वहाँ के हिन्दुओं को उल्टे यह कहकर धमकी दी कि हिन्दुओं ने ही मन्दिर के मूर्ति और गहने चुराए हैं।

टांगाइल जिले में कालीहाती उपजिला के द्विमुखा गाँव के प्राचीन मन्दिर से 8 दिसम्बर की रात सफेद पत्थर का शिवलिंग, राधागोविन्द व अन्नपूर्णा की मूर्ति और शालिग्राम शिला चोरी हो गयी। थाने से पुलिस आयी। नूर मोहम्मद तालुकदार ने चोरी की है, यह बताने के बाद भी मूर्तियों का उद्धार नहीं हुआ।

कुमिल्ला जिले में बुड़ीच उपजिला के मयनामती यूनियन के हिन्दुओं को 'विश्व इस्लाम' नाम के एक संगठन से पत्र दिया गया कि हिन्दू लोग जल्द-से-जल्द इस देश को छोड़कर चले जाएँ। चिट्ठी द्वारा चेतावनी दी गयी कि पूजा-पाठ बन्द न करने पर दंगा होगा। 14 अप्रैल को कालीबाड़ी मन्दिर के बगल में बटवृक्ष पर पेट्रोल छिड़कर आग लगा दी गयी। अलीअहमद नामक एक व्यक्ति ने मयनामती बाजार में प्रचार किया कि उस इलाके के हिन्दुओं को दंगा के जरिए भगा दिया जाएगा।

11 मार्च को भोला जिले में लालमोहन उपजिला के श्री श्री मदनमोहन अखाड़ा में जब कीर्तन हो रहा था तब शताधिक लोगों ने उस मण्डप में हमला किया। उन्होंने मन्दिर में घुसकर प्रतिमा की तोड़-फोड़ की और वहाँ उपस्थित भक्तों की पिटाई भी की। दत्तपाड़ा के विभिन्न मन्दिरों में घुसकर प्रतिमाओं को तोड़ा और सामान लूटकर आग लगा दी।

मानिकगंज जिले में घिउर उपजिला के बड़हिया गाँव में करीब सौ साल पुराने श्री श्री कालीमाता मन्दिर के बगल की जमीन पर एडवोकेट जिल्लूर अहमद का कब्रिस्तान और मस्जिद-निर्माण शुरू होने पर पूजा-पाठ में बाधा आएगी, ऐसा हिन्दुओं का सोचना है। नोवाखाली जिले में चटखिल उपजिला की मोहम्मदपुर यूनियन के तहत कालीरहाट के एक मन्दिर में हिन्दू लम्बे समय से पूजा अर्चना करते आ रहे थे, स्थानीय मुसलमानों ने साजिश करके जबरदस्ती मन्दिर में पूजा बन्द कराके वहीं पर व्यवसाय करना शुरू कर दिया है।

गा़जीपुर नगर निगम के फाउकाल गाँव में लक्ष्मी मन्दिर की प्रतिमा 26 मई को तोड़ दी गयी। इतना ही नहीं, प्रतिमा का सिर भी ले गये।

झिनाइदह जिले में उपजिला के काष्ठसागरा गाँव के मठ में चैत संक्रान्ति की रात जब चड़क पूजा चल रही थी एक गिरोह ने हमला किया। पुजारी को बुरी तरह पीटा गया। पूजा की सामग्री तहस-नहस करके ढोल-ढाक छीन लिया गया। शिकायत दर्ज किये जाने के बावजूद किसी को गिरफ्तार नहीं किया गया।

1979 में 14 मार्च की रात नौ बजे गोपालगंज शहर में उपजिला निजड़ा पूर्वपाड़ा कालीमंदिर में मुसलमानों ने हमला किया और मंदिर को क्षति पहुँचाई। उलपुर के शिवमंदिर का ताला तोड़कर शिवलिंग समेत कीमती सामानों की चोरी कर ली गयी।

कुष्टिया जिला शहर के थानापाड़ा में 17 अक्टूबर 1988 को दुर्गा प्रतिमा तोड़ दी गयी।

खुलना जिले के सदर पाल बाजार में बाजार के कुछ मुसलमानों ने पूजा आरम्भ होने के पहले ही मूर्तियों को तोड़ डाला।

एक अक्टूबर 1988 को खुलना जिले के प्रसिद्ध श्री श्री प्रणवचन्द्र जी महाराज आश्रम की दुर्गा प्रतिमा तोड़ दी गयी।

खुलना में डुमुरिया उपजिला के मधुग्राम में मस्जिद के इमाम ने शारदीय दुर्गोत्सव से पहले इलाके के सभी पूजा मण्डपों में चिट्ठी भेजकर इत्तिला दे दी कि हर बार जब-जब अजान होगी और नमाज पढ़ी जाएगी, पूजा का सब कार्यक्रम बन्द रखा जाएगा। यह चिट्ठी 17 अक्टूबर को पहुँची थी।

अक्टूबर के प्रथम सप्ताह में खुलना जिला शहर में साम्प्रदायिकों के एक जुलूस में नारा लगाया जा रहा था—'मूर्ति पूजा नहीं चलेगी, तोड़ दो, चूर-चूर कर दो!'

कुष्टिया में कुमारखाली उपजिला के कालीगंज बाजार में पूजा से पहले जो मूर्ति बनाई जा रही थी, उसे भी तोड़ दिया गया।

गाजीपुर में कालीगंज बाजार के काली मंदिर में पूजा से पहले बनाई जा रही मूर्ति भी तोड़ दी गयी।

30 सितम्बर को सातक्षीरा में श्यामनगर उपजिला के नाकीपुर गाँव के हरितला मंदिर में भी पूजा से पहले मूर्ति को तोड़ दिया गया।

फीरोजपुर जिले में भानुरिया उपजिला के काली मन्दिर की दीवार तोड़कर नाली बनाई गयी।

बरगुना जिले के फूलझुरी बाजार की दुर्गा प्रतिमा पर विजयादशमी के दिन कट्टरपंथियों का हमला हुआ। बामना उपजिला में बुकाबुनिया यूनियन की दुर्गा प्रतिमा को पूजा शुरू होने के दो-चार दिन पहले तोड़ दिया गया। इस पर कोई कार्रवाई नहीं की गयी।

कहते हैं कि बंगलादेश साम्प्रदायिक सद्भाव वाला देश है! अचानक सुरंजन हँस पड़ा। अकेले कमरे में। किरणमयी भी नहीं थी। हाँ, एक बिल्ली जरूर दरवाजे के सामने सोई हुई थी। बिल्ली चौंककर सुरंजन की तरफ देखने लगी। क्या बिल्ली आज ढाकेश्वरी मंदिर नहीं गयी? अच्छा, इस बिल्ली की क्या जात है? क्या यह हिन्दू है? हिन्दू के घर में रहती है तो हिन्दू ही होगी शायद। काले-सफेद रंगों से मिश्रित इसका शरीर, नीली-नीली मायावी आँखें। क्या इसकी आँखों से भी करुणा का भाव झलक रहा है? तब तो यह भी मुसलमान ही होगी! अवश्य ही मुक्त-चिन्तन वाली विवेकवान मुसलमान होगी, क्योंकि आजकल वे हिन्दुओं को करुणा भरी निगाहों से देखते हैं। बिल्ली उठकर चली जाती है। इस घर में ठीक से चूल्हा नहीं जल रहा है। ऐसा भी हो सकता है कि बिल्ली उठकर बगल वाले मुसलमान की रसोई के सामने बैठ गयी हो। क्योंकि बिल्ली की तो कोई जात नहीं होती। जात तो सिर्फ मनुष्यों की है। मनुष्यों का ही मंदिर-मस्जिद है। सुरंजन ने देखा कि सामने सीढ़ी पर धूप आ गयी है। काफी दिन ढल गया। आज दिसम्बर की नौ तारीख है। उसके अन्दर बिल्ली बन जाने की तीव्र इच्छा हो रही है। जिन्दगी भर उसने पूजा नहीं की, मंदिर नहीं गया। देश में समाजवाद लाने की प्रतिज्ञा की, सड़कों पर भटका, मीटिंग की, जुलूस निकाला। मीटिंग में अच्छी-अच्छी बातें कीं। किसान के बारे में सोचा, मजदूरों के बारे में सोचा। देश की सामाजिक-आर्थिक उन्नति के बारे में सोचते हुए खुद की तरफ, परिवार की तरफ देखने की उसे फुर्सत नहीं मिली। और आज इसी सुरंजन को लोग उँगली दिखाकर कह रहे हैं—वह हिन्दू है। मुहल्ले के लड़के उसे 'पकड़ो-पकड़ो' कहकर दौड़ाते हैं। आज उसे पकड़ कर नहीं पीटा, लेकिन कल पीटेंगे। गौतम ने अण्डा खरीदने जाते हुए मार खाई, वह मोड़ पर मति की दुकान पर सिगरेट खरीदने जाएगा। अचानक कोई आकर उसकी पीठ पर घूँसा मारेगा, उसके होठों से सिगरेट गिर जाएगी, जब वह घूमकर देखेगा तो पाएगा कि कुद्दूस, रहमान, बिलायत, शुबहान सभी खड़े हैं। उनके हाथों में पतली लाठी, तेज छुरा है। यह दृश्य सोचते ही सुरंजन आँखें बन्द कर लेता है। उसके रोंगटे खड़े हो जाते हैं। तो क्या सुरंजन भी डरता है? वह तो डरने वाला आदमी नहीं है। बिस्तर छोड़कर वह आँगन में आकर उस बिल्ली को खोजता है। घर कितना सुनसान है। लगता है, कितने समय से इस मकान में कोई रहता ही नहीं। इकहत्तर में जब गाँव से ब्रह्मपल्ली के मकान में लौटा था तो वहाँ बड़ी-बड़ी घास उग आयी थी। सारे घर में सन्नाटा छाया हुआ था। एक भी सामान नहीं था, उसकी लाटिम मार्बल की बनी पतंग की घिर्री, कैरमबोर्ड, शतरंज, किताबें, कुछ भी नहीं। उस समय खाली घर में घुसते हुए छाती धड़क रही थी। आज सुरंजन की छाती फिर उसी तरह काँप रही है। क्या सुधामय दिन भर लेटे ही रहते हैं? यदि प्रेशर बढ़ ही गया है तो डॉक्टर कौन बुलायेगा? बाजार जाना, दवा

खरीदना, मिस्त्री बुलाना, पत्रिका रखना, इस तरह का कोई भी काम सुरंजन ने कभी नहीं किया। वह घर पर तीन वक्त नहीं तो दो वक्त का खाना जरूर खाता है। रात को घर लौटता है, ज्यादा रात होने पर अपने कमरे का दरवाजा, जो बाहर से भी खुलता है, खोलकर अन्दर घुस जाता है। रुपये पैसे की जरूरत होने पर किरणमयी या सुधामय से माँग लेता है। रुपये माँगते हुए उसे शर्म आती है क्योंकि तैंतीस वर्ष की उम्र में भी वह कोई रोजगार नहीं करता। सुधामय ने कहा था, 'मैं रिटायर्ड हो रहा हूँ, तुम कुछ काम करो सुरंजन।'

'मुझसे नौकरी-चाकरी नहीं होगी।' कहकर वह छुटकारा पा गया। बाहर के कमरे में रोगी देखते हुए डॉक्टर सुधामय परिवार पाल रहे हैं। पार्टी ऑफिस, मधु की कैंटीन, 'घातक दलाल निर्मूल कमेटी' का ऑफिस, प्रेस क्लब बत्तीस नम्बर में सारा दिन घूमते हुए थक-हार कर सुरंजन देर रात घर लौटता है। टेबिल पर खाना ढँका रहता है। किसी दिन खाता है, किसी दिन भूखे ही सो जाता है। इसी तरह धीरे-धीरे उसके और परिवार के बीच दूरी बढ़ती जा रही है। लेकिन आज सुबह जब किरणमयी चाय देने के लिए आयी और उसके बिस्तर पर बैठी तो उसे लगा कि आज भी उस जैसे निकम्मे, उदासीन, गैर-जिम्मेदार बेटे पर माँ-बाप का पूरा-पूरा भरोसा है। क्या दिया है उसने परिवार को? किसी समय के सम्पन्न सुधामय अब भात-दाल भर से सन्तुष्टि की डकार लेते हैं। सुरंजन भी सन्तुष्ट होता है। उसे याद है, बचपन में नाक दबाकर उसे दूध पिलाया जाता था। मक्खन न खाने पर पिटाई होती थी। अगर वह बचपन की तरह किरणमयी से कहे कि उसे लोटा भर दूध चाहिए, मलाई चाहिए, मक्खन चाहिए, दोपहर को खाने के साथ मछली चाहिए, घी का पराँठा चाहिए, तो क्या सुधामय खिला पाएँगे? यह और बात है कि सम्पन्नता और विलासिता के प्रति उसकी कोई रुचि नहीं है। उसकी रुचि न होने का कारण भी सुधामय ही हैं। जब उसके हमउम्र लड़के नये डिजाइन का पैंट-शर्ट पहनते थे, तब सुधामय उसके लिए आइंस्टाइन, न्यूटन, गैलिलियों की जीवनी, फ्रांसीसी क्रांति का इतिहास, द्वितीय विश्वयुद्ध की कहानी, गोर्की-टाल्स्टाय आदि की किताबें खरीद कर लाते थे। सुधामय चाहते थे कि उनका बेटा इन्सान बने। आज सुबह उस जातिहीन बिल्ली को ढूँढ़ते हुए उसके मन में सवाल उठ रहा था कि क्या सचमुच वह इन्सान बन पाया है? उसके अन्दर कोई लोभ नहीं है। सम्पदा के प्रति कोई मोह नहीं है। खुद के स्वार्थ से दूसरों के स्वार्थ को बढ़कर देखता है। क्या इसे इन्सान बनना कहा जाता है! सुरंजन बेमन से बरामदे में टहलता रहता है। सुधामय एक पत्रिका पढ़ रहे थे। लड़के को देखते ही पुकारा, 'सुरंजन, सुनो!'

'कहिए!' पलंग का हैंडिल पकड़कर वह खड़ा हो गया।

'जोशी और आडवाणी सहित आठ नेता गिरफ्तार किये गये हैं, सुना है? वहाँ

चार सौ से अधिक व्यक्तियों की मृत्यु हुई है। यू.पी. के कल्याण सिंह की भी सुनवाई होगी। अमेरिका, यहाँ तक कि सारा विश्व बाबरी मस्जिद के टूटने की निन्दा कर रहा है। भोला में कर्फ्यू लगा है। साम्प्रदायिक सद्भाव की रक्षा के लिए बी.एन. पी., अवामी लीग और अनेक दल सड़कों पर निकल रहे हैं।' सुधामय की आँखों की पुतलियों में बिल्ली की आँख की तरह करुणा भरी हुई है।

'दरअसल जानते हो, जो दंगा कर रहे हैं, क्या वे धर्म मानकर कर रहे हैं? उनका असली मकसद तो है लूटपाट करना। मिठाई की दुकानों को क्यों लूटा जाता है, मेरी तो समझ में नहीं आता। मिठाई के लोभ में? सोने की दुकानों को लूटा जाता है, सोने के लालच में। गुण्डे-बदमाशों का दल यह सब कर रहा है। दरअसल, यहाँ सम्प्रदायों में कोई मतभेद नहीं है। जितने शान्ति-जुलूस निकल रहे हैं, उससे लग रहा है कि कोई-न-कोई समाधान अवश्य होगा। नब्बे में जो इरशाद का पतन हुआ था, इसी वजह से ही तो! अच्छा सुनो, इरशाद ने कहा था हिन्दुओं को क्षतिपूर्ति देगा, दी है?'

'आप क्या पागल हो गये हैं, पिताजी?'

'क्या पता! आजकल तो कुछ याद भी नहीं रहता? निदाराबाद के हत्याकाण्ड के मुजरिमों की फाँसी होगी, जानते हो?'

सुरंजन समझ रहा था कि सुधामय समझाना चाहते हैं कि इस देश में भी हिन्दुओं को न्याय मिलता है। ब्राह्मणबाड़िया कि निदाराबाद गाँव के बिरजाबाला देवनाथ और उसकी पाँच सन्तानों नियतिबाला, सुभाष देवनाथ, मिनतीबाला, सुमन देवनाथ और सुरंजन देवनाथ को धोपाजुड़ी नाले में ले जाकर खस्सी काटने वाली कटारी से काट दिया गया था। बाद में उनको एक ड्रम में भरकर ऊपर से चूना और नमक डालकर बन्द करके धोपाजुड़ी नाले में डुबो दिया गया। दूसरे दिन वह ड्रम पानी के ऊपर तैरने लगा। बिरजा के पति शशांक देवनाथ की तीन एकड़ चौंतीस डिसमिल जमीन हड़पने और शशांक हत्याकाण्ड से बचने के लिए यह खून किया गया था। हत्याकाण्ड के मुजरिम ताजुल इस्लाम और चोरा बादशाह को सुप्रीम कोर्ट से फाँसी का हुक्म हुआ था। इस घटना को हुए भी चार महीने हो गये। नये सिरे से इस घटना का जिक्र करके क्या सुधामय सांत्वना पाना चाहते हैं? सोचना चाह रहे हैं हिन्दुओं को इस देश में बहुत न्याय मिलता है। इस देश में हिन्दू-मुसलमान को समान सम्मान और पद मिलता है। हिन्दू इस देश के द्वितीय श्रेणी के नागरिक नहीं हैं।

'क्या तुम कल सद्भावना जुलूस में गये थे सुरंजन? कितने लोग थे उस जुलूस में?'

'पता नहीं!'

'जमातियों को छोड़कर तो सभी दल सड़क पर इकट्ठा हुए थे। है न?'

'पता नहीं!'

'सरकार तो अवश्य ही पुलिस प्रोटेक्शन दे रही है?'

'पता नहीं!'

'शांखारी बाजार इलाके में इस छोर से उस छोर तक पुलिस खड़ी है। तुमने देखा है?'

'पता नहीं!'

'हिन्दू लोगों ने तो दुकानें भी खोली हैं!'

'पता नहीं!'

'भोला की हालत क्या बहुत खराब है? सुरंजन, क्या सचमुच बहुत खराब हालत है? या इस बात का प्रचार ज्यादा हो रहा है?'

'पता नहीं!'

'गौतम को शायद ज़ाती दुश्मनी के कारण मारा-पीटा है। सुना है, वह लड़का गांजा-वांजा भी पीता था?'

'पता नहीं!'

सुरंजन की उदासीनता सुधामय के उत्साह को ठंडा कर देती है। वे फिर से पत्रिका का पन्ना आँखों के सामने खोल लेते हैं। आहत स्वर में कहते हैं, 'शायद तुम आजकल पत्र-पत्रिकाएँ नहीं पढ़ते हो ना?'

'पत्र-पत्रिकाएँ पढ़कर क्या होगा?'

'चारों तरफ किस तरह प्रतिरोध हो रहा है, प्रतिवाद हो रहा है। क्या जमातियों की इतनी शक्ति होगी जो पुलिस के घेरे को तोड़कर मंदिर में घुस पाएगी?'

'मंदिर से आप क्या करेंगे? क्या अन्तिम उम्र में पूजा करने की इच्छा जाग रही है? अगर मन्दिरों को धूल में मिला दें तो क्या आपको कोई असुविधा होगी? जितने भी मन्दिर हैं सबको तोड़ डालें न! मैं तो खुश होऊँगा।'

सुधामय हतप्रभ हो गये। सुरंजन ने जान-बूझकर अपने भले मानस पिता को आहत किया। इतने दिनों तक मुसलमानों को भाई-बन्धु समझकर सुधामय को क्या फायदा हुआ! क्या फायदा हुआ सुरंजन को भी! सभी तो उन्हें 'हिन्दू' ही समझते हैं। जिन्दगी भर मनुष्यत्व और मानवता की चर्चा करके, सारी जिन्दगी नास्तिकता में विश्वास करके इस परिवार को क्या मिला! घर पर पथराव भी हुआ, वैसे भी डरकर ही रहना पड़ता है, वैसे ही साम्प्रदायिकता की अन्धी आग के डर से सहम कर रहना पड़ता है। सुरंजन को अब तक याद है, वह जब सातवीं कक्षा में पढ़ता था, टिफिन पीरियड में उसी के सहपाठी फारुक ने उसे अलग बुलाकर कहा था, 'भें आज घर से बहुत अच्छा खाना लाया हूँ। किसी को नहीं दूँगा। सिर्फ तुम और मैं छत की सीढ़ी में बैठकर खायेंगे। ठीक है?' सुरंजन उस वक्त काफी भूखा

रहा हो, ऐसी बात नहीं थी, फिर भी उसे फारुक का प्रस्ताव बुरा नहीं लगा। टिफिन बाक्स लेकर फारुख छत पर आया। उसके पीछे-पीछे सुरंजन था। फारुख ने टिफिन बाक्स खोलकर सुरंजन को कबाब दिया। दोनों ने बातें करते हुए कबाब खाया। सुरंजन ने सोचा कि उसकी माँ बहुत अच्छे नारियल के लड्डू बनाती है। एक दिन लाकर फारुक को खिलाएगा। फारुक से उसने कहा भी, 'इसे किसने बनाया है, तुम्हारी माँ ने?' 'अपनी माँ के हाथ का पकाया खाना एक दिन तुम्हें भी खिलाऊँगा।' इधर खाना खत्म होने के बाद फारुक ने उल्लास से चिल्लाते हुए कहा, 'हुर्रे!' वह कुछ समझ पाये इससे पहले फारुक दौड़कर नीचे उतर गया। नीचे उतर कर कक्षा के सभी बच्चों को उसने बता दिया कि सुरंजन ने गाय का मांस खाया है। सभी सुरंजन को घेर कर हो-हल्ला करते हुए नाचने लगे। किसी ने चिकोटी काटी, किसी ने उसके सर पर चांटा मारा, किसी ने कमीज पकड़कर खींची, किसी ने तो पैंट खोलकर नीचे गिराना चाहा। कोई जीभ निकालकर चिढ़ाता रहा, किसी ने मारे खुशी के कमीज़ की जेब में मरा हुआ तिलचट्टा घुसा दिया। सुरंजन मारे शर्म के सिर झुकाये हुए था, उसकी आँखों से आँसू बह रहे थे। गाय का मांस खाकर उसे थोड़ी भी ग्लानि नहीं हो रही थी। ग्लानि तो इसलिए हो रही थी, क्योंकि वे लोग उसे घेर कर पाशविक उल्लास मना रहे थे। वह अपने आप को विच्छिन्न समझ रहा था। उसे लग रहा था कि वह इन लोगों से अलग है। सारे दोस्त एक जैसे इन्सान हैं और वह इनसे अलग। घर लौटकर सुरंजन फूट-फूटकर रोया। सुधामय से बोला, 'उन लोगों ने मुझे धोखे से गाय का मांस खिला दिया।'

सुनकर सुधामय हँसकर बोले, 'इसके लिए रोना पड़ता है क्या? गाय का मांस तो अच्छा खाना है। तुम देखना, कल ही मैं बाजार से खरीद कर लाऊँगा।'

दूसरे दिन सचमुच सुधामय गाय का मांस खरीद कर ले आये। किरणमयी ने उसे पकाया भी था। आसानी से पकाना थोड़े ही चाहती थी। आधी रात तक सुधामय ने उसे समझाया था कि इन कुरीतियों का कोई मतलब नहीं होता। अनेक बड़े-बड़े मनीषी भी ये संस्कार नहीं मानते। इसके अलावा तुम जो भी कहो, है वह मांस बड़ा स्वादिष्ट। इसे 'फ्राई' भी कर सकती हो, धीरे-धीरे सुरंजन के भीतर से बचपन की वह शर्म, डर, क्षोभ चला गया था। उस परिवार के शिक्षक थे सुधामय। सुरंजन को लगता था कि उसके पिता अतिमानव जैसा कुछ होंगे। इतनी सतता, इतनी सरलता, इतना स्वस्थ चिन्तन, गम्भीर भावना और प्यार, इतनी असाम्प्रदायिकता को ढोकर आजकल कोई जिन्दा नहीं रहता।

सुरंजन पत्रिका को हाथ भी नहीं लगाता। धीरे से सुधामय के कमरे से निकल जाता है। उसका मन नहीं होता कि वह पत्रिका पर झुका रहे। साम्प्रदायिक दंगे के विरुद्ध लिखा बुद्धिजीवियों का लेख पढ़े, शान्ति जुलूस की तस्वीरें देखे। इससे उसके दिल में आस्था-विश्वास की सुन्दर हवा बहेगी, यह सुरंजन को कतई पसन्द

नहीं। इसके बदले वह बिल्ली को ढूँढ़ता रहा—जातिहीन एक बिल्ली! बिल्ली की तो कोई जाति नहीं, सम्प्रदाय नहीं। काश, वह भी एक बिल्ली बन पाता!

कितने दिनों बाद सुधामय कैम्प से लौटे थे, सात दिनों बाद? या छह दिनों बाद? उनको बहुत प्यास लगी थी। इतनी प्यास कि बँधे हाथ-पाँव बँधी आँख के बावजूद लुढ़क रहे थे, ताकि शायद लुढ़कते हुए किसी घड़े से जा टकरायें। लेकिन कैम्प में घड़ा कहाँ मिलेगा! सामने से होकर ब्रह्मपुत्र बह रही है, इसलिए घड़े में कोई पानी नहीं रखा गया। सुधामय की जीभ सूखकर लकड़ी हुई जाती थी। जब वे 'पानी-पानी' कहकर कराहते थे, तब सैनिक अजीब तरह की आवाज करते हुए हँसते थे। एक दिन उन लोगों ने पानी अवश्य दिया था। सुधामय की आँखों की पट्टी खोलकर उसे दिखा-दिखाकर दो सैनिकों ने एक लोटे में पेशाब किया था। उस लोटे का पेशाब जब सुधामय की आँखों में डालना चाहा तो सुधामय ने घृणा से मुँह फेर लिया था। लेकिन एक सैनिक ने उनका मुँह जबरदस्ती खोले रखा और दूसरे ने वह पेशाब उनके मुँह में डाल दिया। उसे देखकर कैम्प के अन्य सैनिकों ने अट्टहास किया। नमकीन गरम पानी धीरे-धीरे उनके गले से उतर रहा था और वे प्रकृति से अपने लिए विष माँग रहे थे। उन लोगों ने उन्हें छत की कड़ी से टाँग कर पीटा था। वे पीटते-पीटते उन्हें मुसलमान होने को कह रहे थे। एलेक्स हैली के 'रूट्स' में काले लड़के कुंटा-किन्टे को जिस तरह अपना नाम 'टोबी' कहने के लिए लोगों ने उसकी पीठ पर चाबुक मारा था और वह बार-बार यही कहता रहा कि उसका नाम कुंटा-किन्टे है, उसी प्रकार जब सुधामय ने किसी भी तरह मुसलमान नहीं होना चाहा तो उन लोगों ने कहा—जब तुम खुद मुसलमान बनोगे ही नहीं, तो ये लो, तुम्हें हम ही मुसलमान बना देते हैं। यह कहकर एक दिन उनकी लुंगी उठाकर उन्होंने खच से उनका पुरुषांग काट लिया और जिस तरह पेशाब पिलाने के दिन हँसे थे, उसी तरह उस दिन भी अद्‌भुत स्वर में हँसे। सम्भवतः उस समय सुधामय अपनी चेतना खो बैठे थे। वहाँ से जिन्दा लौटेंगे, यह उन्होंने सोचा ही नहीं था। अन्य जो भी हिन्दू उनकी आँखों के सामने बँधे थे, वे कलमा पढ़कर मुसलमान बनने के लिए राजी होकर भी जिन्दा नहीं रहे। सुधामय को जड़ से मुसलमान बना दिये जाने के कारणवश शायद उन लोगों ने उन्हें जिन्दा रखा। उस तरह से जिन्दा रहने के बाद उनकी नालिताबाड़ी जाने की योजना धरी रह गयी।

डाकबंगला के सामने वाली नाली के पास पड़े शरीर में जब चेतना आयी तब उन्होंने पाया कि उनके शरीर से खून बह रहा है लेकिन वे जिन्दा हैं। टूटे पैर और पसलियों वाले शरीर से वे किस तरह ब्रह्मपल्ली के मकान में लौटे थे, सोचने पर आज भी उनके रोंगटे खड़े हो जाते हैं। सम्भवतः उनके अन्दर की शक्ति ही उन्हें

अब तक अटल रखे है। उस दिन घर जाकर वे किरणमयी के पास मुँह के बल गिरे थे। उन्हें उस हालत में देखकर किरणमयी थर-थर काँप रही थी। किरणमयी उन्हें साथ लेकर, घर-द्वार छोड़कर फेरी से ब्रह्मपुत्र के पार ले गयी। साथ में दो निर्बोध शिशु थे, जो रह-रहकर रो रहे थे। किरणमयी उस दिन रो नहीं पायी थी। सारे आँसू उसकी छाती में जमे हुए थे। फैजुल की माँ अक्सर उससे कहती, 'मौलवी बुलाती हूँ। कलमा पढ़कर मुसलमान हो जाइए। माया के पिताजी को समझाइये।' किरणमयी तब भी नहीं रोयी। वह अपनी गोपन वेदना अपने में ही समेटे रही। घर के सभी जब सो जाते थे तब अपने आँचल से कपड़ा फाड़कर सुधामय के घाव पर पट्टी बाँधती थी। तब भी वह नहीं रोयी। वह तब रोयी थी, जब सारे गाँव ने 'जय बांग्ला' होने की खुशी मनाई थी। तब पड़ोसियों की परवाह न करते हुए सुधामय की छाती पर गिरकर अपने सारे जमे आँसुओं को निकालते हुए बच्चों की तरह फूट-फूटकर रोयी थी।

अभी भी किरणमयी की तरफ देखने पर सुधामय को लग रहा है कि उसके अन्दर इकहत्तर की तरह आँसू जमा हैं। अचानक एक दिन वह अपने सारे आँसू निकालेगी, अचानक एक दिन उसकी दुस्सह स्तब्धता दूर होगी। उसके अन्दर काले बादल की तरह दुःख जमा हुआ है। एक दिन बारिश बनकर सब बाहर आएगा। कब 'जय बांग्ला' की तरह स्वाधीनता का समाचार उनके कानों में आएगा। कब उनके पास सुहाग का शंखा और सिंदूर पहनने की खबर आएगी, धोती पहनने की खुली छूट मिलेगी, कब बीतेगी इकहत्तर की तरह साँस रोकने वाली लम्बी काली रात? सुधामय ने पाया कि अब उनके पास कोई रोगी भी नहीं आता। बारिश-तूफान के दिनों में भी तो कम-से-कम सात रोगी आ ही जाया करते थे। सुधामय को सारा दिन घर पर बैठे रहना अच्छा नहीं लगता। थोड़ी देर के अन्तराल में एक-एक जुलूस जा रहा है—'नारा-ए-तकबीर अल्लाहो-अकबर! हिन्दू यदि जीना चाहो इस देश को छोड़कर चले जाओ।' किसी भी समय कट्टरपंथियों द्वारा घर पर बम फेंका जा सकता है, आग लगा दी जा सकती है, घर को लूटा जा सकता है, घर का कोई भी व्यक्ति कत्ल किया जा सकता है। क्या हिन्दू देश छोड़कर चले जा रहे हैं? सुधामय जानते हैं कि नब्बे के बाद काफी हिन्दू देश छोड़कर चले गये हैं। नयी जनगणना में हिन्दू-मुसलमानों की अलग-अलग गणना नहीं हुई है। अगर हुई होती तो पता चलता कि कितने हिन्दू देश छोड़कर गये हैं। किताबों की अलमारी में धूल जम गयी है। सुधामय ने फूँक कर धूल साफ की। इससे भला धूल साफ होती है? अपने कुर्ते से धूल साफ करते हुए उनकी, बंगलादेश सरकार के जनगणना ब्यूरो द्वारा जारी 'गणना वर्ष ग्रन्थ' पर पड़ी, 1986 का ग्रन्थ है। चौहत्तर और इक्यासी सन् का हिसाब इसमें है। 1974 में चट्टग्राम के पहाड़ी क्षेत्र की कुल जनसंख्या 5 लाख 80 हजार थी, 1974 में जहाँ मुसलमानों

की संख्या 96 हजार थी, वहीं 1981 में बढ़कर एक लाख 88 हजार हो गयी, जबकि 1974 में हिन्दुओं की संख्या 53 हजार थी, जो 1981 में बढ़कर 66 हजार हुई। यानी मुसलमानों की वृद्धि का अनुपात 95.53% और हिन्दुओं का 24.53% था। कुमिल्ला में 1974 में मुसलमानों की संख्या थी 52 लाख 50 हजार, जो 1981 में 63 लाख हो गयी और हिन्दुओं की संख्या 5 लाख 64 हजार, जो 1981 में बढ़कर 5 लाख 65 हजार हुई। मुसलमानों में वृद्धि का अनुपात 20.13% जबकि हिन्दुओं का महज 0.18% । फरीदपुर की जनसंख्या 1974 से 1981 के दौरान बढ़कर 17.34% हुई है, जिसमें मुसलमानों की संख्या 31 लाख से बढ़कर 1981 में 38 लाख 52 हजार हो गयी। उनकी वृद्धि की दर 24.26% है। जबकि हिन्दुओं की संख्या 1974 में 9 लाख 44 हजार थी और 1989 में 8 लाख 94 हजार रह गई। पावना जिले की जनसंख्या में 1974 से 1981 के दौरान 21.63% की वृद्धि हुई है। 1974 में 25 लाख 46 हजार मुसलमान थे। 1981 में बढ़कर यह संख्या 31 लाख 67 हजार हुई। वृद्धि का अनुपात 24.39% रहा। इधर हिन्दुओं की संख्या 2 लाख 60 हजार थी, जो 1981 में 2 लाख 51 हजार रह गयी। राजशाही जिले की जनसंख्या वृद्धि का अनुपात 23.78% है। मुसलमानों में वृद्धि हुई है 27.20%। वहीं 1974 में हिन्दू थे 5 लाख 58 हजार, जो 1981 में 5 लाख 3 हजार रह गए। जनगणना पुस्तक के पृष्ठ संख्या 122 पर सुधामय ने पाया कि एक हिसाब लिखा हुआ है: वर्ष 1974 में कुल जनसंख्या का साढ़े तेरह फीसदी हिन्दू थे। 1981 में कुल जनसंख्या का 12.1 फीसदी हिन्दू थे। तो फिर बाकी हिन्दू कहाँ गये? सुधामय ने कुर्ते की बाँह से चश्मे के काँच साफ किये। तो क्या वे चले जा रहे हैं? क्यों जा रहे हैं? क्या चले जाने में ही उनकी मुक्ति है? क्या उचित नहीं था कि वे देश में रहकर लड़ें। फिर से सुधामय को भागे हुए हिन्दुओं को 'कावर्ड' (कायर) कहकर गाली देने की इच्छा हुई।

तबीयत कुछ ठीक नहीं लग रही। जनगणना पुस्तक को हाथ में लेने के बाद से वे अपने दाहिने हाथ को थोड़ा कमजोर पा रहे हैं। किताब को ताक में रखते हुए उन्होंने पाया कि पहले की तरह उनके हाथ में वह ताकत नहीं है। उन्होंने किरणमयी को बुलाया। तब भी उन्हें लगा कि उनकी जीभ थोड़ी भारी लग रही है। नीले भेड़िये की तरह एक आशंका उनके द्वार पर आकर खड़ी हो गयी। बड़ा ही जिद्दी भेड़िया है वह। चलते हुए उन्होंने पाया कि उनके दाहिने पैर में भी पहले की तरह बल नहीं रहा। पुकार उठे, 'किरण! ओ किरण!'

किरणमयी ने चूल्हे पर दाल चढ़ायी है। चुपचाप सामने आकर खड़ी हो गयी। सुधामय ने अपना दाहिना हाथ उसकी ओर बढ़ाना चाहा लेकिन उनका हाथ लुढ़क कर गिर गया–'किरण, मुझे बिस्तर पर लिटा दो, न!'

किरणमयी भी कुछ समझ नहीं पायी कि क्या हुआ। ये इस तरह क्यों काँप

रहे हैं। इनकी आवाज भी क्यों अस्पष्ट होती जा रही है। वह सुधामय को सोने के कमरे में लिटा देती है।—'क्या हुआ है तुम्हें?'

'सुरंजन कहाँ है?'

'अभी-अभी तो निकल गया। मैंने मना किया, सुना नहीं।'

'किरण मुझे ठीक नहीं लग रहा। कुछ करो।'

'तुम्हारी आवाज क्यों अटक रही है? क्या हुआ है?'

'दाहिने हाथ में कोई शक्ति नहीं है। दाहिने पैर में भी नहीं। तो क्या किरणमयी मुझे 'पैरालिसिस' हो रहा है?'

किरणमयी लपक कर सुधामय की दोनों बाँहें पकड़ लेती है—'नहीं, भगवान के लिए ऐसा मत कहो! कमजोरी के कारण ऐसा हो रहा है। रात भर नींद नहीं आयी है शायद इसीलिए। खाना-पीना भी तो ठीक से नहीं करते!'

सुधामय छटपटाते हैं। उनके सारे बदन में बेचैनी हो रही है। उन्होंने कहा, 'देखो तो किरण, मैं मर रहा हूँ कि नहीं। मुझे ऐसा क्यों लग रहा है?'

'किसे बुलाऊँ? हरिदेव बाबू को एक बार बुलाऊँ?'

सुधामय ने अपने बायें हाथ से किरणमयी के हाथ को जोर से पकड़ा—'कहीं मत जाओ, मेरे सामने से मत उठो, किरण! माया कहाँ है?'

'वह तो जबसे पारुल के घर गयी है, तो फिर नहीं लौटी।'

'मेरा बेटा कहाँ है किरण, मेरा बेटा?'

'क्यों पागलों-सी बातें कर रहे हो!'

'किरण, दरवाजा-खिड़की खोल दो!'

'दरवाजा-खिड़की क्यों खोलूँ?'

'मुझे थोड़ी रोशनी चाहिए। हवा चाहिए।'

'हरिपद बाबू को बुला लाती हूँ। तुम चुपचाप सोये रहो।'

'वे हिन्दू अपना-अपना घर छोड़कर भाग गये हैं। उनके यहाँ जाकर तुम्हें कोई नहीं मिलेगा। माया को बुलाओ!'

'किससे खबर भिजवाऊँ बोलो! कोई भी तो नहीं है।'

'तुम एक इंच भी मत हिलो, किरण! सुरंजन को बुलाओ!'

इसके बाद सुधामय धीरे-धीरे बड़बड़ाते हुए कुछ बोले; वह समझ में नहीं आया। किरणमयी डर से काँप गयी। क्या वह चिल्लाकर मुहल्ले के लोगों को बुलाये? लम्बे समय से पास रहने वाले किसी पड़ोसी को? अचानक चुप हो गये। पड़ोसी कौन है, जो आएगा? हैदर, गौतम या शफीक साहब के घर में कोई! किरणमयी बड़ा असहाय महसूस कर रही है। दाल के जलने की महक सारे घर में फैल गयी है।

आज भी सुरंजन किधर जाएगा, कोई ठीक नहीं। एक बार मन में आया कि बेलाल के घर जाए। काकराइल पार होकर दाहिनी ओर देखा, 'जलखाबार' नामक दुकान टूटी हुई है। दुकान की टेबल-कुर्सियों को सड़क पर लाकर जला दिया गया है, जिसकी राख जमी हुई है। जब तक देखा जा सका, सुरंजन देखता रहा। चमेलीबाग में पुलक का भी घर है। सुरंजन अचानक अपना इरादा बदल देता है। वह पुलक के घर जाने का निर्णय लेता है। रिक्शे को बायीं ओर की गली में चलने को कहता है। पुलक भाड़े पर एक फ्लैट लेकर रहता है। एन. जी. ओ. में नौकरी करता है। बहुत दिनों से उसके साथ मुलाकात नहीं हुई। वह अक्सर बेलाल के घर अड्डा मारने आता है, जो पुलक के मकान के सामने ही है। लेकिन कॉलेज के दोस्त पुलक से मिलने की उसे फुर्सत ही नहीं होती।

'कालिंग बेल' बजाया। भीतर से कोई आवाज नहीं आयी। सुरंजन लगातार 'बेल' बजाता रहा। अन्दर से धीमी आवाज आती है, 'कौन'?

'मैं सुरंजन।'

कौन सुरंजन?

'सुरंजन दत्त!'

अन्दर से ताला खोलने की आवाज़ आयी। पुलक ने खुद ही दरवाजा खोला दबी आवाज में बोला, 'अन्दर आ जाओ!'

'क्या बात है, इतने प्रोटेक्शन का इन्तजाम क्यों? 'डोर व्यू' लगा सकते हो!'

पुलक ने फिर दरवाजे में ताला लगा दिया। उसे खींचकर देखा कि ठीक से बन्द हुआ या नहीं। सुरंजन यह देखकर काफी हैरान हुआ। पुलक ने फिर दबी हुई आवाज में पूछा, 'तुम बाहर निकले हो। क्यों?'

'जान-बूझकर!'

'मतलब? डर-भय नहीं है क्या? साहस दिखाकर जान गँवाना चाहते हो तुम? या फिर एडवेंचर में निकले हो?'

निश्चिन्त होकर सोफे पर बैठते हुए सुरंजन ने कहा, 'जो सोचो, वही!'

पुलक की आँखों की पुतलियों में आशंका काँप रही थी। वह भी सोफे पर उसके बगल में बैठ गया।

लम्बी साँस छोड़ी। बोला, 'सब कुछ पता है?'

'नहीं!'

'भोला की तो बहुत बुरी स्थिति है। तजमुद्दीन, बुरहानुद्दीन थाने के गोलकपुर, छोटा डाउरी, शम्भुपुर, दासेर हाट, खासेर हाट, दरिरामपुर, पद्मामन और मणिराम गाँव के दस हजार परिवारों के करीब पचास हजार हिन्दुओं का सब कुछ लुट गया। उनको लूटकर बचे हुए सामान में आग लगाकर सब कुछ खत्म कर दिया। पचास करोड़ रुपये का नुकसान हुआ है। दो व्यक्ति मारे गये हैं और दो सौ से

अधिक घायल हुए हैं। लोगों को पहनने के लिए कपड़ा नहीं है, खाने को अन्न नहीं है। एक भी घर नहीं बचा जिसमें आग न लगायी गयी हो। सैकड़ों दुकानें लूटी गयीं। दासेर हाट बाजार की एक भी हिन्दू-दुकान नहीं बची। बेघर लोग इस प्रचण्ड ठण्ड में खुले आकाश के नीचे दिन बिता रहे हैं। शहर के मदनमोहन ठाकुरबाड़ी, मन्दिर, लक्ष्मीगोविन्द ठाकुरबाड़ी, उसका मन्दिर, महाप्रभु अखाड़ा को भी लूटकर आग लगा दी। बुरहानुद्दीन, दौलतखान, चरफैशन, तजमुद्दीन व लालमोहन थाने के किसी भी मन्दिर, किसी भी अखाड़े का कोई अस्तित्व नहीं है। सभी घरों में लूट हुई है, आग लगाई गयी है। घुइन्या हाट इलाके में करीब दो मील तक स्थित हिन्दुओं के घरों को आग लगा दी गयी है। दौलतखान थाने के बड़े अखाड़ा में सात तारीख की रात को आग लगा दी गयी। बुरहानुद्दीन बाजार का अखाड़ा तोड़कर उसमें आग लगा दी गयी। कुतुबा गाँव के पचास घरों को राख कर दिया गया है। चरफैशन थाने के हिन्दुओं के घरों को लूटा गया है। अरविन्द दे नामक एक व्यक्ति को चाकू भी मारा गया है।'

सुरंजन ने सोफे पर आराम से बैठकर आँखें बन्द कर लीं। उसने सोचा आज वह बेलाल के घर न जाकर पुलक के घर क्यों आया। तो क्या वह अन्दर-ही-अन्दर कम्युनल हो गया है, या फिर परिस्थिति ने उसे कम्युनल बना दिया है।

'जिन्दा हूँ! इतना कह सकता हूँ।'

जमीन पर पड़ा पुलक का छह वर्षीय लड़का सुबक-सुबक कर रो रहा है। पुलक से पूछने पर उसने बताया कि बगल के फ्लैट के बच्चे जिनके साथ वह खेलता था, आज से अलक को खेल में शामिल नहीं कर रहे हैं। उन्होंने कहा है कि 'हम तुम्हारे साथ नहीं खेलेंगे। हुजूर ने हिन्दुओं के साथ खेलने से मना किया है।'

'हुजूर...मतलब?' सुरंजन ने पूछा।

'हुजूर यानी मौलवी! जो सुबह उन लोगों को अरबी पढ़ाने आता है।'

'बगल वाले फ्लैट में अनीस अहमद रहते हैं न? वे तो कम्युनिस्ट हैं। वे भी अपने बच्चे को हुजूर से अरबी पढ़ाते हैं?'

'हाँ!' पुलक ने कहा।

सुरंजन ने फिर से आँखें बन्द कर लीं। उसने चुपचाप खुद को अलक समझकर अनुभव करना चाहा। अलक का शरीर रह-रहकर काँप रहा था। रुलाई उसके सीने में ही थी। मानो सुरंजन को भी कोई खेल में शामिल नहीं कर रहा था। इतने दिनों तक जिनके साथ खेलता रहा था, जिनके साथ सोचा था कि खेलता रहेगा, वे खेल में उसे नहीं शामिल कर रहे हैं। हुजूरों ने कहा है, हिन्दुओं को खेल में न लो। सुरंजन को याद आया, माया एक बार रोते-रोते घर लौटी थी। बोली थी, 'मुझे टीचर कक्षा से बाहर निकाल देती है।'

दरअसल, कक्षा की पढ़ाई में धर्म एक आवश्यक विषय था। इस्लामियत की

कक्षा से उसे बाहर निकाल दिया जाता था। वह उस कक्षा की अकेली हिन्दू लड़की थी जो बरामदे की रेलिंग से सटकर खड़ी रहती थी। बड़ी ही अकेली, निःसंग। वह अपने आपको एकदम अलग-अलग महसूस करती थी।

सुधामय ने पूछा था, 'क्यों? क्यों तुम्हें कक्षा से बाहर निकाल देते हैं?'

'सभी क्लास करते हैं। मुझे नहीं रखते, मैं हिन्दू हूँ न, इसलिए।'

सुधामय ने माया को सीने से लगा लिया था, अपमान और वेदना से वे काफी देर तक कुछ कह नहीं पाये थे। उसी दिन स्कूल के धर्म-टीचर के घर जाकर उन्होंने कहा था, 'मेरी लड़की को क्लास से बाहर मत भेजिएगा। उसे कभी समझने मत दीजिएगा कि वह अन्य बच्चों से अलग कोई है।' माया की समस्या का समाधान तो हुआ लेकिन उसे 'अलिफ-बे-ते-से' मोह ने जकड़ लिया। घर पर खेलते हुए वह अपने मन में दुहराती रहती—'आलहाम दुलिल्लाह हि बारिबल आल आमिन' और 'रहमानिर रहीम।' यह सुनकर किरणमयी सुधामय से कहती, 'यह सब क्या कर रही है? अपना जात-धर्म त्याग कर अब स्कूल में पढ़ना होगा क्या?' इससे सुधामय भी चिन्तित हुए। बेटी की मानसिक स्थिति को ठीक रखने में यदि वह इस्लाम धर्म में आसक्त हो जाए तो! इससे एक और समस्या आएगी। इस घटना के एक सप्ताह बाद स्कूल के हेड मास्टर के पास उन्होंने आवेदन-पत्र भेजा कि धर्म व्यक्तिगत विश्वास की भावना है, इसे स्कूल के पाठ्यक्रम में शामिल करना उचित नहीं है। इसके अलावा यदि मैं अपने बच्चे को किसी धर्म से शिक्षित करना जरूरी नहीं समझता हूँ तो स्कूल अधीक्षक कभी उसे जबरदस्ती धर्म सिखाने का दायित्व नहीं ले सकते, और धर्म नामक विषय के बदले मनीषियों की वाणी, महापुरुषों की जीवनी आदि के विषय में सभी सम्प्रदायों के पढ़ने योग्य एक विषय की रचना की जा सकती है। इससे अल्पसंख्यकों में हीनता की भावना दूर होगी। लेकिन सुधामय के उस आवेदन का स्कूल अधीक्षक ने कोई जवाब नहीं दिया। जैसा चलता था, वैसा ही चलता रहा।

नीला आयी। वह छरहरे बदन की सुन्दरी है। हमेशा बन-सँवर कर रहती है। लेकिन आज उलझी-उलझी-सी है। आँखों के नीचे काली छाया पड़ गयी है। उद्विग्न आँखें, आते ही उसने कहा, 'सुरंजन दा कितने दिनों से नहीं आये, न ही हालचाल पूछा कि जिन्दा भी हूँ या मर गयी हूँ। खबर मिलती है कि बगल वाले घर में आते हैं।' कहते-कहते नीला अचानक रो पड़ी।

सुरंजन नहीं आता है, यह कहकर भला क्यों नीला रो पड़ेगी? क्या वह अपने सम्प्रदाय की असहायता के लिए रो रही है। चूँकि इस वक्त जो दुःख नीला झेल रही है, वही पीड़ा और असुरक्षा तो सुरंजन को भी सहनी पड़ रही है! वह इस बात को समझती है; इसीलिए अपनी असहायता की भावना के साथ पुलक, अलक और सुरंजन के अहसास को भी उसने बेझिझक अपने साथ शामिल कर लिया है।

आज सुरंजन को यह परिवार बड़ा अपना-सा लग रहा है। चार-पाँच दिन पहले भी बेलाल के घर पर सुरंजन जाता, बैठता रहा है, लेकिन तब उसने इस घर में आने की जरूरत नहीं समझी। अभी-अभी उसके अन्दर इस भावना का जन्म हुआ है।

'तुम इतना नर्वस क्यों हो रही हो? ढाका में ज्यादा कुछ नहीं कर पाएँगे वे। शांखारी बाजार, इस्लामपुर, तांतीबाजार सभी जगह पुलिस का पहरा है।'

'पिछली बार भी तो पुलिस थी। तब भी ढाकेश्वरी मन्दिर को लूटा गया, पुलिस के सामने आग लगायी गयी। पुलिस कुछ कर पायी?'

'हाँ!'

'आप क्यों निकले हैं? इन मुसलमानों का कोई भरोसा नहीं। आप सोच रहे हैं, जो दोस्त हैं, लेकिन वही सबसे पहले आपकी गर्दन काटेंगे।'

सुरंजन ने फिर आँखें बन्द कर लीं। आँखें बन्द करने से क्या अन्तर्ज्वाला कुछ कम होती है? बाहर कहीं शोरगुल हो रहा है, शायद किसी हिन्दू की दुकान को तोड़-फोड़कर जलाया जा रहा है। आँखें बन्द हैं तो क्या हुआ, जलने की गन्ध आ रही थी। आँखें बन्द करते ही लगता है कि कुल्हाड़ी, कटार आदि लिये हुए कट्टरपंथियों का दल आँखों के सामने नाच रहा है। पिछली रात वह गौतम को देखने गया था। वह सोया हुआ था, आँखों के नीचे, छाती-पीठ पर खून के काले निशान थे। सुरंजन उसकी छाती पर हाथ रखकर बैठा रहा। कुछ पूछा नहीं। वैसे स्पर्श के बाद बात करने की ज़रूरत नहीं होती। गौतम ने ही कहा था, 'दादा, मैंने कुछ नहीं किया। वे मस्जिद से दोपहर की नमाज पढ़कर लौट रहे थे। घर पर कोई सब्जी नहीं थी, माँ ने अण्डा खरीद कर लाने को कहा। मैंने सोचा, मुहल्ले की दुकान है, डर किस बात का, मैं दूर कहीं तो जा नहीं रहा। अण्डा लेकर पैसा वापस ले ही रहा था कि अचानक पीछे से पीठ पर लात पड़ी। वे छह-सात लड़के थे और मैं अकेला। क्या करता। दुकानदार, सड़क पर जाते लोग दूर से मजा लेते रहे, किसी ने कुछ नहीं कहा। उन्होंने मुझे बेवजह मारा, जमीन पर पटककर पीटा। आप मेरा यकीन कीजिए, मैंने उन्हें कुछ नहीं कहा।' वे कह रहे थे, 'साला हिन्दू, मालाउन का बच्चा! साले को मारकर खत्म कर देंगे। हमारी मस्जिद तोड़कर क्या सोचा है। तुम लोग पार पा जाओगे?' हाथ के स्पर्श से सुरंजन उसके दिल की धड़कन अनुभव कर रहा था। क्या यही शब्द उसकी छाती में भी सुनाई पड़ रहा है? शायद उसने एक-दो बार सुना भी है!

नीला चाय लेकर आयी। चाय पीते-पीते माया की बात छिड़ती है।

'माया को लेकर मुझे बहुत चिन्ता होती है। कहीं वह अचानक जहाँगीर से शादी न कर ले!'

'सुरंजन दा, अब भी समय है, उसे लौटा लीजिए। विपत्ति के समय इन्सान झट से निर्णय ले लेता है।'

'देखता हूँ, लौटते वक्त पारुल के घर से उसे लेता जाऊँगा। माया बर्बाद होती जा रही है। जीने की प्रचण्ड लालसा में वह फरीदा बेगम जैसी कुछ हो जाएगी। स्वार्थी!'

नीला की आँखों में नीली दुश्चिन्ता उभर रही थी। अलक रोते-रोते सो गया। उसके गालों पर अब भी आँसू के दाग हैं। पुलक टहलता रहता है। उसकी बेचैनी सुरंजन को भी स्पर्श करती है। चाय उसी तरह पड़ी-पड़ी ठंडी हो जाती है। सुरंजन की चाय पीने की इच्छा थी, लेकिन पता नहीं वह इच्छा कहाँ गायब हो गयी। वह आँखें मूँद कर सोचना चाहता है—यह देश उसका है, उसके बाप का, उसके दादा का, दादा के भी दादा का है यह देश। फिर भी वह क्यों कटा हुआ महसूस कर रहा है। क्यों उसे लगता है कि इस देश पर उसका अधिकार नहीं है!

उसके चलने का, कहने का, कुछ भी पहनने का, सोचने का अधिकार नहीं है, उसे सहमा हुआ रहना पड़ता है, छिपे रहना पड़ता है। वह जब मन आये तब निकल नहीं सकता। कुछ भी नहीं कर सकता। किसी व्यक्ति के गले में फंदा डालने पर जैसा लगता है, सुरंजन को भी वैसा ही लग रहा है। वह खुद ही अपने दोनों हाथों से अपना गला दबाता है। उसकी साँस रुकने-रुकने को हुई कि वह चीख पड़ा, 'मुझे कुछ अच्छा नहीं लग रहा है, पुलक!'

पुलक के माथे पर पसीने की बूँदें जमी हैं इतनी ठंड में भी पसीना क्यों आता है? सुरंजन ने अपने माथे पर हाथ रखा। वह हैरान हुआ कि उसके भी ललाट पर पसीना जम गया है। क्या डर से? कोई भी उनको घर के अन्दर पीट नहीं रहा है। हत्या नहीं कर रहा है। फिर भी क्यों डर समाया है? क्यों दिल की धड़कन तेज है?

सुरंजन फोन का डायल घुमता है। दिलीप दे, जो कभी तेज छात्र नेता रहे हैं, अचानक उनका नम्बर याद आया। दिलीप दे घर पर ही थे।

'कैसे हैं दादा? कोई असुविधा तो नहीं? कोई घटना तो नहीं घटी?'

'नहीं कोई असुविधा तो नहीं, लेकिन शान्ति नहीं है। और मेरे साथ घटने को क्या है? सारे देश में ही तो घट रहा है।'

'हाँ, वह तो है!'

'तुम कैसे हो? चट्टग्राम की हालत के बारे में तो अवश्य सुना होगा?'

'कैसी हालत?'

'संदीप थाना के बाउरिया में तीन, कालापानिया में दो, मगधराय में तीन, टेउरिया में दो, हरिशपुर में एक, रहमतपुर में एक, पश्चिम सारिकाई में एक और माइटडांगा में भी एक मन्दिर तोड़ा गया है। पश्चिम सारिकाइ में सुचारु दास नामक एक आदमी को मारपीट कर पन्द्रह हजार रुपये ले गये। टोकातली में दो घरों को लूटकर दो व्यक्तियों को छुरा मार दिया है। पटिया थाना के कचुआ में एक घर, भाटकाइन में एक मन्दिर...'

'आपको इस तरह एक-दो का हिसाब कहाँ से मिला?'

'अरे, मैं तो चिटागांग का लड़का हूँ न? उन इलाकों में क्या हो रहा है खबर आ ही जाती है। और सुनो, बाँसखाली थाना के बइलछड़ी में तीन और पूर्व चम्बल में तीन घरों को तोड़ दिया है। रांगुनिया थाने में सरफभाटा यूनियन में पाँच घरों को, पायरा यूनियन में सात घरों को, शिलक यूनियन में एक मन्दिर, चन्दनाइश थाना के बादामतली में एक मन्दिर और जोआरा के एक मन्दिर को लूटा गया। बाद में उसे तोड़ भी दिया। अनवरा थाने के बोआलगाँव में चार मन्दिर व एक घर और तेगोटा में सोलह घरों पर हमला हुआ, लूटपाट हुई, तोड़फोड़ हुई। बोआलखाली थाने के 'मेघसमुनि आश्रम' में आग लगा दी गयी।'

'मैंने सुना है कि कैवल्यधाम, तुलसीधाम आश्रम, अभय मित्र श्मशान, श्मशान कालीबाड़ी और पंचाननधाम समेत दस कालीबाड़ियों को पूरा जला दिया गया है!' सुरंजन ने कहा।

'सदरघाट कालीबाड़ी, गोपाल पहाड़ श्मशान मंदिर पर भी हमला हुआ। जमालखान रोड और सिराजुद्दोला रोड पर दुकानों की तोड़फोड़ हुई। इनायत बाजार, के.सी. दे रोड ब्रिकफील्ड रोड की हिन्दुओं की दुकानों और घरों को लूटकर आग लगा दी गयी। कैवल्यधाम के मालीपड़ा में अड़तीस घरों को, सदरघाट जेलेपाड़ा में सौ से अधिक घरों को लूटा गया और आग लगा दी गयी। ईदगाँव आग्राबाद जेलेपाड़ा और बहद्दारहाट की मैनेजर कालोनी में लूटपाट की गयी व तोड़ डाला गया। सबसे भयानक घटना मीरेरसाई और सीताकुण्ड में घटी है। मीरेरसाई के सातबाड़िया गाँव में पचहत्तर परिवारों को, मसदिया यूनियन के दस परिवारों को, हादीनगर में चार परिवारों को, बेशर में सोलह परिवारों व तीन मन्दिरों को, उदयपुर में बीस परिवारों को, खाजुरिया के बारह परिवारों को, जाफराबाद में सत्ताईस परिवारों को हमले का शिकार बनाया गया है। उनके घरों को लूटकर, तोड़-फोड़कर आग लगा दी गयी। सीताकुण्ड के मुरादपुर यूनियन के एक परिवार, बारइया के ढाला यूनियन के महालंका गाँव में तेइस परिवार, बहरपुर के अस्सी परिवार, बारईपाड़ा के तीन सौ चालीस परिवार समेत नारायण मन्दिर, बाँसबाड़िया के बारह परिवार, बाड़बकुण्ड के सत्रह परिवार व दो मन्दिर और फरहादपुर के चौदह परिवारों पर हमला हुआ। लूटपाट हुई और आग लगा दी गयी।'

'और कितना सुनूँगा दिलीपदा! अब और अच्छा नहीं लग रहा है।'

'क्या तुम अस्वस्थ हो सुरंजन? तुम्हारी आवाज कुछ असामान्य लग रही है।'

'कुछ समझ में नहीं आ रहा!'

फोन रखते ही पुलक ने कहा देवव्रत का हाल-चाल पूछो। तो सुरंजन देवव्रत, महादेव भट्टाचार्य, असितपाल, सजलधर, माधवी घोष, कुन्तला चौधरी, सरल दे, रवीन्द्र गुप्त, निखिल सान्याल, निर्मल सेनगुप्त सभी को एक-एक करके फोन

करता है। सबसे पूछता है, 'अच्छे तो हैं!' काफी दिनों बाद कई परिचितों के साथ एक साथ बातें हुईं। एक तरह की आत्मीयता का भी अनुभव किया।

'क्रि...क्रि...' फोन की घंटी बजी। सुरंजन के कान में वह आवाज़ 'द्रिं... द्रिं...' करती लगी। उसे बुरा लग रहा था। पुलक के लिए फोन है काक्सबाजार से। फोन की बातें खत्म कर पुलक ने कहा, 'काक्सबाजार में जमाता शिविर के लोगों ने राष्ट्रध्वज जला दिया है।'

सुरंजन सुनता है और अपनी उदासीनता देखकर खुद ही हैरान होता है। इस खबर को सुनते ही उसे क्षोभ के मारे फट पड़ना चाहिए था। परन्तु आज उसे लग रहा है कि इस झण्डे के जल जाने से उसका कुछ नहीं बिगड़ता। यह झण्डा उसका नहीं है, सुरंजन ऐसा क्यों सोच रहा है? उसके अन्दर ऐसी भावना आ रही है इसलिए वह खुद को धिक्कारता है। अपने आप पर क्रोध आता है, वह अपने को बड़ा नीच, बड़ा स्वार्थी समझता है। फिर भी उसकी उदासीनता का भाव दूर नहीं होता। झण्डे के जल जाने से उसके अन्दर क्रोध की भावना उत्पन्न होनी चाहिए थी। लेकिन कुछ भी नहीं हुआ।

पुलक सुरंजन के पास आकर बैठा। बोला, 'आज मत जाओ, यहीं रुक जाओ! बाहर निकलने पर कब क्या हो जाए, कहा नहीं जा सकता। इस वक्त हममें से किसी का रास्ते में निक़लना ठीक नहीं है।'

कल लुत्फर ने उसे इसी तरह समझाया था। सुरंजन ने पुलक के स्वर की आत्मीयता और लुत्फर के स्वर के सूक्ष्म अहंकार को अनुभव किया।

नीला लम्बी साँस छोड़ती हुई बोली, 'शायद अब और देश में नहीं रह पाऊँगी। आज भले ही कुछ नहीं हुआ, कल हो सकता है, परसों हो सकता है। कितनी भीषण अनिश्चितता है हमारे जीवन की। इससे निश्चिंत, निर्विघ्न दरिद्र जीवन बहुत अच्छा है।'

पुलक की बात मानकर सुरंजन रुक ही जाता, लेकिन सुधामय और किरणमयी की याद आते ही कि वे चिन्तित होंगे, सुरंजन जाने के लिए खड़ा हो गया। बोला, 'जो होगा देखा जाएगा। मुसलमानों के हाथों शहीद ही हो जाऊँगा। राष्ट्रीय स्कूल के सामने लावारिस लाश पड़ी रहेगी। लोग कहेंगे—यह कुछ नहीं, दुर्घटना है। क्यों, ठीक कहा न?' सुरंजन हँसने लगा। लेकिन पुलक और नीला के होठों पर हँसी नहीं आयी।

उसे सड़क पर निकलते ही एक रिक्शा मिल गया। अभी सिर्फ आठ ही बजे हैं। उसकी घर लौटने की इच्छा नहीं हुई। पुलक उसका कॉलेज के जमाने का दोस्त है। शादी-ब्याह करके सुन्दर गृहस्थी बसायी है। उसी का कुछ नहीं हुआ, उम्र तो काफी हो गयी। करीब दो महीना पहले रत्ना नाम की एक लड़की से उसका परिचय हुआ है। अचानक कभी-कभी सुरंजन के मन में शादी करके घर बसाने की

इच्छा होती है। परवीन की शादी हो जाने के बाद तो उसने संन्यास लेने के बारे में सोचा था। लेकिन अब फिर सब कुछ सँभाल लेने की इच्छा हो रही है। अब उसे कहीं पर पैर जमाने की इच्छा हो रही है। मगर रत्ना से उसने अब तक कुछ कहा नहीं, 'तुम जो मुझे इतनी अच्छी लगती हो, क्या तुम इस बात को जानती हो?'

पहली मुलाकात के कुछ दिनों बाद रत्ना ने उससे पूछा, 'अभी आप क्या कर रहे हैं?'

'कुछ भी नहीं!' सुरंजन ने होठ बिचकाते हुए कहा था।

'नौकरी-चाकरी, व्यवसाय, कुछ भी नहीं?'

'नहीं!'

'राजनीति करते थे, वह?'

'छोड़ दिया!'

'युवा यूनियन के सदस्य भी तो थे!'

'वह सब, अब अच्छा नहीं लगता!'

'तो क्या अच्छा लगता है?'

'घूमना, लोगों को देखना!'

'पेड़-पौधे, नदी-पहाड़ देखना अच्छा नहीं लगता?'

'लगता है! लेकिन सबसे ज्यादा मनुष्यों को देखना अच्छा लगता है। मनुष्य के अन्दर जो रहस्यमयता है, उसकी गाँठ को खोलना ज्यादा अच्छा लगता है।'

'कविता भी लिखते हैं?'

'अरे नहीं! लेकिन काफी कवि दोस्त हैं।'

'शराब-बराब पीते हैं?'

'कभी-कभी।'

'सिगरेट तो काफी पीते हैं।'

'हाँ, वह तो पीता हूँ। पैसा तो मिलता नहीं!'

'सिगरेट इज इन्ज्यूरियस टु हेल्थ। यह तो जानते हैं न?'

'जानता हूँ। लेकिन कुछ कर नहीं सकता।'

'शादी क्यों नहीं की?'

'किसी ने पसन्द नहीं किया, इसलिए!'

'किसी ने भी नहीं?'

'एक ने किया था। लेकिन अन्त में रिस्क नहीं ले सकी।'

'क्यों?'

'वह मुसलमान थी और मुझे तो हिन्दू कहा जाता है। हिन्दू के साथ शादी। उसे तो हिन्दू नहीं होना पड़ता। फिर मुझे ही अब्दुस साबिर की तरह नाम परिवर्तन करना पड़ता।'

रत्ना सुनकर हँसी थी। कहा था, 'शादी न करना ही अच्छा है, कुछ ही दिनों की तो जिन्दगी है। बन्धनहीन काट देना ही बेहतर है।'

'अच्छा! तो आप भी उस रास्ते पर नहीं जा रही हैं?'

'आपने ठीक समझा!'

'एक तरह से यह अच्छा ही है!'

'मेरा-आपका एक ही सिद्धान्त है, इसलिए मेरी आपकी दोस्ती खूब जमेगी!'

'दोस्ती का बहुत बड़ा अर्थ लगाता हूँ मैं। एक-दो विचारों के मिलने से ही दोस्त बना जा सकता है क्या!'

'आपका दोस्त बनने के लिए क्या खूब तपस्या करनी होगी?' सुरंजन ने जोर से हँसते हुए कहा था, 'क्या मेरा इतना सौभाग्य होगा?'

'आपके अन्दर आत्मविश्वास बहुत कम है न?'

'नहीं, ऐसी बात नहीं! खुद पर विश्वास है, दूसरों पर नहीं।'

'मुझ पर विश्वास करके तो देखिए!'

उस दिन, दिन भर सुरंजन बेहद प्रसन्न था। आज फिर उसकी रत्ना के बारे में सोचने की इच्छा हो रही है। सम्भवतः मन को ठीक करने के लिए ही। आजकल वह यही करता है। जब भी उसका मन उदास होता है, वह रत्ना को याद करता है। रत्ना कैसी होगी? एक बार वह आजिमपुर जाएगा? जाकर पूछेगा, 'कैसी हैं रत्ना मित्र?' क्या रत्ना थोड़ा-सा हड़बड़ा जाएगी उसे देखकर! सुरंजन तय नहीं कर पाता कि उसे क्या करना चाहिए। साम्प्रदायिक त्रास के कारण एक तरह से हिन्दुओं का पुनर्मिलन हो रहा है, इसे वह महसूस करता है। और अवश्य ही रत्ना उसे देखकर हैरान नहीं होगी। सोचेगी, इस वक्त हिन्दू लोग हिन्दुओं का हालचाल पूछ रहे हैं। विपत्ति में सभी एक-दूसरे का सहारा बन रहे हैं। ऐसी स्थिति में बिना निमंत्रण के सुरंजन रत्ना के सामने जाकर खड़ा हो सकता है।

वह रिक्शा आजिमपुर की तरफ मोड़ने को कहता है। रत्ना का व्यक्तित्व बेहद आकर्षक है। गोरा रंग, गोल चेहरा, लेकिन आँखों में गहरी मायूसी। सुरंजन को उसकी थाह नहीं मिलती। वह पाकेट से टेलीफोन इंडेक्स निकाल कर उसमें लिखा पता देखकर घर खोजता है। चाहने पर घर नहीं ढूँढ़ पाये, ऐसा कहीं हो सकता है!

रत्ना घर में नहीं है। थोड़ा-सा दरवाजा खोलकर एक प्रौढ़ व्यक्ति ने पूछा, 'आपका नाम क्या है?'

'सुरंजन!'

'वह तो ढाका से बाहर गयी हुई है।'

'कब? कहाँ?' सुरंजन को खुद अपनी आवाज में झलक रही अधीरता और आवेग का आभास होते ही शर्म आयी।

'सिलहट!'

'कब लौटेंगी, कुछ पता है आपको?'

'नहीं!'

क्या रत्ना दफ्तर के काम से सिलहट गयी है? या फिर सिलहट गयी ही नहीं है और उससे यूँ ही कहा गया। लेकिन सुरंजन का नाम सुनकर तो छिपने की कोई जरूरत भी नहीं है क्योंकि यह एक 'हिन्दू' नाम है। यही सोचते हुए सुरंजन आजिमपुर की सड़क पर चलता रहा। यहाँ कोई उसे हिन्दू समझकर नहीं पहचान पा रहा है। टोपीधारी राहगीर, झुंड में खड़े उत्तप्त युवक, रास्ते में चलते युवक; कोई भी उसे पहचान नहीं पा रहा है। यह एक बड़ी मजेदार बात है। वरना यदि वे उसे पहचान लें और यदि उनकी इच्छा हो कि उसके हाथ-पाँव बाँधकर कब्रिस्तान में फेंक आएँ! सुरंजन अकेला क्या स्वयं को बचा सकेगा। सोचकर अन्दर फिर से धुकधुकी होने लगी। चलते-चलते उसने पाया कि पसीना छूट रहा है। वह कोई गरम कपड़े नहीं पहने है। बस पतला-सा एक शर्ट। शर्ट के अन्दर हवा घुस रही है, फिर भी उसके माथे पर पसीना आ रहा है। सुरंजन चलते-चलते पलाशी पहुँच जाता है। जब पलाशी पहुँच ही गया है तो एक बार निर्मलेन्दु गुण का भी हालचाल पूछ लिया जाए। इंजीनियरिंग यूनिवर्सिटी के फोर्थ क्लास कर्मचारियों के लिए पलाशी में कालोनी बनी हुई है। उस कालोनी के माली का घर भाड़े पर लेकर निर्मलेन्दु गुण रहते हैं। सत्यभाषी इस व्यक्ति के प्रति सुरंजन की अगाध श्रद्धा है। दरवाजे पर दस्तक देते ही दस-बारह साल की एक लड़की पूरा दरवाजा खोल कर खड़ी हो गयी। निर्मलेन्दु गुण बिस्तर पर पैर चढ़ाये ध्यान से टेलीविजन देख रहे थे। सुरंजन को देखते ही ज़ोर से बोले, 'आओ, आओ! आओ, मेरे घर आओ! मेरे घर!'

'टीवी में देखने को क्या है?'

'विज्ञापन देखता हूँ। सनलाइट बैटरी, जिया सिल्क साड़ी, टूथपेस्ट का विज्ञापन। हामद, नात देखता हूँ। कुरान की वाणी देखता हूँ।'

सुरंजन हँसने लगता है। कहता है, 'सारा दिन इसी तरह से कटता है? बाहर तो निकले नहीं होगे?'

'मेरे घर में चार वर्ष का एक मुसलमान लड़का रहता है। उसी के भरोसे तो जिन्दा हूँ। कल असीम के घर गया था। वह लड़का आगे-आगे और मैं उसके पीछे-पीछे!'

सुरंजन फिर हँसा। बोला, 'लेकिन अभी-अभी तो बिना देखे ही दरवाजा खोल दिया! यदि दूसरा कोई होता तो?' गुण हँसते हुए बोले, 'कल रात के दो बजे फुटपाथ पर खड़े कुछ लड़के जुलूस निकालने की योजना बना रहे थे और चर्चा कर रहे थे कि हिन्दुओं को गाली देते हुए क्या-क्या नारे लगाये जा सकते हैं, तभी मैंने

दहाड़ा, 'कौन है वहाँ पर! भागते हो कि नहीं?' इतने से ही वे भाग गये। मेरी दाढ़ी और बाल देखकर तो अधिकतर लोग मुझे मुसलमान ही समझते हैं, वह भी मौलवी।'

'कविताएँ नहीं लिखते?'

'नहीं। वह सब लिखकर क्या होगा! सब कुछ छोड़ दिया है।'

'सुना है, रात में आजिमपुर बाजार में जुआ खेलते हैं?'

'हाँ, समय काटता हूँ! लेकिन कई दिनों से वहाँ भी नहीं जा रहा।'

'क्यों?'

'मारे डर के बिस्तर से ही नहीं उतरता। लगता है उतरते ही ये लोग पकड़ लेंगे।'

'क्या टीवी कुछ कर रहा है, मंदिरों का टूटना दिखा रहा है?'

'अरे नहीं! टीवी देखने से तो लगता है यह देश साम्प्रदायिक सद्भावना का देश है। इस देश में दंगा वगैरह कुछ नहीं हो रहा है, जो कुछ भी हो रहा है वह भारत में ही हो रहा है।'

'उस दिन एक आदमी ने कहा, भारत में अब तक चार हजार दंगे-फसाद हुए हैं। फिर भी भारत के मुसलमान देश नहीं छोड़ रहे। लेकिन यहाँ हिन्दुओं का एक पैर बंगलादेश में रहता है तो दूसरा भारत में। यानी भारत के मुसलमान लोग जूझ रहे हैं और यहाँ के हिन्दू भाग रहे हैं।'

गुण गम्भीर होकर बोले, 'वहाँ के मुसलमान लड़ाई कर भी सकते हैं। भारत सेकुलर राष्ट्र जो है। और यहाँ पर फंडामेटलिस्ट सत्ता में हैं। फिर यहाँ लड़ाई किस बात की! यहाँ हिन्दू द्वितीय श्रेणी के नागरिक हैं। क्या द्वितीय श्रेणी के नागरिकों को लड़ाई का अधिकार रहता है?'

'इस पर कुछ लिखते क्यों नहीं?'

'लिखने की इच्छा तो होती है। परन्तु लिखने पर 'भारत का दलाल' कहकर गाली जो देंगे। बहुत कुछ लिखने का मन होता है, जान-बूझकर ही नहीं लिखता। क्या होगा लिखकर!'

गुण टेलीविजन नामक खिलौने की तरफ देखते रहे। गीता टेबुल पर चाय रख गयी। सुरंजन को चाय पीने की इच्छा नहीं रही। गुणदा के अंतर की वेदना उसे स्पर्श कर रही है।

गुण अचानक हँसने लगते हैं। कहते हैं, 'तुम तो लोगों का हाल-चाल पूछते फिर रहे हो, तुम्हारी खुद की सुरक्षा है?'

'अच्छा गुणदा, क्या जुआ खेलकर कभी जीतते हैं?'

'नहीं!'

'तो फिर क्यों खेलते हैं?

'न खेलने पर वे माँ-बाप की गाली देते हैं। इसीलिए खेलना पड़ता है।'

यह सुनकर सुरंजन अट्टहास कर उठा। गुण भी हँसने लगे। बहुत अच्छा मजाक कर लेते हैं गुणदा नामक ये शख्स। अमेरिका में लास बेगास के कैसिनों में बैठकर भी वे जुआ खेल सकते हैं, और पलाशी की बस्ती में बैठकर मच्छरों का काटना सहते हुए भी खेल सकते हैं। इनको किसी चीज से एतराज नहीं है, न किसी बात से ऊब या खीज। बारह बाई बारह फुट के एक कमरे में आराम से अपनी छोटी-छोटी खुशियों का मजा लेते हुए दिन बिता रहे हैं। किस तरह ये इतने अमल आनन्द में प्रवहमान रहते हैं, सुरंजन सोचता रहता है। सचमुच, आनन्दित रहते भी हैं या सीने में अन्दर-ही-अन्दर दुःख छिपाये हुए हैं। कुछ भी करने को नहीं है, शायद इसलिए हँस कर दुस्समय को काटते हैं!

सुरंजन खड़ा हो जाता है। उसे अपने भीतर का दुःखबोध बढ़ता हुआ प्रतीत हो रहा है। क्या दुःख संक्रामक होता है? वह चलते हुए टिकाटुली की तरफ जाने लगता है। नहीं, अब रिक्शा नहीं लूँगा। जेब में सिर्फ पाँच रुपये ही हैं। पलाशी के मोड़ से सिगरेट खरीदता है। 'बांग्ला फाइव' माँगने पर दुकानदार सुरंजन के चेहरे की तरफ हैरान होकर देखता है। उसे इस तरह से देखता हुआ देखकर सीने में फिर से धुकधुकी होने लगती है। क्या यह आदमी जान गया है कि वह हिन्दू है। क्या यह आदमी जानता है कि बाबरी मस्जिद टूट गयी है कि इसलिए किसी भी हिन्दू को इच्छा होने पर पीटा जा सकता है? सुरंजन सिगरेट खरीद कर तेजी से चल देता है। उसे लग रहा है, क्यों नहीं वह दुकान पर ही सिगरेट सुलगाकर चला आया! क्या इसलिए कि आग माँगने पर दुकानदार समझ जाता कि वह हिन्दू है? हिन्दू-मुसलमान का परिचय तो किसी व्यक्ति के माथे पर नहीं लिखा होता! फिर भी उसे लगा कि उसके चलने में, उसकी भाषा में, आँखों की दृष्टि भंगी में शायद पकड़ में आने लायक कुछ है। टिकाटुली के माड़ पर आते ही एक कुत्ता भौंकने लगा। वह चौंक गया। अचानक पीछे से लड़कों के एक दल की 'पकड़ो-पकड़ो' की आवाज सुनाई पड़ी। यह सुनकर वह फिर पीछे नहीं मुड़ा। बेतहाशा भागता रहा, उसका शरीर पसीना-पसीना हो रहा था। कमीज की बटन खुल गयी, फिर भी दौड़ता रहा। काफी दूर तक दौड़ने के बाद पीछे मुड़कर देखा तो वहाँ कोई नहीं था। तो क्या वह व्यर्थ ही दौड़ता रहा। वह आवाज उसके लिए नहीं थी? या फिर वह उसका 'आडिटरी हैलुसिनेशन' है।! आडिटरी हैल्यूसिनेशन (श्रुतिभ्रम)।

अधिक रात हो जाने पर वह बाहर से किसी को आवाज न देकर चुपचाप अपने कमरे को जिसे बाहर से ताला लगाकर गया था, खोलकर अन्दर घुस जाता है। अन्दर घुसते ही बगल के कमरे से वह 'भगवान-भगवान' कहकर रोने की एक करुण आवाज सुनता है। एक बार तो सोचता है कि उसके घर कोई हिन्दू अतिथि या रिश्तेदार तो नहीं आया। हो भी सकता है! यह सोचकर जब वह सुधामय के

कमरे में जाने लगा तो देखकर हैरान रह गया कि किरणमयी कमरे के एक कोने में छोटे से आसन पर मिट्टी की प्रतिमा रखे बैठी हुई है। मूर्ति के सामने गले में आँचल डालकर घुटना टेककर बैठी हुई 'भगवान-भगवान' कहती रो रही है। यह दृश्य इस घर में नहीं दिखता। अद्भुत अपरिचित यह दृश्य सुरंजन को चकित कर गया। कुछ समय तक तो वह समझ ही नहीं पाया कि उसे क्या करना चाहिए। मूर्ति को पटक कर तोड़ दे, या फिर किरणमयी के नतमस्तक को अपने हाथों से पकड़कर सीधा कर दे। इस तरह नतमस्तक देखना उसे बिलकुल नापसन्द है।

सामने आकर वह किरणमयी की दोनों बाँहें पकड़कर सीधा कर देता है। कहता है, 'तुम्हें क्या हो गया है। मूर्ति लेकर क्यों बैठी हो? मूर्ति तुम्हें बचायेगी?'

किरणमयी सुबककर रो पड़ती है। बताती है, 'तुम्हारे पिताजी के हाथ-पाँव सुन्न हो गये हैं। जबान लड़खड़ा रही है।'

तुरन्त ही उसकी नजर सुधामय पर पड़ी। वे लेटे हुए हैं। बड़बड़ा रहे हैं लेकिन पता नहीं चल रहा है कि क्या कह रहे हैं। पिताजी के पास बैठकर उसने उनका दाहिना हाथ हिलाया। हाथ में कोई चेतना शक्ति नहीं थी। मानो सुरंजन के सीने पर किसी ने कुल्हाड़ी दे मारी। उसके दादाजी के शरीर का एक हिस्सा इसी तरह सुन्न हो गया था। डॉक्टर ने कहा था, स्ट्रोक है। उनको लेटे-लेटे चावल की खील की तरह दवा चबानी पड़ती थी। फिजिओथेरापिस्ट आकर हाथ-पाँव की एक्सरसाइज करा जाता था। गूँगी आँखों से एक बार किरणमयी की तरफ और एक बार सुरंजन की तरफ सुधामय ने देखा।

आस-पास कोई रिश्तेदार भी नहीं है। किसके पास जाएँगे वे लोग? वैसे भी उनका कोई नजदीकी रिश्तेदार नहीं है। एक-एक कर सभी ने देश छोड़ दिया। सुरंजन खुद को बहुत अकेला, असहाय महसूस कर रहा था। पुत्र होने के नाते सारा दायित्व उसके कन्धे पर ही आ जाता है। परिवार में बेमतलब, बेकार बेटा है वह। आज भी उसका जीवन यूँ ही घूम-घूमकर बीतता है। किसी भी नौकरी में वह टिक नहीं सका। व्यवसाय भी करना चाहा था, लेकिन नहीं हो पाया। सुधामय के बिस्तर पकड़ लेने से उनका चूल्हा कैसे जलेगा? घर छोड़कर सबको सड़क पर आना होगा।

'कमाल वगैरह कोई नहीं आया?' सुरंजन ने पूछा।

'नहीं।' किरणमयी ने सिर हिलाया।

किसी ने खबर नहीं ली, सुरंजन कैसा है! जबकि वह सारे शहर में घूम-घूमकर कितने लोगों की खबर ले आया। सभी अच्छे हैं उसे छोड़कर! शायद इस परिवार के अलावा इतनी दरिद्रता, अनिश्चतता और किसी परविार में नहीं है। सुधामय के अचेत हाथ को छूकर उसे बहुत दया आयी। अपने विपरीत जगत में कहीं वे जान-बूझकर तो नहीं जड़ हो गये! कौन जानता है!

'माया नहीं लौटी?' सुरंजन अचानक खड़ा हो जाता है।

'नहीं!'

'क्यों नहीं लौटी वह?' अचानक सुरंजन चिल्लाता है। किरणमयी अवाक् रह जाती है। नम्र स्वभाव का यह लड़का, इससे पहले कभी इतनी ऊँची आवाज में नहीं बोला। आज अचानक चीखकर क्यों बोल रहा है। माया पारुल के घर गयी है, यह कोई बहुत बड़ा अपराध तो नहीं है! बल्कि इससे काफी निश्चिन्त रहा जा सकता है। हिन्दू का घर जब लूटने आएँगे तो माया के अलावा उन्हें इस घर में और कोई सम्पत्ति नहीं मिलेगी। लड़कियों को तो लोग सोना-चाँदी की तरह ही समझते हैं!

सुरंजन पूरे कमरे में बेचैन टहलता रहा। बोला, 'मुसलमानों के प्रति उसका इतना विश्वास क्यों है? कितने दिनों तक वे उसे बचायेंगे?'

किरणमयी समझ नहीं पा रही थी कि सुधामय बीमार हैं, इस वक्त डॉक्टर बुलाना चाहिए। और, ऐसी स्थिति में माया क्यों मुसलमान के घर गयी है, बेटा इस बात पर बिगड़ रहा है!

सुरंजन बड़बड़ाता है, 'डाक्टर बुलाना होगा, इलाज खर्च कहाँ से आएगा, बताओ तो जरा? मुहल्ले के दो पिद्दी से लड़कों ने उन्हें डराया और डर के मारे दस लाख रुपये का मकान दो लाख में बेचकर यहाँ चले आये। अब भिखारी की तरह जीने में शर्म नहीं आती!'

'क्या सिर्फ लड़कों के डर से बेचा था? घर को लेकर मुकदमे का झमेला भी तो कम नहीं था।' किरणमयी ने जवाब दिया।

बरामदे में एक कुर्सी रखी हुई थी। सुरंजन ने उसे लात मारकर गिरा दिया। 'लड़की गयी है मुसलमान से शादी करने! सोचा है मुसलमान लोग उसे बैठाकर खिलायेंगे! लड़की रईस होना चाहती है!'

वह घर से निकल जाता है। मुहल्ले में दो डाक्टर हैं। हरिपद सरकार टिकाटुली के मोड़ पर हैं, और दो मकान छोड़कर अमजद हुसैन। वह किसे बुलायेगा? सुरंजन बेमन से चलता रहा। माया घर नहीं लौटी, इस बात पर जो वह चिल्लाया तो क्या माया के न लौटने की वजह से या फिर मुसलमानों के ऊपर उसका इतना भरोसा देखकर! क्या सुरंजन थोड़ा-थोड़ा कम्युनल हो उठा है? उसे अपने पर सन्देह होता है। वह टिकाटुली के मोड़ की तरफ जाता है।

हैदर सुरंजन के घर आया। कैसा है यह जानने के लिए नहीं, बल्कि बैठने-बातचीत करने के लिए। हैदर अवामी लीग की राजनीति करता है। कभी सुरंजन ने उसके साथ छोटा-मोटा बिजनेस शुरू किया था, बाद में कोई फायदा न देखकर उस

योजना को स्थगित कर दिया। हैदर का प्रिय विषय राजनीति है। सुरंजन का भी वह प्रिय विषय था। यह और बात है कि आजकल वह राजनीतिक प्रसंग को बिलकुल नापसन्द करता है। इरशाद ने क्या किया था, खालिदा ने क्या किया है और हसीना क्या करेगी, इन बातों में समय नष्ट करने से सोये रहना ज्यादा अच्छा है। हैदर खुद ही बोले जा रहा है। राष्ट्रधर्म इस्लाम को लेकर वह एक लम्बा-चौड़ा भाषण देता है।

'अच्छा हैदर!' सुरंजन अपने बिस्तर पर अधलेटा होकर पूछता है, 'तुम्हारे राष्ट्र या संसद को क्या अधिकार है कि अन्य धर्मों के लोगों के बीच भेदभाव उत्पन्न करे?'

हैदर कुर्सी पर बैठा मेज पर पाँव चढ़ाए सुरंजन की लाल जिल्द वाली किताबों का पन्ना पलट रहा था। उसकी बात सुनकर 'हो-हो' करके हँसने लगा। बोला, 'तुम्हारे राष्ट्र का मतलब? राष्ट्र क्या तुम्हारा नहीं है?'

सुरंजन होठ दबाकर हँसता है। उसने आज जान-बूझकर हैदर को 'तुम्हारे' शब्द का उपहार दिया। हँसकर बोला, 'मैं कुछ सवाल करूँगा, उनका जवाब तुमसे चाहता हूँ।'

हैदर सीधा होकर बैठता है। फिर बोला, 'तुम्हारे सवाल का जवाब है, नहीं! यानी राष्ट्र को कोई अधिकार नहीं है अन्य धर्मों के बीच भेद-भाव उत्पन्न करने का।'

सुरंजन ने सिगरेट का लम्बा कश लेकर पूछा, 'राष्ट्र या संसद को क्या यह अधिकार है कि वह किसी एक धर्म में अन्य धर्मों की अपेक्षा ज्यादा दिलचस्पी या विशेष अनुकूलता दिखाये?'

हैदर ने तुरन्त जवाब दिया, 'नहीं।'

सुरंजन का तीसरा सवाल था, 'राष्ट्र या संसद को क्या पक्षपात करने का अधिकार है?'

हैदर ने सिर हिलाया, 'नहीं'।

'संसद को क्या अधिकार है कि लोकतान्त्रिक बंगलादेश के राष्ट्रीय संविधान में वर्णित अन्यतम मूल नीति, धर्मनिरपेक्षता की नीति में परिवर्तन करे?'

हैदर ने ध्यान से उसकी बात सुनी। फिर बोला, 'कदापि नहीं।'

सुरंजन फिर सवाल करता है, 'देश की सार्वभौमिकता तो सभी नागरिकों के समान अधिकार की नींव पर प्रतिष्ठित है। फिर संविधान को संशोधित करने के नाम पर उस नींव पर ही कुठाराघात नहीं किया जा रहा है?'

इस बार हैदर आँखें छोटी करके सुरंजन की तरफ देखा, वह मजाक तो नहीं कर रहा है!

सुरंजन अपना छठा सवाल करता है, 'राष्ट्रीय धर्म इस्लाम घोषित करके क्या दूसरे धर्मावलंबियों के समुदाय को राष्ट्रीय अनुकूलता या स्वीकृति से वंचित नहीं किया गया है?'

हैदर माथे पर बल डालते हुए कहता है, 'हाँ वंचित किया है।' इन सारे सवालों का जवाब सुरंजन भी जानता है और हैदर भी। सुरंजन भी जानता है कि इन सवालों के जवाब के मामले में हैदर और वह एकमत हैं। फिर भी सवाल करने का अर्थ है। हैदर सोचता है कि सुरंजन एक विशेष समय में ये सवाल करके उसकी परीक्षा ले रहा है—हैदर भीतर-ही-भीतर कहीं से थोड़ा-सा भी साम्प्रदायिक है या नहीं! इसलिए तो उसने इन सवालों के जरिये आठवें संविधान संशोधन का प्रसंग छेड़ा।

सुरंजन ने सिगरेट का आखिरी हिस्सा 'एशट्रे' में दबाते हुए कहा, 'मेरा अन्तिम सवाल है कि 'ब्रिटिश भारत' में भारत से अलग राष्ट्र बनाने की कोशिश के तहत आरोपित दो राष्ट्रीयताओं के जटिल भँवर में बंगलादेश को फिर से लपेटने की यह कुचेष्टा क्यों और किसके स्वार्थ के लिए है?'

हैदर इस बार कोई जवाब न देकर एक सिगरेट सुलगाता है। धुआँ छोड़कर बोला, 'जिन्ना ने खुद भी द्विराष्ट्रीयता को राष्ट्रीय ढाँचे के तहत रद्द करते हुए कहा था—आज से मुसलमान, हिन्दू, क्रिश्चियन, बौद्ध राष्ट्रीय जीवन में अपनी-अपनी धार्मिक पहचान से नहीं जाने जाएँगे। सभी धर्म निरपेक्ष एक राष्ट्र पाकिस्तान के नागरिक होंगे—पाकिस्तानी। वे सिर्फ 'पाकिस्तानी' के रूप में परिचित होंगे।'

सुरंजन अधलेटी अवस्था से सीधा होकर बैठता है। फिर बोला, 'पाकिस्तान ही शायद अच्छा था! तुम्हारा क्या ख़याल है?'

हैदर उत्तेजित होकर खड़ा हो गया। बोला, 'असल में पाकिस्तान तो कभी ठीक नहीं था। हाँ, पाकिस्तान में तुम्हारे लिए उम्मीद करने वाली कोई बात नहीं थी। बंगलादेश होने के बाद तुम लोगों ने सोच लिया इस देश में तुम्हें सब तरह का अधिकार रहेगा क्योंकि यह है सेकुलर राष्ट्र। लेकिन यह देश जब तुम्हारे सपनों को पूरा करने में बाधक बना, तब तुम्हें ज्यादा चोट पहुँची।'

सुरंजन अट्टहास कर उठा। हँसते-हँसते बोला, 'अन्ततः तुम भी कितनी अच्छी तरह 'तुम्हारी उम्मीद', 'तुम्हारे सपने' कह गये! यह 'तुम लोग' कौन हैं? हिन्दू ही तो? तुमने मुझे भी हिन्दुओं में शामिल कर ही दिया? इतने दिनों तक नास्तिकता में विश्वास रखने का यही फायदा हुआ मुझे?'

सुरंजन पूरे कमरे में बेचैन होकर टहलता रहा। भारत में मृतकों की संख्या साढ़े छह सौ पार कर गयी है। पुलिस ने आठ साम्प्रदायिक नेताओं को गिरफ्तार किया है। इनमें भारतीय जनता पार्टी के अध्यक्ष मुरली मनोहर जोशी और एल. के. आडवाणी भी हैं। बाबरी मस्जिद तोड़े जाने के विरोध में सारे भारत में 'बंद' आयोजित हुआ है। बम्बई, राँची, कर्नाटक, महाराष्ट्र में दंगे चल रहे हैं, लोग मर रहे हैं। उग्र हिन्दू साम्प्रदायिकों के प्रति घृणा से सुरंजन मुट्ठियाँ भींचता है। उसका वश चले तो वह दुनिया के सभी साम्प्रदायिक कट्टरपंथियों को एक लाइन

में खड़ा करके 'बस फायर' कर दे! इस देश का साम्प्रदायिक दल मुँह से कह तो रहा है कि 'बाबरी मस्जिद के विध्वंस के लिए भारत सरकार दोषी है और इसके लिए बंगलादेश के हिन्दू उत्तरदायी नहीं है। बंगलादेश के हिन्दू और मंदिरों के प्रति हमारी कोई नाराजगी नहीं। हमें इस्लामिक चेतना से जाग्रत होकर साम्प्रदायिक सद्भाव की रक्षा करनी होगी।' साम्प्रदायिक दल का बयान रेडियो, टेलीविजन, अखबार द्वारा प्रचारित किया जा रहा है। लेकिन चाहे मुँह से वह कुछ भी बोले, सारे देश में हड़ताल के दिन मस्जिद तोड़े जाने के विरोध के नाम पर जो तांडव, जो उत्पाद मचाया गया, उसे न देखने पर किसी को यकीन नहीं आएगा। विरोध के बहाने इकहत्तर के देश घातकों ने घातक दलाल निर्मूल कमेटी का कार्यालय, यहाँ तक कि कम्युनिस्ट पार्टी का कार्यालय भी तोड़-फोड़ दिया और आग लगा दी। आखिर क्यों? जमाते इस्लामी के एक प्रतिनिध मंडल ने भारतीय जनता पार्टी के नेता से भेंट की। उनके बीच क्या बातें हुई होंगी? क्या चर्चा, क्या षड्यंत्र हुआ होगा? सुरंजन इसका अनुमान लगा सकता है, पूरे उपमहादेश में धर्म के नाम पर जो दंगा-फसाद शुरू हुआ है, अल्पसंख्यकों के ऊपर जो नृशंस अत्याचार हो रहा है, सुरंजन खुद उनमें से एक होने के कारण उस नृशंसता और भयावहता से भली-भाँति परिचित है। बोस्निया, हारजेगोविनिया की घटना के लिए जिस तरह बंगलादेश का कोई क्रिश्चियन नागरिक उत्तरदायी नहीं है, उसी तरह भारत की किसी दुर्घटना के लिए बंगलादेश का हिन्दू नागरिक भी उत्तरदायी नहीं है। लेकिन ये बातें सुरंजन किसे समझाएगा!

हैदर ने कहा, 'चलो-चलो, तैयार हो जाओ! 'मानव-बन्धन' में जाना है। मानव-बन्धन मुक्तियुद्ध की चेतना को वास्तविक रूप देने और स्वाधीनता के सार्वभौमत्व के संरक्षण के लिए राष्ट्रीय एकता, इकहत्तर के युद्ध अपराधी सहित सभी साम्प्रदायिक फासिस्ट शक्तियों के विरुद्ध राष्ट्रीय एकता, साम्प्रदायिकता के विरुद्ध क्षेत्रीय सौहार्द रूप में राष्ट्रीय एकता और साम्प्रदायिकता के विरुद्ध क्षेत्रीय सौहार्द और विश्व बन्धुत्व को लक्ष्य मानकर विश्व मानवता के लिए एकता के प्रतीक के रूप में राष्ट्रीय समन्वय कमेटी के आह्वान पर पूरे देश में 'मानव-बंधन' आयोजित किया जा रहा है।'

'इससे मुझे क्या?' सुरंजन ने पूछा।

'तुम्हारा क्या मतलब? तुम्हारा कुछ भी नहीं?' हैदर ने हैरान होकर पूछा।

सुरंजन ने शान्त, स्थिर होकर कहा, 'नहीं!'

हैदर इतना आश्चर्यचकित हुआ कि वह खड़ा था, बैठ गया। उसने फिर एक सिगरेट सुलगायी। बोला, 'एक कप चाय पिला सकते हो?'

सुरंजन बिस्तर पर लम्बा होकर लेट गया। फिर कहा, 'घर में चीनी नहीं है!'

बहादुरशाह पार्क से राष्ट्रीय संसद भवन तक 'मानव-बन्धन' के गुजरने का

रास्ता है। सुबह ग्यारह बजे से दोपहर एक बजे तक उस रास्ते से होकर कोई सवारी नहीं जाएगी। हैदर मानव बन्धन के विषय में और कुछ कहने जा ही रहा था कि सुरंजन ने उसे रोककर पूछा, 'कल की अवामी लीग की मीटिंग में हसीना क्या बोलेगी?'

'शान्ति रैली में?'

'हाँ!'

'साम्प्रदायिक सद्भाव बनाये रखने के लिए हर मुहल्ले में धर्म, जाति से परे शान्ति ब्रिगेड स्थापित करना होगा।'

'क्या इससे हिन्दू लोग यानी हमारी रक्षा हो पाएगी? मन-प्राण से जी पाऊँगा?'

हैदर जवाब न देकर सुरंजन को देखता रहा। दाढ़ी नहीं बनाई है, बाल बिखरे हुए हैं। अचानक प्रसंग बदल जाता है। उसने पूछा, 'माया कहाँ है?'

'वह जहन्नुम में गयी है।'

सुरंजन के मुँह से निकला हुआ 'जहन्नुम' शब्द सुनकर हैदर चौंक गया। वह हँसकर बोला, 'जहन्नुम कैसा? जरा सुनें तो?'

'जहाँ साँप काटता है, बिच्छू डंक मारता है, शरीर में आग लगा दी जाती है, जलकर राख हो जाते हैं फिर भी मरते नहीं।'

'वाह! तुम तो मुझसे ज्यादा जहन्नुम की खबर रखते हो!'

'रखना पड़ता है। आग हमें ही जलाती है न, इसीलिए!'

'तुम्हारा घर इतना सुनसान क्यों है? मौसा-मौसी कहाँ हैं? कहीं दूसरी जगह भेज दिये हो?'

'नहीं!'

'अच्छा सुरंजन, एक बात पर तुमने ध्यान दिया है। गुलाम अजमेर की सुनवाई की माँग को जमाती लोग बाबरी मस्जिद के बहाने दूसरे खाते में ले जा रहे हैं?'

'शायद ले जा रहे हैं! लेकिन यकीन मानो, गुलाम अजमेर को लेकर तुम जिस तरह से सोच रहे हो, मैं उस तरह से सोच नहीं पा रहा हूँ। उसे अगर जेल या फाँसी हो जाती है तो उससे मेरा क्या! और अगर नहीं भी होती है तो भी उसमें मेरा क्या?'

'तुम काफी बदलते जा रहे हो!'

'हैदर! खालिदा ज़िया ने भी कहा कि बाबरी मस्जिद का पुनर्निर्माण करना होगा। अच्छा वह क्यों मंदिरों के पुनर्निर्माण की बात नहीं कह रही हैं?'

'क्या तुम मंदिरों का निर्माण चाहते हो?'

'तुम बहुत अच्छी तरह से जानते हो कि न तो मैं मंदिर चाहता हूँ और न मस्जिद। लेकिन जब निर्माण की बात उठ रही है तब सिर्फ मस्जिद का ही निर्माण क्यों होगा?'

हैदर एक और सिगरेट सुलगाता है। वह सोच नहीं पा रहा है कि मानव-बन्धन के दिन सुरंजन अकेला क्यों घर पर बैठा रहेगा। इसी वर्ष 26 मार्च को जब 'जन अदालत' हुई थी, हैदर एक चादर ओढ़कर सोया हुआ था। उसने जम्हाई लेते हुए कहा था, 'आज नहीं चलते हैं, बल्कि घर पर बैठकर ही 'मुड़ी-भुजिया' खाते हैं।' लेकिन सुरंजन उसके इस प्रस्ताव पर तैयार नहीं हुआ, उठकर खड़ा हो गया था और कहा था, 'तुम्हें तो चलना ही होगा। तुरन्त तैयार हो जाओ। यदि हम लोग ही पीछे हट जाएँगे तो कैसे होगा?' आँधी-तूफान के बीच वे दोनों निकले थे। वही सुरंजन आज कह रहा है—यह सभा-समिति उसे अच्छी नहीं लगती। मानव बन्धन-फन्दन सब कुछ उसे ढकोसला लगता है।

हैदर सुबह नौ बजे से ग्यारह बजे तक बैठा रहा। फिर भी सुरंजन को मानव-बन्धन में न ले जा सका।

किरणमयी जाकर पारुल के घर से माया को ले आयी। आते ही वह अक्षम, अचल, असहाय पिता की छाती पर गिरकर फूट-फूटकर रोयी। रोने की आवाज सुनकर सुरंजन को बहुत गुस्सा आता है। क्या आँसू बहाने से दुनिया में कुछ होता है? इससे ज्यादा जरूरी है इस समय उनका इलाज करवाना। हरिपद डॉक्टर द्वारा बतायी गयी दवा सुरंजन खरीद लाया है। उसमें महज तीन दिन का 'डोज' है। किरणमयी की अलमारी से उसके बाद और कितना निकलेगा? निकलेगा भी या नहीं, कौन जानता है!

उसने खुद तो कोई नौकरी-चाकरी की नहीं। असल में दूसरों की गुलामी करना उसके वश की बात नहीं है। हैदर के साथ अपना पुराना बिजनेस फिर से शुरू करेगा या नहीं, यह सोचते-सोचते उसे जोरों की भूख लगी लेकिन इस समय वह किससे अपनी भूख की बात कहेगा? माया, किरणमयी कोई भी तो इस कमरे में नहीं आ रही है। वह बेरोजगार है, अकर्मण्य है इसीलिए कोई उसका ध्यान नहीं रखता। घर पर खाना बन रहा है या नहीं, उसकी जानकारी लेने की उसे इच्छा नहीं होती है। वह भी आज सुधामय के कमरे में नहीं गया। सुरंजन के कमरे का दरवाजा आज बाहर से खुला हुआ है। यार-दोस्त आने पर बाहर से ही उसके कमरे में आ जाते हैं। आज वह अन्दर का दरवाजा बन्द किये हुए है। क्या इसीलिए किसी ने उसके कमरे पर दस्तक नहीं दी। वे सोच रही होंगी सुरंजन यार-दोस्तों के साथ अड्डेबाजी करने में मस्त होगा। फिर सुरंजन उनसे इतनी अपेक्षा ही क्यों रखता है? क्या किया है उसने इस परिवार के लिए? सिर्फ यार-दोस्तों के साथ बाहर-बाहर घूमता रहा है, घर के लोगों के साथ किसी भी चीज को लेकर या तो चिल्लाता रहा है या फिर उदासीन रहा है। सिर्फ आन्दोलन ही करता रहा है वह।

पार्टी के किसी भी आदेश का नौकर की तरह पालन किया है। आधी-आधी रात घर लौटकर मार्क्स, लेनिन की किताबें रटता रहा है। क्या मिला उसे यह सब करके? क्या मिला उसके परिवार को भी?

हैदर चला गया है, जाए! सुरंजन नहीं जाएगा। क्यों वह मानव-बन्धन में जाएगा? क्या मानव-बन्धन उसे विच्छिन्नता बोध से मुक्ति दिलाएगा? विश्वास नहीं होता। आजकल सुरंजन का सब कुछ से विश्वास उठता जा रहा है। यही हैदर उसका बहुत पुराना दोस्त है। वे लगातार कई दिनों तक एक साथ बुद्धि, विवेक की चर्चा करते रहे हैं। मुक्ति युद्ध की चेतना से ऐक्यबद्ध होकर देश की और मानवीय मूल्य बोध की रक्षा के लिए जनता का आह्वान करते हुए कितने वर्ष एक साथ गुजारे हैं। लेकिन आज सुरंजन को लग रहा है कि यह सब करने की कोई जरूरत नहीं थी। उससे तो अच्छा था वह भर पेट शराब पीता, वी. सी. आर. में फिल्में देखता, ब्लू फिल्म देखता, 'ईव टीजिंग' करता या फिर शादी-ब्याह करके जिम्मेदार आदमी की तरह प्याज-लहसुन का हिसाब करता, भद्रलोक की तरह मछली का पेट दबा-दबाकर मछली खरीदता। शायद वही अच्छा होता। इतनी तकलीफ तो नहीं झेलनी पड़ती। सुरंजन सिगरेट सुलगाता है, टेबुल के ऊपर से एक पतली-सी किताब लेकर उस पर नज़र डालता है। इसमें नब्बे के साम्प्रदायिक अत्याचार का वर्णन है। इस किताब को उसने कभी पलट कर भी नहीं देखा था। दरअसल, उसकी जिज्ञासा ही नहीं हुई। आज इस किताब के प्रति उसके मन में गहरी दिलचस्पी जन्मी है। 30 अक्टूबर की रात को नौ बज रहे थे। अचानक जुलूस की आवाज सुनकर 'पंचानन धाम' के लोग जाग गये। जुलूस के लोग गेट और दीवार तोड़कर घुसे। घुसते ही आश्रमवासियों को गाली देना शुरू किया। बगल के टीन की छत वाले घर में किरासन डालकर आग लगा दी। आश्रम के लोग डर के मारे इधर-उधर भागने लगे। उन लोगों ने एक-एक कर सारी मूर्तियों को तोड़ डाला। साधु बाबा की समाधि, मंदिर के कलश को तोड़ डाला। धर्म की किताबों को जला डाला। आश्रम में ही संस्कृत शिक्षा की पाठशाला थी। उस पाठशाला की अलमारी को तोड़कर सभी किताबों में आग लगा दी और रुपया-पैसा लूट लिया। सदरहाट कालीबाड़ी में 30 अक्टूबर को रात के बारह बजे करीब ढाई हजार लोगों ने ईंट मार-मारकर मंदिर का मुख्य द्वार तोड़ दिया। सशस्त्र अन्दर घुसे। मुख्य मंदिर के अन्दर घुसकर उन लोगों ने मूर्तियाँ तोड़ डालीं। भारी-भारी लोहे की छड़ और सब्बल से ध्वंस यज्ञ चलाया। चट्टेश्वरी माँ के मंदिर में सीढ़ी के दोनों ओर स्थित दुकानों और घरों को लूटकर आग लगा दी। गोलपहाड़ श्मशान काली की मूर्ति राख हो गयी। 30 अक्टूबर की रात में 'वायस ऑफ अमेरिका' की खबरों के बाद साम्प्रदायिक गुटों ने कैवल्यधाम पर नग्न हमला किया। आश्रम के प्रत्येक देव प्रतीक को तोड़ा, हर कमरे के सामान में आग लगा दी। आश्रम के

लोगों ने डरकर पहाड़ में आश्रय लिया। उनको पाते तो मारपीट करते। कई हजार लोगों ने मंदिर पर कई बार आक्रमण किया। लोहे की छड़, खुरपी, सब्बल से मंदिर के ढाँचे को नष्ट किया गया। हरगौरी मंदिर के भीतर की मूर्तियों को तोड़ डाला। रुपया-पैसा और कीमती सामान लूटकर ले गये। धर्मग्रंथों को जला दिया गया। मंदिर के आसपास का प्रत्येक इलाका, मालीपाड़ा का हर परिवार खुले आकाश के नीचे दिन काटने के लिए बाध्य था क्योंकि उनके पास कुछ भी नहीं बचा था। चट्टेश्वरी रोड के कृष्णगोपाल जी के मंदिर पर रात के नौ बजे सशस्त्र व्यक्तियों ने आक्रमण किया। उन्होंने दो सौ तोला चाँदी व पच्चीस तोला स्वर्णालंकार समेत अन्य बहुमूल्य सामान लूटकर मूर्ति सहित मुख्य मंदिर को पूरी तरह ढहा दिया। मंदिर के प्रवेश द्वार के तोरण पर स्थित गाभीमूर्ति को तोड़ दिया। उनके सब्बल के आघात से मंदिर का पाइन पेड़ धराशायी हो गया। रास के उपलक्ष्य में बनाई गई मूर्तियाँ भी उनसे नहीं बच पायीं। बहद्दरहाट इलियास कालोनी के हिन्दू घरों में लूटपाट, तोड़फोड़, नारी-पुरुष सभी पर अकथ्य शारीरिक अत्याचार चला। यहाँ तक कि सीलिंग फैन टेढ़ा करके बेकार कर दिये गये।

चट्टग्राम शहर में कॉलेज रोड की दस भुजा दुर्गाबाड़ी, कुरबानीगंज, बरदेश्वरी कालीमंदिर, चक बाजार का परमहंस महात्मा नरसिंह मंदिर, उत्तर चाँद गाँव वर्षाकालीबाड़ी, दुर्गाकालीबाड़ी, सदरघाट का सिद्धेश्वरी काली मंदिर, दीवानहाट का दीवानेश्वरी कालीबाड़ी, काटघर की उत्तर पतेंगा श्मशान कालीबाड़ी, पूर्व मादारबाड़ी की मगधेश्वरी मूर्ति, रक्षाकाली मंदिर, मुगलटुली का मिलन परिषद मंदिर, टाइगर पास का दुर्गा मंदिर, शिवबाड़ी और हरिमंदिर, सदरघाट का राजराजेश्वरी ठाकुरबाड़ी, जलालाबाद का कालीमंदिर, दुर्गाबाड़ी, कुल गाँव का नापितपाड़ा श्मशान मंदिर, कातालगंज का करुणामयी कालीमंदिर, चाँदगाँव का नाथपाड़ा जयकाली मंदिर, नाजिरपाड़ा की दयामयी कालीबाड़ी और मगधेश्वरी काली मंदिर, पश्चिम वाकलिया की कालीबाड़ी, कातालगंज ब्रह्ममयी कालीबाड़ी, पश्चिम वाकलिया के बड़ा बाजार का श्रीकृष्ण मंदिर, हिमांशु दास, सतीशचन्द्र दास, राममोहन दास, चंडीचरण दास का शिवमंदिर, मनमोहन दास का कृष्णमंदिर, नन्दन कानन का तुलसी धाम मंदिर, बंदर इलाके का दक्षिण हालीशहर मंदिर, पाँचलाइश गोलपहाड़ महाश्मशान और कालीबाड़ी, अमानअली रोड का जेलेपाड़ा कालीमंदिर और मेडिकल कॉलेज रोड के आनन्दमयी कालीमंदिर में लूटपाट, तोड़फोड़ की गयी और फिर आग लगा दी गयी।

सातकानिया में नलुआ की बूढ़ा कालीबाड़ी, जागरिया की सार्वजनिक कालीबाड़ी और दुर्गामण्डप, दक्षिण कांचना का चण्डी मण्डप, मगधेश्वरी मंदिर, दक्षिण चरती मध्यपाड़ा कालीबाड़ी, मध्यनलुया की सार्वजनिक कालीबाड़ी, चरती मंदिर, दक्षिण चरती वर्णाकपाड़ा रूप कालीबाड़ी और धरमन्दिर, पश्चिम मटियाडांगा ज्वालाकुमारी मंदिर, बादोना डेपुटी हाट का कृष्णहरि मंदिर, बाजालिया दूरनीगढ़ का दूरनीगढ़

महाबोधि विहार, बोयालखाली कधुरखिल का प्रसिद्ध मिलन मंदिर और कृष्ण मंदिर, आबुरदण्डी जगदानन्द मिशन, पश्चिम शाकपुरा सार्वजनिक मगधेश्वरी मंदिर, मध्यशाकपुरा का मोहनीमंदिर आश्रम, धोरला कोलाइया हाट का काली मंदिर, कधुरखिल का सार्वजनिक जगद्धात्री मंदिर, कोक दण्डी का ऋषिधाम अधिपति, कधुरखिल शाश्वत चौधरी विग्रह मंदिर, मगधेश्वरी धनपोता, सेवाखोला, पटियार सार्वजनिक कालीबाड़ी, सातकानिया में नलुआ का द्विजेन्द्र दास हरिमंदिर और जगन्नाथ बाड़ी, सातकानिया दक्षिण चरती में दक्षिणपाड़ा सार्वजनिक कालीबाड़ी, दक्षिण ब्राह्मणडांग की सार्वजनिक कालीबाड़ी को भी तोड़कर, लूटपाट करके आग लगा दी गयी।

हाटहजारी उपजिला के मिर्जापुर जगन्नाथ आश्रम में 31 अक्टूबर की रात को ग्यारह बजे एक सौ साम्प्रदायिक लोगों ने हमला किया। आश्रम की मूर्तियों को उन लागों ने पटक-पटककर तोड़ दिया। भगवान जगन्नाथ के सभी अलंकारों को लूट लिया। दूसरे दिन सौ से अधिक लोगों ने आश्रम की टीन की छत पर सफेद पाउडर छिड़ककर आग लगा दी। दूसरे दिन जब वे लोग आये थे उस समय पुलिस भी वहाँ खड़ी थी। जुलूस को आते देख पुलिस वहाँ से चली गयी। बाद में सुरक्षा के लिए पुलिस और प्रशासन से सम्पर्क किया गया तो पुलिस ने अपनी मजबूरी की बात की। उसी रात चालीस-पैंतालीस सशस्त्र लोगों ने मेखल गाँव के निहत्थे ग्रामवासियों पर हमला किया। उन लोगों ने पहले आकर कमाण्डो स्टाइल में 'काकटेल' फोड़कर हिन्दुओं को डराया। जब सभी डरकर घर-द्वार छोड़ भाग गये तब घरों के दरवाज़े-खिड़की तोड़कर लूटपाट शुरू की। घर के देवी-देवताओं की मूर्तियों को चूर-चूर कर दिया। पार्वती उच्च विद्यालय के मास्टर मदननाथ मंदिर और मगधेश्वरी बाड़ी की सभी मूर्तियों को तोड़ दिया।

चन्द्रनाइश उपजिले में धाइराहाट हरिमंदिर की मूर्ति को तोड़ दिया, जगन्नाथ का रथ तोड़ दिया। बड़ाकल यूनियन के पठानदण्डी गाँव में मातृ मंदिर एवं राधागोविन्द मंदिर पर आक्रमण किया। बोयालखाली के चार सौ लोगों ने रात के बारह बजे कधुरखिल यूनियन के मिलनमंदिर और हिमांशु चौधरी, परेश विश्वास, भूपाल चौधरी, फणीन्द्र चौधरी, अनुकूल चौधरी के घरेलू मंदिरों की तोड़फोड़ की। बौसखाली उपजिले के प्राचीन ऋषिधाम आश्रम को ढहा दिया गया। प्रत्येक घर को जला दिया, किताब-कापियों में आग लगा दी।

सीताकुण्ड के जगन्नाथ आश्रम में 31 अक्टूबर की रात मुसलमान कट्टरपंथियों ने लाठियाँ और कटारें लेकर हमला किया। सन् 1208 में स्थापित श्री श्रीकाली मंदिर में घुसकर काली की मूर्ति का सिर तोड़ दिया गया और उनका चाँदी का मुकुट व सोने के अलंकार लूट ले गये। एक हिन्दू बहुल गाँव है चरशरत। पहली नवम्बर को रात दस बजे दो-तीन सौ आदमी जुलूस में आये और पूरे गाँव को

लूटा। जो ले जा सकते थे वह तो लिया ही, जो नहीं ले जा सके उसे जला दिया। जगह-जगह पर राख के ढेर, जले हुए घर और अधजले मौन वृक्षों की कतारें हैं। वे जाते-जाते धमकी दे गये कि 10 तारीख के अन्दर सभी यहाँ से न गये तो सबको मारकर लाशों का ढेर लगा देंगे। गाय-बकरियों, जो गाँव से नहीं निकल रही थीं, उन्हें काट दिया गया। धान के भण्डार में आग लगा दी। करीब चार हजार हिन्दू क्षतिग्रस्त हुए, पचहत्तर फीसदी घर-द्वार जलकर राख हो गये। एक व्यक्ति की मृत्यु हुई और अनगिनत गाय-भैंसें आग में जल गयीं। अनेक स्त्रियों के साथ बलात्कार हुआ। पाँच करोड़ रुपये की क्षति हुई है। सातबाड़िया गाँव में रात के सवा नौ बजे करीब दो सौ लोगों ने लाठी, तलवार, कटार, और लोहे की छड़ों से लैस होकर जयराम मंदिर पर आक्रमण किया। मंदिर की प्रत्येक मूर्ति को चूर-चूर कर दिया। हमले की सूचना पाकर आसपास के लोग डरकर जान बचाने के लिए भाग गये। उस रात प्रत्येक परिवार ने जंगल में या धान के खेत में रात काटी और उन लोगों ने उधर हर घर को लूटा। सातबाड़िया सार्वजनिक दुर्गाबाड़ी का कोई चिह्न नहीं मिला। खेजुरिया गाँव के मंदिर और घरों में भी आग लगा दी। अभी तमाम किसान परिवार सर्वहारा हो गये हैं, शैलेन्द्र कुमार की पत्नी ने अपने शरीर में आग लगा ली। उसका सारा शरीर झुलस गया है। शिव मंदिर में जब भक्तगण प्रार्थना में लीन थे, उस समय कुछ लोग आकर घिनौनी गालियाँ देने लगे। मूर्तियों और सिंहासनों को तोड़कर उन पर पेशाब करके चले गये।

सुरंजन की आँखों की दृष्टि धुँधली होती जा रही थी। मानो उनकी पेशाब सुरंजन के शरीर पर पड़ रही है। उसने वह पुस्तक फेंक दी।

हरिपद डॉक्टर ने सिखा दिया है कि हाथ-पाँव में ताकत लाने के लिए किस तरह से एक्सरसाइज करना होगा। माया और किरणमयी दोनों मिलकर सुबह-शाम उसी तरह से सुधामय के हाथ और पैर की एक्सरसाइज कराती हैं। समय-समय पर दवा खिला रही हैं। माया का वह चंचल स्वभाव अचानक बिल्कुल गम्भीर हो गया है। उसने अपने पिता को जीवन्त पुरुष के रूप में देखा है और अब वही निढाल पड़े हैं। 'माया-माया' कहकर जब अस्पष्ट स्वर में पुकारते हैं तो माया की छाती फटने लगती है। असहाय गूँगी दो आँखें क्या कुछ कहना चाहती हैं। उसके पिता उसे मनुष्य बनने को कहते थे—शुद्ध मनुष्य। खुद भी ईमानदार और साहसी व्यक्ति थे। किरणमयी बीच-बीच में कहती थी, लड़की बड़ी हो रही है शादी कर देते हैं। सुधामय यह सुनकर अड़ जाते थे। कहते, 'पढ़ाई-लिखाई करेगी, नौकरी-चाकरी करेगी, उसके बाद यदि उसके मन ने चाहा तो शादी करेगी।' किरणमयी लम्बी साँस छोड़कर कहती, 'तुम कहो तो उसे कलकत्ता में उसके मामा के घर छोड़ देती

हूँ। अंजलि, नीलिमा, आभा, शिवानी वगैरह माया की हमउम्र सारी लड़कियाँ कलकत्ता पढ़ने चली गयी हैं।' सुधामय कहते—'इससे क्या। क्या यहाँ पढ़ने-लिखने का नियम नहीं है। स्कूल-कॉलेज उठ गये हैं?'

'लड़की सयानी हो रही है मुझे रात-रात भर नींद नहीं आती। उस दिन कॉलेज जाते हुए लड़कों ने विजया को घेरा नहीं था?'

'वे तो मुसलमान लड़की को भी घेरते हैं। क्या मुसलमान लड़कियों के साथ बलात्कार नहीं होता? उनका अपहरण नहीं होता?'

'होता है। फिर भी...।'

किरणमयी समझाती थी कि सुधामय उसकी बातों का समर्थन नहीं करेंगे। बाप की जमीन नहीं तो क्या हुआ, कदमों के नीचे देश की मिट्टी तो है। यही उनकी सांत्वना है। माया की कभी कलकत्ता जाने की इच्छा नहीं रही। वह एक बार कलकत्ता मौसी के घर घूमने गयी थी। अच्छा नहीं लगा। मौसेरी बहनें थोड़े नकचढ़े स्वभाव की हैं। उसे अपनी मित्रों की बैठक और बातचीत, किसी में भी शामिल नहीं करतीं। सारा दिन अकेले बैठकर वह घर के ही बारे में सोचती रहती थी। दुर्गा पूजा की छुट्टी खत्म होने से पहले ही मौसा जी से देश लौटने की जिद करने लगी।

मौसी ने कहा, 'यह क्या कह रही है तू, दीदी ने तो तुझे दस दिन के लिए भेजा है!'

'घर के लिए मन रो रहा है।' कहते हुए माया की आँखों में आँसू आ गये थे। कलकत्ता की पूजा में इतना हो-हल्ला, चहल-पहल रहती है फिर भी माया को अच्छा नहीं लगा। सारा शहर जगमगा रहा था, फिर भी वह बड़ा अकेला महसूस कर रही थी। दस दिन के बदले वह सात ही दिन में देश लौट आयी! किरणमयी की इच्छा थी कि माया का अगर मन लग गया तो उसे वहीं रख देगी।

सुधामय के सिरहाने के पास बैठी माया जहाँगीर के बारे में सोचती है। पारुल के घर फोन पर दो बार उससे बातें भी कीं। जहाँगीर के स्वर में पहले की तरह वह आकुलता नहीं थी। उसके चाचा अमेरिका में रहते हैं। उसको वहीं जाने के लिए लिखा है। वह चले जाने की कोशिश कर रहा है। यह सुनकर माया करीब-करीब आर्तनाद कर उठती है, 'तुम चले जाओगे?'

'अरे वाह! अमेरिका जैसी जगह में जाने का आफर मिल रहा है और नहीं जाऊँगा?'

'क्या फिर लौटोगे?'

'फिलहाल तो 'ऑड जॉब' करना होगा। फिर आगे चलकर 'सिटीजनशिप' मिल जाएगी।'

'देश नहीं लौटोगे?'

'देश लौटकर क्या करूँगा। इस गंदे देश में आदमी रह सकता है?'

'कब तक जाओगे? कुछ सोचा है?'

'अगले महीने! चाचा जल्दबाजी कर रहे हैं। उनका सोचना है कि मैं यहाँ राजनीति के साथ जुड़कर बर्बाद हो रहा हूँ।'

'ओह!'

जहाँगीर ने एक बार भी नहीं पूछा कि उसके चले जाने पर माया का क्या होगा? माया उसके साथ जाएगी या देश में रहकर उसका इन्तजार करेगी! अमेरिका के स्वप्न ने उसके चार वर्ष के प्रेम, रेस्तरां में क्रिसेंटलेक के किनारे टी. एस. सी. में बैठकर शादी की बातें करना सब कुछ ही झटके में भुला दिया? समृद्धि और चमक दमक का आकर्षण इतना प्रबल है कि माया को छोड़कर चला जाएगा जहाँगीर! सुधामय के सिरहाने के पास बैठकर माया को रह-रहकर जहाँगीर की याद आती है। भूलना चाहती है लेकिन भूल नहीं सकती। वह सुधामय के निश्चेष्ट पड़े रहने का दुख भी उसी के साथ सहन कर रही है। किरणमयी का कष्ट समझ में नहीं आता। वह अचानक आधी रात में रो पड़ती थी। क्यों रोती है, किसलिए रोती है कुछ भी नहीं कहती। दिन भर चुपचाप काम करती रहती है। खाना पकाना, पति का मल-मूत्र साफ करना सब चुपचाप करती रहती है।

किरणमयी सिन्दूर नहीं लगाती। न ही सुहाग की लोहे और शंख की चूड़ियाँ पहनती है। सुधामय ने 1971 में उतार देने के लिए कहा था। 1975 के बाद किरणमयी ने खुद ही उतार दी थीं। 1975 के बाद सुधामय ने खुद भी धोती पहनना छोड़ दिया था। सादा लाँग क्लाथ (लट्ठा) खरीद कर उस दिन तारू खलीफा की दुकान पर पाजामा सिलने को दे आये। घर लौटकर किरणमयी से कहा था, देखो तो किरण, मेरा शरीर थोड़ा गरम-गरम लग रहा है न! बुखार-सा लग रहा है।

किरणमयी ने कुछ नहीं कहा था क्योंकि वह जानती थी कि सुधामय का जब भी मन उदास होता है, बुखार-बुखार-सा लगता है।

माया हैरान होती है कि सुरंजन इस समय भी परिवार से कटा-कटा रहता है। वह दिन भर कमरे में चुपचाप पड़ा रहता है। खाएगा भी या नहीं, कुछ नहीं कहता। उसके पिता जिन्दा हैं या मर गये, उसे पूछना नहीं चाहिए? उसके कमरे में उसके दोस्त आ रहे हैं, बैठक कर रहे हैं। बाहर से कमरे में ताला लगाकर चला जाता है। कब जा रहा है, कब लौटेगा, कुछ भी कहा नहीं जा सकता। क्या उसका कोई फर्ज नहीं बनता?' उससे तो कोई रुपया-पैसा नहीं माँग रहा है, बेटा होने के नाते पूछताछ करने, डॉक्टर बुलाने, दवा खरीदने और उनके पास आकर बैठने से उनका मानसिक बल थोड़ा बढ़ ही सकता है। कम-से-कम सुधामय को तो अपने बेटे से यह चाहने का हक है कि वह आकर उनका बायाँ हाथ स्पर्श करे। दाहिना

हाथ लुंजपुंज है तो क्या हुआ, बायें हाथ में तो अब भी अनुभूति है!

हरिपद डॉक्टर की दवा से सुधामय अब जरा स्वस्थ हो रहे हैं। अस्पष्ट जुबान थोड़ी-थोड़ी स्पष्ट हो रही है लेकिन हाथ-पाँव में चेतना नहीं लौटी है। डॉक्टर ने कहा है, नियमित व्यायाम करने से जल्दी ही ठीक हो जाएँगे। माया को तो और कोई काम नहीं। ट्यूशन करने भी नहीं जाना पड़ रहा है। मिनती नाम की एक लड़की पढ़ती थी, उसकी माँ ने कह दिया है कि अब और पढ़ाना नहीं होगा, क्योंकि वे लोग इंडिया जा रहे हैं।

'इंडिया क्यों?' माया ने पूछा था।

उसकी माँ के होठों पर दुःख भरी मुस्कुराहट आयी थी, उसने कुछ कहा नहीं।

मिनती विक़ारुन्निसा स्कूल में पढ़ती थी। एक दिन जब माया मिनती से गणित करवा रही थी तब उसने देखा कि मिनती पेंसिल हिला रही है और कह रही है, 'अलाहमदुलिल्लाहिर रहमानुर्रहीम' और 'रहमानुर्रहीम।'

माया ने हैरान होकर पूछा था, 'तुम यह सब क्या बोल हो?'

मिनती ने तुरन्त जवाब दिया था, हमारी असेम्बली में 'सूरा' पढ़ा जाता है।

'अच्छा? विक़ारुन्निसा की एसेम्बली में 'सूरा' पढ़ा जाता है?'

'दो सूरा पढ़ा जाता है। उसके बाद राष्ट्रीय संगीत होता है।'

'जब सूरा पढ़ा जाता है, तब तुम क्या करती हो?'

'मैं भी पढ़ती हूँ। सिर पर चुन्नी डालकर।'

'तुम्हारे स्कूल में हिन्दू, बौद्ध, क्रिश्चियनों के लिए कोई प्रार्थना नहीं है?'

'नहीं।'

माया के मन में अजीब-सा भाव उठता है। देश के एक बड़े स्कूल की एसेम्बली में मुसलमान-धर्म का पालन होता है और उस स्कूल की हिन्दू लड़कियों को भी चुपचाप उस धर्म-पालन में भाग लेना पड़ता है। यह अवश्य ही एक तरह की अनैतिकता है।

माया का एक और ट्यूशन भी था। वह लड़की पारुल की ही रिश्तेदार है। सुमइया भी एक दिन बोली, 'दीदी आपसे अब और नहीं पढ़ूँगी!'

'क्यों?'

'अब्बा ने कहा है कि मुसलमान टीचर रखेंगे।'

'अच्छा।'

उसके दोनों ट्यूशन चले गये हैं, घर में कोई इस बात को नहीं जानता। सुरंजन घर से पैसे ले रहा है, माया को भी यदि हाथ पसारना पड़ा तो किरणमयी कैसे सँभाल पाएगी! घर में इतनी बड़ी दुर्घटना हो गयी है कि वह उन्हें दुख का यह संवाद नहीं देना चाहती।

किरणमयी भी अचानक एकदम चुप हो गयी है। चुपचाप दाल-भात पकाती

है। सुधामय के लिए फल का रस, सूप तैयार करना पड़ता है। इतने फल कौन ला देगा! सुरंजन दिन भर लेटा रहता है, कोई आदमी क्या इतनी देर तक लेटा रह सकता है! भाई को लेकर माया के मन में थोड़ा रूठने का भाव भी है। सात तारीख को उसने इतना कहा, दादा, चलो! घर छोड़कर हमलोग कहीं चले चलते हैं। उसने उसकी एक नहीं सुनी। क्या अब भी विपदा टली है? परिवार के सभी सदस्यों की उदासीनता देखकर वह भी उदासीन हो गयी है। वह भी सोचना चाहती है कि जो होता है, हो, मेरा क्या। सुरंजन यदि चिन्ता नहीं करता तो माया अकेली सोचकर क्या करेगी। उसकी तो ऐसी कोई सहेली नहीं है जिसके घर पर सभी जाकर ठहर सकें। पारुल के घर पर उसे ही हिचकिचाहट हो रहती थी। यूँ तो पारुल उसकी घनिष्ठ सहेलियों में एक है, दिन-रात उसके घर बैठक जमती रही है। कभी किसी ने नहीं पूछा कि वह क्यों आयी है। लेकिन उस दिन, उसका इतना परिचित घर, फिर भी उन लोगों ने अपरिचित निगाहों से उसे देखा। वह हमेशा उसके घर आती-जाती रही है फिर भी हर निगाह में सवाल था, वह क्यों आयी है? पारुल हमेशा कहती आयी है कि ऐसे समय में उसका अपने घर में रहना निरापद नहीं है।

सुरक्षित-असुरक्षित की बात सिर्फ माया को लेकर ही उठती है, पारुल को लेकर तो नहीं उठती। क्या पारुल को कभी अपना घर छोड़कर माया के घर आश्रय लेना पड़ेगा? माया कुण्ठित होती है, फिर भी जीने की लालसा में वह पारुल के घर अनचाहे अतिथि की तरह पड़ी रही। पारुल ने उसकी कम मेहमाननवाजी नहीं की। फिर भी उसके रिश्तेदार जब घूमने आये तो उनमें से कई ने पूछा, 'तुम्हारा नाम क्या है?'

'माया।'

'पूरा नाम क्या है?'

पारुल माया को पूरा नाम बताने से पहले ही टोकते हुए बोल पड़ी, 'इसका नाम ज़ाकिया सुलताना है।'

माया अपना नाम सुनकर चौंक गयी थी। बाद में रिश्तेदारों के चले जाने पर पारुल बोली, 'तुम्हारा नाम इसलिए झूठ बोलना पड़ा क्योंकि वे लोग थोड़ा दूसरे टाइप के हैं, मुंशी टाइप के। चारों तरफ कहते फिरेंगे कि हम लोग हिन्दुओं को पनाह दे रहे हैं।'

'ओह।'

माया समझ गयी। लेकिन उसके मन को बहुत ठेस लगी। हिन्दू को पनाह देना क्या गलत है? और एक सवाल प्रायः उसे रात को सोने नहीं देता—हिन्दू को क्यों पनाह लेनी पड़ती है? माया इण्टर में स्टार लेकर पास हुई और पारुल साधारण द्वितीय श्रेणी में। फिर भी उसे हमेशा महसूस होता है कि पारुल उस पर दया करती है।

‘बाबा, उँगलियों को मुट्ठी बाँधने जैसा कीजिए तो। हाथ को जरा उठाने की कोशिश कीजिए!’

अच्छे बच्चे की तरह सुधामय माया की बात मानते हैं। माया को लगता है कि सुधामय की उँगलियों में धीरे-धीरे शक्ति आ रही है।

‘दादा क्या खाना नहीं खाएगा?’

‘पता नहीं, देखा तो सो रहा है!’ किरणमयी ने भावहीन ढंग से कहा।

किरणमयी खुद भी नहीं खाती है। माया का खाना लगा देती है। बन्द कमरा है। अँधेरा-अँधेरा सा लग रहा है। माया को नींद भी आ रही है। जुलूस जा रहा है, ‘हिन्दू यदि जीना चाहो, इस देश को छोड़कर चले जाओ।’ सुधामय ने भी इस नारे को सुना, माया के हाथ में सुधामय का हाथ था, उनका हाथ काँप उठा, उसने अनुभव किया।

सुरंजन का पेट भूख के मारे ऐंठ रहा था। पहले तो वह खाये या न खाये मेज पर उसका खाना ढँका रहता था। आज वह किसी से भूखे होने की बात नहीं कहेगा। पक्के आँगन में नल के पास जाकर आँखों पर पानी का छींटा मार आया। फिर तार पर टँगे तौलिये से मुँह पोंछा। कमरे में जाकर शर्ट बदलकर बाहर निकल गया। बाहर निकलकर वह तय नहीं कर पा रहा है कि कहाँ जाएगा? हैदर के घर? लेकिन हैदर तो इस वक्त घर पर नहीं होगा। तो क्या बेलाल या कमाल के घर जाएगा? उनके घर जाने पर यदि वे सोचें कि विपत्ति में पड़कर उनके घर आश्रय या अनुकम्पा के लिए आया है तो? नहीं सुरंजन वहाँ नहीं जाएगा। वह सारे शहर में अकेला घूमता रहेगा। यह शहर तो उसका अपना ही है। कभी वह मयमनसिंह छोड़कर आना नहीं चाहता था, ‘आनन्दमोहन’ में काफी यार-दोस्त थे। उन्हें छोड़कर अचानक किसी शहर में भला वह क्यों आना चाहता! लेकिन किसी एक गहरी रात में सुधामय जब रईसउद्दीन साहब के हाथ वह घर बेच आये, उसके दूसरे दिन भी सुरंजन को मालूम नहीं था कि उसको जन्म देने वाला कामिनी फूल की महक से भरा यह घर, स्वच्छन्द तालाब में झिलमिलाती यह ‘दत्त बाड़ी’ अब और उसकी नहीं रही। सुरंजन ने जब सुना कि सात दिन के अन्दर उन्हें यह घर खाली कर देना है तो वह रूठकर दो दिन घर ही नहीं आया।

सुरंजन समझ नहीं पाया कि उसके मन में इतना आहत भाव क्यों है। घर के सभी लोगों पर और बीच-बीच में खुद पर भी उसे बहुत क्षोभ होता है। उसे परवीन से भी आहत होने का दुख है। वह लड़की उससे प्यार करती थी, छिपकर उसके पास चली आती थी। कहती थी, ‘चलो कहीं भाग चलते हैं।’

‘भाग कर जाएँगे, कहाँ?’

‘दूर किसी पहाड़ के पास।’

‘पहाड़ कहाँ मिलेगा? पहाड़ पाने के लिए सिलहट, नहीं तो चट्टग्राम जाना होगा।’

'वहीं जाऊँगी। पहाड़ पर घर बनाकर रहूँगी।'

'खाओगी क्या? लतापत्ते?'

परवीन हँसकर सुरंजन के ऊपर फिसल कर गिर पड़ती। कहती, 'तुम्हारे बगैर मैं मर ही जाऊँगी।'

'लड़कियाँ ऐसा ही कहती हैं, लेकिन सचमुच कोई नहीं मरती।'

सुरंजन ने ठीक ही तो कहा था। परवीन नहीं मरी। बल्कि अच्छी लड़की की तरह शादी की चौकी पर जा बैठी थी। शादी से दो दिन पहले बोली थी, 'घर में सब कह रहे हैं तुम्हें मुसलमान बनना पड़ेगा।' सुरंजन ने हँसकर कहा था, 'मैं खुद धर्म-कर्म नहीं मानता। यह तो तुम जानती ही हो।'

'नहीं, तुम्हें मुसलमान बनना होगा।'

'मैं मुसलमान बनना नहीं चाहता।'

'इसका मतलब है तुम मुझे नहीं चाहते?'

'बिल्कुल चाहता हूँ। लेकिन इसके लिए मुझे मुसलमान बनना होगा, यह कैसी बात है?'

परवीन का गोरा चेहरा क्षण भर में अपमान से लाल हो गया था। सुरंजन जानता था कि उसे छोड़ देने के लिए परवीन पर उसके परिवार की ओर से दबाव डाला जा रहा है। उसे जानने की बहुत इच्छा होती है कि हैदर उस वक्त किस पक्ष में था। हैदर परवीन का भाई है और सुरंजन का दोस्त भी। वह हमेशा उनके रिश्ते को लेकर चुप रहने की कोशिश करता था। उसका मौन रहना उस समय सुरंजन को बिल्कुल पसन्द नहीं था। उसे कोई एक पक्ष तो लेना ही चाहिए। हैदर के साथ उस समय वह काफी देर तक उठता-बैठता था। लेकिन उन दोनों के बीच परवीन को लेकर कोई बात नहीं होती थी। चूंकि हैदर बात नहीं छेड़ता था इसलिए सुरंजन भी कुछ नहीं कहता था।

एक दिन परवीन की शादी हो गयी, एक मुसलमान व्यवसायी के साथ। चूंकि सुरंजन मुसलमान बनने के लिए तैयार नहीं हुआ इसलिए परवीन ने भी उसके साथ पहाड़ पर जाने का स्वप्न छोड़ दिया। क्या स्वप्न को आसानी से पूजा की मूर्ति की तरह पूजा समाप्त होने पर पानी में बहा दिया जा सकता है। जैसे परवीन ने बहा दिया था? सुरंजन का धर्म ही परवीन के परिवार में मुख्य अड़चन बनकर सामने आया था।

आज सुबह हैदर कह रहा था, शायद परवीन अपने पति को तलाक दे देगी।

दो वर्ष के अन्दर ही डायवोर्स? सुरंजन कहना चाहकर भी नहीं कह सका। वह तो परवीन को भूल ही गया था, फिर भी डायवोर्स की खबर सुनकर हृदय में कुछ धधक-सा उठा। 'परवीन' नाम को उसने खूब जतन से छाती के अन्दर सन्दूक में नेपथलीन डालकर रखा था क्या? शायद! कितने दिन हुए, उसने परवीन

को नहीं देखा। उसके वक्ष में दर्द की एक लहर दौड़ गयी। वह जान-बूझकर रत्ना का चेहरा याद करने की कोशिश कर रहा है। रत्ना मित्र है। वह एक विलक्षण और आकर्षक रमणी है। सुरंजन के साथ उसकी जोड़ी अच्छी जमेगी। परवीन तलाक लेगी तो इससे सुरंजन को क्या! मुसलमान के साथ शादी हुई थी, परिवार की पसन्द से हुई थी। जाति-धर्म मिलाकर ही क्या शादी को स्थायी किया जा सकता है? फिर वापस क्यों आना पड़ता है? उसे लेकर क्या उसका पति पहाड़ पर नहीं चढ़ा? स्वप्न पूरा नहीं किया? वह खुद तो बेरोजगार हिन्दू लड़का है, उड़ता रहता है, घूमता रहता है। क्या वह शादी के लिए उचित पात्र है? सुरंजन एक रिक्शा लेकर टिकाटुली के मोड़ पर पहुँचता है। उसके हृदय के सन्दूक में से तिलचट्टे की तरह बार-बार परवीन का चेहरा उछलकर बाहर आ जा रहा है। परवीन उसे चूमती थी, वह परवीन से लिपटकर कहता, तुम एक चिड़िया हो, गौरैया!

परवीन हँसते-हँसते लोट-पोट हो जाती और कहती, तुम एक बन्दर हो।

अच्छा क्या सचमुच वह एक बन्दर है? बन्दर नहीं होता तो क्या पाँच वर्ष तक जो था वही रहता! उम्र बीत गयी जलकुम्भी की तरह, लेकिन उसे कुछ भी नहीं मिला। किसी ने भी परवीन की तरह नहीं कहा, 'तुम मुझे बहुत अच्छे लगते हो।' परवीन ने जिस दिन यह बात कही थी, उसने परवीन से कहा था, 'किसी से शर्त लगायी है क्या?'

'मतलब?'

'यह बात मुझसे कह सकती हो या नहीं, इस पर किसी के साथ शर्त लगायी है?'

'कभी नहीं।'

'तो क्या दिल से कह रही हो?'

'मैं जो कहती हूँ दिल से ही कहती हूँ।'

उस पक्के इरादे वाली लड़की के घर शादी की बात उठी और टूटने लगी, उड़ गये अद्भुत-अद्भुत स्वप्न और जो मन चाहेगा, वह करने की इच्छा। जिस दिन उसकी जबरदस्ती शादी की गयी, परवीन ने तो एक बार भी नहीं कहा कि मैं उस घर के बन्दर से शादी करूँगी। उसके घर से दो मकान बाद ही हैदर का घर है, उसकी शादी में माया गयी थी। किरणमयी और सुरंजन नहीं गये।

उसने रिक्शे को चमेली बाग की तरफ जाने को कहा। शाम हो रही थी। भूख से उसकी हालत खराब है। पेट में दर्द हो रहा है। छाती में जलन वाली बीमारी तो उसे है ही। खट्टी डकार आ रही है। सुधामय ऐसे में एण्टासिड खाने को कहते हैं। होठों को सफेद कर देने वाला टेबलेट उसे अच्छा नहीं लगता। इसके अलावा पाकेट में दवा लेकर निकलने की बात उसे याद भी नहीं रहती। पुलक के घर जाकर कुछ खाना होगा। पुलक कमरे पर ही मिल गया। वह पाँच दिन से घर में

बन्द है दरवाजे पर ताला लगाकर घर में बैठा हुआ है। घर में घुसते ही सुरंजन ने कहा, 'कुछ खाने को दो! शायद घर पर आज खाना-वाना कुछ नहीं पका।'

'क्यों, खाना क्यों नहीं पका?'

'डॉक्टर सुधामय दत्त को स्ट्रोक हुआ है। उनकी बेटी और पत्नी फिलहाल उन्हें लेकर व्यस्त हैं। किसी जमाने के धनाढ्य सुकुमार दत्त के बेटे सुधामय दत्त अब खुद की चिकित्सा के लिए पैसा नहीं जुटा पा रहे हैं।''

'दरअसल तुम्हें कुछ करना चाहिए था, नौकरी-चाकरी।'

'मुसलमानों के देश में नौकरी मिलना बहुत मुश्किल है। और इन मूर्खों के अंडर नौकरी कैसे करूँगा, बोलो!'

पुलक विस्मत हुआ। सुरंजन के और नजदीक आकर बोला, 'तुम मुसलमानों को गाली दे रहे हो सुरंजन?'

'डरते क्यों हो? गाली तो तुम्हारे सामने दे रहा हूँ, उनके सामने तो नहीं दे रहा। अब उनके सामने गाली देना सम्भव है? मेरे धड़ पर तब क्या सिर रहेगा?'

सुरंजन ने दाँत पीसते हुए सोफे का हैंडल कस कर भींचा। पुलक भी हतप्रभ होकर बैठा रहा। नीला भात-दाल-सब्जी गरम कर टेबुल पर ले आयी। सहानुभूतिपूर्ण स्वर में पूछा, 'सुरंजन दा, दिन-भर कुछ नहीं खाया?'

एक म्लान हँसी के साथ सुरंजन बोला, 'मेरा और खाना! मेरे खाने की किसे परवाह है, बोलो।'

'शादी-वादी कर लीजिए।'

'शादी?' सुरंजन के गले में जैसे कुछ अटका, 'मुझसे कौन शादी करेगा?'

'उस परवीन के कारण आपका मन शादी से उचट गया, यह तो ठीक नहीं है।'

'नहीं, नहीं। उस कारण क्यों होगा? दरअसल, शादी करनी होगी, मैं इतने दिनों तक भूल ही गया था।'

इतने दुखों के बीच भी नीला और सुरंजन हँसते हैं।

सुरंजन को खाने में उतनी रुचि नहीं है। फिर भी वह भूख मिटाने के लिए खाता है।

'पुलक, तुम मुझे कुछ रुपये उधार दे सकोगे?' खाते-खाते ही उसने पूछा।

'कितना रुपया?'

'जितना दे सको। घर कोई मुझसे नहीं बता रहा है कि रुपये-पैसे की जरूरत है या नहीं। लेकिन मुझे मालूम है, माँ का हाथ खाली हो गया है।'

'वह तो मैं दे दूँगा। लेकिन देश की खबर जानते हो? भोला, चट्टग्राम, सिलहट की? काक्स बाजार, फीरोजपुर की?'

'यही तो कहोगे न, सभी मंदिरों को तोड़ दिया गया है, हिन्दुओं के घरों को

लूटा जा रहा है, जला दे रहे हैं, पुरुषों को पीट रहे हैं, स्त्रियों के साथ बलात्कार कर रहे हैं, इसके अलावा कुछ हो तो बोलो।'

'यह सब तुम्हें स्वाभाविक लग रहा है?'

'बिल्कुल स्वाभाविक है। क्या आशा करते हो तुम इस देश से? पीठ टेके बैठे रहोगे और उनके मुक्का-घूँसा मारने पर गुस्सा करोगे, यह तो ठीक नहीं है।'

खाने की मेज पर सुरंजन के सामने की कुर्सी पर बैठा है पुलक। कुछ देर चुप रहने के बाद उसने कहा, 'सिलहट में चैतन्यदेव के घर को जला दिया गया है। पुरानी लाइब्रेरी को भी नहीं बख्शा। सिलहट से मेरे बड़े भाई आये हैं। कालीघाट, कालीबाड़ी, शिवबाड़ी, जगन्नाथ अखाड़ा, चाली बंदर की भैरवबाड़ी, चाली बंद, श्मशान, जतरपुर महाप्रभु अखाड़ा, मीरा बाजार रामकृष्ण मिशन, मीरा बाजार बलराम का अखाड़ा, निर्मलाबाला छात्रावास, बन्दर बाजार, ब्रह्म मंदिर, जिन्दा बाजार जगन्नाथ का अखाड़ा, गोविन्द जी का अखाड़ा, लामा बाजार नरसिंह का अखाड़ा, नया सड़क अखाड़ा, देवपुर अखाड़ा, टीलागढ़ अखाड़ा, बियानी बाजार की कालीबाड़ी, ढाका दक्षिण महाप्रभुबाड़ी, गोटाटिकर शिवबाड़ी, महालक्ष्मीबाड़ी, महापीठ, फेंचूगंज, सरकारखाना, दुर्गाबाड़ी, विश्वनाथ का साजीबाड़ा, बैरागी बाजार अखाड़ा, चन्द्रग्राम शिव मंदिर, आकिलपुर अखाड़ा, कम्पनीगंज, जीवनपुर कालीबाड़ी, बालागंज योगीपुर कालीबाड़ी, जाकीगंज आमलसी काली मंदिर, बारहाट अखाड़ा, गाजीपुर अखाड़ा, वीर श्री अखाड़ा को भी तोड़कर आग लगा दी और पूरी तरह भस्मीभूत कर डाला। वेणुभूषण दास, सुनील कुमार दास और कानुभूषण दास उस आग में जल गये।'

'अच्छा?'

'इतने काण्ड हो रहे हैं सुरंजन, मेरी तो समझ में नहीं आता कि हम लोग इस देश में रहेंगे कैसे? चट्टग्राम में तो 'जमात' और 'बी.एन.पी' ने मिलकर घर-द्वार व मंदिरों को जला दिया है। वे लोग हिन्दुओं का लोटा-बर्तन, यहाँ तक कि तालाब से मछलियाँ भी ले जा रहे हैं। हिन्दुओं को सात-आठ दिन से अन्न का एक दाना नसीब नहीं हुआ। सीताकुण्ड के खजुरिया गाँव में कानूबिहारी नाथ और उसके बेटे अर्जुन बिहारी नाथ के सीने पर पिस्तौल लगाकर जमात शिविर के लोगों ने कहा, 'बीस हजार रुपये दो, वरना घर में रहने नहीं देंगे।' वे लोग घर छोड़कर चले गये हैं। मीर सराय कॉलेज के प्रोफेसर की लड़की उत्पला भौमिक को बृहस्पतिवार की आधी रात उठा ले गये, और वापस किया अंतिम पहर में। अच्छा, बोलो तो इन सबका विरोध हम नहीं करेंगे?'

'विरोध करने से क्या होगा, जानते हो? डी. एल. राय की कविता याद है न, मैं यदि तेरी पीठ पर लाठी मारूँ गुस्से से, तो बड़ा दम्भ है तेरी पीठ को कि उसे दर्द होता है।'

सुरंजन सोफे से पीठ टेक लेता है। आँखें बन्द कर लेता है।

'भोला में तो कई हजार घरों को लूटा गया है, कई हजार घर जलकर राख हो गये। आज सुबह बारह घंटे के लिए कर्फ्यू में ढील दी गयी थी। तीन सौ लोगों ने सब्बल-कुल्हाड़ी लेकर लक्ष्मीनारायण अखाड़े पर तीसरी बार हमला किया। पुलिस चुपचाप खड़ी देखती रही। बुरहानउद्दीन में डेढ़ हजार से भी अधिक घर राख हो गये। दो हजार घरों को नुकसान पहुँचा है, ताजमुद्दीन में दो हजार दो सौ घर-द्वार पूरी तरह ध्वस्त हो गये, दो हजार आधा खंडहर हो गये हैं, भोला जिले में दो सौ साठ मंदिरों को धूल में मिला दिया गया।'

सुरंजन हँसकर बोला, 'तुम तो एक ही साँस में रिपोर्टर की तरह बोल गये। इन घटनाओं से तुम्हें बहुत कष्ट हो रहा है न?'

पुलक ने हैरतभरी निगाह से सुरंजन को देखा। फिर बोला, 'तुम्हें कष्ट नहीं होता?'

सुरंजन अट्टहास कर उठा, उसकी हँसी से सारा घर काँप उठा। बोला, 'ज़रा भी नहीं। कष्ट क्यों होगा?'

पुलक थोड़ा चिन्तित हुआ। कहा, 'दरअसल उधर मेरे काफी रिश्तेदार हैं न इसलिए मुझे उनकी फिक्र है।'

'मुसलमान का काम मुसलमान कर रहे हैं, घरों में आग लगायी, लेकिन मुसलमानों का घर जलाना क्या हिन्दुओं को शोभा देता है? पुलक, तुम्हें मैं किसी भी तरह की सान्त्वना नहीं दे पा रहा हूँ। आई एम सॉरी, पुलक!'

पुलक ने अन्दर से दो हजार रुपये लाकर सुरंजन को दिये। रुपये जेब में रखकर सुरंजन ने पूछा, 'अलक का क्या हालचाल है, उसे खेल में शामिल किया है पड़ोसियों ने?'

'नहीं, दिन भर वह घर में दुखी होकर बैठा रहता है। कहने को कुछ नहीं है। वह खिड़की से देख रहा है, उसके दोस्त मैदान में खेल रहे हैं। वह अकेला घर में छटपटा रहा है।'

'सुनो पुलक, जिन्हें हम असाम्प्रदायिक समझते हैं, अपना समझते हैं, दोस्त मानते हैं, वे लोग वास्तव में अन्दर-ही-अन्दर साम्प्रदायिक हैं। इस देश के मुसलमानों के साथ इस तरह से उठता-बैठता रहा हूँ हम लोग बेमतलब ही 'अस्सलामवालेकुम' कहते हैं, 'खुदा हाफ़िज़' कहते हैं, 'जल' को 'पानी' कहते हैं, 'स्नान' को 'गोसल' कहते हैं। जिनके रमजान के महीने में हम लोग बाहर चाय-सिगरेट तक नहीं पीते, यहाँ तक कि जरूरत पड़ने पर भी होटल-रेस्तराँ में दिन में खा नहीं सकते, फिर भी असलियत में वे हमारे कहाँ तक हैं? आखिर किसके लिए है हमारा यह त्याग, कहो? पूजा में हमें कितने दिनों की छुट्टी मिलती है? और उधर दोनों ईद में सरकारी अस्पतालों में हिन्दुओं से गर्दन

पकड़कर काम कराया जाता है। आठवाँ संशोधन होने पर अवामी लीग कुछ दिनों तक चिल्लाई, बस। हसीना खुद ही तो अब पल्लू से सिर ढँकती है। हज करके आने के बाद तो बाल न दिखाई दें, ऐसा घूँघट किया था। सबका चरित्र एक जैसा है पुलक, सबका। अब हम सबको या तो आत्महत्या करनी होगी या फिर देश छोड़ना होगा।'

पुलक दीवार से पीठ टेक कर खड़ा था। सुरंजन दरवाजे की तरफ बढ़ा। किरणमयी ने एक बार मयमनसिंह के रईसउद्दीन के पास जाने के लिए कहा था, इतने कम रुपये में मकान खरीदा था, यदि इस समय कुछ सहायता ही कर दें। सुरंजन किसी से रुपया उधार नहीं लेगा। परचून की दुकान में बकाया हो जाता है तो महीने के अन्त में जाकर उसे दे देता है। पुलक से वह इतनी सजहता से पैसे माँग सका है। कभी पुलक को उसने काफी दिया है शायद इसीलिए। यह भी हो सकता है कि पुलक हिन्दू लड़का है। वह जितना अल्पसंख्यकों के दुःख को समझ सकता है उतना और कोई नहीं समझ सकता। दूसरों से माँगने पर भी दे तो देंगे लेकिन शायद मन से नहीं। सुरंजन ने तय किया है कि इस बार वह किसी मुसलमान के आगे हाथ नहीं पसारेगा। घर में उसे कोई किसी भी प्रकार का दायित्व नहीं सौंप रहा है। सोच रहे होंगे देश भक्त का बेटा है, देश-प्रेम में दिन-रात एक किया, इसे बेमतलब तंग करने से क्या लाभ। इन रुपयों को ले जाकर वह किरणमयी के हाथों में देगा। पता नहीं वह किस तरह से परिवार की पतवार सँभाले हुए है। किसी से उसे कोई शिकायत नहीं। इस निकम्मे बेटे से भी नहीं। इतनी दरिद्रता झेली है लेकिन कभी परेशान नहीं हुई।

पुलक के घर से निकलकर वह तेजी से टिकाटुली की तरफ चलने लगा। अचानक उसे लगा, आदमी के जिन्दा रहने से क्या फायदा। यह जो सुधामय कराहते हुए जिन्दा हैं, दूसरे लोग पाखाना-पेशाब करवा रहे हैं, खिला-पिला रहे हैं, क्या फायदा उनको इस तरह से जिन्दा रहने से? सुरंजन भी क्यों जिन्दा है? एक बार तो सोचा, पैसा तो जेब में ही है, कुछ 'एम्पुल पेथडीन' खरीदकर इंजेक्शन लगा लेने से कैसा लगेगा शिराओं में। मर जाने की कल्पना का वह मजा लेने लगता है। मान लिया जाए वह मरकर बिस्तर पर पड़ा है। घर में किसी को पता नहीं चलेगा, सोचेंगे लड़का सोया हुआ है, उसे तंग करना ठीक नहीं होगा। किसी समय शायद माया आये उसे बुलाने, दादा उठो, पिता और हमारे लिए कोई व्यवस्था करो। दादा कोई जवाब नहीं देगा। वह ऐसा सोचते हुए आ ही रहा था कि विजय नगर के मोड़ पर जुलूस दिखाई दिया—साम्प्रदायिक सद्भावना का जुलूस। 'हिन्दू-मुसलमान भाई-भाई' का नारा। सुरंजन के होठों पर व्यंग्य भरी मुस्कराहट दौड़ गयी।

घर जाने से पहले वह गौतम के घर गया। गौतम सोया हुआ था। वह पहले

से ठीक है। वह बहुत ही सीधा-सादा लड़का है, मेडिकल में पढ़ता है, राजनीति नहीं करता। मुहल्ले में कोई दुश्मन नहीं है, और उसे ही मार खानी पड़ी। बाबरी मस्जिद क्यों तोड़ी गयी, इस अपराध में।

गौतम की माँ बगल में ही बैठी हुई थी। कोई न सुन पाये, ऐसी सावधानी बरतते हुए बोली, 'बेटा, हम लोग तो चले जा रहे हैं।'

'चले जा रहे हैं?' सुरंजन चौंक गया।

'हाँ, घर बेचने का इन्तजाम कर रहे हैं।'

वे लोग कहाँ जा रहे हैं, सुरंजन को यह जानने की इच्छा नहीं होती है। वह पूछता भी नहीं है। क्या वे लोग देश छोड़कर चले जाएँगे? वहाँ बैठे रहने पर यह भयंकर खबर सुरंजन को सुननी पड़ेगी, इसलिए वह अचानक कुर्सी छोड़कर खड़ा हो जाता है। कहता है, चलूँ। गौतम की माँ ने कहा, 'बैठो बेटा, जाने से पहले पता नहीं फिर मिल पाऊँ या नहीं। बैठो दो बातें कर लूँ।' उनके गले में रुलाई जमी हुई थी।

'नहीं मौसी जी, घर पर काम है, जाता हूँ। दूसरे दिन आऊँगा।'

सुरंजन दुबारा न गौतम की तरफ देखता है और न ही उसकी माँ की तरफ। आँखें झुकाये चला जाता है। वह एक लम्बे निःश्वास को छिपा लेना चाहता है, लेकिन नहीं छिपा पाता।

विरूपाक्ष, सुरंजन की पार्टी का लड़का है। नया-नया शामिल हुआ है। बहुत मेधावी लड़का है। सुरंजन तब तक बिस्तर से नहीं उठा था, जब विरूपाक्ष अन्दर आया।

'दस बज रहे हैं, अभी भी सो रहे हैं?'

'सोया कहाँ हूँ, लेटा हूँ बस! जब कुछ भी करने को नहीं रहता, तब लेटे ही रहना पड़ता है। हमारा तो मस्जिद तोड़ने का साहस नहीं है। इसीलिए लेटे ही रहना पड़ेगा।'

'ठीक ही कहा है आपने! वे लोग सौ-सौ मंदिर तोड़ रहे हैं और हम लोग यदि किसी मस्जिद पर एक पत्थर भी फेंकें तो क्या होगा! चार सौ साल पुरानी रमना कालीबाड़ी को पाकिस्तानियों ने धूल में मिला दिया, किसी भी सरकार ने तो नहीं कहा कि उसे फिर से बनवा देंगे।'

'हसीना बार-बार मस्जिद के पुनर्निर्माण की बात कह रही है। बंगलादेश के हिन्दुओं को क्षतिपूर्ति देने की बात तो उसने कही है लेकिन टूटे हुए मंदिरों के पुनर्निर्माण की बात एक बार भी नहीं कही। बंगलादेश के हिन्दू बाढ़ के पानी में बहकर नहीं आये हैं। वे इस देश के नागरिक हैं। उनके जीने का अधिकार, अपने जीवन, सम्पत्ति, उपासना-स्थल की रक्षा करने का अधिकार, किसी से कम नहीं है।'

'उन्होंने क्या सिर्फ बाबरी मस्जिद के मामले को लेकर लूटपाट, तोड़फोड़ की है? 1992 के 21 मार्च की सुबह बागेरहाट के विशारीहाटा गाँव से कलिन्द्रनाथ हालदार की लड़की पुतुल रानी का अपहरण उसी इलाके के मुकलेसुर रहमान और चाँद मियाँ ने मिलकर किया। पटुआखाली की बगा यूनियन यू.पी. के चेयरमैन यूनुस मियाँ और यू.पी. सदस्य नबी अली मिर्धा के अत्याचार से गाँव के मणि और कनाई लाल का परिवार देश छोड़ने के लिए बाध्य हुआ। राजनगर गाँव के बीरेन की जमीन पर कब्जा करने के लिए बीरेन को पकड़कर ले गये, आज तक बीरेन की कोई खबर नहीं मिली। सुधीर की जमीन-जायदाद पर कब्जा करने के लिए भी इतना अत्याचार किया कि उन लोगों को भी देश छोड़ना पड़ा। साबूपुर गाँव के चंदन शील को चेयरमैन खुद पकड़कर ले गया। आज तक उसकी कोई खबर नहीं मिली। बामनकाठी गाँव के दिनेश से जबरदस्ती सादे स्टाम्प पेपर पर दस्तखत करवा लिया है। बगा गाँव के चितरंजन चक्रवर्ती के खेत का धान काट ले गये हैं। चित्तबाबू द्वारा मुकदमा किये जाने पर मुकदमा उठा लेने के लिए दबाव डाला गया। यहाँ तक कि मार डालने की धमकी भी दी गयी।'

सुरंजन सिगरेट सुलगाता है। विरूपाक्ष की बातों में वह भाग लेना नहीं चाहता। फिर भी उसने पाया कि वह थोड़ा-थोड़ा उसमें भाग ले ही रहा है। उसने सिगरेट होठों में दबाकर कहा—'एक अप्रैल को स्वप्नचन्द्र घोष की नयी 'जलखाबार' दुकान में सात-आठ व्यक्ति घुस गये और पिस्तौल दिखाकर दस हजार रुपये चंदा माँगा। चंदा माँगने वालों का जुल्म दिन-ब-दिन बढ़ता जा रहा है। उसके बाद 'सिद्दिक बाजार' के मानिक लाल धुबी की सम्पत्ति के आधे हिस्से पर उस इलाके के शहाबुद्दीन सिराज, परवेज, सलाउद्दीन आदि ने जबरदस्ती कब्जा कर लिया है। अब वे लोग मानिक लाल की पूरी सम्पत्ति हड़पना चाहते हैं।'

सुरंजन कुछ देर तक चुप रहकर लम्बी साँस छोड़कर बोला, 'धान काट लेना, लड़कियों को पकड़कर ले जाना, बलात्कार करना, जमीन पर कब्जा करना, मार डालने की धमकी देना, पीट कर घर छुड़वा देना, देश छुड़वा देना, इस सबके लिए इधर-उधर का उदाहरण देने से क्या होगा। यह सब तो सारे देश में ही हो रहा है। हमें कितने अत्याचारों की जानकारी है, और देश छोड़कर जाने वालों के बारे में भी हम आख़िर कितना जानते हैं?'

विरूपाक्ष ने कहा, 'नोवाखाली के सेनबाग में कृष्णलाल दास की पत्नी स्वर्णबाला दास का अपहरण अबुल कलाम मुंशी, अबुल कासिम सहित कई लोगों ने किया और बलात्कार करके बेहोशी की हालत में घर के बगल वाले धान के खेत में छोड़ गये।'

सुरंजन बिस्तर से उठकर नल की ओर गया। हाथ-मुँह धोकर किरणमयी से दो कप चाय के लिए कहा। कल रात उसने किरणमयी के हाथ में दो हजार रुपये

दिये हैं। इसलिए लड़का बिल्कुल जिम्मेदार नहीं है, यह बात वह नहीं कहेगी। दूसरे दिनों की अपेक्षा आज किरणमयी थोड़ी 'फ्रेश' लग रही है। शायद आर्थिक चिन्ता दूर हुई है, इसलिए। विरूपाक्ष मुँह लटकाये कुर्सी पर बैठा था। सुरंजन लौटकर आया और बोला, 'चियर अप-चियर अप!'

विरूपाक्ष फीकी हँसी हँसता है। सुरंजन भी आज काफी ताजगी महसूस कर रहा है। वह सुधामय के कमरे में एक बार हो आने की सोच रहा है। इसी बीच चाय आ गयी। माया दो कप चाय ले आयी है।

'क्या रे, इतने दिनों में ही तू काफी सूख गयी, क्या पारुल के घर ठीक से खाना-पीना नहीं हुआ?' माया कोई जवाब दिये बिना ही चली गयी। सुरंजन के इस मजाक को उसने कोई अहमियत नहीं दी। सुधामय अस्वस्थ है। इस वक्त ऐसा हँसी-मजाक करना शायद सुरंजन के लिए उचित नहीं है। माया की चुप्पी उसे कुछ चिन्तित करती है।

इस चिन्ता से विरूपाक्ष उसे हटा लाता है। वह चाय पीते-पीते कहता है, 'सुरंजन दा, आप तो धर्म नहीं मानते हैं, पूजा नहीं करते, गाय का मांस खाते हैं, मुसलमानों से कहिए आप सचमुच के हिन्दू नहीं हैं, आधा मुसलमान हैं।'

'मैं सचमुच का इन्सान हूँ, उनकी आपत्ति तो इसी बात पर है। उग्र कट्टरपंथी हिन्दू और मुसलमानों में कोई विरोध नहीं है। यहाँ के जमात नेता के साथ भारत के भारतीय जनता पार्टी के नेताओं की दोस्ती नहीं देख रहे हो? दोनों देशों में दो कट्टरपंथी दल सत्ता में आना चाहते हैं। भारत के दंगों के लिए भारतीय जनता पार्टी उत्तरदायी नहीं है, उत्तरदायी है कांग्रेस, यह बात तो निजामी ने खुद आयतुल मुकर्रम की सभा में कही है।'

'भारत के दंगों में एक हजार लोग मारे गये हैं। विश्व हिन्दू परिषद, आर.एस. एस., बजरंग, जमात इस्लामी सेवक संघ आदि को प्रतिबंधित कर दिया गया है। इधर सिलहट में हड़ताल हो रही है। फिरोजपुर में 144 धारा, भोला में कर्फ्यू है और छोटे-छोटे शान्ति जुलूस तो निकल ही रहे हैं। जुलूस में नारा लगाया जा रहा है: 'निजामी-आडवाणी भाई-भाई, एक रस्सी में फाँसी चाहते हैं।' आज साम्प्रदायिकता के विरुद्ध सर्वदलीय शान्ति सभा है। सुना है, ब्रिटेन में भी मंदिर पर हमला हुआ है। तुफैल अहमद ने भोला से घूमकर आने के बाद कहा है, भोला में बी.डी.आर. भेजना चाहिए। उन इलाकों की परिस्थिति खराब है।'

'क्यों, सब जलकर राख हो जाएगा तो बी.डी.आर. जाकर वहाँ क्या करेगी? राख के ढेर को इकट्ठा करेगी? कहाँ थे तुफैल छह तारीख की रात को? उसी रात उन्होंने क्यों प्रोटेक्शन का इन्तजाम नहीं किया?'

सुरंजन उत्तेजित हो गया। बोला, 'अवामी लीग को तुम इतना शरीफ मत समझो!'

'यह भी हो सकता है कि इस सरकार को दोषी ठहराने के लिए अवामी लीग ने दंगा रोकने की कोशिश नहीं की?'

'मालूम नहीं, हो सकता है। लेकिन सभी को तो वोट की जरूरत है। इस देश में वोट की राजनीति चलती है, यहाँ पर आदर्श-वादर्श कोई नहीं देखता। छल-बल-कौशल से वोट लेने से मतलब है। अवामी लीग ने तो सोचा है कि हिन्दुओं का वोट उसे ही मिलेगा। 'रिजर्व बैंक' या क्या कहते हैं, कहीं-कहीं पर तो उसे भी उन लोगों ने लूटा है।'

'कहीं-कहीं ऐसा भी हुआ है कि जिन इलाकों से अवामी लीग चुनाव में जीतती है, उनमें बी.एन.पी. के लोगों ने ही हिन्दुओं के घरों को लूटा है, मंदिरों को तोड़ा है और जला दिया है। यह भी कहा कि जिनको वोट देते हो, वे लोग इस समय कहाँ हैं? इसी तरह बी.एन.पी. जहाँ जीतती है, वहाँ अवामी लीग द्वारा ऐसा किया गया। भोला में बी.एन.पी. के लोगों ने किया है, इधर महेशखाली, उधर मानिकगंज में अवामी लीग के लोगों ने किया है।'

'राजनीति का मामला तो है ही। लेकिन कट्टरपंथियों को साथ लिये बिना कहीं कुछ नहीं हुआ। अच्छा, सुना है आज सभी अखबारों में एक ही सम्पादकीय निकला है? उसमें भी क्या साम्प्रदायिक सद्भाव की अपील की गयी है?'

'क्या आप अखबार नहीं पढ़ते?'

'इच्छा नहीं होती।'

इस वक्त माया कमरे में आयी। टेबल पर एक लिफाफा रखा। बोली, 'माँ ने दिया है, कहा है, जरूरत नहीं है।'

माँ ने क्या दिया है, पूछने से पहले ही माया चली गयी। सुरंजन ने लिफाफा खोलकर देखा। उसमें कल रात के दो हजार रुपये हैं। सुरंजन का चेहरा अपमान से लाल हो गया। क्या यह किरणमयी का अहंकार है? या फिर उसने सोचा कि बेरोजगार लड़का है, कहीं से चोरी-डकैती करके लाया होगा? अभिमान और लज्जा से सुरंजन की फिर कुछ बात करने की इच्छा नहीं हुई। विरूपाक्ष के साथ भी नहीं!

किरणमयी के पिता ब्राह्मणबाड़ी के जाने-माने व्यक्ति थे। बहुत बड़े वकील। उनका नाम था अखिल चन्द्र बसु। सोलह साल की लड़की की डॉक्टर से शादी करने के बाद पूरे परिवार को लेकर कोलकाता चले गये थे। उन्होंने सोचा था कि बेटी और दामाद भी किसी समय कोलकाता चले आएँगे। किरणमयी ने भी सोचा था कि एक-एक कर जब पिता, माँ, ताऊ, चाचा, बुआ, मामा-मौसी, करीब-करीब सभी चले गये तो वह भी शायद चली जाएगी। लेकिन वह एक अद्भुत परिवार में आ पड़ी है, सास-ससुर के साथ मात्र छह वर्षों तक रही है। इन छह वर्षों में उसने

अपनी आँखों के सामने रिश्तेदार, पड़ोसियों, जान-पहचान के लोगों को बोरिया-बिस्तर बाँधते देखा है। फिर भी इस परिवार ने कभी भूलकर भी देश छोड़ने की बात नहीं सोची। किरणमयी छिप-छिपकर रोती रहती थी। इण्डिया से पिता का पत्र आता था, 'बेटी किरण, क्या तुम लोगों ने न आने का फैसला कर लिया है? सुधामय से और एक बार सोचने के लिए कहो। देश छोड़कर आना तो हम भी नहीं चाहते थे। लेकिन आने के लिए बाध्य हुए। यहाँ आकर बहुत अच्छा हूँ, ऐसी बात नहीं। देश के लिए मन बहुत दुखी रहता है। फिर भी यथार्थ को तो स्वीकार करना पड़ता है। तुम लोगों की चिन्ता रहती है। इति—तुम्हारा पिता।' इन चिट्ठियों को किरणमयी बार-बार पढ़ती थी, आँसू पोंछती थी, और रात में सुधामय से कहती थी, 'तुम्हारे रिश्तेदारों में काफी लोग अब यहाँ नहीं हैं। मेरे भी सारे रिश्तेदार चले गये हैं। यहाँ रहकर बीमारी में, असमय में मुँह में एक बूँद पानी डालने को कोई नहीं मिलेगा।' सुधामय विद्रूप भरी हँसी हँसते हुए कहते, 'तुम पानी की इतनी कंगाल हो। तुम्हें पूरा ब्रह्मपुत्र दे दूँगा। कितना पानी पी सकती हो देखूँगा। क्या रिश्तेदारों में ब्रह्मपुत्र से अधिक पानी है?' देश छोड़कर जाने के उनके प्रस्ताव को न ससुर, न सास, न पति, यहाँ तक कि कोख के जाये बेटे सुरंजन ने भी न माना। लाचार होकर किरणमयी को इस परिवार के संस्कारों को मानकर चलना पड़ा। इसके दौरान किरणमयी ने पाया कि इस परिवार के सुख-दुःख, सम्पन्नता-विपन्नता के साथ खुद को उसने सुधामय से ज्यादा जोड़ लिया है।

किरणमयी ने अपने हाथ के दोनों कंगन हरिपद डॉक्टर की पत्नी को बेच दिये। घर के किसी व्यक्ति को यह जानने नहीं दिया है। इन बातों को कहने में रखा ही क्या है। सोना-चाँदी इतनी मूल्यवान वस्तु तो नहीं है जिसे आवश्यकता पड़ने पर बेचा न जा सके। सुधामय का स्वस्थ होना इस वक्त ज्यादा अहमियत रखता है। इस व्यक्ति के प्रति कब से इतना प्यार जन्मा है, किरणमयी समझ ही नहीं पाती। उस इकहत्तर के बाद से तो सुधामय को वह अंतरंग रूप से नहीं पा सकी। बीच-बीच में सुधामय कहते हैं, 'किरणमयी, शायद मैंने तुम्हें बहुत ठगा है, है न?'

किरणमयी समझती है, सुधामय 'किस तरह' के ठगने की बात करते हैं। वह चुप रहती है। क्या कुछ वह कहेगी, यानी कहेगी कि नहीं, मैं कब ठगी गयी? वह कह नहीं सकती। उसे कहने को कुछ नहीं मिलता। सुधामय लम्बी साँस छोड़कर कहते, क्या तुम मुझे छोड़कर चली जाओगी किरण? मुझे बहुत डर लगता है!'

किरणमयी कभी सुधामय को छोड़कर जाने की बात सोच नहीं सकती। क्या सुधामय के साथ उसका बस वही एक ही रिश्ता मुख्य है? और सब तुच्छ है? तुच्छ हो जाएगा पैंतीस वर्ष एक साथ बिताया हुआ जीवन? इतनी आसानी से म्लान हो सकता है लम्बे आनन्द-वेदना का जीवनयापन? किरणमयी सोचती है,

नहीं, मनुष्य का एक ही जीवन है। यह जीवन बार-बार नहीं मिलता। जीवन में शायद स्वीकार ही कर लिया कुछ बुरा साथ बिताया समय। इकहत्तर से सुधामय यौन-जीवन में अक्षम पुरुष हैं। इस बात से वे किरणमयी के सामने बहुत लज्जित हैं। अक्सर गहरी रात में वे फुस-फुसाकर उसे जगा कर कहते, 'क्या तुम्हें बहुत तकलीफ हो रही है किरण?'

'कैसी तकलीफ?' किरणमयी समझकर भी न समझने का नाटक करती।

सुधामय को कहने में हिचकिचाहट होती थी। वे अक्षमता की वेदना से तकिये में मुँह दबा लेते थे। और किरणमयी दीवार की तरफ मुँह फेरकर जागते हुए सारी रात काटती। बीच-बीच में सुधामय कहते, 'यदि तुम चाहो तो नया घर बसा सकती हो, मैं बुरा नहीं मानूँगा।'

किरणमयी के शरीर में कोई तृष्णा नहीं थी, यह बात नहीं थी! सुधामय के दोस्त जब आते थे, उनके सामने बैठकर बातें करते थे, और उनकी छाया किरणमयी की गोद में पड़ती थी, तो किरणमयी प्रायः अपनी गोद की तरफ तिरछी नजर से देखती। हठात् उसकी इच्छा होती कि उसकी गोद की छाया यदि सच हो जाती, यदि छाया का वह व्यक्ति एक बार उसकी गोद में सिर रखता! शरीर की वह प्यास बहुत दिनों उसे नहीं सता पायी। संयम-संयम में ही बीत गयी। क्या उम्र भी रुकी रहती है! इक्कीस वर्ष देखते-ही-देखते बीत गये। इस बीच किरणमयी ने यह भी सोचा कि सुधामय को छोड़कर जिस व्यक्ति के पास जाएगी, वह भी यदि ऐसा ही अक्षम पुरुष हुआ तो! या फिर अक्षम न होकर भी सुधामय की तरह इतना विशाल हृदय न हुआ तो!

रह-रहकर किरणमयी सोचती है कि शायद सुधामय उससे बहुत प्यार करते हैं। उसे साथ लिये बिना खाना नहीं खाते। मछली का बड़ा 'पीस' खुद न खाकर किरणमयी की थाली में रख देते हैं। घर में नौकर-चाकर न रहने पर कहते हैं, बर्तन-वर्तन माँजना हो तो बोलो, मैं अच्छा बर्तन माँज लेता हूँ।

शाम को यदि किरणमयी उदास बैठी रहती तो सुधामय कहते, 'किरण, तुम्हारे बाल उलझ गये हैं, आओ, मैं सुलझा दूँ। आज शाम को 'रमना भवन' में जाकर अपने लिए दो अच्छी साड़ियाँ खरीद लेना। तुम्हारे पास घर में पहनने लायक कपड़े नहीं हैं। किरण, मेरे पास यदि रुपये रहते तो तुम्हारे लिए एक बड़ा मकान बनवा देता। तुम उस घर के आँगन में खाली पैर घूमतीं और पूरे घर के आस-पास फल-फूल के पेड़-पौधे लगातीं। मौसमी सब्जी लगातीं, फूल उगातीं। सेम की लता में सेम, लौकी के पौधे में लौकी, खिड़की के पास रातरानी। दरअसल, ब्रह्मपल्ली का मकान ही तुम्हारे योग्य था। लेकिन मेरी समस्या क्या है, जानती हो? मैं रुपये कमाने की लाइन में गया ही नहीं। अगर चाहता तो रुपये न कमा पाता, ऐसी बात नहीं। मेरा मकान, मेरी सम्पदा को देखकर तुम्हारे पिता ने मुझसे तुम्हारी शादी की

थी। वह घर अब नहीं रहा, न ही सम्पदा रही। काफी हद तक 'हैंड टु माउथ' जैसी स्थिति है। इस बात को लेकर मुझे कोई दुःख नहीं। शायद तुम्हें कष्ट होता है, किरण!'

किरणमयी समझती थी यह सरल, सीधा, निरीह व्यक्ति उसे बेहद प्यार करता है। किसी अच्छे इन्सान को प्यार करके यदि जीवन में छोटी-मोटी चीजों का त्याग करना पड़े, या फिर छोटी-मोटी ही क्यों, कोई बड़ा त्याग भी करना पड़े तो इसमें हानि ही क्या है? अट्ठाईस वर्ष की आयु से किरणमयी अपने शरीर की तृषा की अतृप्ति पाल रही है। लेकिन मन में जो प्यार का एक समुद्र उफन रहा है, उसका पानी उसके शरीर की इस बीमारी को, व्यथा-वेदना को बार-बार धो डालता है।

सुरंजन ने रुपये दिये हैं। शायद कहीं से उधार लिया है। वह कमा नहीं सकता, इसलिए सम्भवतः एक हीन मानसिकता ढो रहा है। लेकिन अब भी किरणमयी की पीठ दीवार से सटी नहीं है। अब भी कुछ दिनों तक परिवार को खींचने लायक पैसे उसके पास हैं। सुधामय ने अपने पास कभी एक पैसा तक नहीं रखा। अपनी कमाई का पूरा पैसा किरणमयी के हाथ पर रख देते थे। इसके अलावा सोना-गहना भी अब तक कुछ बचा है। वह माया के हाथों सुरंजन को वह रुपया वापस कर देती है। किरणमयी समझ नहीं पायी थी कि रुपये वापस करने से उसे दुख होगा। अचानक कमरे में घुसते ही सुरंजन ने कहा, 'सोच रही हो कि चोरी-डकैती करके रुपये लाया हूँ? या फिर बेरोजगार लड़के से पैसे लेने में तकलीफ होती है? शायद यह सच है कि मैं कुछ कर नहीं सकता। लेकिन मेरी इच्छा तो होती है कुछ करने की। क्या तुम लोगों को यह नहीं समझना चाहिए था?'

किरणमयी चुपचाप बैठी रही। वे बातें उनके हृदय को आहत कर रही थीं।

सुरंजन, रत्ना के घर की घंटी बजाता है। रत्ना ही दरवाजा खोलती है। उसे देखकर वह चकित नहीं होती। मानो सुरंजन आने ही वाला था। वह सीधे उसे सोने वाले कमरे में ले जाती है, मानो उसके साथ कितने दिनों का रिश्ता है। रत्ना ने बंगाली ढंग की साड़ी पहनी हुई है। उसके माथे पर सिन्दूर की एक लाल बिन्दिया होने से ज्यादा अच्छा लगता। इसके साथ यदि माँग में सिन्दूर की एक पतली लकीर भी होती। सुरंजन को ढकोसले पसन्द नहीं, लेकिन शंख की चूड़ियाँ, सिन्दूर, शंख की आवाज आदि बंगाली परम्परा उसे आकृष्ट करती है।

उसके घर में पूजा-पाठ की बिल्कुल मनाही थी। लेकिन एक साथ मिलकर पूजा देखने जाना, आरती के साथ शौकिया नाच, पूजा-मंडप में गाने के साथ धुन मिलाकर गाना, नारियल के दो-चार लड्डू खाना, इन चीजों पर कभी आपत्ति नहीं थी।

रत्ना उसे बैठाकर चाय बनाने गयी है। 'कैसे हैं' के अलावा उसने एक भी शब्द नहीं बोला है। सुरंजन ने भी कुछ नहीं कहा। उसे कहने के लिए बातें ही नहीं मिलीं। वह प्रेम करने आया है। आयरन किया हुआ शर्ट पहने बहुत दिनों बाद 'शेव' किया और नहाकर शरीर पर सुगन्ध लगाकर आया है। बूढ़े माँ-बाप, बड़े भाई और रत्ना, इन्हीं लोगों को मिलाकर यह परिवार है। भाई की पत्नी और बेटे-बेटी भी हैं। उनके बच्चे इधर-उधर घूम रहे हैं। यह नया आदमी कौन है, यहाँ क्या चाहता है आदि-आदि सवालों का जवाब उन्हें नहीं मिलता, इसलिए वे दरवाजे से बहुत दूर भी नहीं जाते। सुरंजन सात वर्ष की एक लड़की बुलाकर पूछता है, तुम्हारा नाम क्या है? वह जल्दी से जवाब देती है—मृत्तिका।

'वाह, बहुत सुन्दर नाम है तो! रत्ना तुम्हारी क्या लगती है?'

'बुआ।'

'अच्छा।'

'तुम शायद बुआ के दफ्तर में नौकरी करते हो?'

'नहीं, मैं कोई नौकरी-वौकरी नहीं करता। घूमता रहता हूँ।'

'घूमता रहता हूँ' वाक्य मृत्तिका को बहुत पसन्द आया। वह और कुछ कहे, इतने में रत्ना अन्दर आती है। हाथ में ट्रे है, ट्रे में चाय-बिस्कुट, नमकीन, दो तरह की मिठाई थी।

'क्या बात है, हिन्दुओं के घर में तो आजकल खाना-वाना मिलना सम्भव नहीं। वे लोग तो घर से बाहर ही नहीं जा पा रहे हैं। और आप तो यहाँ पर पूरी दुकान लगा बैठी हैं। तो सिलहट से कब आयीं?'

'सिलहट नहीं। मैं हबीबगंज, सुनमगंज, मौलवी बाजार गयी थी। मेरी आँखों के सामने हबीबगंज माधवपुर बाजार के तीन मंदिरों को तोड़ा गया।'

'किन लोगों ने तोड़ा?'

'टोपी, दाढ़ी वाले मुल्ला लोग थे। इसके बाद बाजार के काली मंदिर को तोड़ा गया। तपनदास गुहा मेरे रिश्तेदार हैं, पेशे से डॉक्टर हैं, उनका चेम्बर भी लूटकर तोड़ दिया गया। 8 तारीख को सुनामगंज में दो मंदिर तोड़ दिये गये। 9 तारीख को चार मंदिर और पचास दुकानों को तोड़कर लूटा गया। फिर जला दिया गया। ब्राह्मण बाजार की सात दुकानों को लूटा गया।'

'अवश्य ही हिन्दू दुकानों को!'

रत्ना हँसकर बोली, 'यह भी कोई कहने की बात है।'

चाय-नमकीन बढ़ाते हुए रत्ना बोली, 'कहिए तो, क्या इस देश में रहना और मुमकिन होगा?'

'क्यों नहीं? क्या यह देश मुसलमानों के बाप की जागीर है?'

रत्ना हँसती है। उसकी हँसी में उदासीनता की झलक है। कहती है, 'सुनते

हैं, भोला में लोग अँगूठे का निशान लगाकर जमीन-जायदाद बेचकर चले जा रहे हैं। किसी को थोड़ा-बहुत पैसा मिल रहा है, किसी को कुछ भी नहीं।'

'भोला से कौन लोग जा रहे हैं? हिन्दू ही तो?'

'जाहिर है!'

'तो फिर इसका उल्लेख क्यों नहीं कर रही हो?' सुरंजन नमकीन खाते बोला।

'हिन्दू' शब्द का उल्लेख करने की कोई जरूरत नहीं है। फिर भी सुरंजन की इच्छा है कि जो जा रहे हैं, वे हिन्दू हैं, जिनको लूटा जा रहा है, वे भोला या हबीबगंज के लोग नहीं, सिर्फ हिन्दू हैं, यह बात रत्ना को समझाये।

रत्ना क्या समझती है, पता नहीं। वह गम्भीर दृष्टि से सुरंजन को देखती है। वह सोचकर आया था कि किसी तरह का पर्दा किये बिना आज वह रत्ना से कहेगा, 'आप मुझे बहुत अच्छी लगती हैं, अगर शादी करना चाहती हैं, तो कहिए, कर लेता हूँ।'

रत्ना पानी लाने के लिए उठती है। उसकी साड़ी का आँचल सुरंजन के बायें हाथ से छूते हुए चला गया। उसकी बाँह में वह स्पर्श लगा रहा। अच्छा, रत्ना अगर चाहे तो उसकी पत्नी बन ही सकती है। अपने आवारा जीवन को एक परिवार में बाँधना चाहिए सिर्फ इसीलिए वह शादी करना नहीं चाहता। सारा दिन लेटे-लेटे वह रत्ना की उँगलियों से खेल पाएगा, खेलते-खेलते बचपन की बातें करेगा फिर ऐसा होगा कि दोनों के बीच अनजानी कोई बात नहीं रहेगी, कोई दीवार नहीं। असल में वह उसकी पत्नी नहीं, दोस्त बनेगी।

रत्ना की गहरी दो आँखें क्या चाहती हैं? सुरंजन हड़बड़ा जाता है। कह बैठता है, 'देखने आया था कि अक्षत है या नहीं?'

'अक्षत? 'अक्षत' के दो अर्थ होते हैं, नारी के लिए एक और पुरुष के लिए दूसरा। क्या देखने आये थे?'

'दोनों ही!'

रत्ना हँसकर सिर झुका लेती है। उसके हँसने पर शायद मोती नहीं बिखरते लेकिन अच्छी लगती है। सुरंजन उसके चेहरे से नजर नहीं हटाना चाहता। क्या उसकी उम्र ज्यादा हो गयी है? इस उम्र के लड़के देखने में क्या बहुत बूढ़े से लगते हैं? शादी के लिए बिल्कुल अनुपयुक्त? सोचते हुए सुरंजन ने ध्यान दिया कि रत्ना उसे देख रही है। दृष्टि में प्रेम का अभिभूत भाव है।

'आपका वह शादी न करने का फैसला अब तक कायम है?' रत्ना हँसकर पूछती है।

कुछ देर बाद सुरंजन कहता है, 'जीवन नदी की तरह है, जानती हैं न? नदी नहीं रुक सकती है? फैसला भी उसी तरह हमेशा अटल नहीं होता। बदलता रहता है।'

'सुनते हैं, बाहर हिन्दुओं पर साम्प्रदायिक आक्रमण हो रहा है और इस चरम परिस्थिति में।' रत्ना हँसते-हँसते बोली, 'बच गयी!'

सुरंजन ने नहीं पूछा कि 'बच गयी' का अर्थ क्या है। वह समझ गया। रत्ना उसे एक अमल आनन्द दे रही है। उसका मन हुआ कि वह रत्ना की पतली-पतली उँगलियाँ छूकर कहे, चलिए, आज साल-वन में घूमने चलें। हरी घास पर सारी रात लेटे रहें। चाँद हमें पहरा देगा। चाँद से हम अपनी चाँदनी छिपाने के लिए नहीं कहेंगे। सुरंजन सीढ़ी के पास जाकर सोचता है कि दरवाजा पकड़कर खड़ी रत्ना से वह कहेगा, 'अपने अटल फैसले को बदलकर, चलिए दोनों मिलकर कुछ करते हैं।'

लेकिन सुरंजन कह नहीं सका। रत्ना दो सीढ़ियाँ उतरकर बोली, 'फिर आइएगा। आपके आने से लगा कि बगल में खड़ा होकर सहारा देने वाला कोई एक तो है। एकदम अकेली नहीं हो गयी।'

सुरंजन स्पष्ट समझ रहा था कि परवीन के लिए उसके मन में जैसा होता था, वह चंचल गौरैया उसे जिस तरह सुख में बहाकर ले जाती थी, उसी प्रकार के सुख की अनुभूति उसे अब भी हो रही है।

सुरंजन सुबह चाय के कप के साथ अखबार भी उठाता है। आज उसका मन बहुत अच्छा है, रात में नींद भी अच्छी आयी। वह अखबार पर नज़र डालने के बाद माया को बुलाता है।

'क्यों री, तुझे हुआ क्या है! इतना दुखी होकर क्यों बैठी रहती है?'

'मुझे क्या होगा! तुम ही तो चुप हो गये हो। एक बार भी पिताजी के पास जाकर नहीं बैठते।'

'मुझसे वह सब देखा नहीं जाता। अच्छा, माँ ने रुपये क्यों नहीं रखे? उनके पास बहुत रुपया है?'

'माँ ने गहना बेचा है।'

'यह काम उसने बहुत अच्छा किया। मैं तो गहना-वहना बिल्कुल पसन्द नहीं करता।'

'पसन्द नहीं करते हो? परवीन आपा को तो मोती जड़ी अगूँठी दी थी!'

'वह कच्ची उम्र थी, मन रंगीन था, उतनी बुद्धि नहीं थी, इसलिए!'

'अब बहुत परिपक्व हो गये हो?' माया हँसकर बोली।

माया के होठों पर सुरंजन ने बहुत दिन बाद मुस्कराहट देखी। उसकी हँसी को थोड़ी देर और स्थायी रखने के लिए उसने अखबार के पहले पन्ने पर छपी खबर दिखायी। बोला, 'देख रही हो! इस शहर में शान्ति जुलूस निकल रहा है। हम लोग धर्म-वर्ण निरपेक्ष बंगलादेश में हैं। साम्प्रदायिकता के खिलाफ डटकर खड़े

हो जाओ, सर्वदलीय शान्ति जुलूस की ओजस्वी घोषणा। किसी भी कीमत पर अशान्ति पैदा करने वालों और लुटेरों के विरोध का आह्वान। भारत में हिंसा रुक गयी है। उत्तर प्रदेश सरकार की मस्जिद की जमीन-बेदखली को हाई कोर्ट ने अवैध घोषित किया है। नरसिंह राव ने कहा है, बाबरी मस्जिद टूटने के लिए केन्द्र नहीं, उत्तर प्रदेश सरकार उत्तरदायी है। पश्चिम बंगाल, गुजरात, महाराष्ट्र में अब भी सेना तैनात है। साम्प्रदायिक कट्टरपंथियों के विरुद्ध वामपंथियों की जेहाद की घोषणा। आज पल्टन मोड़ पर सी. पी. बी. की सभा है। अवामी लीग ने कहा है, साम्प्रदायिक सद्भावना के लिए शान्ति ब्रिगेड का गठन करना होगा। नगर समन्वय कमेटी ने कहा है, दंगा करने के जुर्म में निजामी कादिर मुल्लाओं को गिरफ्तार कीजिए। 'निर्मूल कमेटी' की भी आज सभा है। टेंगी में सर्वदलीय शान्ति जुलूस है। सांस्कृतिक गठबन्धन का नारा, 'साम्प्रदायिक दंगाबाजों का सामना करेगा अब बंगलादेश।' पन्द्रह विशिष्ट नागरिकों का बयान है—साम्प्रदायिक सद्भाव सबका नागरिक अधिकार है। कर्नल अकबर ने कहा है, फासीवादी ताक़ते जमात को निषिद्ध करना होगा। बारिशाल में सम्मिलित साम्प्रदायिक संप्रीति रक्षा परिषद का गठन हुआ है ढाका विश्वविद्यालय की शिक्षक समिति ने कहा है कि साम्प्रदायिक सद्भाव समिति के विनष्ट होने से विजय के महीने की पवित्रता नष्ट होगी। घामराई में मंदिर तोड़ने के अभियोग में अट्ठाईस लोग गिरफ्तार हुए। ज्योति बसु को दुख है कि भारत मुँह दिखाने लायक नहीं रहा।'

'सिर्फ अच्छी-अच्छी खबरों को पढ़ गये?' माया बिस्तर पर पालथी मारकर बैठ जाती है। अखबार खींचकर वह बोली, 'और बाकी खबरें? भोला में दस हजार परिवार बेघर। चट्टग्राम में सात सौ घर भस्मीभूत। किशोरगंज में मंदिरों की तोड़फोड़। फिरोजपुर में 144 धारा लागू। सीता कुण्ड मीर सराय में सात सौ घरों में आग लगा दी गयी।'

'आज कोई बुरी खबर सुनना नहीं चाहता। अब मेरा मन अच्छा है।'

'क्यों परवीन आपा डायवोर्स ले रही है। इसलिए? कल आयी थी, कह रही थी उसका पति उसे रोज रात में पीटता है।'

'अब क्यों? मुसलमान से शादी करके, सुना है, आपा को शान्ति है? अरे नहीं रे, परवीन नहीं। मेरा मन तो कहीं और रमा है। इस बार मुसलमान नहीं, ताकि वह शादी से पहले रुआँसे स्वर में यह न कह पाये कि तुम धर्म बदल लो।' माया हँसने लगती है। काफी दिनों बाद माया हँस रही है। सुरंजन अचानक गम्भीर होकर कहता है, 'पिताजी की हालत अब कैसी है? जल्दी ही स्वस्थ हो जाएँगे?'

'पहले से अब ठीक हैं। अच्छी तरह से बात कर पा रहे हैं। सहारा देकर बाथरूम में ले जाती हूँ। हल्का खाना भी खा रहे हैं। अच्छा याद आया, कल शाम को बेलाल भाई आये थे, तुम्हें पूछ रहे थे। पिताजी को देख गये। वे कह गये कि

तुम बाहर मत जाना। बाहर निकलना अभी ठीक नहीं है।'

'ओह!'

सुरंजन अचानक एक झटके में खड़ा हो जाता है। माया कहती है, 'क्या बात है? कहीं जा रहे हो, लगता है!'

'मैं घर पर बैठे रहने वाला व्यक्ति हूँ क्या?'

'तुम्हारे बाहर जाने पर माँ बहुत चिन्तित रहती है। भैया तुम मत जाओ। मुझे भी बहुत डर लगता है।'

'पुलक को रुपये लौटाने हैं। तुम्हारे पास कुछ पैसा होगा? तुम तो कमाने वाली लड़की हो। दो न, अपने फण्ड में से सिगरेट खरीदने के लिए कुछ पैसा!'

'ऊहूँ, सिगरेट के लिए मैं पैसा नहीं दूँगी। तुम बहुत जल्दी मर जाओ, यह मैं नहीं चाहती।'

माया ने कहा जरूर, लेकिन अपने भैया के लिए एक सौ का नोट ले आयी। बचपन में यही माया एक बार रो-रोकर अपने कपड़े तक भिगा चुकी है। उसे स्कूल की लड़कियाँ चिढ़ाती थीं—'हिन्दू-हिन्दू तुलसी पत्ता, हिन्दू खाता गाय का माथा।' माया ने घर लौटकर रो-रोकर सुरंजन से पूछा था, 'क्या मैं हिन्दू हूँ? क्या मैं हिन्दू हूँ भैया?'

'हाँ।' सुरंजन ने कहा था।

'मैं और हिन्दू नहीं रहूँगी। वे सब मुझे हिन्दू कहकर चिढ़ाती हैं।'

सुधामय सुनकर बोले थे, 'तुम हिन्दू हो, किसने कहा? तुम मनुष्य हो। मनुष्य से बड़ा इस दुनिया में कोई नहीं।' सुधामय के प्रति श्रद्धा से सुरंजन का सिर झुक जाता है। उसने इतने आदमी देखे हैं पर सुधामय की तरह आदर्शवादी, तर्क-बुद्धि सम्पन्न मनुष्य उसने बहुत कम देखे हैं। वह यदि किसी को ईश्वर मानेगा भी तो सुधामय को ही। इतने उदार, सहनशील, विवेकवादी मनुष्य इस जगत में कितने हैं?

चौंसठ में सुधामय ने खुद नारा लगाया था, 'पूर्वी पाकिस्तान डटकर खड़े होओ।' उस दिन का वह दंगा बढ़ नहीं पाया। शेख मुजीब ने आकर रोक दिया था। अयूब सरकार के विरूद्ध आन्दोलन बढ़ न पाये, इसी कारण सरकार ने खुद ही दंगा करवाया था। सरकार विरोधी आन्दोलन के जुर्म में छात्र और राजनीतिक नेताओं के विरूद्ध फौजदारी मामले दायर किये गये। सुधामय उस मामले के एक मुजरिम थे। सुधामय अतीत को लेकर सोचना नहीं चाहते थे। फिर भी अतीत उनके मन में नग्न होकर खड़ा हो जाता है। 'देश-देश' करके देश का क्या हुआ? कितना कल्याण हुआ? पचहत्तर के बाद से यह देश साम्प्रदायिक कट्टरपंथियों की मुट्ठी

में चला जा रहा है। सब कुछ जान-बूझकर भी लोग अचेतन स्थिर हैं। क्या ये जन्म से चेतनहीन हैं? इनके शरीर में क्या वह खून नहीं बह रहा है जो 1952 में बांग्ला राष्ट्रभाषा की माँग को लेकर रास्ते में उतरा, 1969 में जनउत्थान का खून, 1971 में 30 लाख लोगों का खून? वह गर्मजोशी कहाँ? जिसकी उत्तेजना से अभिभूत होकर सुधामय आन्दोलन में कूद पड़ते थे? कहाँ हैं अब वे खौलते हुए रक्त वाले लड़के? क्यों वे अब साँप की तरह शीतल हैं? क्यों धर्मनिरपेक्ष देश में साम्प्रदायिक कट्टरपंथी अपना खूँटा गाड़े हुए हैं? क्या कोई नहीं समझ पा रहा है कि कितना भयंकर समय आ रहा है? सुधामय अपनी पूरी ताकत लगाकर बिस्तर से उठना चाहते हैं। लेकिन नहीं उठ सकते। उनका चेहरा वेदना, असमर्थता, आक्रोश से नीला पड़ जाता है।

अयूब खान का 'शत्रु सम्पत्ति कानून' अवामी लीग के कानून मंत्री ने फिर से संसद में बहाल कर दिया। उसका नाम अवश्य बदल दिया था। उन्होंने नाम रखा, अर्पित सम्पत्ति कानून। जो हिन्दू देश छोड़कर चले गये, उनकी सम्पत्ति 'शत्रु सम्पत्ति' होती थी। सुधामय के चाचा, मामा, ताऊ क्या देश के शत्रु थे? इस ढाका शहर में ताऊ व मामा के बड़े-बड़े मकान थे। सोनार गाँव, नरसिंदी, किशोरगंज, फरीदपुर में भी मकान थे। इनमें से कोई कॉलेज बन गया, कोई पशु अस्पताल, कोई परिवार कल्याण आफिस तो कोई आयकर रजिस्ट्री आफिस। अनिल काका के घर जाते थे बचपन में सुधामय। रामकृष्ण रोड के विशाल घर में दस घोड़े थे। अनिल काका उसे घोड़े पर बैठाते थे। यही सुधामय दत्त अभी टिकाटुली के एक अँधेरे, सीलन भरे घर में दिन काट रहे हैं। लेकिन पास ही में उनके चाचा का घर है, जो अब सरकार के नाम पर है। 'अर्पित सम्पत्ति कानून' अगर बदलकर 'सम्पत्ति उत्तराधिकार कानून' बनता तो कई हिन्दुओं की दुर्दशा दूर हो जाती। सुधामय ने यह प्रस्ताव अनेक बड़े-बड़े लोगों के समक्ष रखा था, लेकिन कोई फायदा नहीं हुआ। वे अपने अचल-अपाहिज जीवन में आजकल क्लांति अनुभव कर रहे हैं। जिन्दा रहने का कोई अर्थ ढूँढ़ नहीं पाते। वे जानते हैं कि इस बिस्तर पर निःशब्द मर जाने से भी किसी की कोई हानि नहीं होगी। बल्कि लगातार रात-रात जागने और सेवा करने के दायित्व से किरणमयी को छुटकारा मिल जाएगा।

1965 के पाक-भारत युद्ध की विशेष परिस्थिति में औपनिवेशिक पाकिस्तानी शासकों के साम्प्रदायिक विद्वेष के चलते 'शत्रु सम्पत्ति कानून' बना था। स्वतंत्रता प्राप्ति के बाद भी बांग्लादेश को चालाकी से उसी कानून पर टिके रहते देखकर सुधामय हैरान हैं। एक स्वतंत्र देश के लिए, बंगाली जाति के लिए क्या यह एक कलंकपूर्ण घटना नहीं है? इस कानून ने दो करोड़ नागरिकों के मौलिक, गणतांत्रिक और नागरिक अधिकारों को छीना है। शासन ने समान अधिकार और सामाजिक

समानता की नीति के विरुद्ध इस कानून को बहाल रखकर दो करोड़ नागरिकों को उनके पुश्तैनी घरों से बेदखल कर असहाय, सर्वनाशी स्थिति की ओर ठेल दिया है। इसी कारण हिन्दुओं में यदि गहरी असुरक्षा की भावना पैदा हो तो इसमें हिन्दुओं का क्या दोष? समाज की ज़मीन पर नीचे तक साम्प्रदायिकता का बीज बोया जा रहा है, बंगलादेश के संविधान में देश के प्रत्येक नागरिक के लिए समान सुरक्षा और समान अधिकार की व्यवस्था होने के बावजूद सरकार 'अर्पित (शत्रु) सम्पत्ति कानून' को बहाल कर संविधान का उल्लंघन करते हुए राष्ट्रीय स्वाधीनता और सार्वभौमिकता के प्रति घोर अनादर भाव दिखा रही है। लेकिन लोकतांत्रिक बंगलादेश के संविधान में मौलिक अधिकार की यह धारा कहती है:

(26) (1) इस अनुच्छेद के नियमों के मुताबिक सभी असामंजस्यपूर्ण कानून, जितना असामंजस्यपूर्ण है, इस संविधान-परिवर्तन में उन सारे कानूनों को उतना हटा दिया जाएगा।

(2) राष्ट्र इस अनुच्छेद के किसी नियम के साथ कोई कानून बनाये जाने पर वह इस अनुच्छेद के किसी नियम के साथ असामंजस्यपूर्ण कोई कानून नहीं बनायेगा। उसी प्रकार का कोई कानून बनाये जाने पर वह इस अनुच्छेद के किसी नियम के साथ जितना असामंजस्यपूर्ण है, उतने को हटा दिया जाएगा।

(27) सभी नागरिक, कानून की निगाह में समान हैं और कानून के समान हकदार हैं।

(28) (1) सिर्फ धर्म, सम्प्रदाय, जाति, नारी-पुरुष या जन्मस्थान के कारण किसी नागरिक के प्रति भेदभाव प्रदर्शित नहीं किया जाएगा।

(31) कानून का आश्रय-लाभ एवं कानून के अनुसार एवं सिर्फ कानून के अनुसार उसके व्यवहार का लाभ किसी भी स्थान पर अवस्थित प्रत्येक नागरिक के एक सामयिक रूप से बंगलादेश में अवस्थित अन्य व्यक्तियों के अपरिवर्तनीय अधिकार एवं कानून के अनुसार ऐसी कोई व्यवस्था की जाएगी जिससे स्वाधीनता, देह, प्रतिष्ठा या सम्पत्ति की हानि नहीं होगी।

112 नम्बर धारा में स्पष्ट उल्लिखित है, "गणतंत्र की सभी आधिकारिक संस्थाएँ और अधिकारी गण प्रशासनिक और न्यायिक– सर्वोच्च न्यायालय की सहायता के लिए कार्य संपादन करेंगे।"

'पाकिस्तानी प्रतिरक्षा कानून 35 की धाराएँ इस प्रकार थीं:

(ए) कोई राष्ट्र या राष्ट्र का शासक जो पाकिस्तान के विरुद्ध युद्ध या सैनिक कार्रवाई में लिप्त है,
या

(बी) शत्रु के क्षेत्र का निवासी कोई व्यक्ति
या

(सी) शत्रु के क्षेत्र में संगठित और कार्यरत कोई संस्था या दल, या किसी राज्य के कानून के तहत जो पाकिस्तान के विरुद्ध युद्ध या सैनिक कार्रवाई में संलग्न है, या

(डी) कोई अन्य व्यक्ति या दल जो केन्द्र सरकार द्वारा घोषित शत्रु है, या

(ई) कोई व्यक्ति समूह (संस्था– निगमित या अनिगमित) जो किसी स्थान पर कारोबार कर रहा है, यदि वह ऐसे व्यक्ति द्वारा नियंत्रित है, और जब तक नियंत्रित है जो इस नियम के अनुसार शत्रु है, या

(एफ) ऐसे कारोबार के मामले में जो शत्रु के क्षेत्र में किसी व्यक्ति या व्यक्ति समूह (संस्था– निगमित या अनिगमित) द्वारा चलाया जा रहा है।

169. (1) शत्रु विषय का अर्थ है:

(ए) कोई व्यक्ति जिसकी राष्ट्रीयता उस राज्य की है जो पाकिस्तान के साथ युद्ध या सैनिक कार्रवाई में रत है, या जो ऐसी राष्ट्रीयता का अधिकारी कभी भी रहा है जिसे वह कोई अन्य राष्ट्रीयता प्राप्त करने से पहले खो चुका है, या

(बी) व्यक्तियों का कोई समूह (संस्था) जो ऐसे राज्य के क़ानूनों के अंतर्गत गठित या निगमित है।

169.(4) शत्रु की सम्पत्ति का अर्थ है: कोई सम्पत्ति जो इस समय इस नियम के तहत परिभाषित शत्रु के पक्ष में किसी के अधिकार, कब्ज़े या प्रबंधन में है।

161. कोई शत्रु का विषय या शत्रु की फर्म, लेकिन इसमें वह सम्पत्ति शामिल नहीं है जो पाकिस्तान के (निष्क्रान्त या स्थानांतरित सम्पत्ति के प्रबन्ध) एक्ट 1957 (1957 का XII) के मुताबिक निष्क्रान्त या स्थानांतरित लोगों की सम्पत्ति है।

और कहा जाता है (एन मामले में) जहाँ कोई शत्रु की प्रजा का सदस्य किसी ऐसी सम्पत्ति का मालिक है 'जो व्यक्तिगत तौर पर अपनी मृत्यु से पहले उसकी थी या उसके कब्ज़े में थी, या उसके मार्फत प्रबन्ध में थी, उसकी मृत्यु के बावजूद वह सम्पत्ति नियम 182 के तहत शत्रु की सम्पत्ति मानी जा सकती है।'

1947 के बाद पूर्वी पाकिस्तान में साम्प्रदायिक दंगा होने पर लाखों हिन्दू भारत की ओर चल दिये, उस समय की भारत सरकार ने ईस्ट बेंगाल इवेकुईज़ (रेस्टोरेशन ऑफ पज़ेशन एक्ट XXII ऑफ 1951–दि ईस्ट बेंगाल इवेकुयीज़ एण्ड एडमिनिस्ट्रेशन ऑफ इम्मूवेबिल प्रॉपर्टी) एक्ट XXIV ऑफ 1951 जारी किये। 1951 के ईस्ट बेंगाल इवेकुयीज़ (एडमिनिस्ट्रेशन ऑफ इम्मूवेबिल प्रॉपर्टी) एक्ट XXIV में कहा गया है कि इस एक्ट के तहत गठित दि इवेकुयी प्रॉपर्टी कमिटी किसी ऐसी इवेकुयी सम्पत्ति को कब्जे में नहीं लेगी :

1. यदि सम्पत्ति का अकेला मालिक या उसके हिस्सेदार मालिक इस बिना

पर सम्पत्ति के कमेटी द्वारा प्रबन्धन पर एतराज़ करते हैं कि उसने या उन्होंने उस सम्पत्ति के प्रबन्धन और उपयोग का बन्दोबस्त कर लिया है और कमेटी उस बन्दोबस्त से सन्तुष्ट है कि वह सही और पर्याप्त है, या

2. यदि एतराज़ की अर्ज़ी लगाई जाती है और इस धारा के अंतर्गत स्वीकार कर ली जाती है।

—इस कानून में यह भी कहा गया है कि वह सम्पत्ति इवेकुयी (निष्क्रान्त) द्वारा अर्ज़ी देने पर ही उसके अधिकार में दी जाएगी; इस अधिकार के साथ कि वह उस सम्पत्ति का निपटान या बिक्री जैसे चाहे करे।

सन् 1957 में पाकिस्तान सरकार ने इस कानून में कुछ और संशोधन जारी किये—पाकिस्तान (एडमिनिस्ट्रेशन ऑफ इवेकुयीज़ प्रॉपर्टी) एक्ट XII ऑफ 1957। इस कानून में कहा गया—ऐसे व्यक्ति की सम्पत्ति जो उन भूभागों के किसी स्थान का निवासी है जो आज भारत में हैं या भारत के द्वारा कब्जे में हैं, और जिन्हें वह स्वयं अधिकार में लेकर प्रबन्ध नहीं कर सकता। इस कानून से भी हिन्दुओं को उतनी सुविधा नहीं मिली, जितनी सुविधा ईस्ट पाकिस्तान डिस्टर्ब्ड परसन्स एंड रिहैबिलिटेशन ऑर्डिनेन्स 1964 में थी।

सन् 1965 के पाक-भारत युद्ध के कारण पाकिस्तान सरकार ने आपात स्थिति की घोषणा की। पाकिस्तान सरकार ने 1962 के अनुच्छेद सं. 1 और 2 के मुताबिक दिये गये जनता के मौलिक अधिकार को निरस्त कर दिया। 6 दिसम्बर, 1965 में डिफेन्स ऑफ पाकिस्तान आर्डिनेन्स नम्बर XXIII के अनुसार डिफेन्स ऑफ पाकिस्तान रूल्स 1965 जारी किए गये। इसकी 182वीं धारा में कहा गया है—"किसी शत्रु की फर्म को धन का भुगतान रोकने के उद्देश्य से, और शत्रु की सम्पत्ति के हस्तांतरण या निबटारे और उससे सम्बन्धित विषयों की व्यवस्था की सुविधा के लिए, केन्द्रीय सरकार कस्टोडियन (परिरक्षक) नियुक्त कर सकती है और एक या उससे अधिक डिपुटी कस्टोडियन तथा असिस्टेंट कस्टोडियन नियुक्त कर सकती है—उन स्थानीय क्षेत्रों के लिए जो स्वीकृत किये जाएँ और आदेश द्वारा कस्टोडियन को इसके लिए अधिकार दे सकती है।" इसके आधार पर पाकिस्तान प्रतिरक्षा कानून एक विधि के तहत सारी सम्पत्ति कानूनी तौर पर सरकार की हुई। इस सम्पत्ति के असली मालिकों की युद्धकालीन स्थिति में गिरफ्तारी या उनके इधर-उधर जाने पर प्रतिबंध के चलते उन सम्पत्तियों का रखवाली और सुव्यवस्था के नाम पर 'शत्रु-सम्पत्ति' के मालिकों के हित व अधिकार को पूर्ण रूप से सुनिश्चित करने के लिए तथा बाद में उन सम्पत्तियों के असली हकदार को वापस कर दिये जाने के वादे के साथ अस्थायी व्यवस्था के बतौर पाकिस्तान की केन्द्रीय सरकार ने एनिमी प्रॉपर्टी (कस्टडी एंड रजिस्ट्रेशन) ऑर्डर 1965 जारी किया। बाद में एनिमी प्रॉपर्टी (लैण्ड एण्ड बिल्डिंग) एडमिनिस्ट्रेशन एण्ड डिस्पोजल ऑर्डर,

1966 के अन्तर्गत इन सम्पत्तियों के मूल्य और क्षतिपूर्ति के लेन-देन के लिए अलग-अलग ढंग से संरक्षण रहित देख-रेख और उसकी व्यवस्था का दायित्व पाकिस्तान सरकार के एक नुमाइंदा को सौंपा गया।

पाक-भारत युद्ध के समाप्त होने के बाद पहले के कानून को जारी रखने के बहाने एनिमी प्रॉपर्टी ऑफ इमर्जेंसी प्रॉविजन ऑर्डिनेन्स-1 की तरह 1966 जारी किया। बंगलादेश के स्वाधीनता-युद्ध में भारत की मित्रता घनिष्ठ होने और दोनों देशों के बीच कोई युद्धावस्था न रहने के बावजूद राष्ट्रपति के आदेश संख्या 29/1972 अर्थात् 'बंगलादेश (वेस्टिंग ऑफ प्रॉपर्टी एंड एसेट्स) आदेश को स्थायी करार देकर शत्रु संपत्ति या पाकिस्तान सरकार के कास्टोडियन के ऊपर जो कानूनी अधिकार था, उसे बंगलादेश सरकार को कानूनी तौर पर दिया गया। दरअसल 1979 के पाकिस्तानी शासकों ने एनिमी प्रॉपर्टी (कांटीन्यूएन्स ऑफ एमर्जेन्सी प्राविज़न) ऑर्डिनेन्स को बहाल रखकर जनता की मानसिक मर्यादा, सामाजिक अधिकार और समानता की प्रतिष्ठा का जो वचन दिया था उसका उल्लंघन किया गया है। पाकिस्तान की तरह ही स्वतंत्र बंगलादेश में भी शत्रु सम्पत्ति की देख-रेख अत्यन्त अनैतिक ढंग से जारी रखी गयी। जनता की माँग की उपेक्षा करके 'शत्रु-सम्पत्ति कानून' (कांटीन्युएन्स ऑफ एमर्जेन्सी प्राविजन) रिपील एक्ट XLV ऑफ 1974 जारी करके बहिष्कृत करने के नाम पर वेस्टिड एंड नॉन वेस्टिड रिपील एक्ट XLV ऑफ 1974 प्रॉपर्टी (एडमिनिस्ट्रेशन) एक्ट XLVI ऑफ 1974 की आड़ में पाकिस्तान के जमाने में सरकार के हाथ में अर्पित सम्पत्ति सहित बंगलादेश के जो स्थायी निवासी नहीं हैं (has ceased to be permanent resident) या विदेशी नागरिकता ले ली है ऐसे व्यक्तियों की सम्पत्ति सरकार के पास जमा करने के माध्यम से सभी सम्पत्ति की कार्रवाई और व्यवस्था के लिए एक संचालन समिति का गठन किया गया। इस समिति को उसके द्वारा स्वयं या प्रवासी के आवेदन से या सरकार के निर्देश से घोषित सम्पत्ति का दायित्व सौंपा गया। इस कानून के अन्तर्गत सिर्फ पाकिस्तान सरकार के समय 'शत्रु-सम्पत्ति' के नाम पर जिन सम्पत्तियों की सूची बनायी गयी थी, वही नहीं बल्कि पाकिस्तान सरकार या शत्रु-सम्पत्ति की देखरेख कर्ता जिन सम्पत्तियों को अपने अधीन नहीं लिये थे, उन्हें भी लेने की कोशिश की गयी है, लेकिन कानून के लागू होने से पहले ही सन् 1976 में ऑर्डिनेन्स संख्या XC III जारी किया गया। इस नियम में कहा गया है, वे सम्पत्तियाँ जो इस एक्ट के तहत हैं उनका प्रबन्ध, नियंत्रण और बन्दोबस्त और निपटान, हस्तांतरण या अन्य तरीकों से, सरकार द्वारा निर्देशित अधिकारी द्वारा होगा। इसके बाद साल भर बीतने से पहले सन् 1977 की मई को एक सर्कुलर में कहा गया–10 कट्ठा तक खाली कृषि की अनुपयुक्त भूमि जो व्यापारिक केन्द्र में स्थित है वह सबसे ऊँची बोली वाले व्यक्ति को नीलाम द्वारा दी जायेगी।

यानी बंगलादेश के डेढ़-दो करोड़ नागरिकों का जिस कृषिहीन जमीन पर अधिकार है उसे नीलामी के जरिये लम्बे समय तक के लीज पर देने का पक्का इन्तजाम किया गया है। निर्देश के अनुच्छेद-37 में यह भी कहा गया है कि तहसील दफ्तर के जो तहसीलदार या कर्मचारी अपने-अपने इलाके की गुप्त अर्पित सम्पत्ति का पता लगायेंगे या उससे संबंधित खबरें देंगे, उन्हें पुरस्कृत किया जाएगा। अनुच्छेद-38 में और भी कहा गया है कि इस काम में नियोजित अतिरिक्त जिला प्रशासक (राजस्व) एवं भूमि प्रशासक और भूमि विकास विभाग के कर्मचारियों को पुरस्कार दिया जाएगा। पुरस्कार पाने के लालच में इन लोगों ने न्यास की सम्पत्ति ढूँढ़ निकालने के नाम पर हिन्दुओं को उनके घरों से या उनके हक की जमीन से उन्हें जबरदस्ती बेदखल भी किया।

1966 के बाद पूर्व पाकिस्तान सरकार ने सम्पूर्ण देश की पैमाइश करायी। इससे पता चला कि 1947 के देश त्याग और 1950 और 1954 के दंगों के बाद जो अपनी सम्पत्ति की देखरेख एवं संरक्षण का दायित्व अपने परिवार के सदस्य, साझेदार या दूसरे रिश्तेदारों या किसी अन्य को देकर भारत चले गये सिर्फ उनके मकान, पोखर, बगीचा, पारिवारिक श्मशान, मैदान, मंदिर, खेत तथा अन्य जमीनें शत्रु की सम्पत्ति के रूप में सूचीबद्ध होती हैं। इसके अलावा जो हिन्दू भारत में गये, भारत के अलावा विदेश में अस्थायी रूप में रहते हैं या अस्थायी रूप में भारत में ही रहते हैं, उनकी सम्पत्ति को भी 'शत्रु सम्पत्ति' के अन्तर्गत लाया गया। लेकिन जो मुसलमान भारत या भारत के बाहर चले गये हैं, उनकी सम्पत्ति को 'शत्रु सम्पत्ति' के अधीन नहीं रखा गया। इसके लिए कोई पैमाइश भी नहीं करायी गयी। हिन्दू संयुक्त परिवारों के नियमानुसार, परिवार के अनुपस्थित सदस्यों की सम्पत्ति की मिल्कियत संयुक्त परिवार के सरवाइविंग सदस्य को सौंपी जाएगी तथा वे उसका उपभोग करेंगे। लेकिन ऐसी सम्पत्ति पर भी सरकारी दखल हो गया है।

सुधामय ने सोचा नियाज हुसैन, फजलुल आलम, अनवर अहमद परिवार सहित उनकी आँखों के सामने लंदन-अमेरिका चले गये। देश के उनके मकान पर दूर के रिश्तेदार रह रहे हैं, किसी ने केयर टेकर रखा है तो किसी ने भाड़े पर दे रखा है और किसी के जरिये भाड़ा वसूल कर लेते हैं। उनकी सम्पत्ति को तो शत्रु सम्पत्ति नहीं कहा जाता। सुधामय ने खड़ा होना चाहा, उनको पसीना छूट रहा है। कोई भी घर पर नहीं है, माया, किरणमयी, सब कहाँ चले गये?

सुरंजन पुराने ढाका के रास्ते पर चलता रहा और सोचता रहा, इस शहर में इतना घूम चुका हूँ फिर भी मयमनसिंह को भूल नहीं पाया। क्योंकि उसी शहर में उसका जन्म हुआ। इस छोटे से शहर में उसका बचपन और कैशोर्य बीता है। बूढ़ी गंगा

में पैर डुबोये हुए वह ब्रह्मपुत्र के बारे में ही सोचता रहता है। यदि कोई मनुष्य अपने जन्म को अस्वीकार करता है, तभी शायद वह अपनी जन्मभूमि, जन्मभूमि की नदी को भूल सकता है। गौतम वगैरह देश छोड़कर चले जा रहे हैं, क्योंकि वे लोग सोच रहे हैं कि यह देश अब उनके लिए निरापद नहीं रहा। लेकिन जाने से पहले व्याकुल होकर क्यों रो रहे हैं। पाँच वर्ष पहले सुरंजन के मामा आये थे, ब्राह्मणबाड़िया में जाकर बिल्कुल बच्चों की तरह रोये थे। किरणमयी ने पूछा, सुरंजन अपने मामा के साथ कलकत्ता जाओगे? यह सुनकर सुरंजन ने 'छिः छिः' किया था।

चार-छह वर्ष पहले उसे एक बार पार्टी के काम से मयमनसिंह जाना पड़ा था। खिड़की से बैठकर हरे-हरे धान के खेत, दूर-दूर तक फैली वृक्षों की कतारें, छोटी-छोटी झोंपड़ियाँ, पुआल के ढेर, नाले में दौड़ते हुए नंगे बच्चे, गमछा से मछली पकड़ना, जाती हुई रेलगाड़ी को देखते हुए सरल किसानों के चेहरे देखते-देखते उसे लग रहा था वह बंगलादेश का चेहरा देख रहा है। जीवनानन्द ने इस चेहरे को देखा था, इसलिए पृथ्वी के और किसी रूप को देखना नहीं चाहा। सुरंजन की मुग्धता को अचानक ठोकर लगी, जब उसने देखा कि 'रामलक्ष्मणपुर' नामक स्टेशन के बजाय 'अहमद बाड़ी' होकर जा रहा है, फिर एक के बाद एक देखा—काली बाजार का नाम 'फातिमा नगर', कृष्णनगर का नाम 'औलिया नगर' रखा गया है। सारे देश में इस्लामाइजेशन चल रहा है, मयमनसिंह के छोटे-छोटे स्टेशन भी इसकी लपेट से नहीं बचे। ब्राह्मणबाड़िया को लोग 'बी. बाड़िया' कहते हैं। बटिशाल के ब्रजमोहन कालेज को 'बी. एम. कालेज', मुरारी चाँद कालेज को 'एम. सी. कालेज' कहा जाता है। शायद हिन्दू नाम मुँह से निकल न जाए, इसीलिए यह संक्षेपीकरण है। सुरंजन को आशंका इस बात की है कि शीघ्र ही संक्षेपीकरण भी हटकर 'मुहम्मद अली कालेज', 'सिराजुद्दौला कालेज' बन जाएगा। ढाका विश्वविद्यालय के 'जिन्ना हाल' का नाम बदलकर 'सूर्य सेन हाल' किये जाने पर स्वतंत्रता प्राप्ति के इक्कीस वर्ष बाद स्वतंत्रता विरोधियों ने कहा कि सूर्य सेन तो डकैत थे, डकैत के नाम पर 'हाल' का नाम कैसे हो सकता है? इसका मतलब है कि उस नाम को बदल दिया जाए। सरकार कभी उनकी इस बात को नहीं मानेगी, यह नहीं कहा जा सकता। क्योंकि साम्प्रदायिक शक्ति की सहायता से बी.एन.पी. सत्ता में आयी है और वह भी घुमा-फिराकर सम्प्रदायवादियों की रक्षा कर रही है।

पुराने ढाका के गली-कूचों में घूमते-घूमते सुरंजन ने देखा कि सही-सलामत हिन्दू दुकानें बन्द हैं। वे दुकान खोलेंगे ही किस भरोसे पर। फिर भी नब्बे के बाद, बानवे के बाद खुली थीं। शायद हिन्दुओं के बदन का चमड़ा गैंडे के चमड़े जैसा है। तभी तो लोग जले हुए, टूटे हुए घरों को फिर बनाते हैं। टूटी हुई दुकान फिर

से जुड़ती है। घर-द्वार, दुकान-पाट तो मान लीजिए चूना-सीमेंट से जुड़ जाएगा। लेकिन टूटा हुआ मन क्या फिर से जुड़ेगा?

नब्बे में पटुवाटुली के ब्रह्म समाज, शांखारी बाजार के श्रीधर विग्रह मंदिर, नया बाजार के प्राचीन मठ, कायतेटुली के साँप मंदिर को लूटकर तोड़-फोड़ की गयी और आग लगा दी। पटुवाटोला की प्रसिद्ध दुकान एम. भट्टाचार्य एण्ड कम्पनी, होटल राज, ढाकेश्वरी ज्वैलर्स, एवरग्रीन ज्वैलर्स, न्यू घोष ज्वैलर्स, अल्पना ज्वैलर्स, कश्मीरी बिरियानी हाउस, रूपश्री ज्वैलर्स, मिताली ज्वैलर्स, शांखारी बाजार का सोमा स्टार, अनन्या लाण्ड्री, कृष्ण हेयर ड्रेसर, टायर-ट्यूब, रिपेयरिंग, साहा कैण्टीन, सदरघाट का होटल 'उजाला', पंथ निवास आदि को लूटकर जला दिया। नया बाजार में म्यूनिसिपैलिटी की स्वीपर कालोनी को लूटकर आग लगा दी गयी। ढाका जिला अदालत की स्वीपर बस्ती को पूरा जला दिया गया। केरानीगंज का चुनकुटिया पूर्वपाड़ा हरिसभा मंदिर, काली मंदिर, मीर बाग का दुर्गा मंदिर, चन्द्रानिकार का मंदिर, पश्चिम पाड़ा का काली मंदिर, श्मशान घाट, तेघटिया पूबनदीप रामकनाई मन्दिर, कालिन्दी बाड़ीशुर, बाजार दुर्गा मंदिर, काली मंदिर, मनसा मंदिर आदि पर हमला हुआ, लूट-पाट और मूर्तियों को तोड़ा गया। शुभट्टा खेजुरबाग के पैरीमोहन मिश्र के पुत्र रवि मिश्र के मकान समेत पचास किराये के घरों में आग लगा दी गयी। तेघरिया के भवतोष घोष, परितोष घोष कालिन्दी के मन्दाइल हिन्दूबाड़ा में और बनगाँव ऋषिपाड़ा में तीन सौ घरों को लूटकर तोड़-फोड़ करके आग लगा दी गयी। इनमें से कुछ तो सुरंजन ने देखा है और कुछ सुना है।

सुरंजन किधर जाएगा, ठीक से समझ नहीं पाया। इस ढाका शहर में उसका अपना कौन है? किसके पास जाकर थोड़ी देर के लिए बैठेगा, बातें करेगा? आज माया ने उसे 'नहीं दूँगी' कहकर भी सौ रुपये का नोट दिया है। उसकी शर्ट की पॉकेट में-वह नोट पड़ा हुआ है। खर्च करने का मन हुआ। एक-दो बार सोचा कि एक पैकेट 'बांग्ला फाइव' खरीदे लेकिन खरीदने पर ही रुपया खत्म हो जाएगा। रुपये का मोह उसने कभी नहीं किया। सुधामय उसे शर्ट-पैंट के लिए पैसे देते थे, उस पैसे को वह यार-दोस्तों पर खर्च कर देता था। कोई भागकर शादी करना चाहता है, उसके पास पैसा नहीं है, सुरंजन उसकी शादी का खर्चा दे देता था। एक बार तो अपना परीक्षा-शुल्क तक रहमत नाम के एक लड़के को दे दिया था। उस लड़के की माँ अस्पताल में थी, दवा खरीदने के लिए उसके पास पैसे नहीं थे। बस, क्या था तुरन्त सुरंजन ने अपनी परीक्षा की फीस का पैसा उसे दे दिया। क्या अभी एक बार वह रत्ना के पास जाए? रत्ना मित्र? क्या ऐसा नहीं हो सकता कि शादी के बाद वह रत्ना का टाइटिल न बदले? लड़कियाँ क्यों शादी के बाद अपना टाइटिल बदल देती हैं? शादी से पहले पिता की पूँछ पकड़कर जिन्दा रहती हैं और शादी के बाद पति की, सब बकवास है। सुरंजन की भी इच्छा हुई कि वह अपने

नाम के पीछे लगा 'दत्त' टाइटिल हटा दे। मनुष्य का यह धर्म-जाति का भेद ही मनुष्य का विनाश कर रहा है। बंगाली चाहे वह 'हिन्दू' हो या 'मुसलमान' उसका नाम 'बंगाली' ही रखा जाए। कई बार उसने सोचा है माया का नाम 'नीलांजना माया' होने से अच्छा होता। और उसका नाम हो सकता था... क्या हो सकता था 'निविड़ सुरंजन'? 'सुरंजना सुधा'? 'निखिल सुरंजन', इस तरह का कुछ होने से धर्म की कालिख शरीर पर लगानी नहीं पड़ेगी। बंगाली मुसलमानों में भी अरबी नाम रखने का उत्साह दिखाई देता है। अत्यन्त प्रगतिशील आदमी भी जो 'बंगाली संस्कृति' की बातें करते हुए नहीं थकता, वह भी जब अपने बच्चे का नाम रखता है तो फैसल रहमान, तौहिदूल इस्लाम, फैयाज चौधरी जैसा कुछ रखता है, क्यों जी? बंगाली मनुष्य का अरबी नाम क्यों होगा? सुरंजन अपनी बेटी का नाम रखेगा 'स्रोतस्विनी प्यार' अथवा 'अगाध नीलिमा'। 'अगाध नीलिमा' ही ठीक रहेगा, क्योंकि यह माया के 'नीलांजना' नाम से अच्छा मेल खाता है, अच्छा, यह नाम माया की लड़की का ही रख दूँगा।

सुरंजन चलता रहा। वह इधर-उधर भटकता रहा। जब वह घर से निकला था, तब उसे लग रहा था कि उसे बहुत काम है। लेकिन बाहर निकलने पर उसे कहीं जाने की जगह नहीं मिली। गानो सभी व्यस्त हैं, सभी अपने-अपने काम पर जा रहे हैं। सिर्फ उसे ही कोई काम नहीं, उसे ही कोई जल्दी नहीं। वह इस आतंक के शहर में बैठकर किसी के साथ दो बातें करना चाहता है।

बंगाल में दुलाल के घर जाएगा क्या? या फिर आजिमपुर में महादेव के घर? इस्पाहानी कालोनी में काजल देवनाथ के घर भी जाया जा सकता है। कहीं जाने की बात आते ही उसे सिर्फ हिन्दू नाम क्यों याद आ रहे हैं? कल बेलाल आया था, वह बेलाल के घर भी तो जा सकता है, हैदर उस दिन उसके घर से लौट गया, वह तो हैदर के घर जाकर अड्डेबाजी कर सकता है। इन लोगों के घर जाने से वही एक चिनगारी उठेगी, बाबरी मस्जिद। भारत में क्या हो रहा है, कितने लोगों की मौत हुई है, बी. जे. पी. नेताओं ने क्या कहा, किस-किस शहर में सेना तैनात की गयी, कौन-कौन लोग गिरफ्तार हुए, किन लोगों पर रोक लगायी गयी, भविष्य में क्या होगा आदि आदि। उन बातों की चर्चा अब और अच्छी नहीं लगती। उस देश के बी.जे.पी. जैसी है इस देश में जमाती साम्प्रदायिकता की प्रतिष्ठा। वरना दोनों देशों में यदि धर्म की राजनीति पर रोक लगा दी जाती। यहाँ धर्म इस तरह पत्थर की तरह जमा हुआ है कि इससे तृतीय विश्व के क्षुधातुर, निरीह, उत्पीड़ित-शोषित मनुष्यों को शायद मुक्ति नहीं मिल सकती। कार्ल मार्क्स की यह बात उसे बहुत प्रिय है, भीड़ के बीच फुसफुसाकर कहता है, 'धार्मिक क्लेश ही वास्तविक क्लेश की अभिव्यक्ति है और वास्तविक क्लेश के विरुद्ध प्रतिवाद भी। धर्म है उत्पीड़ित प्राणी की दीर्घ श्वास, हृदयहीन जगत का हृदय। ठीक उसी प्रकार जैसे वह है

आत्माहीन परिवेश की आत्मा। धर्म है जनता के लिए अफीम।'

चलते-चलते वारी, नवाबपुर नया बाजार, ताँती बाजार, कोर्ट एरिया, रजनी बसाक लेन, गेंडरिया बेगम बाजार घूम-घूमकर दोपहर बिताकर अन्त में सुरंजन काजल के घर गया। वे घर पर ही थे। आजकल सारे हिन्दू घर पर ही मिल जाते हैं। घर के बाहर कहीं छिपे रहते हैं या फिर घर में ही दुबककर बैठे रहते हैं। काजल के घर जाकर वह मन ही मन कहता है, अड्डा मारने वाले सुरंजन के लिए अच्छा ही हुआ। काजल के घर और भी कई लड़के मिल गये। सुभाष सिंह, तापस पाल, दिलीप दे, निर्मल चटर्जी, अंजन मजूमदार, जतीन चक्रवर्ती, साईदुर रहमान, कबीर चौधरी।

'क्या बात है? काफी हिन्दुओं का जमघट है।'

सुरंजन की बातों पर कोई नहीं हँसा, बल्कि वह खुद ही हँस पड़ा।

'क्या बात है, तुम सब इतने उदास क्यों हो? हिन्दुओं को मारा जा रहा है इसलिए?' सुरंजन ने पूछा।

सुभाष ने कहा, 'उदास न होने का भी कोई कारण है?'

काजल देवनाथ 'हिन्दू बौद्ध, क्रिश्चियन ऐक्य परिषद' में है। सुरंजन ने कभी इस परिषद का समर्थन नहीं किया। उसे लगा था कि यह भी एक साम्प्रदायिक दल है। इस दल का समर्थन करने पर धर्म के आधार पर राजनीति पर रोक लगाने का दावा उतना नहीं रह जाता। इस बात पर काजल ने कहा, 'चालीस वर्षों तक प्रत्याशा प्रतीक्षा में रहने के बाद निराश होकर अन्त में आत्मरक्षा स्वनिर्भरता के कारण इस परिषद का गठन किया है।

'खालिदा ने क्या एक बार भी स्वीकारा है कि देश में साम्प्रदायिक हमला हुआ है? वे तो एक बार भी इलाकों को देखने नहीं गयीं।' महफिल के एक व्यक्ति द्वारा यह बात कहे जाने पर काजल ने कहा अवामी लीग ने ही क्या किया? विवरण दिया है। ऐसा विवरण 'जमाते-इस्लामी' ने भी पहले दिया है। पिछले चुनाव में अवामी लीग जब सत्ता में आयी तो संविधान में 'बिस्मिल्लाह नहीं रहेगा' कहकर एक तरह की अफवाह उड़ी थी। अब जब उन्हें सत्ता नहीं मिली, तब सोचा, आठवें एमेंडमेंट के विरुद्ध बातें करने पर लोकप्रियता घट जाएगी। अवामी लीग क्या चुनाव में जीतना चाहती है? या फिर नीतियों पर अटल रहना चाहती है? यदि अटल है तो फिर इस बिल के विरुद्ध कुछ क्यों नहीं कहा, किया?'

'सोचा होगा, पहले सत्ता में तो चली आऊँ, फिर जो परिवर्तन करने की जरूरत होगी, किया जाएगा।' साईदुर रहमान ने अवामी लीग के पक्ष में तर्क खड़ा किया।

'किसी का भरोसा नहीं। सभी सत्ता में जाकर इस्लाम का गुण गायेंगे और भारत का विरोध करेंगे। इस देश में भारत का विरोध और इस्लाम, लोगों को जल्दी

आकर्षित करता है।' काजल फिर सिर हिलाकर कहता है।

अचानक सुरंजन उनकी चर्चा में न जाकर अपना पुराना सवाल दोहराता है, 'काजल दा, इस साम्प्रदायिक परिषद का गठन न करके असाम्प्रदायिक लोगों का एक दल बनाने से अच्छा नहीं होता? क्या मैं जान सकता हूँ कि इस परिषद में साईदुर रहमान क्यों नहीं है?'

जतीन चक्रवर्ती अपनी भारी-भरकम आवाज में बोले, 'साईदुर रहमान को शामिल न कर पाना हमारी असफलता नहीं है। असमर्थता उन लोगों की है, जिन्होंने राष्ट्रधर्म का निर्माण किया है। इतने दिनों तक तो हमें इस तरह की परिषद बनाने की जरूरत नहीं पड़ी, अब क्यों पड़ रही है? बंगलादेश का निर्माण ऐसे ही नहीं हो गया। हिन्दू, बौद्ध, क्रिश्चियन, मुसलमान सभी का इसमें समान त्याग है। लेकिन किसी एक धर्म को राष्ट्रधर्म घोषित करने का अर्थ होता है, दूसरे धर्म के व्यक्तियों के मन में अलगाववाद को जन्म देना। स्वदेश के प्रति प्यार किसी से किसी का कम नहीं है, लेकिन जो लोग देखते हैं कि इस्लाम उनका धर्म न होने के कारण राष्ट्र की नजरों में उनका पैतृक धर्म द्वितीय या तृतीय श्रेणी के नागरिक में परिणत हो गया है, तब उनको जबर्दस्त ठेस लगती है। इस कारण यदि उनके अन्दर राष्ट्रीयतावाद के बदले साम्प्रदायिकता की चेतना प्रबल होती है, तो उन्हें दोष कैसे दिया जा सकता है?'

चूँकि सवाल सुरंजन से किया गया था, इसलिए सुरंजन धीमी आवाज में बोले, 'लेकिन आधुनिक राष्ट्र में इस तरह के साम्प्रदायिक आधार पर गठित एक संगठन के रहने का कोई औचित्य नहीं है।'

जतीन चक्रवर्ती तुरन्त ही देर न करते हुए बोले, 'लेकिन धार्मिक अल्पसंख्यकों को इस तरह का संगठन बनाने के लिए कौन बाध्य कर रहा है? जो राष्ट्रीय धर्म के प्रवक्ता हैं, क्या वे नहीं? एक विशेष सम्प्रदाय के 'रिलीजन' को राष्ट्रधर्म बनाने से वह राष्ट्र तो सांस्कृतिक राष्ट्र नहीं रह जाता। जिस राष्ट्र का कोई राष्ट्र धर्म हो, वह राष्ट्र किसी भी समय धार्मिक राष्ट्र घोषित हो सकता है। यह राष्ट्र तीव्र गति से साम्प्रदायिक राष्ट्र हो रहा है, यह राष्ट्रीय एकता की बातें करना हास्यास्पद है। 'आठवाँ एमेंडमेंट' दरअसल बंगालियों को ठेंगा दिखाना है—अल्पसंख्यक लोग इस बात को अच्छी तरह समझते हैं, क्योंकि वे भुक्तभोगी हैं।'

'क्या आपको लगता है कि राष्ट्र धर्म इस्लाम होना, या धार्मिक राष्ट्र घोषित होना मुसलमानों के लिए हितकर होगा? मुझे ऐसा नहीं लगता।'

'अवश्य ही नहीं होगा। इस बात को वे लोग आज भले ही नहीं समझ पाये, एक दिन समझेंगे।'

अंजन ने कहा, 'अवामी लीग इस वक्त अच्छी भूमिका निभा सकती थी।' सुरंजन ने कहा, 'हाँ, अवामी लीग के बिल में भी आठवें संशोधन के बहिष्कार का

प्रस्ताव नहीं है। कोई भी आधुनिक प्रजातांत्रिक व्यक्ति अच्छी तरह जानता है कि गणतंत्र की अपरिहार्य शर्त है धर्म-निरपेक्षता। मेरी तो समझ में नहीं आता कि जिस देश की जनसंख्या का 86 प्रतिशत मुसलमान है, उस देश में इस्लाम को राष्ट्र धर्म बनाने की क्या जरूरत है। बंगलादेश के मुसलमान तो यूँ ही धर्म का पालन करते हैं, उनके लिए राष्ट्र धर्म की घोषणा करने की क्या जरूरत।' जतीन बाबू हिल-डुलकर बैठते हुए बोले, 'सिद्धान्त के मामले में कोई समझौता नहीं होता। इसके विरुद्ध कुप्रचार हो रहा है, ऐसा कहकर अवामी लीग एक तरह का समझौता कर रही है।'

काफी देर तक सुभाष चुपचाप सब कुछ सुनता रहा। इस बार उसने कहा, 'हम लोग जमाती और बी. एन. पी. की आलोचना न करके व्यर्थ ही अवामी लीग के पीछे पड़े हैं। क्या वे लोग अवामी लीग से अच्छा काम कर रहे हैं।' काजल ने उसे रोककर कहा, 'दरअसल जो लोग पहचाने हुए शत्रु होते हैं, उनके विषय में कहने का कुछ नहीं रहता। लेकिन जिस पर भरोसा करते हैं, उसको पतित होते देख मन को ज्यादा चोट पहुँचती है।'

कबीर चौधरी अचानक बीच में बोले, 'धर्म निरपेक्षता के बारे में लोगों ने जो इतना कुछ कहा, धर्म का मतलब सभी धर्मों के प्रति एक ही तरह का विचार रखना। यहाँ पक्षपात नाम की कोई चीज नहीं। 'सेकुलरिज्म' शब्द का मतलब है इस जगत से सम्बन्धित सीधे लफ्जों में राष्ट्र के साथ धर्म का कोई सम्बन्ध न होगा।'

काजल देवनाथ उत्तेजित होकर बोले, 'देश-विभाजन के समय मुस्लिम सम्प्रदायवादियों ने जीतकर पाकिस्तान बनवा लिया। लेकिन भारत में हिन्दू सम्प्रदायवादी हार गये। और हार गये इसीलिए भारत एक आधुनिक, गणतान्त्रिक, धर्मनिरपेक्ष राष्ट्र हो पाया। भारतीय मुसलमानों के लिए इस देश के हिन्दुओं को 'जिम्मी' घोषित किया गया था, सिर्फ हिन्दूओं को भगाने के लिए। इसका मुख्य उद्देश्य था हिन्दुओं की सम्पत्ति पर कब्जा करना। पाकिस्तान के समय की तरह फिर जब इस्लामी व्यवस्था की बात सुनाई पड़ती है तो हिन्दू डरेंगे नहीं तो और क्या करेंगे? इस देश को धर्मनिरपेक्ष राष्ट्र न करने पर हिन्दुओं को बचाना असम्भव है। हमारी और भी माँग है, और वह है 'शत्रु सम्पत्ति कानून को बहिष्कृत करना होगा। प्रशासन में कोई हिन्दू नहीं है। पाकिस्तान के जमाने से सचिव पद पर किसी हिन्दू की नियुक्ति नहीं हो रही है। सेना में हिन्दुओं की सख्या बहुत कम है। जो हैं भी उनकी पदोन्नति नहीं होती। जल सेना या वायु सेना में भी कोई हिन्दू है यह मुझे नहीं लगता।'

निर्मल ने कहा, 'काजल दा, हिन्दुओं में कोई बिग्रेडियर या मेजर जनरल नहीं है। 70 कर्नलों में 1; 450 लेफ्टिनेंट कर्नल में 8; 1000 मेजर में 40; तेरह

कैप्टनों में 8; 900 सैकिण्ड लेफ्टिनेंट में 3; 80,000 सिपाहियों में 500 हिन्दू हैं। 40,000 बी. डी. आर. में हिन्दू मात्र 300 हैं। सचिव पद पर कोई हिन्दू नहीं है।'

'क्यों कह रहे हो, बौद्ध क्रिश्चियन भी तो नहीं हैं। अतिरिक्त सचिव पद भी तो नहीं है। संयुक्त सचिव है 134 में सिर्फ एक।'

काजल ने फिर शुरू किया, 'क्या फारेन सर्विस में एक भी अल्पसंख्यक है। मुझे तो लगता है, नहीं है।'

सुभाष मोढ़े पर बैठ गया था। अचानक खड़ा हो गया। बोला, 'नहीं काजल दा, नहीं है।'

कमरे में कारपेट बिछा हुआ था, सुरंजन कारपेट पर एक कुशन पर पीठ टिकाये बैठ गया। उसे उनकी बातचीत अच्छी लग रही थी।

कबीर चौधरी ने कहा, 'पाकिस्तान के समय से अब तक बंगलादेश में, अवामी लीग के शासन काल में, एक मात्र हिन्दू मनोरंजन धर को कुछ दिनों के लिए जापान में बंगलादेश का राजदूत बनाकर भेजा गया था।'

'उच्च शिक्षा के लिए, विदेशों में प्रशिक्षण दिये जाने के मामले में भी हिन्दुओं से परहेज किया जाता है। कोई लाभदायक व्यवसाय अब हिन्दुओं के हाथ में नहीं है। बिजनेस करने के लिए मुसलमान साझेदार के न रहने पर हमेशा लाइसेंस भी नहीं मिल पाता। इसके अलावा शिल्प ऋण संस्थाओं से इंडस्ट्री के लिए ऋण भी नहीं मिल पाता।' अंजन ने कहा, 'हाँ, मैंने खुद गारमेंट तैयार करने के लिए लाइसेंस निकालने में कितना जूता घिसवाया है।'

सुभाष बोला, 'एक बात पर ध्यान दिया है, रेडियो, टेलीविजन में कुरान की वाणी सुनाकर कार्यक्रम शुरू करते हैं। कुरान को 'पवित्र ग्रन्थ' कहा जाता है। लेकिन गीता या त्रिपिटक से पाठ करते समय 'पवित्र' नहीं कहा जाता।'

सुरंजन ने कहा, 'दरअसल कोई धर्म ग्रन्थ पवित्र नहीं है। सब बदमाशी ही है। सबको फेंक देना चाहिए। माँग कर सकते हैं कि रेडियो टी. वी. पर धर्म का प्रचार बन्द करना होगा।'

महफिल थोड़ी-सी ठंडी पड़ गयी। सुरंजन को चाय पीने की तलब होती है। सम्भवतः इस घर में चाय का कोई इन्तजाम नहीं है। उसे मन हुआ कि कालीन पर लेट जाए। लेटे-लेटे सबके अन्दर जो कष्ट की अनुभूति हो रही है, उसको महसूस करे।

काजल देवनाथ अपनी कमी न खत्म होने वाली बात कहते रहे। किसी भी सरकारी कार्यक्रम में, हर सभा-समिति में कुरान का पाठ किया जा रहा है। गीता से तो कभी नहीं किया जाता? पूरे वर्ष सरकारी हिन्दू कर्मचारियों के लिए मात्र कुछ दिनों की छुट्टी की व्यवस्था है। उनको ऐच्छिक छुट्टी लेने का अधिकार नहीं है। प्रत्येक प्रतिष्ठान में मस्जिद निर्माण करने की घोषणा की गयी है लेकिन

मन्दिर निर्माण करने की बात तो कभी नहीं कहते। प्रत्येक वर्ष करोड़ों रुपये खर्च करके मस्जिद का निर्माण किया जा रहा है, पुरानी मस्जिदों का जीर्णोद्धार हो रहा है, लेकिन क्या मंदिर, गिरजा, पैगोडा के लिए भी क्या कुछ खर्च किया जाता है?'

सुरंजन लेटे-लेटे सिर उठाकर कहता है, 'रेडियो, टी. वी. पर गीता से पाठ किये जाने पर आप खुश होंगे? मंदिरों का निर्माण होने पर क्या बहुत कल्याण होगा? 21वीं शताब्दी आने को है, हम आज भी समाज और राष्ट्र में धर्म का प्रवेश चाहते हैं। इससे अच्छा होगा यदि आप लोग कहें कि राष्ट्रनीति, समाजनीति, शिक्षा नीति आदि धार्मिक घुसपैठ से मुक्त रहें। संविधान में धर्मनिरपेक्षता चाहते हैं, इसका मतलब तो यह नहीं कि कुरान पढ़ने पर गीता भी पढ़ना होगा। हमें चाहना यह होगा कि समस्त राष्ट्रीय कार्य-कलापों में धार्मिक प्रवेश रुके। स्कूल, कालेज, यूनिवर्सिटी में कोई धार्मिक अनुष्ठान, धार्मिक प्रार्थना और पाठ्य-पुस्तकों में राजनैतिक नेताओं की जीवनी को भी प्रतिबंधित करना होगा। यदि कोई नेता धार्मिक कार्यक्रम में भाग लेता है या आयोजन में सहायता करता है तो उसे दल से बहिष्कृत करना पड़ेगा। सरकारी प्रचार माध्यमों से धार्मिक प्रचार को निषिद्ध करना होगा। किसी भी आवेदन पत्र में प्रार्थी का धर्म क्या है, नहीं पूछा जाएगा।'

सुरंजन की बातें सुनकर काजल देवनाथ हँसने लगे। बोले, 'तुम भावना में कुछ ज्यादा बहे जा रहे हो। एक सेकुलर देश में तुम्हारी भावनाएँ चल सकती हैं, इस देश में नहीं चलेंगी।''

सुभाष कुछ बोलने के लिए छटपटा रहा था, मौका पाते ही बोला, 'आज बंगलादेश छात्र-युवा एकता परिषद की ओर से प्रेस क्लब के सामने मीटिंग हमने की थी, गृह मंत्री को ज्ञापन दिया। जिसमें क्षतिग्रस्त मंदिरों का पुनर्निर्माण, क्षतिग्रस्त घर की क्षतिपूर्ति राशि, असहायों को मदद व पुनर्वास और दोषी व्यक्तियों को सजा देने व साम्प्रदायिक राजनीति पर रोक लगाने की माँग है।'

सुरंजन कुशन पर सिर रखकर लेटा हुआ था। उठकर बोला, 'तुम्हारी एक भी माँग सरकार नहीं मानेगी।'

कबीर चौधरी ने कहा, 'हाँ क्यों मानेंगे? होम मिनिस्टर तो पूरा एक रज़ोकार है। सुना है, यह आदमी इकहत्तर में काचपुर ब्रिज पर खड़े होकर पाकिस्तानी कैम्प का पहरा देता था।'

सईदपुर रहमान ने कहा, 'उस जैसे रज़ाकार ही तो अब सत्ता में हैं। शेख मुजीब ने इन लोगों को क्षमा किया, जियाउर रहमान ने सत्ता में बैठाया। इरशाद ने इन्हें और भी शक्तिशाली बनाया। और खालिद ज़िया सीधे इन रज़ाकारों की सहयोगिता से गद्दी पर बैठी है।'

'काक्स बाजार की खबरें मिलीं, सेवा खोला का मंदिर तोड़ दिया गया है। एक चितामंदिर था, उसे भी तोड़ दिया। जलालाबाद के ईदगाँव बाजार का केन्द्रीय

काली मंदिर, हिन्दूपाड़ा का सार्वजनिक दुर्गा मंदिर, मछुआपाड़ा का मनसा मंदिर, हरि मंदिर और मछुआपाड़ा के क्लबघर को जमातियों ने आग लगाकर राख कर दिया। इस्लामाबाद के हिन्दूपाड़ा का सार्वजनिक दुर्गा मंदिर, बोयाखाली का दुर्गा मंदिर, अद्वैत चिन्ताहरि मठ, मठाध्यक्ष का घर, साथ में और पाँच पारिवारिक मंदिरों को पूरा जला दिया। बोयाखाली का हरि मंदिर लूट लिया। चौफलदंडी में आठ मंदिर, छह घर, और दो दुकानें जलाकर राख कर दिया। हिन्दू मुहल्ले के 165 परिवारों का सब कुछ लूट लिया। बाजार की पाँच हिन्दू दुकानों को लूट लिया। वे जहाँ भी हिन्दूओं को देख रहे हैं, मार रहे हैं। हिन्दुओं के धान के भण्डार में किरासन डालकर आग लगा रहे हैं। उखिया की भैरववाड़ी पूरी-की-पूरी खत्म कर दी। टेकनाफेर की कालीबाड़ी, पुरोहित का घर-द्वार जलाकर राख कर दिया। सारंग के मंदिर को भी तोड़कर आग लगा दी। महेशखाली में तीन मंदिर और ग्यारह घरों को जला दिया। चार गीता स्कूलों को भी जला दिया। कालर माँ बाजार के काली मंदिर और हरि मंदिर को भी तोड़-फोड़कर जला दिया। कुतुब दिया में बड़ाघोप बाजार के काली मंदिर नटमंदिर समेत कुल छह मंदिरों में आग लगा दी गयी। बाजार के चार कर्मकारों की दुकानों को लूटा है। 'अली अकर डेइल' में 51 मछुआरों के परिवारों का सारा सामान जला डाला है। कुतब दिया की इस आग में तीन बच्चों की मौत हो गयी। रामुर ईदगढ़ में सार्वजनिक काली मंदिर और मछुआ पाड़ा का हरि मंदिर तोड़कर जला दिया गया। 'फतेखांकुल' में काफी घरों को जलाकर भस्म कर दिया...'

तापस पाल को रोकते हुए सुरंजन ने कहा, 'धत् तेरे की! रखो तो अपनी जलाने-वलाने की खबर। उससे अच्छा है एक गाना गाओ।'

'गाना?' महफिल के सभी लोग हैरान हुए। ऐसे वक्त में भी गाना गाया जाता है क्या? क्या यह दिन दूसरे दिनों की तरह है? सारे देश में हिन्दुओं के घर-द्वार, मंदिर दुकान लूटे जा रहे हैं, तोड़े जा रहे हैं, जलाया जा रहा है। और सुरंजन को गाना सुनने की इच्छा हो रही है।'

अचानक गाने का प्रसंग छोड़ते हुए सुरंजन कहता है, 'बहुत भूख लगी है काजल दा। भात खिलाएँगे?'

'इस वक्त भात!' सुनकर दो एक लोग चकित हुए।

सुरंजन को भर पेट भात खाने की इच्छा हो रही है, एक थाली भात, मछली के साथ। भिनभिनाती हुई मक्खियाँ घूम रही हैं। वह बायें हाथ से मक्खियों को भगाएगा, और दाहिने हाथ से खाएगा। उसने अपने ब्राह्मणपल्ली के मकान में बैठकर रमरतिया को इस तरह खाते हुए देखा था। रमरतिया राजबाड़ी स्कूल का झाड़ूदार था। एक दिन स्कूल में माया का पेट गड़बड़ा गया था, वह छोटी-सी बच्ची यह नहीं समझती थी कि उसे दौड़कर बाथरूम जाना चाहिए। वह अपने सफेद

पाजामे को गंदा करके मैदान में खड़ी रो रही थी। हेडमिस्ट्रेस ने तब रमरतियों को बुलाकर माया को उसके साथ भेज दिया था। किरणमयी ने उस दिन रमरतिया को भात खाने को दिया था। इतनी तृप्ति से भात जैसी चीज को खाया जा सकता है, रमरतिया को खाते हुए न देखने पर सुरंजन जान ही नहीं सकता था। और आज वह कमरे भर लोगों के सामने भात खाना चाह रहा है, क्या वह पागल हो गया है। शायद पागल नहीं हुआ है, अगर पागल हो जाता तो क्या छाती फाड़कर ऐसी रुलाई आती। कमरे में लोग गम्भीर चर्चा कर रहे हैं और ऐसे समय यदि वह जोर से रो पड़े तो? कितना बुरा होगा न! दिन भर वह धूप में घूमता रहा है। पुलक के घर जाने की बात थी। रुपये लौटाना होगा। माया का दिया हुआ नोट अब तक खर्च नहीं हुआ। रात में एक बार पुलक के घर जाना होगा। उसे भूख भी लगी है और नींद भी आ रही है।

सुरंजन तन्द्रा की स्थिति में सुनता है, कोई कह रहा है कि नरसिंदी के लोहरकाँदा गाँव की वासना रानी चौधरी को गाँव के लोगों ने उसके घर से निकाल दिया है। वासना के बेटे को छुरा दिखाकर स्टैम्प लगे सादे कागज पर दस्तखत करवा लिया है। जाने से पहले वे लोग यह धमकी दे गये कि इस बात का किसी से जिक्र करने पर वे वासना देवी और उसके दोनों बेटों को मार डालेंगे। क्या वासना का चेहरा किरणमयी की तरह है? किरणमयी की तरह कोमल, निरीह, शान्त, मानवीय? मदारीपुर के रमजानपुर गाँव में सविता रानी और पुष्पारानी का यूनुस सरदार के आदमियों ने बलात्कार किया। खुलना जिसे के डुमुरिया की अर्चना रानी विश्वास और भगवती विश्वास नामक दो बहनों को बाजार से लौटते वक्त वैन से जबरदस्ती खींचकर वालिद अली के घर ले जाकर बलात्कार किया गया। कौन लोग करते हैं यह सब? कौन लोग? क्या तो नाम है उनका; मधु, शौकत, अमीनुर। चट्टग्राम में पाटिया के परिमलदास के लड़के उत्तम दास की बादशाह मियाँ, नूर इस्लाम, नूर हुसैन ने रात के तीन बजे घर में घुसकर हत्या कर दी। उत्तम के घरवालों ने मुकदमा किया था, फलस्वरूप उनको जमीन-जायदाद से बेदखल करने का षड्यंत्र चल रहा है। सिलहट के बड़लेखा विद्यालय की छात्रा सविता रानी दे रात में पढ़ रही थी, ऐसे वक्त निजामुद्दीन ने गुंडे साथ लेकर उसका अपहरण किया। आज तक सविता की कोई खबर नहीं मिली। बुगुड़ा के मृगेन्द्र चन्द्र दत्त की लड़की शेफालीरानी दत्त का अपहरण करके जबरदस्ती उसका धर्म बदल दिया गया। इस मामले में प्रशासन ने कोई मदद नहीं की। जैसोर जिले के शुड़ो और बागडांगा गाँव में हथियार लेकर चारों तरफ से घेर कर हिन्दुओं के घरों को लूटा गया। हिन्दूओं की मनचाही पिटाई की गयी। ग्यारह लड़कियों को रात भर 'रेप' किया गया। फिर? फिर, शायद किसी ने जानना चाहा। जो जानना चाह रहा है क्या उसकी आँखें डर के मारे विस्फारित हो रही हैं, घृणा से या एक पुलक

भाव से? सुरंजन की आँखें बन्द हैं, उसे नींद आ रही है। उसमें यह देखने का धैर्य नहीं है कि उसे सुनने के लिए कौन कितना जिज्ञासु है कि नोवाखाली के घोषबाग इलाके की सावित्री बाला राय, पति मोहनबासी राय और जवान लड़की के साथ सड़क पर भटक रही है। अलीपुर के अब्दुल हालिम ननु, अब्दुर रब, बच्चू मियाँ आदि ने एक दिन सावित्री देवी के घर जाकर, सावित्री देवी ने लड़की की शादी के लिए अपनी जमीन बेचकर जो अट्ठारह हजार रुपये रखे थे उन्हें, चाकू दिखाकर छीन लिया। उन लोगों ने उनकी बाकी जमीन अपने नाम लिखाकर उन्हें भारत चले जाने और या फिर जान से मार डालने की धमकी दी। जाते-जाते वे गोशाला से गायों को भी खोल ले गये। यदि सावित्री भारत नहीं गयी तो क्या होगा? होगा क्या, मार डाला जाएगा। शेरपुर में साँपमारी गाँव के 360 ग्वाला परिवार कट्टरपंथियों के अत्याचार से देश छोड़कर चले गये। किशोरगंज में कटियादी के चारुचन्द्र दे सरकार, सुमंत मोहन दे सरकार, यतीन्द्र मोहन दे सरकार, दिनेशचन्द्र दे सरकार की काफी जमीन जाली दस्तावेज के जरिये उस इलाके के मुसलमानों ने हथिया ली। मयमनसिंह दपुनिया के रंजन राज भर के परिवार को जाली दस्तावेज बनाकर घर से निकालने की कोशिश की जा रही है। रंजन की दो बहनें मालती और रमरती को जबरदस्ती मुसलमान बनाकर उनसे निकाह कर लिया। लेकिन शादी के कुछ दिनों के बाद ही दोनों बहनों को भगा भी दिया। जयपुरहाट के बालीघाटा गाँव में नारायण चन्द्र कुण्डू की बीस बीघा जमीन पर साझेदार मुसलमानों ने कब्जा कर लिया। उन लोगों ने वहाँ अपने घर भी बसा लिये हैं। सुरंजन को नींद आ भी रही है और नहीं भी। वह सुनना नहीं चाहता। फिर भी उसके कानों में किसी की आवाज आ रही है। अली मास्टर, अबुल बशर, और शहीद सरदार ने बंदूक और स्टेनगन लेकर कमांडो स्टाइल में नारायण गंज के चरगोरकुल के छह हिन्दू परिवारों का घर-द्वार लूटा और तोड़-फोड़ की। उन लोगों ने सुभाष मंडल, संतोष निताई, क्षेत्रमोहन का सब कुछ छीनकर उनको घर से बेघर कर दिया।

किसी एक ने सुरंजन को पुकारा, 'उठो-उठो सुरंजन, खा लो, भात लगा दिया है।'

शायद काजल दा ही बुला रहे हैं। माया इसी तरह पुकारती है, 'दादा आओ, खाना लगा दिया है, खा लो।' रात को वह माया के दिये नोट को तुड़वायेगा। कुछ नींद की गोली लेगा। उसे लगा, वह कितने दिनों से नहीं सोया। रात होते ही खटमल काटते हैं, सारे बिस्तर में खटमल भरे हैं। बचपन में सुरंजन देखता था, किरणमयी हाथ-पंखे से ठोंक-ठोंककर खटमल मारती थीं। माया से कहकर आज रात में ही कमरे के सारे खटमलों को मार डालना होगा। वे सारी रात उसे काटते रहते हैं। सुरंजन का माथा फिर सुन्न होने लगता है। उल्टी आती है। उनमें से किसी ने कहा, 'उसका घर राज बड़ी है।' सम्भवतः यह तापस की आवाज है, 'हमारे यहाँ तीस मंदिरों और उनके आसपास के मकानों में आग लगा दी गयी।'

साथ ही एक आवाज़ शाम की झोंक में बड़बड़ायी, 'नोवाखाली की खबरें बताता हूँ, सुनो, सुंदलपुर गाँव में सात मरों और अधरचाँद आश्रम को लूटकर आग लगा दी। भगनान्द गाँव में तीन घरों में लूटपाट करके आग लगा दी। गंगापुर गाँव के तीन घरों को जलाकर राख कर दिया। रागरगाँव, दौलतपुर गाँव, घोषबाग, माइजदी, सोनारपुर काली मंदिर, विनोदपुर, अखाड़ा, चौमुहानी काली मंदिर, दुर्गापुर गाँव, कुतुबपुर, गोपालपुर, सुलतानपुर का अखण्ड आश्रम, छयानी बाजार के कई मंदिरों को तोड़ डाला। बाबूपुर तेतइया, मेहंदीपुर, राजगंज बाजार, टेंगिरपाड़ा, काजिर हाट, रसूलपुर, जमींदार हाट, पोड़ाबाड़ी, भवभद्री गाँव के दस मंदिरों व अठारह घरों को जला दिया। कम्पनी गंज के बड़राजपुर गाँव में उन्नीस घरों को लूटा गया और लड़कियों को लेकर अनकही घटनाएँ घटीं। रामदी गाँव में आज विप्लव भौमिक को कटार से काट दिया गया।

काश! सुरंजन रुई से अपने दोनों कान बन्द कर सकता। चारों तरफ बाबरी मस्जिद का प्रसंग, चारों तरफ तोड़-फोड़ और आग की बातें। काश! सुरंजन को कोई एकान्त जगह मिल पाती। इस वक्त मयमनसिंह चले जाना अच्छा होता। इस तरह की तोड़-फोड़ वहाँ कम होती है। सारा दिन वह अगर ब्रह्मपुत्र में नहा सकता तो शायद उसके शरीर की जलन थोड़ी कम होती। वह झटके से उठकर खड़ा हो जाता है। कमरे के काफी लोग इतनी देर में चले गये हैं। सुरंजन भी जाने के लिए पैर बढ़ाता है। काजल दा ने कहा, 'टेबल पर खाना रखा है, खा लो। असमय में सो गये। तबीयत खराब है?'

सुरंजन ने अँगड़ाई लेकर कहा, 'नहीं, काजल दा, नहीं खाऊँगा। मन नहीं हो रहा। तबीयत भी कुछ ठीक नहीं लग रही है।'

'इसका कोई मतलब है?'

'मतलब शायद नहीं है, लेकिन क्या करूँ, बताइए न। कभी भूख लगती है तो कभी चली जाती है। खट्टी डकार आती है, छाती में जलन होती है। नींद आती है लेकिन जब सोने जाता हूँ तो नींद नहीं आती।'

जतीन चक्रवर्ती सुरंजन के कन्धे पर हाथ रखकर बोले, 'तुम टूट गये हो, सुरंजन! हमारे इस तरह से हताश होने से चलेगा? धीरज रखो। जिन्दा तो रहना ही होगा।'

सुरंजन सिर झुकाये खड़ा था। जतीन दा की बातें सुधामय की तरह लग रही थीं। अस्वस्थ पिता के सिर के पास वह कितने दिनों से नहीं बैठा था। आज और ज्यादा देर तक वह बाहर नहीं रहेगा। काजल दा के घर आने पर ऐसा ही होता है। कई तरह के लोग आते हैं। जमकर अड्डेबाजी चलती है, राजनीति, समाज नीति के विषय में गम्भीर बातें आधी रात तक चलती रहती हैं। उसमें से सुरंजन कुछ सुनता है, कुछ नहीं सुनता।

टेबल पर रखा खाना छोड़कर वह चला जाता है। बहुत दिनों से उसने घर पर खाना नहीं खाया, आज खाएगा। आज माया, किरणमयी, सुधामय के साथ वह खाना खाने बैठेगा। उसके और उसके परिवार वालों के बीच काफी दूरी आ गयी है। दूरी पैदा करने का कारण भी वह खुद ही है, अब और वह अपने सामने कोई दीवार नहीं रखेगा। जिस तरह आज सुबह उसका मन बहुत प्रसन्न था, वह हमेशा इसी तरह मन प्रसन्न रखेगा, सबके साथ हँसेगा, बातें करेगा, बचपन के उन दिनों की तरह, जब वे सब धूप में बैठकर पीठा खाया करते थे। तब लगता ही नहीं था कि कौन किसका पिता है, कौन किसका पुत्र, कौन किसी का भाई या बहन, मानो सभी दोस्त हैं, बहुत नजदीकी दोस्त! वह आज और किसी के घर नहीं जाएगा, न पुलक के घर, न रत्ना के घर। सीधे टिकाटुली जाकर दाल-भात जो भी होगा, खाकर सबके साथ काफी रात तक बातें करता रहेगा। उसके बाद सोएगा।

काजल उसे नीचे के गेट तक छोड़ने आये। बहुत आत्मीयता से बोले, 'तुम्हारा इस तरह बाहर निकलना ठीक नहीं। हम लोग इस चहारदीवारी के अन्दर जितना भी घूम फिर रहे हैं, इसके बाहर नहीं। यहाँ पर जो भी आये हैं उनमें कोई दूर से नहीं आया। और तुम हो कि अकेले शहर में घूम रहे हो। कब क्या घटना घट जाए, कहा नहीं जा सकता।'

सुरंजन कुछ न कहकर सीधे आगे की तरफ चलने लगा। जेब में पैसे हैं, आराम से रिक्शे में जाया जा सकता है। लेकिन माया के रुपये से सुरंजन को मोह हो गया है, उसे खर्च करने का मन नहीं हो रहा। उसने सारा दिन सिगरेट नहीं पी। रुपये का मोह दिन बीतने पर गहरी रात तक आ पहुँचा है। अब उसे सिगरेट की तलब होती है। एक दुकान पर रुककर वह एक पैकेट 'बांग्ला फाइव' खरीदता है। वह अपने आपको शहजादा समझता है। चलते-चलते काकराइल के मोड़ पर आकर रिक्शा लेता है। मानो आजकल सारा शहर बहुत जल्द ही सो जाता है। अस्वस्थ आदमी जिस प्रकार जल्दी सो जाता है। शहर भी उसी प्रकार जल्दी सो जाता है। इस शहर का रोग क्या है? सोचते-सोचते उसे याद आया, उसके एक दोस्त को शरीर के पीछे एक फोड़ा हुआ था, वह दिन-रात चीखता था, लेकिन दवा से डरता था। इंजेक्शन देखकर तो वह बेतहाशा काँपता था। क्या शहर के पीछे भी इसी तरह का एक फोड़ा हुआ है। सुरंजन को वैसा ही लगता है।

'अच्छा माया, सुरंजन को हुआ क्या है? इस वक्त वह कहाँ घूम रहा होगा, बोलो तो?' सुधामय ने पूछा।

'पुलक दा के घर जाएँगे, बोल रहा था। वहाँ बैठक हो रही होगी।'

'इसी कारण क्या शाम के पहले घर नहीं लौटेगा?'

'क्या पता, समझ नहीं पा रही हूँ, लौटना तो चाहिए।'

'क्या वह एक बार भी नहीं सोचता है कि घर पर लोग चिन्तित होंगे, अब लौटना चाहिए।'

माया सुधामय को रोक देती है—

'आप चुप हो जाइए। आपको बात करने में तकलीफ हो रही है। और आपका बात करना उचित भी नहीं है। चुपचाप सो जाइए। अभी थोड़ा-सा खा लीजिए। इसके बाद यदि कोई किताब पढ़कर सुनाना हो तो सुना दूँगी। ठीक 10 बजे नींद की गोली खाकर सो जाइएगा। इस बीच दादा जरूर लौट आएँगे, आप चिन्ता मत कीजिए।'

'तुम मुझे जल्दी से ठीक कर देना चाहती हो माया। मैं कुछ दिन और बिस्तर पर पड़ा रहता। अच्छा हो जाने पर खतरा है।'

'वह कैसे?' बिस्तर पर बैठकर उनके लिए खाना ठीक करते हुए माया ने पूछा।

सुधामय हँसकर बोले, 'तुम मुँह में निवाला डाल देती हो, किरणमयी हाथ-पाँव में मालिश करती है। सिर दबा देती है। क्या मुझे ठीक हो जाने पर इतनी सेवा मिल पाएगी। तब तो रोगी देखो, बाजार जाओ, माया के साथ दोनों वक्त झगड़ा करो।' सुधामय हँस पड़े। माया अपलक दृष्टि से सुधामय को देखती रही। वह बीमारी के बाद आज पहली बार सुधामय को हँसते देख रही हैं।

वे किरणमयी से कह रहे हैं, 'आज सब खिड़कियाँ खोल दो तो किरण। घर में इतना अँधेरा रहने से अच्छा नहीं लगता। आज थोड़ी हवा आने दो। शीत की हवा का स्वाद ही नहीं मिला। क्या सिर्फ वसंत की हवा में ही सुख है। युवावस्था में कड़ाके की सर्दी में दीवारों पर पोस्टर चिपकाया करता था। बदन पर एक पतला कुर्ता भर रहता था। मणि सिंह के साथ दुर्गापुर के पहाड़ों में घूमा हूँ। उस समय आन्दोलन चोटी पर था। किरणमयी, क्या तुम 'हाजं विद्रोह' के बारे में कुछ जानती हो?'

किरणमयी का मन भी आज प्रसन्न है। बोली, 'आपने शादी के बाद कितनी बार कहा है कि नेत्रकोना के एक अपरिचित घर में मणि सिंह के साथ आपने कितनी रातें बिताई हैं।'

'अच्छा किरण, क्या सुरंजन गरम कपड़े पहन कर गया है।'

माया ठीक उसी ढंग से उसे उल्टा कहती है, 'अरे नहीं, आपकी ही तरह पतला एक शर्ट पहनकर गया है। ऊपर से वह तो 'ए' कालेज का क्रांतिकारी है। उसके बदन में प्रकृति की हवा नहीं लगती। वह तो युग की हवा सँभालने में व्यस्त है।'

किरणमयी के स्वर में गुस्सा था, 'सारा-सारा दिन कहाँ रहता है, क्या खाता है, खाता भी है या नहीं, भगवान ही जानते हैं। उसकी उच्छृंखलता दिन पर दिन बढ़ती जा रही है।'

एक विस्थापित हिन्दू स्त्री।

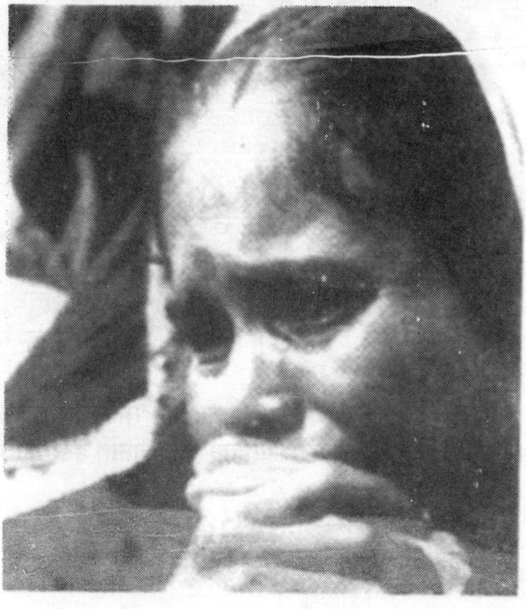

लूटे जाने और बलात्कार के बाद इस स्त्री को रामशील के शरणार्थी कैम्प में शरण मिली– बंगलादेश का एक अपेक्षाकृत सुरक्षित स्थान। अक्टूबर 2001 से लगभग 20,000 अल्पसंख्यक भारत चले गये। एक तख़्मीने के अनुसार चालीस लाख अल्पसंख्यक बंगलादेश के अन्दर ही विस्थापित हुए।

अब गाँव में कोई नहीं है। यह बूढ़ी स्त्री अपने बरबाद मकान और शून्य दृष्टि से अपना अन्धकारमय भविष्य देख रही है।

मीरेश्वराई गाँव की इस हिन्दू स्त्री के साथ मुस्लिम आतंकवादियों ने अक्टूबर 2001 के निर्वाचन के एक महीने बाद बलात्कार किया। उसके पीछे है उसका विनष्ट घर।

ढाकेश्वरी मन्दिर ढाका–हमलावरों की विनाशलीला के प्रत्यक्ष प्रमाण।

कब तक हम सहते रहें यह अपमान–
ढाकेश्वरी मन्दिर, ढाका।

श्री श्री करुणामयी काली मूर्ति का भग्न रूप – चट्टग्राम।

कुलगाँव अपमाचरण कालीबाड़ी, चट्टग्राम के ध्वस्त हिस्से।

ढाका–'92, ठटारी बाजार मन्दिर।

नोआखाली–'92, सेनबाग बौद्ध मन्दिर के भगवान युद्ध।

सिल्हट–'92, जगन्नाथ बाड़ी (मन्दिर) कालीघाट।

सिल्हट–'92, महालक्ष्मीबाड़ी (मन्दिर) जैनपुर।

पहाड़तली, चट्टग्राम : मालीपाड़ा का विध्वस्त रिहायशी इलाका, लगभग पाँच सौ परिवार बेघर हो गये।

जलकर राख हुए मालीपाड़ा के विनाश का दृश्य, चट्टग्राम।

ध्वस्त कर दिये गये ढाकेश्वरी मन्दिर, ढाका में श्रद्धालु भग्न हृदय और खण्डित उम्मीदों के साथ।

ढाकेश्वरी मन्दिर के पुजारी का जला हुआ निवास।

उसी समय दरवाजे पर धीरे-धीरे दस्तक होती है। सुरंजन आ गया क्या? सुधामय के सिरहाने किरणमयी बैठी हुई थी, दरवाजे की तरफ उठकर गयी। सुरंजन ठीक इसी तरह आवाज करता है। ज्यादा रात हो जाने पर वह अपने कमरे में ही सीधे घुसता है। कभी-कभी अपने कमरे के दरवाजे में ताला लगाकर जाता है। ताला न लगाने पर भी वह बाहर से अन्दर की सिटकिनी खोलना जानता है। ज्यादा रात तो नहीं हुई है, इसलिए सुरंजन ही होगा। माया सुधामय के लिए गीले भात में दाल डाल रही थी ताकि वह नरम हो जाए और सुधामय को खाने में तकलीफ न हो। काफी दिनों से उन्हें गीला खाना खिलाया जा रहा है। डाक्टर 'सेमी सालिड' खाना खाने को कह गये हैं। आज उनके लिए 'सिंगी मछली' का झोल बनाया गया है। माया जब वह भात में थोड़ा-सा झोल मिला रही थी, तभी उसे दरवाजे की 'खट-खट'आवाज सुनायी पड़ी। किरणमयी दरवाजे के पास पहुँचकर पूछती है, 'कौन?' सुधामय कान लगाये हुए थे कि उधर से क्या जवाब आ रहा है।

किरणमयी के दरवाजा खोलते ही अचानक सात युवक धड़ाम से अन्दर घुसे उनमें से चार के हाथों में मोटी-मोटी लाठियाँ थीं, बाकी के हाथों में क्या है, देखने से पहले ही वे किरणमयी को लाँघते हुए अन्दर घुसे। उनकी उम्र इक्कीस-बाईस की होगी। दो के माथे पर टोपी थी, पाजामा-कुर्ता पहने हुए थे। बाकी तीन पैंट-शर्ट में थे। वे अन्दर घुसकर किसी से कुछ बोले बिना टेबल, कुर्सी, काँच की अलमारी, टेलीविजन, रेडियो, बर्तन, किताब, कापी, ड्रेसिंग टेबल, कपड़ा-लत्ता, पैडेस्टल फैन, जो कुछ सामने मिला, उन्मादी की तरह तोड़ने लगे। सुधामय ने उठकर बैठना चाहा लेकिन नहीं उठ सके। माया 'पिताजी' कहकर चीख पड़ी। किरणमयी दरवाज़ा पकड़कर स्तब्ध खड़ी थी। कितना वीभत्स दृश्य था। एक ने कमर से कटार निकालकर कहा, 'साला, बाबरी मस्जिद तोड़ा है। सोचते हो, तुम्हें जिन्दा छोड़ूँगा?

घर का एक भी सामान साबुत नहीं छोड़ूँगा।'

सब झनझनाकर टूटने लगा। क्षणभर में सब कुछ तहस-नहस हो गया। कोई कुछ समझ पाये, इससे पहले माया भी जड़, स्तब्ध खड़ी थी। अचानक वह चिल्ला पड़ी, जब उनमें से एक ने उसका हाथ पकड़कर खींचा। किरणमयी भी अपने धैर्य का बाँध तोड़ती हुई आर्तनाद कर उठी। सुधामय सिर्फ कराह रहे थे। उनके मुँह से कोई शब्द नहीं निकल पाया। अपनी आँखों के सामने उन्होंने देखा कि माया को वे लोग खींच रहे हैं। माया पलंग की पाटी पकड़कर उनसे छूटने की कोशिश कर रही है। किरणमयी दौड़कर अपने दोनों हाथों से माया को पकड़ती है। उन दोनों की शक्ति, दोनों के आर्तनाद को चीरकर वे माया को खींचकर ले गये। किरणमयी उनके पीछे-पीछे दौड़ी। चिल्लाकर कहती रही, 'बेटा, उसे छोड़ दो! मेरी माया को छोड़ दो।'

सड़क पर दो बेबी टैक्सी खड़ी थी। माया का हाथ सुधामय के लिए तैयार

किये जा रहे भात में सना था उसका दुपट्टा खुलकर जमीन पर गिर गया। वह 'ओ माँ, ओ माँ' कहती चिल्ला रही थी। पीछे मुड़कर आकुल नयनों से किरणमयी को देख रही है। किरणमयी अपनी समूची ताकत लगाकर भी माया को छुड़ा नहीं पाती। उनकी चमकती कटार की परवाह न करते हुए भी उन दोनों को ठेल कर हटाना चाहती थी। लेकिन असफल रही। भागती हुई बेबी टैक्सी के पीछे-पीछे वह दौड़ती रही। जो भी राह चलते मिला, कहती, 'मेरी बेटी को पकड़कर ले जा रहे हैं, जरा देखिए न, देखिए न, दादा!' मोड़ की दुकान पर किरणमयी रुकती है। बाल खुले हुए, नंगे पाँव, किरणमयी मोती मियाँ से बोली, 'ज़रा देखिएगा भैया, अभी-अभी कुछ लोग मेरी बेटी माया को उठा ले गये हैं, मेरी माया को!' सभी भावहीन दृष्टि से किरणमयी को देखते हैं। मानो कोई रास्ते की पगली है जो अनाप-शनाप बोल रही है। किरणमयी दौड़ती रही।

सुरंजन घर में घुसते हुए अवाक् रह जाता है, दरवाजा पूरा खुला हुआ है। सारा सामान बिखरा पड़ा है, टेबल उल्टा पड़ा है, किताब-कापी जमीन पर बिखरी हुई है। बिस्तर का गद्दा-चादर कुछ भी अपनी जगह पर नहीं है। कपड़ों का रैक टूटा पड़ा है। कपड़ा-लत्ता पूरे घर में बिखरा है। उसकी साँस रुकने लगती है। वह एक कमरे से दूसरे कमरे में जाता है। काँच के टुकड़े कुर्सी का टूटा हुआ पाया, फटी हुई किताबें, दवा की बोतलें, फर्श पर बिखरी हुई हैं। सुधामय फर्श पर औंधे मुँह पड़े हुए कराह रहे हैं। माया, किरणमयी कोई नहीं है। सुरंजन पूछने से डरता है कि घर में क्या हुआ। सुधामय नीचे क्यों पड़े हुए हैं? वे दोनों कहाँ हैं पूछते हुए सुरंजन को लगा उसका हतभ्रम-सा गला काँप रहा है। वह खड़ा रहता है।

सुधामय धीरे से कराहते हुए बोले, 'माया को पकड़कर ले गये हैं।'

सुरंजन का सारा शरीर काँप उठा, 'पकड़कर ले गये, कौन ले गये? कहाँ? कब?'

सुधामय पड़े हुए हैं, न हिल पा रहे हैं, न किसी को पुकार रहे हैं सुरंजन ने धीरे से सुधामय को उठाकर बिस्तर पर लिटा दिया। वे तेज-तेज साँस ले रहे हैं, और तेजी से उनका पसीना छूट रहा है।

'माँ कहाँ है?' सुरंजन ने अस्पष्ट स्वर में पूछा।

सुधामय का चेहरा आशंका-हताशा से नीला पड़ गया। है। उनका सारा शरीर काँप रहा है। 'प्रेशर' बढ़ने पर कुछ भी हो सकता है। वह इस वक्त सुधामय की देखभाल करेगा या माया को ढूँढ़ने जाएगा। वह कुछ तय नहीं कर पाता है। उसके हाथ-पाँव भी काँप रहे हैं, उसके सिर में मानो क्रोध रूपी जल उफन रहा है। उसकी आँखों के सामने एक झुंड खूँखार कुत्तों के बीच पड़ी एक छोटी-सी बिल्ली के चेहरे की तरह माया का चेहरा उभर आता है। सुरंजन तेजी से निकल जाता है। जाते-जाते सुधामय के निष्क्रिय हाथ को पकड़कर कहता है, 'माया को किसी भी तरह वापस ले आऊँगा पिताजी।'

सुरंजन हैदर के घर का दरवाजा जोर-जोर से खटखटाता है। इतनी जोर से कि हैदर खुद आकर दरवाजा खोलता है।

सुरंजन को देखकर चौंक उठता है। कहो, 'क्या बात है? तुम्हें क्या हुआ है?'

पहले तो सुरंजन कुछ कह नहीं पाता। उसके गले में ढेर सारा दर्द अटका हुआ है।

'माया को उठा ले गये हैं', कहते हुए सुरंजन का गला बन्द-सा हो रहा है। उसे और समझाने की जरूरत नहीं हुई कि माया को कौन लोग उठा ले गये।

'कब ले गये?'

सुरंजन ने इस बात का कोई जवाब नहीं दिया। कब ले गये इसे जानने से ज्यादा जरूरी क्या यह नहीं है कि ले गये हैं? हैदर के माथे पर चिन्ता की लकीरें उभरती हैं। पार्टी की बैठक थी, बैठक खत्म कर वह अभी-अभी घर आया है। अब तक कपड़े भी नहीं बदले। सिर्फ शर्ट के बटन भर खोले हैं। सुरंजन बेचारगी भरी नजरों से हैदर को देख रहा है। बाढ़ में सब कुछ बह जाने के बाद इंसान का चेहरा जैसा दिखता है, ठीक उसी प्रकार वह इस वक्त दिख रहा है। सुरंजन दरवाजा पकड़कर खड़ा है। जिस हाथ से उसने दरवाजा पकड़ा है उसका वह हाथ काँप रहा है। हाथ का काँपना रोकने के लिए वह मुट्ठी कस लेता है। हैदर उसके कन्धे पर हाथ रखकर कहता है, 'तुम शान्त होओ, घर में बैठो, मैं देखता हूँ क्या किया जा सकता है।'

कन्धे पर हाथ पड़ते ही सुरंजन सुबक पड़ता है। हैदर को दोनों हाथों से पकड़कर कहता है 'माया को ला दो हैदर, माया को ला दो!'

सुरंजन रोते-रोते झुकता है। झुकते-झुकते वह हैदर के पैर के पास लोट जाता है। हैदर हैरान होता है। इस्पात की तरह कठोर उस आदमी को उसने कभी रोते नहीं देखा। वह उसे उठाकर खड़ा करता है। हैदर ने तब तक रात का खाना नहीं खाया था, भूखा पेट। फिर भी, 'चलो' कहकर निकल पड़ा। 'होंडा' के पीछे सुरंजन को बैठाकर टिकाटुली का गली-कूचा छान मारा। सुरंजन पहचानता तक नहीं, ऐसे कमरों में घुसा। टिमटिमाती बत्ती जल रही है, ऐसी कुछ पान-बीड़ी की दुकानों में। जाकर फुसफुसाकर बात की। टिकाटुली पार करके इंग्लिश रोड, नवाबपुर लक्ष्मीबाजार, लालमोहन साह स्ट्रीट, बक्शी बाजार, लालबाग, सूत्रापुर, बाइजघाट, सदरघाट, प्यारी मोहन दास रोड, अभय दास लेन, नारिन्दा, आलो बाजार, ठंठेरी बाजार, प्यारी दास रोड, बाबू बाजार, उर्दू रोड, चक बाजार—सभी जगह होंडा दौड़ाया हैदर ने। सँकरी गली के अन्दर घुटने तक कीचड़-पानी से होकर एक-एक अँधेरी कोठरी को खटखटा कर हैदर किसे खोज रहा था, सुरंजन की समझ में कुछ नहीं आ रहा था। हैदर एक-एक जगह पर उतर रहा था और सुरंजन को लग रहा था कि शायद माया यहीं मिल जाएगी। माया को शायद यहीं पर वे लोग हाथ-पाँव बाँधकर पीट

रहे होंगे, क्या सिर्फ पीट रहे हैं या और कुछ कर रहे हैं! सुरंजन कान लगाये रखता है कि कहीं से माया के रोने की आवाज सुनाई पड़ जाय।

लक्ष्मी बाजार के पास रोने की आवाज सुनकर सुरंजन होंडा रोकने को कहता है। कहता है, 'सुनो तो, लगता है माया के रोने की आवाज है न?'

रोने की आवाज का वे अनुसरण करते हैं। लेकिन वहाँ जाकर पाते हैं कि टीन की छत वाले एक मकान से एक बच्चे के रोने की आवाज आ रही है। हैदर बारीकी से एक-एक जगह की तलाश करता है। रात भी गहरी होती जा रही है। पर सुरंजन नहीं रुकता। हर गली में झुंड-के-झुंड आँखें लाल किये लड़के खड़े हैं। उन्हें देखकर सुरंजन को लगता है, शायद यही लोग लाये होंगे, यही लोग उसकी जादू भरे चेहरे वाली मासूम बहन को बन्दी बनाकर रखे होंगे।

'हैदर, माया क्यों नहीं मिल रही है? अभी तक माया को क्यों नहीं ढूँढ़ पा रहे हो?'

'मैं तो पूरी कोशिश कर रहा हूँ।'

'किसी भी तरह माया आज रात के अन्दर मिलनी ही चाहिए।'

'ऐसा कोई भी गुंडा-मस्तान नहीं है जिसे मैं नहीं ढूँढ़ रहा हूँ। मिलने पर क्या कर सकता हूँ, बोलो।'

सुरंजन एक के बाद एक सिगरेट सुलगाता है। माया के पैसे से खरीदी गयी सिगरेट।

'सुपर स्टार में चलो कुछ खा लेता हूँ, भूख लगी है।'

हैदर पराँठा-मांस का आर्डर देता है। दो प्लेट। सुरंजन खाना चाहता है लेकिन पराँठे का टुकड़ा उसके हाथ में ही रह जाता है। मुँह तक नहीं जाता। जितना समय बीत रहा है, उसके सीने के अन्दर उतना ही हाहाकार हो रहा है। हैदर जल्दी-जल्दी खाता है। खाकर सिगरेट जलाता है। सुरंजन उसे जल्दी करने को कहता है, 'चलो चलते हैं, अब तक तो नहीं मिली।'

'और कहाँ खोजें, बोलो! किसी भी जगह को तो बाकी नहीं रखा है। अपनी आँखों से तुमने देख लिया!'

'ढाका एक छोटा शहर है। यहाँ पर माया को ढूँढ़ नहीं पाएँगे, यह भी कोई बात हुई? थाने में चलो!'

थाने में रपट लिखाने गया तो पुलिस के आदमी ने भावहीन चेहरे से रजिस्टर खींचकर नाम-धाम-पता सब लिखकर रख लिया। बस, थाने से निकलकर सुरंजन ने कहा, 'मुझे नहीं लगता, ये लोग कुछ करेंगे।'

'कर भी सकते हैं।'

'वारिक की ओर चलो चलते हैं। वहाँ तुम्हारी जान-पहचान का कोई है?'

'मैंने पार्टी के लड़कों को लगा दिया है। वे लोग भी ढूँढ़ेंगे। तुम चिन्ता मत करो।'

हैदर कोशिश कर रहा है, फिर भी चिन्ता रूपी ततैया उसके सारे बदन में काट रही है। सारी रात हैदर का होंडा पुराने शहर का चक्कर काटता रहा। मस्तानों के दारू का अड्डा, जुए का अड्डा, स्मगलरों की अँधेरी कोठरियों को ढूँढ़ते-ढूँढ़ते अजान सुनाई पड़ने लगा। भैरवी राग में गाया गया अजान का स्वर सुरंजन को अच्छा लगता था। आज यह उसे बहुत बुरा लग रहा है। अजान हो रहा है, इसका मतलब है रात खत्म होने को है। माया अब तक नहीं मिली! टिकाटुली में आकर हैदर होंडा रोकता है। कहता है, 'सुरंजन, दिल छोटा मत करना। देखता हूँ, कल क्या किया जा सकता है!' अस्त-व्यस्त घर में बैठी किरणमयी दरवाजे की तरफ व्याकुल नजरों से देख रही है। सुरंजन माया को लेकर लौटेगा, यह सोचकर सुधामय भी अपने चेतनाहीन अंगों के साथ निद्राहीन, उद्विग्न समय बिता रहे हैं। उन लोगों ने देखा कि बेटा खाली हाथ वापस आया है। माया उसके साथ नहीं है। क्लांत, व्यर्थ, नतमस्तक, उदास सुरंजन को देखकर उनकी आवाज़ बन्द हो गयी। तो क्या माया अब नहीं मिलेगी? दोनों ही डरकर सहमे हुए हैं। घर का दरवाजा, खिड़की सब बन्द हैं। किसी भी घर में रोशनदान नहीं है। घर के अन्दर हवा अटकी हुई है। सीलन की महक आ रही है। वे लोग हाथ-पाँव-सिर को समेटे बैठे हुए हैं। वे अजीब से भूत की तरह दिखायी पड़ रहे हैं। सुरंजन की किसी से बात करने की इच्छा नहीं होती है। उन लोगों की आँखों में ढेर सारे सवाल हैं। सारे सवालों का तो एक ही जवाब है, माया नहीं मिली।

सुरंजन फर्श पर पैर फैलाकर बैठ जाता है। उसे उबकाई आ रही है। इतनी देर में शायद माया के साथ सामूहिक बलात्कार हो गया होगा। अच्छा, क्या ऐसा नहीं हो सकता कि छह वर्षीय माया जिस प्रकार दो दिनों के बाद लौट आयी थी, इस बार भी लौट आये। सुरंजन ने दरवाजा खुला छोड़ दिया है, माया वापस आएगी, माया लौट आए, बचपन की तरह उदासीन पैरों से वापस आ जाए। इस छोटे-से ध्वस्त, सर्वहारा परिवार में वह लौट आये। हैदर ने वचन दिया है कि माया को और ढूँढ़ेगा। वचन जब दिया है, तब सुरंजन क्या सपना देख सकता है कि माया बलात्कार, कितने खून, कितनी धन-संपदा के बदले हिन्दुओं को उस देश में जिन्दा रहना पड़ेगा? कछुऐ की तरह सिर छिपाये! कितने दिनों तक? सुरंजन खुद से जवाब चाहता है। लेकिन नहीं मिलता।

किरणमयी घर के एक कोने में बैठी हुई थी, दीवार से पीठ सटाकर। किसी से नहीं, अपने आप कह रही थी, 'उन लोगों ने कहा, मौसीजी आप लोगों को देखने आये हैं, आप कैसे हैं। हम लोग इसी मुहल्ले के लड़के हैं। दरवाजा खोलिए न।' उनकी उम्र कितनी होगी? बीस-इक्कीस-बाईस, इसी तरह। मैं उनका मुकाबला कैसे करती? मुहल्ले के घरों में कितनी गिड़गिड़ायी, सभी ने सिर्फ सुना 'च्च-च्च' कर सिर्फ दुःख जताया, पर किसी ने कोई मदद नहीं की। उनमें से एक का नाम

रफीक है, टोपीवाले एक लड़के को पुकारते हुए सुना था। पारुल के घर पर जाकर छिपी हुई थी, वहाँ रहने पर बच जाती! क्या माया वापस नहीं आएगी? इससे तो अच्छा था, घर में आग लगा देते। मकान मालिक मुसलमान है न शायद इसीलिए नहीं जलाया। इससे तो अच्छा था मार डालते, मुझे ही मार डालते, बदले में मेरी मासूम लड़की को छोड़ जाते। मेरा जीवन तो खत्म हो ही चुका है लेकिन उसकी तो शुरुआत है।

सुरंजन को तेजी से चक्कर आता है। वह नल के पास जाकर हड़बड़ाकर उल्टी करता है।

बरामदे पर धूप आकर पड़ी है। काले-सफेद रंगों की चितकबरी बिल्ली इधर-उधर घूम रही है। क्या वह मछली का काँटा ढूँढ़ रही है, या माया को ढूँढ़ रही है। माया उसे गोद में लिये घूमती रहती थी, अपनी रजाई के नीचे उसे सुलाती थी, और यह भी चुपचाप उसकी रजाई में सोयी रहती थी। क्या यह जानती है कि माया नहीं है? माया अवश्य बहुत रो रही होगी। दादा, दादा क्या कहकर पुकार रही होगी। क्या वे लोग माया के हाथ-पाँव बाँध कर ले गये? क्या उसके मुँह में कपड़ा ठूँस दिया गया था? 'छह वर्ष' और 'इक्कीस वर्ष' एक नहीं होता। न ही इन दोनों उम्र की लड़की को उठाकर ले जाने का उद्देश्य ही एक होता है। सुरंजन सोच सकता है कि इक्कीस वर्षीय लड़की के साथ सात पुरुष क्या कर सकते हैं! उसका सारा शरीर क्षोभ-यंत्रणा से कड़ा हो जाता है, जिस प्रकार मरे हुए आदमी का शरीर लकड़ी की तरह कड़ा हो जाता है, काफी हद तक उसी तरह। क्या सुरंजन जिन्दा है? जिन्दा तो है ही, परन्तु माया नहीं है, काफी हद तक उसी तरह। माया नहीं है, इसीलिए माया के अपने भी जिन्दा नहीं रहेंगे? जिन्दगी का हिस्सा कोई किसी को नहीं दे सकता। मनुष्य की तरह स्वार्थी प्राणी दुनिया में दूसरा और नहीं है।

हैदर ने अवश्य ढूँढ़ा है। फिर भी सुरंजन को लगता है कि हैदर ने पूरा मन लगा कर नहीं ढूँढ़ा। सुरंजन ने मुसलमान से मुसलमान को ढुँढ़वाया है, जिस प्रकार काँटे से काँटा निकाला जाता है। असलियत में हैदर को मालूम है माया को कौन लोग उठा ले गये। जब वह 'सुपरस्टार' में गबागब खा रहा था, उस समय उसके चेहरे पर कोई दुश्चिन्ता की रेखा नहीं थी। बल्कि छोड़ा, उस समय भी इतनी शिथिलता थी कि उसे देखकर नहीं लग रहा था कि वह किसी को ढूँढ़ने निकला है, और उसे ढूँढ़ निकालना बहुत जरूरी है। उसे तो रात भर निशाचर की तरह शहर में घूमने का शौक भी है। तो क्या उसने अपना शौक पूरा किया? माया को ढूँढ़ निकालने की सचमुच उसकी कोई इच्छा नहीं थी? थोड़ी-बहुत इच्छा थी भी उसे तो उसने जैसे-तैसे दोस्ती निभाने के लिए अदा कर दिया। उसने थाने में भी

बहुत जोर देकर नहीं कहा। पार्टी के जिन लड़कों को उसने कहा भी, उनसे पहले पार्टी की बातें कीं, बाद में उसका जिक्र किया। मानो माया का मामला आवश्यक सूची के दूसरे नम्बर पर है। हिन्दू लोग देश के द्वितीय श्रेणी के नागरिक हैं, क्या इसीलिए?

सुरंजन को विश्वास नहीं होता है कि माया बगल वाले कमरे में नहीं है, मानो वह उस कमरे में जाते ही देखेगा कि माया सुधामय के दाहिने हाथ का व्यायाम करा रही है। मानो उस कमरे में जाते ही वह साँवली लड़की आतुर होकर बोल पड़ेगी, दादा, कुछ करो उस लड़की के लिए मैंने कुछ भी नहीं किया। भाई के लिए तो बहन की माँगें रहती ही हैं, घुमा ले जाओ, यह खरीद दो, वह खरीद दो। माया ने तो माँगा ही था, सुरंजन ने ही उसकी माँग नहीं सुनी। वह तो खुद को लेकर ही दिन-रात व्यस्त रहता था। यार-दोस्त, पार्टी से ही उसे फुर्सत कहाँ थी! कौन माया, कौन किरणमयी, कौन सुधामय, उनके सुख-दुःख की बातें सुनने से उसे क्या लाभ! उसने इस देश को 'आदमी' बनाना चाहा था। क्या सुरंजन के सपनों का देश आखिरकार 'आदमी' बन पाया?

नौ बजते ही सुरंजन हैदर के घर पहुँचा। पास में ही उसका मकान है। हैदर तब तक सो रहा था। वह बाहर के कमरे में बैठकर उसका इन्तजार करता रहा। इन्तजार करते हुए उसे याद आया उन सात लड़कों में एक का नाम रफीक था, शायद इस लड़के को हैदर पहचानता है। दो घंटे बाद हैदर की नींद खुली। सुरंजन को बैठा देख उसने पूछा, 'लौटी?'

'लौटने पर क्या तुम्हारे पास आता?'

'हूँ!' हैदर की आवाज में निर्लिप्त भाव था। वह लुंगी पहने खाली बदन था। दोनों हाथों से बदन को खुजलाया। बोला, 'इस बार उतनी ठंड नहीं पड़ी है न? आज भी सभानेत्री के घर पर मीटिंग थी। शायद जुलूस का प्रस्ताव आएगा। गुलाम आजम का मामला जब चरम सीमा पर था, तभी साला दंगा शुरू हो गया। असल में यह सब 'बी.एन.पी.' की चाल है, समझे! इस मामले को घुमा देना भी उनकी ही चाल है।'

'अच्छा हैदर, रफीक नाम के किसी लड़के को पहचानते हो? उनमें रफीक नाम का एक लड़का था।'

'किस मुहल्ले का?'

'पता नहीं। उम्र इक्कीस-बाईस की होगी। इस मुहल्ले का भी हो सकता है।'

'इस तरह के किसी लड़के को तो नहीं पहचानता हूँ! फिर भी आदमी लगा कर पता करता हूँ।'

'चलो निकलते हैं। देर करना ठीक नहीं। माँ-पिताजी के चेहरे की तरफ देख नहीं पा रहा हूँ। पिताजी को दिल का दौरा पड़ा है। इस टेंशन में कोई बड़ी दुर्घटना न घट जाए।'

'इस वक्त तुम्हारा मेरे साथ घूमना उचित नहीं!'

'क्यों, उचित क्यों नहीं है?'

'समझ नहीं पा रहे, क्यों? समझने की कोशिश करो।'

सुरंजन खूब समझ रहा है, क्यों हैदर उसके साथ न रहने की बात कह रहा है! उसके साथ रहना उचित इसलिए नहीं होगा क्योंकि सुरंजन हिन्दू है। हिन्दू होकर मुसलमानों को गाली देना ठीक नहीं लगता। चाहे मुसलमान चोर हो, बदमाश हो, या खूनी हो। मुसलमान के चंगुल से हिन्दू लड़की को छुड़ा लाना शायद ज्यादा धृष्टता दिखाना हो जाता है।

सुरंजन लौट आता है। कहाँ लौटेगा वह? घर? उस सन्नाटा भरे घर में उसकी लौटने की इच्छा नहीं होती। सुरंजन माया को वापस ले जाएगा, इस भरोसे चातक पक्षी की तरह तृष्णातुर होकर वे बैठे हुए हैं। माया को लिये बिना उसकी घर लौटने की इच्छा नहीं होती। हैदर ने माया को ढुँढ़वाने के लिए आदमी लगाया है, उसे विश्वास करने का मन हो रहा है कि उसके लोग एक दिन माया को खोज निकालेंगे और संशय भी होता है कि माया नहीं है तो इससे उनको क्या? उनको तो 'माया' के लिए कोई माया नहीं। हिन्दुओं के प्रति मुसलमानों की माया रहेगी ही क्यों? अगर उनको माया होती तो बगल वाले मुसलमान के घर तो लूट-मार नहीं होती, उनका घर तो तोड़ा नहीं जाता! तोड़ा जाता है तो सिर्फ सुरंजन का घर, जलाया जाता है सिर्फ गोपाल हलदार का घर, काजलेन्दु का घर। सुरंजन घर नहीं लौटता। सड़क पर भटकता रहता है। सारा शहर घूमकर माया को ढूँढ़ता है। माया का क्या अपराध था जो उन लोगों ने उसका अपहरण किया? हिन्दू होने का अपराध इतना ज्यादा है? इतना ज्यादा कि उसका घर-बार तोड़ा जा सकता है, उसे जितना चाहा पीटा जा सकता है, उसे पकड़कर ले जाया जा सकता है, उसका बलात्कार किया जा सकता है! सुरंजन इधर-उधर भटकता है, दौड़ता है। सड़क पर किसी भी इक्कीस-बाईस वर्ष के लड़के को देखकर उसे लगता है कि यही शायद माया को ले आया है, उसके भीतर सन्देह ने डेरा डाल लिया है। और वह बढ़ता ही गया।

इस्लामपुर की एक परचून दुकान में खड़ा होकर वह एक ठोंगा 'भूड़ी' खरीदता है। दुकानदार उसकी तरफ तिरछी नजरों से देखता है। शायद उस आदमी को भी मालूम है कि उसकी बहन का अपहरण हुआ है। वह आड़े-तिरछे चलता रहा। नया बाजार के टूटे-फूटे मैदान में बैठा रहा। सुरंजन को किसी भी तरह चैन नहीं मिलता। किसी के भी घर पर जाने से वही बाबरी मस्जिद का प्रसंग। उस दिन तो सलीम ने कह ही दिया कि तुम लोग हमारी मस्जिद तोड़ सकते हो तो हम लोगों के मन्दिर तोड़ने से क्यों एतराज है? यह बात सलीम ने मज़ाक ही मज़ाक में कही थी, उसके मन में यह सवाल आया ही नहीं होगा, यह भी तो नहीं कहा जा सकता है।

माया यदि इसी बीच घर लौट आयी हो तो, लौट भी सकती है। बलात्कार के बाद भी वह लौट आये, फिर भी लौट तो आये। माया शायद लौट आयी हो, यह सोचते-सोचते सुरंजन घर वापस आया, देखा दो प्राणी आँख, कान सजग रखकर निस्पंद, स्थिर माया की प्रतीक्षा में हैं। माया नहीं लौटी है, इससे ज्यादा निष्ठुर, निर्मम सूचना क्या हो सकती है। तकिये में सिर छिपाकर औंधे मुँह सुरंजन पड़ा रहता है। उस कमरे में से सुधामय के कराहने की आवाज आ रही है। रात की निस्तब्धता में जुगनू की तरह धीमे स्वर में सुनायी पड़ रही किरणमयी के रोने की आवाज ने उसे सारी रात सोने नहीं दिया। इससे तो अच्छा होता अगर जहर मिल जाता तो तीनों उसे खाकर मर जाते। उनको इस तरह तिल-तिल कर न मरना होता! क्या जरूरत है जिन्दा रहने की! हिन्दू बनकर इस बंगलादेश में ज़िन्दा रहने का कोई मतलब नहीं होता।

सुधामय अनुमान लगा रहे थे कि उन्हें 'सेरीब्रल थ्रंबसिस' या 'एमबलिस्म' जैसा कुछ हुआ होगा। यदि 'हैमरेज' हुआ होता तो तुरन्त मर जाते। मर जाने से क्या बहुत बुरा होता? सुधामय मन-ही-मन एक भयानक 'हैमरेज' की आशा कर रहे हैं। वे तो अधमरे ही थे, उनके बदले में कम-से-कम माया तो बच सकती थी। उस लड़की में जीने की बेहद ललक थी। अकेले ही पारुल के घर चली गयी थी। उसकी अस्वस्थता ही उसके अपहरण के लिए जिम्मेदार है। अपराधबोध की भावना सुधामय को कुरेदती रहती है। बार-बार उनकी आँखें धुँधली होती जा रही थीं। उन्होंने किरणमयी को स्पर्श करने के लिए एक बार अपना हाथ बढ़ाया। नहीं, कोई भी नहीं। सुरंजन भी पास में नहीं है। माया तो है ही नहीं। उन्हें पानी पीने की इच्छा हो रही है—सूखकर काँटा हो गयी है उनकी जीभ, तालू और गला।

किरणमयी को उन्होंने कम दुःख नहीं दिया। किरणमयी को पूजा करने का शौक था। शादी के बाद ही सुधामय ने उससे कह दिया कि इस घर में पूजा-पाठ नहीं चलेगा। किरणमयी अच्छा गाती थी, लोग कहते, 'बेहया, बेशरम लड़की। हिन्दू लड़कियों को लाज-शरम नहीं रहती।' ये सारी व्यंग्यभरी बातें किरणमयी को परेशान करती थीं। अपने आपको संयत करते-करते किरणमयी ने करीब-करीब गाना ही छोड़ दिया। उसने जो गाना छोड़ दिया, उस वक्त सुधामय कितना पक्ष ले पाये थे। शायद वे भी सोचते थे कि लोग जब बुरा कहते हैं तो क्या किया जा सकता है। इक्कीस वर्षों से वे किरणमयी को बगल में लेकर सो रहे हैं। सिर्फ सोये भर हैं। किरणमयी के सतीत्व पर पहरा देते रहे। उन्हें क्या जरूरत थी, अपनी पत्नी के सतीत्व का उपभोग करने की? यह भी तो एक तरह का परवर्शन (कामविकृति) ही है। साड़ी-गहने की तरफ भी किरणमयी का आकर्षण नहीं था।

सुधामय उससे अक्सर कहते, 'किरणमयी, क्या तुम अपने मन में कोई दर्द छुपाये रखती हो?'

किरणमयी कहती, 'नहीं तो! मेरे इस परिवार में ही मेरा सारा सुख है। अपने लिए मैं अलग से कोई खुशी नहीं चाहती।'

सुधामय को बेटी की इच्छा थी। सुरंजन के जन्म से पहले किरणमयी के पेट में 'स्टैथिस्कोप' लगाकर कहते थे, 'मेरी लड़की की धड़कन सुनाई दे रही है, किरणमयी! तुम सुनोगी?'

सुधामय कहते थे, 'माँ-बाप को अन्तिम उम्र में लड़कियाँ ही देखती हैं। लड़के तो बहू को लेकर अलग हो जाते हैं। लड़कियाँ ही पति, अपना घर सब कुछ छोड़कर माँ-बाप की सेवा करती हैं। मैं तो अस्पताल में रहता हूँ, अक्सर देखता हूँ। अस्वस्थ माँ-बाप के सिरहाने बेटियाँ ही बैठी रहती हैं, लड़का अतिथि की तरह आता है और देखकर चला जाता है। इससे ज्यादा नहीं।'

'स्टैथिस्कोप' की नली किरणमयी के कान में लगाकर वे उन्हें भी अपने बच्चे के दिल की धड़कन सुनाया करते थे। दुनियाभर के लोग बेटा चाहते हैं, और सुधामय चाहते थे बेटी। बचपन में सुरंजन को फ्रॉक पहनाकर सुधामय अपने साथ घुमाने ले जाया करते थे। माया के जन्म के बाद सुधामय की वह आशा पूरी हुई। 'माया' नाम सुधामय ने ही रखा था। कहा था, 'यह मेरी माँ का नाम है। मेरी एक माँ गयी, दूसरी माँ आ गयी।'

रात में माया ही सुधामय को दवा पिलाती थी। दवा लेने का वक्त बहुत पहले बीत गया है। वे 'माया-माया' कहकर अपनी चहेती बेटी को पुकारते हैं। पड़ोसी सब के सब सो गये। उनकी पुकार जागती किरणमयी के कानों में पड़ी, सुरंजन ने भी सुनी, उस काली-सफेद चितकबरी बिल्ली ने भी सुनी।

उत्तर प्रदेश के अयोध्या में बाबरी मस्जिद के तोड़े जाने के बाद सारे भारत में जो खूनी संघर्ष छिड़ा था, वह अब धीरे-धीरे कम होता जा रहा है। भारत में इसी बीच मृतकों की संख्या अट्ठारह सौ पार कर गयी है। कानपुर और भोपाल में अब भी संघर्ष चल रहा है। इसे रोकने के लिए गुजरात, कर्नाटक, केरल, आन्ध्रप्रदेश, असम, राजस्थान और पश्चिम बंगाल की सड़कों पर सेना तैनात कर दी गयी है। वह गश्त लगा रही है, पहरा दे रही है। भारत में प्रतिबंधित घोषित किये गये दलों के दरवाजे पर ताला लटक रहा है। शान्ति और सद्भावना की रक्षा के लिए ढाका में सर्वदलीय स्वतःस्फूर्त जुलूस निकाला जा रहा है, लेकिन उससे क्या! इधर गोलकपुर में तीस हिन्दू लड़कियों के साथ बलात्कार किया गया, चंचली, संध्यामणि...। निकुंज दत्त की मौत हो गयी है। भगवती नाम की एक वृद्धा की, डर के मारे दिल

की धड़कन रुक जाने से मौत हो गयी। गोलकपुर में दिन के उजाले में भी बलात्कार की घटना घटी है। मुसलमानों के घर में आश्रय लेने वाली लड़कियों तक की इज्जत लूटी गयी। 'दासेर हाट' के 'नांटू' की चौदह सौ मन सुपाड़ी का गोदाम जलाकर राख कर दिया। भोला शहर के मन्दिरों के तोड़े जाने की घटना के समय पुलिस, मेजिस्ट्रेट, डी.सी. चुपचाप खड़े तमाशा देखते रहे। गहनों की दुकानों को खुलेआम लूटा गया। हिन्दुओं का धोबीखाना जलाकर राख कर दिया। मानिकगंज शहर का लक्ष्मी मण्डप, सार्वजनिक शिवबाड़ी, दाशोरा, कालीखला, स्वर्णकार पट्टी, गदाधर पाल का वेवरेज और पक्की सिगरेट की दुकान को भी तोड़ डाला गया। तीन ट्रक आदमियों ने तरा, बानियाजुरी, पुकुरिया, उथली, महादेवपुर, जोका, शिवालय थाने पर हमला किया। शहर से तीन किलोमीटर की दूरी पर स्थित बेतिला गाँव में हिन्दुओं के घरों को लूटा गया। जलाया गया। बेतिलया के सौ साल पुराने नटमंदिर पर हमला किया गया। गढ़पाड़ा के जीवन साह के घर में आग लगा दी गयी। उसकी तीन गोशाला जलकर राख हो गयीं। कई सौ मन धान भी जलकर राख हो गया। घिउर थाना के तेरश्री बाजार की हिन्दू दुकानों, गांगडुबी, बानियाजुरी, सेनपाड़ा के हिन्दू घरों में आग लगा दी गयी। सेनपाड़ा की एक हिन्दू गृहवधू के साथ बलात्कार किया गया। पिरोजपुर की कालीबाड़ी, देवार्चना कमेटी का काली मंदिर, मनसा मंदिर, दुर्गा मंदिर, शीतला मंदिर, शिव मंदिर, नारायण मंदिर, पिरोजपुर मदन मोहन विग्रह मंदिर, अखाड़ाबाड़ी, राय काठी कालीबाड़ी मंदिर, कृष्णनगर राइसराज सेवाश्रम, डुमुरतला श्रीगुरुसंघ आश्रम मंदिर, दक्षिण डुमुरतला के सुरेश साहा के घर का काली मंदिर, डुमुरतला के नरेन साहा के घर का मनसा मंदिर, सोमेश साहा के घर का मनसा मंदिर और घर, डुमुरतला का सार्वजनीन काली मंदिर, सुचरण मंडल, गौरांग हालदार, हारेन्द्रनाथ साहा, नरेन्द्रनाथ साहा के घर का मंदिर, डुमुरतला हाईस्कूल के बगल का काली मंदिर, रानीपुर पंचदेवी का मंदिर, कुलारहाट सार्वजनिक दुर्गा मंदिर और कार्तिक दास की लकड़ी की दुकान, कलाखानी सनातन आश्रम का काली मंदिर, जुजखोला और गोविन्द सेवाश्रम, हरिसभा का सनातन धर्म मंदिर, रंजित शील के घर का काली मंदिर, जुजखोला सार्वजनिक पूजापंडाल, गाबतला स्कूल के बगल का सार्वजनिक दुर्गा मंदिर, कृष्णनगर विपिन हालदार के घर का मंदिर, नमाजपुर सार्वजनिक दुर्गा मंदिर, कालीकाठी विश्वास बाड़ी का मंदिर और मठ, लाइरी काली मंदिर, स्वरूपकाठी थाना का इंदेर हाट सार्वजनिक मंदिर, इंदेरहाट कनाई विश्वास के घर का दुर्गा मंदिर, नकुल साहा का सिनेमा हॉलं, अमल गुहा के घर का दुर्गा मंदिर, हेमंत शील के घर का मंदिर और मठबाड़िया थाना इलाके के यादव दास के घर का काली मंदिर जलाया गया। सैयदपुर मिस्त्री पाड़ा के शिव मंदिर को तोड़ा गया। नाड़ाइल जिले में रतडांगा गाँव का सार्वजनिक धोना सार्वजनीन मंदिर, कुड़ुलिया सार्वजनिक

श्मशान घाट, निखिलचन्द्र दे का पारिवारिक मंदिर, कालीपद हाजरा का पारिवारिक मंदिर, शिवप्रसाद पाल का पारिवारिक मंदिर, वादन गाँव के दुलाल चन्द्र चक्रवर्ती के घर का मदिर, कृष्णचंद्र लस्कर के घर का मंदिर, तालतला गाँव का सार्वजनीन मंदिर, पंगबिला गाँव के वैद्यनाथ साहा, सुकुमार विश्वास, पगला विश्वास का पारिवारिक मंदिर, पंगबिला गाँव का सार्वजनीन मंदिर और लोहागढ़ थाना के दौलतपुर पूर्वपाड़ा, नारायण मंदिरों को भी तोड़-फोड़कर तहस-नहस किया गया। खुलना में दस मंदिरों को तोड़ा गया। पाइकपाड़ा के शडुली, सोबनादास और बाका गाँव में चार-पाँच मंदिर की तोड़-फोड़ की गयी, कई घरों को लूटा। रूपसा थाने के तामिलपुर इलाके के दो मंदिरो को तोड़ दिया गया। बगल के हिन्दू घरों को लूटा गया। दीघलिया और सेनहाटी इलाके में आठ दिसम्बर की रात को तीन मंदिरों को तोड़कर आग लगा दी गयी। फेनी के सहदेवपुर गाँव में हमले के दौरान बीस लोग घायल हुए हैं। लांगलबोया गाँव से मुअज्जम हुसैन की अगुवाई में दो सौ लोगों ने गोविन्द प्रसाद राय के घर पर हमला किया। कमल विश्वास नामक एक व्यक्ति बुरी तरह जख्मी हुआ। शायद बाद में मर भी गया।

विरूपाक्ष, नयन-देवव्रत-सुरंजन के सामने बैठकर तोड़-फोड़ की घटनाओं का जिक्र करता रहा। सुरंजन आँखें बन्द किये लेटा रहा। इतनी सारी तोड़फोड़ की घटनाएँ सुनने के बावजूद उसने अपने मुँह से एक भी शब्द का उच्चारण नहीं किया। इनमें से कोई नहीं जानता कि सिर्फ भोला, चट्टग्राम, पिरोजपुर, सिलहट, कुमिल्ला के हिन्दू घरों में ही लूट नहीं हुई, टिकाटुली के इस घर को भी लूट लिया गया है, 'माया' नाम की एक सुन्दर लड़की को। नारी जाति तो काफी हद तक सम्पदा की तरह ही है, इसीलिए सोना, गहना, धन-सम्पदा की तरह माया को भी वे लोग लूट ले गये।

'क्या बात है सुरंजन, तुम चुप क्यों हो? तुम्हें क्या हुआ?' देवव्रत ने पूछा।

'शराब पीना चाहता हूँ। आज पेट भर शराब नहीं पीया जा सकता?'

'शराब पीओगे?'

'हाँ पीऊँगा?'

'मेरी जेब में रुपया है, कोई जाकर मेरे लिए एक बोतल व्हिस्की ले आओ न।'

'घर पर बैठकर पीओगे? तुम्हारे माँ-बाप?'

'गोली मारो माँ-बाप को। मैं पीना चाहता हूँ, पीऊँगा, बीरू जाओ, 'शाकुरा-पियासी' कहीं भी मिल जायगी।'

'लेकिन सुरंजन दा...'

'इतना मत हिचकिचाओ, जाओ।'

उस कमरे से किरणमयी के रोने की आवाज सुनाई पड़ रही है।

'कौन रो रहा है, मौसीजी?' विरूपाक्ष ने पूछा।

'हिन्दू होकर जब जन्म लिया है तो बिना रोये कोई समझ सकते हैं कि उन्हें क्यों रोना पड़ रहा है। हरेक की छाती से गूँगा रुदन बाहर निकल रहा था।' विरूपाक्ष रुपये लेकर तेजी से चला गया, मानो चले जाने भर से वह सारे दुःखों से छुटकारा पा जाएगा। जैसे सुरंजन शराब पीकर मुक्त होना चाह रहा है।

विरूपाक्ष के चले जाते ही सुरंजन ने पूछा, 'अच्छा, देवव्रत, मस्जिद को नहीं जलाया जा सकता है।'

'मस्जिद! तुम्हारा दिमाग तो खराब नहीं हो गया?'

'चलो आज रात में 'तारा मस्जिद' जला देते हैं।' देवव्रत विस्मित नजरों से एक बार सुरंजन को, एक बार नयन को देखता है।

'हम लोग दो करोड़ हिन्दू हैं, चाहें तो रायतुल मुकर्रम को तो जला ही सकते हैं।'

'तुमने तो कभी अपने को हिन्दू नहीं कहा। आज अचानक यह क्यों कह रहे हो?'

'मनुष्य' कहता था न, 'मानवतावादी' कहता था। मुझे मुसलमानों ने मनुष्य नहीं रहने दिया। हिन्दू बना दिया।'

'तुम बहुत बदले जा रहे हो, सुरंजन।'

'इसमें मेरा कोई दोष नहीं।'

'मस्जिद तोड़कर हमें क्या फायदा होगा? क्या हमें मंदिर वापस मिल जाएगा?' देवव्रत कुर्सी की टूटी हथेली पर नाखून घिसते हुए बोला।

'न मिले, फिर भी हम लोग भी तोड़ सकते हैं। हमारा भी गुस्सा है, इस बात को एक बार जाहिर नहीं कर देना चाहिए? बाबरी मस्जिद जैसे साढ़े-चार सौ वर्ष पुरानी थी चैतन्यदेव का घर भी तो पाँच सौ वर्ष पुराना था। चार-पाँच सौ वर्ष पुरानी सांस्कृतिक विरासत को इस देश में क्या धूल में नहीं मिलाया जा रहा है? मुझे सुबहानबाग की मस्जिद भी तोड़ देने की इच्छा हो रही है। गुलशन की एक नम्बर की मस्जिद सऊदी अरब के रुपये से बनायी गयी है। चलो, उस पर कब्जा करके मंदिर बना लिया जाए।'

'क्या कह रहे हो सुरंजन? तुम पागल ही हो गये हो! तुम्हीं तो पहले कहते थे, मंदिर और मस्जिद की जगह पर झील बनाकर हंस छोड़ दूँगा!'

'क्या सिर्फ इतना ही कहता था, कहता था चूर-चूर हो जाए धर्म की इमारत, जल जाएँ अन्धी आग में मंदिर, मस्जिद, गुरुद्वारा, गिरजा की ईंटें। और उस ध्वंसस्तूप के ऊपर सुगंध बिखेरता हुआ पनपे मनोहर फूलों का बगीचा, पनपे शिशु स्कूल, वाचनालय। मनुष्य के कल्याण के लिए अब प्रार्थनागार हो, अस्पताल हो, हो यतीमखाना, विद्यालय, विश्वविद्यालय। अब प्रार्थनालय हो, शिल्पकला अकादमी, कलामंदिर, विज्ञान, शोधनागार। अब प्रार्थनालय हो, भोर की किरणमय सुनहरा धान का खेत, खुला मैदान, नदी, उफनता समुद्र। धर्म का दूसरा नाम आज से मनुष्यत्व हो।'

'उस दिन देव राय का एक लेख पढ़ा। लिखा है—बड़े गुलाम अली अपना सुरमंडल लेकर, खड़े होकर नाच-नाच कर गा रहे हैं—'हरि ओम तत्सत्, हरि ओम तत्सत्।' आज भी बड़े गुलाम अली वही एक ही गाना गा रहे हैं। लेकिन जो लोग बाबरी मस्जिद को तोड़कर धूल में मिलाकर वहाँ पर रामलला की मूर्ति बैठा कर भाग आये, वे हिन्दू क्या यह गाना नहीं सुन पाते हैं। इस गाने को आडवाणी, अशोक सिंघल सुन नहीं पाते। क्या इस गाने को राष्ट्रीय स्वयं सेवक संघ या बजरंगदल सुन नहीं पाता। बड़े गुलाम अली मुसलमान थे। लेकिन उनके कंठ से निकला हुआ यह 'हरि ओम तत्सत्' वे मुसलमान भी सुन पाते जो सोचते हैं कि मस्जिद तोड़ने का एकमात्र विरोध मंदिर तोड़ना ही हो सकता है।'

'इसका मतलब यह है, तुम कहना चाहते हो कि मंदिर तोड़े जाने के कारण मस्जिद का तोड़ा जाना उचित नहीं है। तुम तो मेरे पिता की तरह आदर्शवाद की बातें कर रहे हो। आई हेट हिम। आई हेट दैट ओल्ड हेगर।'

सुरंजन उत्तेजित होकर बिस्तर से उठकर खड़ा हो जाता है।

'शान्त हो जाओ सुरंजन। शान्त हो जाओ। तुम जो कुछ भी कह रहे हो यह कोई समस्या का समाधान नहीं है।'

'मैं इसी तरह का समाधान चाहता हूँ। मैं अपने हाथ में भी कटार, तलवार और पिस्तौल चाहता हूँ। मोटी-मोटी लाठी चाहता हूँ। वे लोग पुराने ढाका के एक मंदिर में पेशाब कर आये थे न? मैं भी उनकी मस्जिद में पेशाब करना चाहता हूँ।'

'ओह सुरंजन! तुम कम्युनल होते जा रहे हो।'

'हाँ, मैं कम्युनल हो रहा हूँ। कम्युनल। कम्युनल हो रहा हूँ।'

देवव्रत, सुरंजन की पार्टी का लड़का है। कई कामों में दोनों साथ-साथ रहे। वह सुरंजन के आचरण को देखकर भौचक्का रह जाता है। शराब पीना चाहता है। अपने ही मुँह से कह रहा है, कम्युनल हो रहा है। अपने पिता तक को गाली दे रहा है।

दंगा तो बाढ़ नहीं है कि पानी से निकालकर लाते ही खतरा टल गया। उसके बाद चिउड़ा-मुड़ी कुछ भी जुगाड़ कर पाने से ही फिलहाल की समस्या हट गयी। दंगा तो आग का लगना नहीं है कि पानी डाल कर बुझा देने से ही छुटकारा मिल जाएगा। दंगे में आदमी अपनी आदमीयत को भी रोके रखता है। दंगे में आदमी के मन का जहर बाहर निकल आता है। दंगा कोई प्राकृतिक घटना नहीं है, कोई दुर्घटना नहीं है, दंगा मनुष्यत्व का विकार है। सुधामय ने लम्बी साँस छोड़ी। किरणमयी कमरे के एक कोने में भगवान के सामने बैठी माथा ठोंक रही है। मिट्टी की प्रतिमा नहीं है। उस दिन उन लोगों ने तोड़ डाली। राधा-कृष्ण का एक चित्र

कहीं रखा हुआ था, उसी को सामने रखकर किरणमयी सिर पीटती है, और, चुपचाप आँसू बहाती है। सुधामय अपने निश्चल शरीर के साथ लेटे-लेटे सोचते हैं सिर्फ तस्वीर ही तो है—केवल एक कहानी! यह कैसे माया का कठोर, निष्ठुर कट्टरपंथियों के चंगुल से उद्धार करेगी! इस देश का नागरिक होकर भी, भाषा आन्दोलन करके भी, युद्ध करके पाकिस्तानियों को खदेड़ कर देश को स्वाधीन कराने के बाद भी इस देश में उन्हें सुरक्षा नहीं मिली। तो ये कहाँ के, कौन राधा-कृष्ण! जो न बोल सकते हैं, न सुन सकते हैं वे सुरक्षा देंगे! इनका खा-पीकर और कोई काम नहीं है। जहाँ बचपन से जाना-पहचाना पड़ोसी ही तुम्हारे घर को कब्जे में कर ले रहा है। तुम्हारे घर के पास के देशी भाई ही तुम्हारी बेटी का अपहरण करते हैं। वहाँ तुम्हारी दुर्गति दूर करने कोई 'माखनचोर' आएगा! आयान घोष की पत्नी आएगी! दुर्गति यदि दूर करनी ही है तो सब मिलकर एक जाति होने के लिए जिन लोगों ने युद्ध किया था, वही करेंगे।

सुधामय ने थकी हुई करुण आवाज में किरणमयी को पुकारा—'किरण, किरण!'

किरणमयी के रोबोट की तरह सामने आकर खड़ा होते ही उन्होंने पूछा, 'सुरंजन, आज माया को ढूँढ़ने नहीं गया?'

'पता नहीं!'

'क्या हैदर ने खोजने के लिए आदमी लगाये हैं! क्या वह आया था?'

'नहीं।'

'तो क्या माया का कोई पता नहीं चल पा रहा है?'

'पता नहीं।'

'मेरे पास जरा बैठोगी, किरण?'

किरणमयी जड़ पदार्थ की तरह धप्प से बैठ गयी। और बैठी ही रही। न तो उनके अचेतन हाथ-पैर की तरफ अपना हाथ बढ़ाती है, न एक बार अपने पति की ओर देखती ही है। दूसरे कमरे से हल्ला-गुल्ला सुनाई देता है। सुधामय ने पूछा, 'सुरंजन इतना चिल्ला क्यों रहा है? वह हैदर के पास नहीं गया? मैं तो खुद ही जा सकता था। यह बीमारी मुझे क्यों हुई। अगर मैं स्वस्थ रहता तो माया को कोई छू पाता? पीट कर सबकी लाश गिरा देता! स्वस्थ रहने पर जैसे भी होता, माया को ढूँढ़ लाता...' सुधामय अकेले ही उठना चाहते हैं, उठते हुए फिर चित्त होकर बिस्तर पर गिर जाते हैं। किरणमयी उन्हें पकड़कर नहीं उठाती है बल्कि स्थिर बन्द दरवाजे की ओर देखती रहती है। कब आहट होगी, कब माया लौटेगी।

'एक बार बुलाओ तो अपने सुयोग्य बेटे को। 'स्काउंड्रेल' कहीं का! बहन नहीं है और वह घर पर शराब का अड्डा जमाए, हो-हल्ला कर रहा है। छिः छिः।'

किरणमयी न तो सुरंजन को बुलाने जाती है, न सुधामय को शान्त कराती

है। वह स्थिर दरवाजे की तरफ देखती रहती है। कमरे के कोने में राधा-कृष्ण का चित्र रखा है। अब वह पति या पुत्र का निषेध मानकर नास्तिकता पर विचार करने को राजी नहीं है। इस क्षण कोई मनुष्य सहायक नहीं है। काश! भगवान ही सहाय हो जायँ!

सुधामय खड़े होना चाहते हैं। एक बार जोनाथन स्विफ्ट की तरह कहना चाहते हैं–'परस्पर घृणा करने के धर्म हमारे कई हैं, लेकिन एक-दूसरे को प्यार करने का धर्म पर्याप्त नहीं। मनुष्य का इतिहास धार्मिक कलह, युद्ध, जेहाद से कलंकित है।' छियालिस में सुधामय नारा लगाते थे–'हिन्दू-मुस्लिम भाई-भाई।' ऐसा नारा आज भी लगाया जाता है। इस नारे को इतने बरसों से क्यों दोहराना पड़ रहा है? इस उपमहादेश में इस नारे को और कितनी शताब्दियों तक दोहराना पड़ेगा! अब भी आह्वान की आवश्यकता खत्म नहीं हुई है! क्या इस नारे से विवेकहीन आदमी जागता भी है? आदमी यदि भीतर से असाम्प्रदायिक न हो तो इस नारे से चाहे और कुछ भले ही हो, साम्प्रदायिकता खत्म नहीं होगी।

सुरंजन हैदर के घर गया। वह नहीं है। 'भोला' गया हुआ है। हिन्दुओं की दुर्दशा देखने। अवश्य ही वापस आकर दुःख जताएगा। दस जगहों पर भाषण देगा। लोग वाहवाही देंगे। कहेंगे, 'अवामी लीग के कार्यकर्त्ता बड़े हमदर्द हैं, बड़े ही असाम्प्रदायिक।' फलस्वरूप हिन्दुओं का वोट और जाएगा कहाँ! अपनी पड़ोसिन 'माया' के प्रति उसमें माया नहीं है, वह गया है दूर की मायाओं को देखने। ढक्कन खोलकर बोतल से 'गट्-गट्' कुछ गले में उतार लेता है सुरंजन। अन्य लोगों को पीने की कुछ खास इच्छा नहीं है। फिर भी पानी मिलाकर थोड़ा-थोड़ा सभी ले लेते हैं। भूखे पेट में शराब पड़ने से उबकाई-सी आती है।

'शाम के वक्त मुझे घूमने की बड़ी इच्छा होती थी। माया को भी घूमने का बड़ा शौक था। उसे एक दिन 'शालवन विहार' ले जाऊँगा।'

विरूपाक्ष ने कहा, 'जनवरी की दो तारीख से उलेमा मशायखों का लांगमार्च है।'

'किस बात के लिए लांगमार्च?'

'वे लोग पैदल चलकर भारत जाएँगें। बाबरी मस्जिद के पुनर्निर्माण के लिए!'

'हिन्दुओं को भी साथ रखेंगे लांगमार्च में? लेने से मैं भी जाऊँगा। तुममें से कोई जाएगा?' सुरंजन ने पूछा।

सभी चुप्पी साधे एक-दूसरे का मुँह देखने लगे।

देवव्रत ने काफी हद तक धमकाने की आवाज में कहा, 'तुम इतना 'हिन्दू-मुसलमान'–'हिन्दू-मुसलमान' क्यों कर रहे हो। तुम्हारा हिन्दुत्व कुछ ज्यादा ही बढ़ गया है!'

'अच्छा देबू लड़कों को 'सरकमसिशन' न होने पर पता चलता है कि वह हिन्दू है। लेकिन लड़कियों के 'हिन्दू' समझे जाने का क्या उपाय है, बताओ तो? माया को ही लो। माया को यदि सड़क पर छोड़ दिया जाए। मान लो उसके हाथ-पैर बँधे हुए हों, तो कैसे पता चलेगा कि वह हिन्दू है? उसका तो मुसलमानों की तरह ही आँख-नाक, मुँह-हाथ, पैर-सिर है।'

सुरंजन की किसी भी बात का जवाब न देते हुए देवव्रत ने कहा, 'ज़िया-उर-रहमान के समय फरक्का के पानी के लिए सीमांत तक राजनीतिक लांगमार्च हुआ था। खालिदा ज़िया की हुकूमत का 1993 का साल शुरू होगा बाबरी मस्जिद निर्माण के लिए साम्प्रदायिक लांगमार्च के दौरान। फरक्का का लांगमार्च जिस तरह पानी के लिए नहीं था, बाबरी मस्जिद को लेकर इतना हंगामा करने का मकसद राजनीति को साम्प्रदायिकता के पावरहाउस में परिणत करना और गुलाम आजम विरोधी आन्दोलन से लोगों का ध्यान हटाना है। इस समय सरकार की एयरटाइट चुप्पी भी ध्यान देने लायक है। इतना कुछ हो रहा है, लेकिन सरकार कहे जा रही है—इस देश में साम्प्रदायिक सद्भावना है।'

इतने में पुलक अन्दर आया। पूछा, 'क्या बात है? दरवाजा खोलकर बैठे हो!'

'दरवाजा खुला है, शराब पी रहा हूँ, चिल्ला रहा हूँ। डर किस बात का? मरना होगा, मर जाएँगे! तुम क्यों बाहर निकले!'

'परिस्थिति काफी हद तक शान्त है। इसीलिए बाहर निकलने की हिम्मत हुई!'

'फिर अशान्त होने पर दरवाजे में कुंडी लगाकर बैठे रहोगे, है न', सुरंजन जोर से हँसा।

पुलक हैरानी के साथ सुरंजन का शराब पीना देखता रहा। वह डरते हुए, अपने को छिपाते हुए स्कूटर से आया है। देश की हालत कितनी भयावह है। और सुरंजन की तरह राजनीति-सजग लड़का घर बैठा हँस रहा है और शराब पी रहा है। ऐसे दृश्य की वह कल्पना भी नहीं कर सकता था। सुरंजन अचानक इतना कैसे बदल गया?

सुरंजन ने गिलास से एक घूँट लेते हुए कहा, 'गुलाम आज़म, गुलाम आज़म, गुलाम आज़म! गुलाम आज़म से मेरा क्या? गुलाम आज़म को सजा मिलने से मुझे क्या मिलेगा? उसके खिलाफ आन्दोलन करने से मुझे कोई उत्साह नहीं मिलता। माया को तो उसके नाम तक से घृणा होती है। उसका नाम सुनते ही उल्टी आती है। मुक्ति युद्ध में पाकिस्तानियों ने मेरे रिश्ते के दो चाचा और तीन मामा को गोली से उड़ा दिया। मेरी समझ में नहीं आता कि पिताजी को उन लोगों ने क्यों जिन्दा रखा था। शायद स्वाधीनता का आनन्द लेने के लिए। अब मजा चख रहे हैं न? बीवी-बच्चों के साथ स्वाधीनता की धूप ताप रहे हैं न, डॉक्टर सुधामय दत्त?'

सुरंजन फर्श पर पैर पसारे बैठा हुआ है। पुलक भी बैठ जाता है। धूल में अँटा

कमरा, टूटी हुई कुर्सी, बिखरी हुई किताबें, सारे कमरे में सिगरेट के टुकड़े, एक कोने में टूटी हुई अलमारी। सुरंजन का जैसा मिजाज है, शायद शराब पीकर सब तोड़ा होगा। घर इतना शान्त क्यों है? नहीं लगता कि यहाँ कोई है भी।

'इकराम हुसैन 'भोला' गया था। लौटकर बताया कि पुलिस, प्रशासन व बी. एन.पी. के लोगों का कहना है, 'भोला' की घटना बाबरी मस्जिद के टूटने की स्वाभाविक प्रतिक्रिया है। मतलब, 'स्पांटेनियस' मामला! यह लुटेरों का काम है और कुछ नहीं। हिन्दू उन्मूलन अभियान के तहत गाँव के गाँव जलाकर राख किये जा रहे हैं। हवा में सिर्फ जली हुई महक है। पुआल का ढेर, गौशालाएँ तक नहीं छोड़ीं। सब कुछ मिट गया। घर के कपड़े-लत्ते, जूते, तकिया-चादर से लेकर तेल की शीशी, यहाँ तक कि झाड़ू भी लूटकर घर में कैरोसिन डालकर आग लगा दी। आग में जलकर राख हो गये धान-खेत, नारियल के बाग। लड़कों के पहनने की लुंगी तक उतार कर ले गये। जो भी लड़की मिली, बलात्कार किया। साड़ी-जेवर उतार ले गये। हिन्दू जा-जाकर धान के खेतों में छिप गये। शंभूपुर के खासेरहाट स्कूल के टीचर निकुंज दत्त मर जाएँ! 'भोला' में यह नारा लगाया जा रहा है—'हिन्दू यदि जीना चाहो, बांग्ला छोड़ भारत जाओ।' हिन्दुओं को धमकाया जा रहा है, 'कब जाओगे, वरना गाय काट कर खिलाएँगे।' सम्पन्न हिन्दुओं की भी वैसी ही हालत है। उनके पास भी कुछ नहीं है। सब कुछ जलकर राख हो गया है। वे भी अभी नारियल के खोल में पानी पी रहे हैं, केले के पत्ते पर भात खा रहे हैं। वह भी राहत में मिले चावल से। दिन में एक बार साग-पात, कंद-मूल पकाकर खा रहे हैं। पति के सामने पत्नी का, पिता के सामने पुत्री का, भाई के सामने बहन का बलात्कार हुआ है। माँ और बेटी का एक साथ बलात्कार होने की घटना भी हुई है। कई लोग खुलेआम कह रहे हैं, 'भीख माँगकर खाऊँगा, लेकिन यहाँ अब और नहीं।' जो लोग राहत सामग्री लेकर देने जा रहे हैं, कोई-कोई उनसे भी कह रहा है, 'राहत की जरूरत नहीं, हमें पार कर दीजिए, हम चले जाते है।' शंभूपुर, गोलकपुर में एम.ए. बाछेत और सिराज पटवारी जो पहले 'शिविर' के नेता थे, अब बी.एन.पी. में हैं, ने हमला किया। 'लार्ड हार्डिंग्स' का एक भी हिन्दू घर नहीं बचा, जिसे न जलाया गया हो। प्रियलाल बाबू फ्रीडम फाइटर थे, उनके घर पर भी अत्याचार हुआ। उनके गाँव में अवामी लीग नेता अब्दुल कादिर, चेयरमैन विलायत हुसैन ने हमला किया। बबलूदास के तीन 'पावर ट्रेलर' जल गये। इकराम ने जब उससे जानना चाहा कि अब क्या करोगे तो वह बिलख पड़ा। बोला, 'मौका मिलते ही चला जाऊँगा।' पुलक शायद कहता ही रहता लेकिन सुरंजन ने उसे डपट कर चुप करा दिया। बोला, 'शटअप! और एक भी बात मत कहना। और कुछ भी कहोगे तो तुम्हें पीटूँगा।'

पुलक पहले तो सुरंजन के डपटने से घबड़ा गया। वह समझ नहीं पाया कि

सुरंजन इस तरह का अस्वाभाविक आचरण क्यों कर रहा है। शराब के नशे में? हो सकता है! देवव्रत की ओर देखते हुए सूखे होठों से मुस्कराया।

काफी समय तक कोई कुछ नहीं बोला। सुरंजन की शराब तेजी से खत्म होने लगी। वह शराब पीने का आदी नहीं है। कभी-कभार किसी के घर साथ बैठने पर पी लेता है। वह भी बहुत थोड़ी-सी। लेकिन आज उसका जी कर रहा है, कई बोतल एक ही घूँट में पी जाए। पुलक को चुप करा देने के बाद अचानक सारा वातावरण स्तब्ध हो गया। स्तब्धता के बीच सबको हैरान करता हुआ सुरंजन बिलखकर रो पड़ा। वह पुलक के कन्धे पर सिर टेककर विलाप करने लगा। पुलक के कन्धे से सरक कर उसका सिर जमीन पर गिर पड़ा। कमरे के अन्दर धीमी रोशनी है, शराब की महक और सुरंजन की हृदय विदारक रुलाई सुनकर कमरे में बैठे हुए हत्वाक लोग आशंका से और भी काठ हो गये। वह पिछली रात के ही कपड़े पहने हुए है। अब तक बदल नहीं पाया। न नहाया, न खाया। धूल-धूसरित शरीर। और, उसी दशा में धूल में लोटते-लोटते सुरंजन ने कहा, 'माया को वे लोग कल रात उठा ले गये।'

'क्या कहा?' पुलक ने चौंककर सुरंजन को देखा। एक ही साथ देवव्रत, नयन और विरूपाक्ष ने भी।

सुरंजन का शरीर तब भी दबी हुई रुलाई से हिल रहा था। शराब पड़ी की पड़ी रह गयी। गिलास उलटा पड़ा था। बची हुई गिलासों की शराब जमीन पर गिर रही है। 'माया नहीं है' इस वाक्य के आगे सब तुच्छ हो गया। किसी को कहने के लिए कोई शब्द नहीं मिला। इसके लिए तो ऐसा कोई सांत्वना-वाक्य नहीं है, जैसे बीमार आदमी से कहा जाता है—चिन्ता मत करो जल्दी ही ठीक हो जाओगे।

पूरा कमरा जब चुप्पी में डूबा हुआ था, तभी बेलाल अन्दर आया। उसने कमरे के माहौल को देखा। फर्श पर पड़े सुरंजन के शरीर को छूकर कहा, 'सुरंजन, सुना है माया को उठा ले गये हैं?'

सुरंजन ने सिर नहीं उठाया।

'जी.डी. कराई है क्या?'

सुरंजन ने फिर भी सिर नहीं उठाया।

बेलाल ने बाकी लोगों की तरफ देखते हुए जवाब की उम्मीद की। लेकिन उनके भाव से पता चला कि किसी को इस मामले में कोई जानकारी नहीं है।

'कुछ पता लगाया है, कौन लोग ले गये हैं?'

सुरंजन ने इस बार भी सिर नहीं उठाया।

बेलाल बिस्तर पर बैठ गया, सिगरेट सुलगायी। बोला, "क्या कुछ शुरू हुआ है चारों तरफ! गुंडे-बदमाशों को अच्छा मौका मिला है। उधर इंडिया में भी तो हम लोगों को मार रहे हैं।"

'आप लोगों को मतलब?'

'मुसलमानों को! बी.जे.पी. तो पकड़कर धड़ाधड़ काट रही है।'

'ओह!'

'उधर की खबरें सुनकर इनका भी माथा ठीक नहीं है। किसे दोष दें! वहाँ 'हमें' मार रहे हैं तो यहाँ 'तुम लोगों' को। क्या जरूरत थी मस्जिद तोड़ने की! इतने बरसों की पुरानी मस्जिद। महाकाव्य के चरित्र से राम की जन्मभूमि खोजने के लिए मस्जिद को खोद रहे हैं इंडियन लोग। कुछ दिनों बाद कहेंगे ताजमहल में हनुमान का जन्म हुआ था, इसलिए ताजमहल तोड़ो। बस, तोड़ देंगे। भारत में कहते हैं सेकुलरिज्म की चर्चा होती है! माया को आज क्यों उठा ले गये? मुख्य नायक तो आडवाणी और जोशी हैं। सुना है, 'मटियाबुर्ज' की हालत भयावह है।'

सुरंजन लावारिस लाश की तरह जमीन पर पड़ा रहता है। उस कमरे से आ रही किरणमयी के रोने की आवाज और सुधामय की अस्पष्ट कराह बेलाल के दुःख को और घना कर देती है।

'माया अवश्य लौट आएगी। वे लोग तो जिन्दा लड़की को निगल नहीं जाएँगे। चाची जी से कहना, हिम्मत रखें। और तुम भी लड़कियों की तरह क्यों रो रहे हो? रोकर समस्या का समाधान होगा? और आप लोग भी बैठे क्यों हो? लड़की गयी कहाँ, ढूँढ़ तो सकते हैं।'

विरूपाक्ष ने कहा, 'हमें तो अभी-अभी पता चला। किसी को पकड़ ले जाने पर क्या ढूँढ़ कर निकाला जा सकता है? फिर खोजेंगे भी कहाँ।'

'जरूर गांजा-हेरोइन लेता होगा, मुहल्ले का ही कोई होगा। लड़की पर नजर थी ही। इसलिए मौका पाते ही उठा ले गया। अच्छे आदमी क्या यह सब करते हैं? आजकल के शोहदे क्या घिनौनी हरकत कर रहे हैं। इसका मूल कारण आर्थिक अनिश्चयता है, समझे?'

विरूपाक्ष ने सिर झुका लिया। इनमें से किसी से बेलाल का परिचय नहीं है। बेलाल उत्तेजित हो गया, पाकेट से 'बेंसन' और लाइटर निकाला। सिगरेट उसके हाथ में ही थी। बोला, 'शराब कोई समाधान हुई? आप लोग ही कहिए, क्या शराब कोई समाधान है? इस देश में कोई दंगा हुआ है? यह सब तो दंगा नहीं है। मिठाई खाने के लालच में लड़के मिठाई की दुकान लूटते हैं। सुना है, भारत में अब तक चार हजार कि छह हजार दंगे हो चुके हैं। हजारों-हजार मुसलमान मर चुके हैं। यहाँ कितने हिन्दू मरे? हर हिन्दू इलाके में ट्रक भर-भर के पुलिस लगायी गयी है।'

कोई कुछ नहीं बोला। सुरंजन भी नहीं। उसकी बात करने की इच्छा नहीं होती। उसे बहुत नींद आ रही है। बेलाल सिगरेट नहीं सुलगाता है। पास ही जरा एक काम है, बोलकर चला जाता है। एक-एक कर दूसरे भी चले जाते हैं।

गोपाल के घर को भी लूटा गया है। वे सुरंजन के बगल वाले मकान में ही रहते हैं। एक दस-बारह वर्ष की लड़की सुरंजन के घर आयी। वह गोपाल की छोटी बहन है। आते ही उसने इनका टूटा-फूटा घर देखा। वह कमरे में दबे पाँव चलती है। सुरंजन लेटे-लेटे उसे देखता रहा। वह लड़की उसे बिल्ली की तरह लगती है। इस उम्र में ही उसकी आँखों में गहरा डर समाया हुआ है। वह सुरंजन के कमरे के दरवाजे के पास खड़ी होकर गोल-गोल आँखों से देखती है। सुरंजन सारी रात फर्श पर ही पड़ा रहा। बरामदे की धूप को देखकर उसे पता चला कि दिन काफी निकल आया है। वह हाथ से इशारा करते हुए उसे बुलाता है। पूछा, 'तुम्हारा नाम क्या है?'

'मादल।'

'किस स्कूल में पढ़ती हो?'

'शेरे बांग्ला बालिका विद्यालय।'

इस स्कूल का नाम पहले 'नारी शिक्षा मन्दिर था।' इसे लीला नाग ने बनवाया था। क्या आज कहीं भी लीला नाग का नाम लिया जाता है? जिस वक्त लड़कियों के पढ़ने का प्रचलन नहीं था उस वक्त वह घर-घर जाकर लड़कियों को स्कूल में पढ़ने के लिए उत्साहित करती थी। ढाका शहर में उसने खुद भाग-दौड़कर स्कूल का निर्माण किया था। जो आज भी है। मतलब वह इमारत अब तक है, लेकिन नाम बदल गया है। सम्भवतः लीला नाग का नाम लेना मना है, 'नारी शिक्षा मन्दिर' के नाम लेने पर भी अलिखित निषेधाज्ञा है या नहीं, क्या पता। यह भी बी.एम. कालेज, एम.सी. कालेज की तरह ही है। ताकि संक्षेपीकरण की गाँठ खुलने पर मुसलमान देश में हिन्दुत्व फिर से प्रकट न हो जाए। इकहत्तर में भी ढाका की सड़कों के नाम परिवर्तन करने की साजिश चल रही थी। पाकिस्तानी लोगों ने शहर की 240 सड़कों का नाम बदल कर इस्लामिक नाम रख दिया था। लालमोहन पोद्दार लेन को अब्दुल करीम गजनवी स्ट्रीट, शंखारी नगर लेन को गुल बदन स्ट्रीट, नवीन चाँद गोस्वामी रोड को बख़्तियार खिलजी रोड, कालीचरण साहा रोड को गाजी सालाउद्दीन रोड, राय बाजार को सुल्तानगंज, शशिभूषण चटर्जी लेन को सैयद सलीम स्ट्रीट, इंदिरा रोड को अनार कली रोड कर दिया गया।

बच्ची ने पूछा, 'आप ज़मीन पर क्यों सो रहे हैं?'

'ज़मीन मुझे अच्छी लगती है।'

'ज़मीन मुझे भी बहुत अच्छी लगती है। हमारे इस घर में आँगन था, हम लोग इस मकान को छोड़कर जा रहे हैं, नये मकान में आँगन नहीं है। ज़मीन भी नहीं है।'

'इसका मतलब है तुम खेल भी नहीं पाओगी।'

वह सुरंजन के सिरहाने के पास चौकी की पाई से पीठ टिकाती हुई बैठ जाती है। उसे भी सुरंजन के साथ बात करते हुए अच्छा लग रहा है। वह रह-रहकर

लम्बी साँस छोड़ती है और कहती है, 'मुझे यहाँ से जाते हुए बुरा लग रहा है (माया हो रही है)।' उस लड़की के 'माया' शब्द उच्चारण करते ही सुरंजन का शरीर सिहर उठा। वह उसे और नजदीक आकर बैठने को कहता है। मानो अब वह ही माया है। बचपन की माया, अपने भाई के पास बैठकर बातें करती थी जो लड़की! स्कूल की बातें, खेलकूद की बातें! कितने दिन हो गये उसने माया को पास बैठाकर बात नहीं की। बचपन में नदी के किनारे सुरंजन अन्य बच्चों के साथ मिलकर मिट्टी का घर बनाया करता था। माया भी बनाती थी। शाम को बनाकर रखते थे, और रात के अँधेरे में उफनता हुआ पानी उनके उन घरौंदों को तोड़ जाता था। हवाई मिठाई खाकर जीभ गुलाबी करने वाले वे दिन, महुआ मलुआ के दिन, घर से भागकर कासवन में घूमने वाले वे दिन...उस लड़की को सुरंजन हाथ बढ़ाकर छूता है। माया की तरह नरम-नरम हाथ। माया का हाथ अब किन लोगों ने पकड़ रखा है। अवश्य ही बहुत-से निर्मम, कर्कश हाथ। क्या माया भागना चाहती होगी? भागना चाहती है फिर भी भाग नहीं पाती। उसका शरीर फिर सिहर उठा। वह मादल का हाथ पकड़े ही रहता है। मानो वह ही माया है। छोड़ने पर कोई उसे पकड़कर ले जाएगा। किसी मजबूत रस्सी से बाँध देगा। मादल ने पूछा, 'आपका हाथ क्यों काँप रहा है?'

'काँप रहा है? तुम्हारे लिए बहुत माया हो रही है। तुम चली जाओगी जो!'

'हम लोग तो इंडिया नहीं जा रहे हैं। मीरपुर जा रहे हैं। सुबला लोग तो इंडिया चली जा रही है।'

'जब वे लोग तुम्हारे घर में घुसे, तुम क्या कर रही थीं?'

'बरामदे में खड़ी होकर रो रही थी। डर से। वे लोग हमारे टेलीविजन को भी उठा ले गये हैं। अलमारी से गहने का बक्सा ले गये और पिताजी का रुपया भी ले गये।'

'तुम्हें उन लोगों ने कुछ नहीं कहा?'

'जाते समय मेरे गाल में जोर से दो थप्पड़ मारा और कहा—चुप रहो, रोना मत।'

'और कुछ नहीं किया? तुम्हें पकड़कर ले जाना नहीं चाहा?'

'नहीं। माया दीदी को उन लोगों ने बहुत मारा है न? मेरे भैया को भी मारा। भैया सोया हुआ था। उसके सिर पर लाठी से मारा। बहुत खून बहा।'

सुरंजन सोचता है माया यदि मादल के उम्र की होती तो शायद बच जाती। उसे उस तरह से खींच कोई नहीं ले जाता। माया को कितने लोगों ने मिलकर बलात्कार किया होगा? पाँच? सात? या उससे भी ज्यादा। क्या माया का बहुत खून बह रहा है?

मादल ने कहा, 'माँ ने मुझे भेजा है, कहा है जाओ मौसीजी के साथ मिल आओ। मौसीजी तो खूब रो रही हैं।'

'मादल तुम मेरे साथ घूमने चलोगी?'

'माँ चिन्तित होगी।'

'माँ से पूछ कर चलना।'

माया हमेशा कहती थी, 'दादा, एक बार काक्स बाजार घुमाने ले जाओगे? चलो न मधुपुर जंगल में चलते हैं। मुझे बहुत सुन्दर वन देखने की इच्छा होती है।' कुछ दिनों तक तो जीवनानन्द की कविता पढ़कर जिद्द करने लगी कि 'नाटोर' जाएँगे। सुरंजन माया की हर जिद्द को 'धत्' कहकर टाल देता था। कहता, 'रखो तुम्हारा नटोर-फटोर। उससे अच्छा है तेजगाँव बस्ती में जाओ, लोगों को देखो। मनुष्य का जीवन देखो। उन पेड़-पौधों, पहाड़-पर्वतों को देखने से ज्यादा बेहतर होगा।' माया का सारा उत्साह फुर्र हो जाता था। आज सुरंजन को महसूस हो रहा है, कि क्या फायदा हुआ जीवन देखकर? क्या फायदा हुआ जन्म से मनुष्य का भला चाहकर? कृषि श्रमिकों का आन्दोलन, प्रॉलिटेरियट उत्थान, समाजतंत्र का विकास, इन बातों को सोचने से क्या फायदा। आखिरकार समाजतंत्र का पतन तो हो ही गया। रस्सी बाँधकर लेनिन को उतार ही दिया गया। अंततः हार तो हुई ही, जो लड़के मानवता का गीत गाते फिरते थे, उन्हीं के घर पर ज्यादा अमानवीय हमला हुआ।

मादल धीरे से उठ जाती है। उसके हाथ से माया के हाथ की तरह मादल का कोमल हाथ भी छूट गया।

हैदर आज भी नहीं आया। या फिर वह संघर्ष से भाग लिया है! वह और झमेले में पड़ना नहीं चाहता। सुरंजन भी समझता है कि माया को ढूँढ़ना व्यर्थ है। माया को यदि वापस लौटना होगा तो उस छह वर्ष की बच्ची की तरह खुद ही वापस आ जाएगी। सुरंजन को बहुत खाली-खाली लग रहा है। जब माया पारुल के घर थी, तब भी यह घर इसी तरह निस्तब्ध था, लेकिन उसे ऐसा तो नहीं लग रहा था। वह जानता था कि माया है, वापस आ जाएगी। लेकिन अब तो घर श्मशान की तरह लग रहा है। मानो किसी की मौत हो गयी है। कमरे में शराब की बोतल, पैर के पास लुढ़के हुए गिलास, बिखरी हुई किताबें, इन सबको देखते-देखते सुरंजन का सूना हृदय रुलाई से भर आया। मानो आँखों का सारा पानी सीने में ही आकर जमा हो गया है।

इस बार कमाल, रबिउल कोई भी सुरंजन का हालचाल पूछने नहीं आया। सोचा होगा जिनकी जिन्दगी है वही सँभाले! कल रात जब बेलाल आया था उसके स्वर में भी वही एक ही राग सुरंजन को सुनायी दिया था, 'तुम लोगों ने हमारी बाबरी मस्जिद क्यों तोड़ी है?' सुरंजन ने सोचा, बाबरी मस्जिद भारतीयों का मस्जिद है, यह मस्जिद भला बेलाल का कैसे होगा? फिर सुरंजन ने बाबरी मस्जिद कैसे तोड़ी? सुरंजन तो कभी भारत गया ही नहीं। वह कैसे मस्जिद तोड़ेगा? तो

क्या बेलाल भारत के हिन्दू और इस देश के हिन्दू को एक करके देख रहा है? हिन्दुओं ने मस्जिद तोड़ी है, इसका अर्थ सुरंजन ने तोड़ी है? सुरंजन एक हो है? भारत की मस्जिद तोड़ने का अपराध सुरंजन का है? धर्म के सामने देश और जाति तुच्छ हो जाते हैं? होता होगा, जो अशिक्षित, दुर्बल हैं, जो धर्म का खम्भा पकड़ कर जिन्दा रहना चाहते हैं, वे ऐसा सोचेंगे, लेकिन बेलाल ऐसा क्यों सोचेगा? इन सवालों का उसे कोई जवाब नहीं मिलता। उसकी मेज पर दो केले और एक बिस्कुट रखा हुआ है। किरणमयी चुपचाप आकर रख गयी है। उसे खाना न खाकर बोतल में बची शराब को पीने की इच्छा होती है। कल रात जब वह गहरी नींद में सो रहा था, माया बार-बार नींद में आकर उसे चूर-चूर कर रही थी। चेतना आते ही उस लड़की का चेहरा उभर आता था। आँखें बंद करते ही लगता था कि एक झुंड कुत्ते उसे नोच-नोच कर खा रहे हैं।

हैदर एक बार पूछने तक नहीं आया कि माया का कुछ पता चला या नहीं। आतंकवादियों को हैदर जितना पहचानता है सुरंजन उतना नहीं पहचानता। इसीलिए उसे उसकी शरण में जाना पड़ा। वरना वह खुद ही हर गली-कूचे को छान सकता था। कैसे हिन्दुओं का बलात्कार करने के लिए अब किसी गली-कूचे में जाने की जरूरत नहीं पड़ती, वह खुलेआम किया जा सकता है। जिस प्रकार खुलेआम लूट-पाट होती है। तोड़-फोड़ होती है, जलाया जाता है। हिन्दुओं पर अत्याचार करने के लिए आजकल किसी तरह के पर्दे की आड़ नहीं लेनी पड़ती है। एक तरह से तो इसमें सरकार का सपोर्ट है ही, क्योंकि यह सरकार तो सेक्यूलर राष्ट्र की सरकार नहीं है। इसलिए चालाकी से वह कट्टरपंथियों के स्वार्थ की ही रक्षा कर रही है। शेख हसीना ने तो उस दिन कहा ही है कि भारत के चौदह करोड़ मुसलमानों की जानमाल की रक्षा के स्वार्थ से ही हमें अपने देश में साम्प्रदायिक सद्भाव बनाये रखना होगा। शेख हसीना को क्यों भारत के मुसलमानों की बात पहले सोचनी पड़ती है? इस देश के नागरिकों के नागरिक अधिकार के कारण ही क्या साम्प्रदायिक सद्भावना की रक्षा करना जरूरी है? अपने देश के नागरिकों के जानमाल से अधिक भारतीय मुसलमानों के जानमाल के प्रति ज्यादा सहानुभूति दिखाने की जरूरत क्यों पड़ती है? तो क्या मान लेना पड़ेगा कि जमाती इस्लामी 'भारत विरोधिता व इस्लाम' मसाले से आज जो पकाकर जनता को परोस रहे हैं, वही मसाला अवामी लीग को भी व्यवहार करना पड़ रहा है? यह भी कम्युनिस्टों के इस्लामी मुखौटा पहनने की चतुराई है? भारत के मुसलमानों के स्वार्थ के लिए नहीं, इसका सबसे मौलिक और तर्कपूर्ण कारण है 'संवैधानिक अधिकारों का संरक्षण।' अपने धर्म और विश्वास सहित जीवन और संपत्ति की रक्षा करने का अधिकार इस देश के स्वतंत्र नागरिक होने के नाते हिन्दुओं के लिए भी स्वीकृत है। किसी धर्म या राजनैतिक दल की कृपा से नहीं, किसी व्यक्ति विशेष

की कृपा से नहीं, हिन्दुओं के जीने का अधिकार राष्ट्रीय नीति में ही है इसीलिए वे अन्य दस मनुष्यों की तरह ही जीयेंगे। क्यों सुरंजन को कमाल, बेलाल या हैदर की शरण में, अनुकंपा में जीना होगा।

चट्टग्राम के मीर सराय में छात्र यूनियन नेता कमल भौमिक के घर में आग लगाये जाने से उसकी चाची जल कर मर गयी। कुतुबदिया के हिन्दू मुहल्ले में आगजनी में तीन बच्चे जलकर मर गये। सात काइनिया के नाथपाड़ा का सूर्य मोहन आग में जल गया। मीर सराय के वासुदेव से जब पूछा गया कि गाँव पर किन लोगों ने हमला किया तो वासुदेव ने कहा, 'रात में जो लोग मारते हैं, दिन में वही सहानुभूति जताते हुए कहते हैं, तुम लोगों के लिए दिल रोता है।' खाजुरिया का यात्रामोहन नाथ पूछने पर कहता है, 'इससे अच्छा है, मुझे गोली से उड़ा दीजिए। वही ठीक रहेगा।' और इधर साम्प्रदायिक हिंसा शुरू होने के छह दिन बाद बंगलादेश के असाम्प्रदायिक राजनीति दलों को लेकर राष्ट्रीय समन्वय कमेटी ने सांस्कृतिक गुटों की साझेदारी में सर्वदलीय साम्प्रदायिक सद्भाव का गठन किया है। साम्प्रदायिकता की आग जब बुझ चुकी है, तब कमेटी का गठन किया है। यह कमेटी एक शान्ति जुलूस निकालने और आम सभा आयोजित करने के सिवा कोई और कार्यक्रम आगे बढ़ाने में असफल रही है। आम सभा में जमात दल और फ्रीडम पार्टी की राजनीति को प्रतिबंधित करने की माँग की जाएगी। इस माँग को सद्भावना कमेटी कितना महत्त्व देगी, सरकार की ओर से उन्हें प्रतिबंधित न किये जाने पर, वह देशव्यापी आन्दोलन में उतरेगी भी या नहीं। सुरंजन जानता है कि इस मुद्दे पर कोई भी नेता मुँह नहीं खोलेगा। कमेटी के किसी-किसी सदस्य ने लूटपाट करने वालों के खिलाफ मुकदमा चलाये जाने की बात भी कही है। लेकिन शनि अखाड़े के एक पीड़ित-प्रताड़ित व्यक्ति ने कहा, 'शनि अखाड़े में जिन लोगों ने तोड़-फोड़ की, हमारे घरों को जलाया, लूटपाट की, उन्हें हम जानते हैं। लेकिन हम लोग मुकदमा नहीं करेंगे क्योंकि जब विरोधी दल हमारे ऊपर हुए हमले को रोक नहीं पाये, तब मुकदमे के बाद वे हमें क्या सुरक्षा दे पाएँगे।' मुकदमा चलाने की बात को लेकर समूचे देश में ऐसी ही प्रतिक्रिया होगी। मुकदमा करने की अपील को सुरंजन राजनीतिक स्टंट ही मानता है। लोकतांत्रिक ताकतें तेज़ी से कार्यक्रम लेकर साम्प्रदायिक हिंसा को रोकने के लिए आगे नहीं आ पायीं। उनकी तुलना में साम्प्रदायिक ताकतें ज्यादा संगठित रूप में तेजी से अपना काम कर गयीं। एक हफ्ते बाद 'सर्वदलीय सद्भावना कमेटी' का गठन करके लोकतांत्रिक राजनीतिक दलों एवं संगठनों की आत्मतुष्टि का कोई कारण नहीं है। पाकिस्तान और भारत की तुलना में बंगलादेश में साम्प्रदायिक दंगे कम हुए हैं, ऐसा संतोष अनेक बुद्धिजीवियों को है, लेकिन सुरंजन समझ नहीं पाता है कि वे लोग क्यों नहीं समझना चाहते कि बांग्लादेश में घटनाएँ एकतरफा होती हैं। यहाँ के हिन्दू

भारत के मुसलमानों की तरह पलटकर वार नहीं करते। यह कारण है कि यहाँ दंगे कम होते हैं। इस उपमहादेश के तीनों राष्ट्रों के सत्तारूढ़ दलों ने राजनीतिक फायदे के लिए कट्टरपंथी, फासिस्ट ताकतों से हाथ मिला रखा है। कट्टरपंथियों ने ताकत इकट्ठी की है। भारत, ताजिकिस्तान, अफगानिस्तान, पाकिस्तान, अल्जीरिया, मिस्र, ईरान और सार्बिया में उनका एक ही मकसद है, लोकतांत्रिक ताकतों को चोट पहुँचाना। जर्मनी की सरकार ने तीन तुर्की नागरिकों को जलाकर मारने के अपराध में दो फासिस्ट दलों पर प्रतिबन्ध लगा दिया है। भारत में भी साम्प्रदायिक दलों पर प्रतिबन्ध लगाया गया। लेकिन भारत का यह प्रतिबन्ध कितने दिनों तक टिकेगा, कहा नहीं जा सकता। अल्जीरिया में भी प्रतिबन्ध लगा है। मिस्र की सरकार ने कड़ाई के साथ कट्टरपंथियों का दमन किया है। ताजिकिस्तान में कट्टरपंथियों और कम्युनिस्टों के बीच लड़ाई जारी है। क्या बंगलादेश की सरकार ने भूल कर एक बार की कट्टरपंथी, फासिस्ट दलों पर प्रतिबंध लगाने की बात कही है! चाहे और किसी भी देश में धर्म को लेकर राजनीति बन्द हो जाए, इस देश में नहीं हो सकती।

भारत के उग्र साम्प्रदायिक दलों की कृपा से सत्तारूढ़ बी.एन.पी. सरकार 'गुलाम आजम मुकदमा प्रकरण' को ध्यान में रखकर आन्दोलन के रुख को साम्प्रदायिकता की दिशा में मोड़ देने में सफल हुई है। इस मामले में जमात शिविर-फ्रीडम पार्टी और दूसरे साम्प्रदायिक दलों की तत्परता ने सरकार को मदद पहुँचाई है। जमाते-इस्लामी देशवासियों का ध्यान दूसरी तरफ मोड़कर 'गुलाम आजम मुकदमे के आन्दोलन' के दबाव से मुक्त हुई है। सांस्कृतिक संगठनों के साझे जुलूस में नारे लगाये गये—'साम्प्रदायिक दंगाबाजों को रोकेगा अब बंगलादेश।' आहा बंगलादेश। सुरंजन सिगरेट फूँकते-फूँकते बोला, 'साला सुअर का बच्चा, बंगलादेश।' यह गाली उसने बार-बार दुहरायी। उसे काफी आनन्द आ रहा था। अचानक हँस पड़ा, उसकी वह हँसी खुद को ही बड़ी क्रूर लगी।

मादल, किरणमयी के बदन से सटकर बैठी है। कहती है, 'मौसी जी, हम लोग मीरपुर चले आ रहे हैं। वहाँ गुंडे जा नहीं पायेंगे।'

'क्यों नहीं जा पाएँगे?'

'मीरपुर तो बहुत दूर है, न।'

मादल समझती है कि गुंडे सिर्फ टिकाटुली में ही रहते हैं। मीरपुर दूर है इसलिए वे वहाँ नहीं जाते। किरणमयी सोचती है जो लोग हिन्दुओं का घर लूटते हैं, तोड़ते हैं, जलाते हैं, मायाओं को उठा ले जाते हैं, क्या वे सिर्फ गुंडे हैं? गुंडे तो हिन्दू-मुसलमान नहीं मानते, सभी घरों पर हमला करते हैं। जो लोग धर्म देखकर

लूट करते हैं, अपहरण करते हैं, उन्हें गुंडा कहने से 'गुंडा' नाम का अपमान ही होगा।

सुधामय लेटे हुए हैं। लेटे रहने के अलावा तो उनको कोई काम नहीं है। अचल, व्यर्थ जीवन लेकर जिन्दा रहने की क्या जरूरत है। खामखाह किरणमयी को कष्ट दे रहे हैं। सब कुछ सहने वाली धरती की तरह हैं किरणमयी, जरा भी क्लांति नहीं है उनमें। सारी रात आँसू बहाती हैं, क्या उनकी इच्छा होती है सुबह उठकर चूल्हा जलाने की! फिर भी जलाना पड़ता है। पेट की भूख तो सबको पछाड़ कर आगे आ जाती है। सुरंजन ने तो नहाना-खाना छोड़ ही दिया है, किरणमयी भी काफी हद तक उसी तरह हो गयी है, सुधामय की भी खाने में रुचि नहीं है। माया तो आज भी नहीं लौटी! क्या माया अब नहीं लौटेगी? काश, अपने जीवन के बदले माया को वापस ला पाते! यदि चौराहे पर खड़ा होकर कहा जा सकता, 'माया को वापस चाहता हूँ। माया को वापस माँगने का मुझे अधिकार है।' अधिकार? यह शब्द अब सुधामय को अर्थहीन लगता है। छियालिस में तब उसकी उम्र ही कितनी रही होगी, कालीबाड़ी की एक दुकान में 'संदेश' खाकर उन्होंने कहा, 'एक गिलास पानी दोगे, भाई!' शहर में उस वक्त हिन्दू-मुसलमान के बीच असन्तोष घना हो उठा था। मिठाई की दुकान में बैठे कुछ मुसलमानों ने उन्हें तीखी निगाह से देखा था। सुधामय 'जल' नहीं माँग सकते थे। डर से? शायद डर से ही, वरना और क्या!

अंग्रेजों ने इस बात को समझा था कि हिन्दू-मुसलमानों की एकता व सद्भावना को तोड़े बिना उनके लिए भारत में उपनिवेशी शासन और शोषण करना सम्भव नहीं। उनकी कूटनीति से ही पैदा हुआ डिवाइड एंड रूल। सुधामय ने सोचा, ऐसा कैसे सम्भव हुआ जहाँ नब्बे फीसदी किसान मुसलमान थे, वहीं नब्बे फीसदी जमीन हिन्दुओं की थी। जमीन को लेकर ही रूसी-चीनी क्रांति, जमीन को लेकर ही बंगाल में हिन्दू-मुसलमान का संघर्ष। जमीन का संघर्ष ही धर्म का संघर्ष होकर खड़ा हुआ। अंग्रेजों के तुष्टिकरण से ही इस बंगाल में 1906 में साम्प्रदायिकता के आधार पर 'मुस्लिम लीग' का जन्म हुआ था। अविभाजित भारत के सामाजिक-राजनीतिक जीवन को साम्प्रदायिक विष से कलुषित करने के लिए यह दल ही उत्तरदायी है। वैसे कांग्रेस भी दोषमुक्त नहीं रही। सन् सैंतालीस के बाद चौबीस वर्ष तक साम्राज्यवाद के सहयोगी पाकिस्तानी शासकों ने इस्लामी इतिहास, भारत विरोधी स्वर और साम्प्रदायिकता का धुआँ उड़ाकर इस देश की जनता के गणतांत्रिक अधिकार का हरण किया था। इकहत्तर में उस अधिकार को वापस पाकर सुधामय ने निश्चिन्तता की साँस ली थी। लेकिन उनकी साँस बीच-बीच में ही अटकने लगती है। बंगलादेश के स्वाधीन होने के बाद चार राष्ट्रीय मूलनीतियों में धर्म-निरपेक्षता को भी स्थान दिया गया। यह थी साम्प्रदायिक पुनरुत्थान के विरुद्ध एक अजेय

दीवार। पचहत्तर के पंद्रह अगस्त के बाद ही साम्प्रदायिकता का नया आविर्भाव हुआ। साम्प्रदायिकता से गठबंधन हुआ हिंसा, कट्टरपंथ, धर्मान्धता और स्वेच्छाचार का। साम्प्रदायिक सोच को भद्रता का लिबास पहनाने के लिए एक आदर्श आधारित सिद्धान्त की जरूरत पड़ती है। पाकिस्तान बनाने से पहले इस सिद्धांत का नाम दिया गया 'द्विराष्ट्रीयता का सिद्धान्त' और बंगलादेश में पचहत्तर के बाद इसी का नाम हुआ बांग्लादेशी राष्ट्रीयतावाद। हजारों बरसों की बांग्ला विरासत को धो-पोंछकर उन्हें बांग्लादेशी होना होगा। बांग्लादेशी गाय, गधा, धान, पाट की ही तरह मनुष्य भी अब 'बांग्लादेशी' है। सन् अट्ठासी के आठवें संशोधन के बाद बंगलादेश के संविधान में लिखा गया— गणतन्त्र का राज्य धर्म इस्लाम है, किन्तु शान्ति और समन्वय के साथ अन्य धर्मों का पालन भी किया जा सकता है। यहाँ पर 'किया जा सकता है' ऐसा शब्द क्यों कहा गया? 'किया जाएगा' क्यों नहीं? मौलिक अधिकारों के बारे में वैसे लिखा हुआ है 'सिर्फ धर्म, समूह, वर्ण, स्त्री, पुरुष भेद या जन्म स्थान के कारण किसी नागरिक के प्रति राष्ट्र वैषम्य का प्रदर्शन नहीं करेगा।' लेकिन विषमता की बात स्वीकार न करने से क्या होगा, विषमता यदि मौजूद न होती तो माया को वे लोग क्यों उठा ले जाते। क्यों गाली देते हैं 'मालाउन का बच्चा' कहकर? गुंडे क्या 'मालाउन का बच्चा' कह कर गाली देते हैं? वैसा होने पर वह सिर्फ गुंडागर्दी नहीं, और कुछ भी है, जो दिन-ब-दिन घना होता जा रहा है। स्कूल की जगह देश में मदरसे बढ़ रहे हैं, मस्जिदें बढ़ रही हैं, इस्लामी जलसे बढ़ रहे हैं, माइक में अजान बढ़ रही है, एक मुहल्ले में दो-तीन घरों के अंतराल पर मस्जिद, चारों तरफ उसके माइक। वैसे हिन्दुओं की पूजा के समय माइक पर रोक रहती है। यदि माइक बजता ही है तो सिर्फ मुसलमानों का माइक ही क्यों बजेगा? राष्ट्र संघ मानवाधिकार सार्वजनिक घोषणापत्र की 28वीं धारा में कहा गया है, 'प्रत्येक को सोच, विवेक और धर्म की स्वाधीनता का अधिकार है। अपने धर्म अथवा विश्वास परिवर्तन की स्वतंत्रता एवं अकेले अथवा दूसरों से मिलकर खुलेआम या गोपनीय रूप से अपने धर्म या विश्वास के अनुरूप शिक्षा-दान, प्रचार, उपासना और पालन के जरिए व्यक्त करने की स्वतंत्रता इस अधिकार में अंतर्निहित है।' यदि ऐसा ही है तो हिन्दुओं के मंदिर क्यों तोड़े जाते हैं। हालाँकि सुधामय का मंदिर में विश्वास नहीं है, फिर भी मंदिर को ही तोड़े जाने का पक्ष वे नहीं ले सकते। और, यह जो इतनी तोड़-फोड़, आगजनी हो रही है, क्या इनके लिए कोई सजा नहीं है? 'पेनलकोड' में इसकी सजा एक साल, ज्यादा से ज्यादा दो साल या बहुत ज्यादा हो तो तीन साल लिखी गयी है।

सुधामय की खुद की बीमारी को पीछे छोड़ते हुए अन्य बीमारियाँ उन्हें ग्रस लेती हैं। एक देश बराबर अस्वस्थ होता जा रहा है। लम्बे समय के संग्राम के बाद पाकिस्तानियों के चंगुल से बंगालियों को मुक्ति मिली, स्वाधीन देश का एक

संविधान बना। हमने, बंगलादेश की जनता ने, 26 मार्च 1971 को अपनी स्वाधीनता की घोषणा के साथ और राष्ट्रीय मुक्ति के ऐतिहासिक आन्दोलन के द्वारा स्वतन्त्र, सार्वभौम जनवादी गणतन्त्र बंगलादेश की स्थापना की।

हमने प्रतिज्ञा की कि राष्ट्रवाद, समाजवाद, प्रजातन्त्र और धर्मनिरपेक्षता के उच्च आदर्श, जिन्होंने हमारे वीरतापूर्ण जनगण को स्वयं को प्रतिबद्ध करने और अपने बहादुर शहीदों को राष्ट्रीय मुक्ति संघर्ष में अपना जीवन कुर्बान करने के लिए अनुप्राणित किया, वे आदर्श हमारे संविधान के मूल सिद्धान्त होंगे।

1978 में राष्ट्रीय मुक्ति संघर्ष बदलकर राष्ट्रीय स्वाधीनता का युद्ध हो गया। और ...सर्वशक्ति मान अल्लाह में पूरा भरोसा और विश्वास, राष्ट्रवाद, प्रजातन्त्र और समाजवाद के ऊपर जोड़ दिया गया।

बहत्तर के संविधान को बदल कर अठहत्तर के संविधान की शुरुआत में बिसमिल्लाहिर रहमानी रहीम (दयावान, परम दयालु, अल्लाह के नाम पर) बैठाया गया। संविधान की 12वीं धारा को पूर्ण रूप से उड़ा दिया गया। वह धारा इस प्रकार थी—धर्म निरपेक्षता और धार्मिक स्वतन्त्रता—

12. धर्म निरपेक्षता का सिद्धान्त लागू होगा निम्नलिखित के परित्याग द्वारा—

(अ) साम्प्रदायिकता के सभी स्वरूपों

(ब) किसी धर्म को राज्य द्वारा राजनैतिक दर्जा देना

(स) राजनैतिक उद्देश्य से धर्म का दुरुपयोग

(द) किसी विशिष्ट धर्म को मानने वालों के विरुद्ध भेदभाव और उत्पीड़न।

धारा 25 (2) नम्बर से धर्मनिरपेक्षता हटाकर जोड़ा गया राष्ट्र इस्लामी एकता के आधार पर मुस्लिम देश समूह के साथ भ्रातृत्व की भावना व एकता को संरक्षण और जोरदार करने में क्रियाशील होगा।

बहत्तर के संविधान की 6 नम्बर की धारा में था बंगलादेश की नागरिकता कानून द्वारा निर्धारित होगी। बंगलादेश के नागरिक नाम से जाने जाएँगे। जियारत रहमान ने बदल दिया—बंगलादेश के नागरिक बांग्लादेशी कहलाएँगे।

सुधामय की आँखों के सामने अँधेरा है। दोपहर नहीं बीती, अभी से कमरे में इतना अँधेरा क्यों होगा! तो क्या उनकी आँखों की रोशनी घट रही है। या फिर बहुत दिन हो गये चश्मा नहीं बदला, इसलिए। कहीं आँखों में जाला तो नहीं पड़ रहा है। या फिर बार-बार आँखों में पानी आने से उनकी नजर धुँधला रही है।

सुरंजन भी कैसा बदलता जा रहा है। एक बार भी पास आकर नहीं बैठता। माया को उठा ले जाने के बाद से भूलकर भी उसने इस कमरे में क़दम नहीं रखा। सुधामय इस कमरे से ही उस कमरे में चल रही अड्डेबाजी व शराब पीने की आवाज सुनते हैं। क्या वह लड़का बिगड़ता जा रहा है? उन्होंने सुरंजन को घर में शराब पीते हुए कभी नहीं देखा। अब तो वह किसी की परवाह ही नहीं करता। दो ही

दिनों में वह अपनी माँ को भी भूल गया! सुधामय को यकीन नहीं आता, सुरंजन का अचानक चुप्पी साध लेना सुधामय को और भी व्याकुल कर देता है। वह लड़का बर्बाद तो नहीं हो रहा है!

सुरंजन कहीं नहीं जाएगा। माया को ढूँढ़ने से कोई फायदा नहीं, यह वह समझ गया है। रास्ते में निकलते ही लोग कहेंगे, 'साला मालाउन का बच्चा!' इससे तो अच्छा है घर में ही पड़ा रहे। यह सब सुनते-सुनते सुरंजन के कान सड़ते जा रहे हैं। अब वह किसी समाजवादी पार्टी, वामपंथी नेता-वेता पर विश्वास नहीं करता। उसने बहुतेरे वामपंथियों को 'साला, मालाउन का बच्चा' कहकर गालियाँ देते सुना है। कृष्ण विनोद राय को सभी कहते थे कबीर भाई। रवीन दत्त को नाम बदलकर अब्दुस्सलाम होना पड़ा। कम्युनिस्ट पार्टी में रहकर भी यदि हिन्दू नाम बदलना पड़ा तो और किस पार्टी पर भरोसा किया जाए! या वह जमात पार्टी में नाम लिखायेगा? सीधे निजामी से जाकर कहेगा, 'हुजूर, अस्सलाम वालेकुम!' दूसरे दिन अखबारों में मोटे-मोटे अक्षरों में निकलेगा, 'हिन्दू का जमाते इस्लामी में योगदान।' सुना है, जगन्नाथ नाम होने पर भी जमाते इस्लामी को वोट मिलता है। इसका कारण है रुपया। हर महीने पाँच हजार रुपया मिलने पर कौन जमाती को वोट नहीं देगा। सुरंजन वामपंथी दलों से बदला लेना चाहता है। जिन्होंने उसे आशा के बदले निराशा में डुबा दिया। दल के लोग एक-एक कर दूसरे दल में घुस गये। आज एक बात कहते हैं तो कल दूसरा कुछ। कामरेड फरहाद के मर जाने पर सी. पी.बी. ऑफिस में कुरानखानी और मिलाद महफिल का आयोजन किया गया। धूमधाम से कामरेड का जनाजा निकाला गया। क्यों ऐसा हुआ, क्यों अंततः कम्युनिस्टों को इस्लामी झंडे के नीचे आश्रय लेना पड़ता है? जनता के 'नास्तिकता के आरोप' से बचने के लिए ही तो! क्या इससे वे लोग बचे भी हैं? इतना सिर पीट कर भी देश की सबसे पुरानी पार्टी जनता का विश्वास अर्जित नहीं कर पायी। सुरंजन इसका दोष जनता को नहीं देता, देता है दिग्भ्रमित वामपंथी नेताओं को ही।

देश में आज मदरसों की तादाद बढ़ रही है। एक देश को आर्थिक दृष्टि से पंगु बनाने की इससे बेहतर परिकल्पना और क्या हो सकती है। शायद शेख मुजीब ने ही गाँव-गाँव में मदरसे को बढ़ावा दिया था। पता नहीं, कहाँ से कौन आकर इस देश का सर्वनाश कर गया। जिस जाति ने भाषा आन्दोलन किया, इकहत्तर का मुक्ति युद्ध लड़ा, उस जाति का ऐसा सर्वनाश आँखों से न देखने पर विश्वास ही नहीं किया जा सकता। कहाँ गया बंगाली संस्कृति का वह बोध, कहाँ गया बांग्ला का बौद्ध, बांग्ला का क्रिश्चियन, बांग्ला का मुसलमान, हम सब

बंगाली का वह स्वर, वह चेतना? सुरंजन बड़ा अकेला महसूस करने लगा। बहुत अकेला। मानो वह बंगाली नहीं, मनुष्य नहीं, एक हिन्दू दोपाया जीव है जो खुद की जमीन पर 'परवासी' होकर बैठा है।

इस देश के मंत्रालयों में 'धर्म मंत्रालय' नामक एक मंत्रालय है। धर्म के खाते में पिछले वर्ष का बजट बड़ा उपादेय था। सुरंजन इसे उपादेय ही कहेगा। विकास के मद में धार्मिक उद्देश्य से सहायता मंजूरी राशि : इस्लामी फेडरेशन को 1,50,00,000 रुपये, वक्फ प्रशासन के लिए 8,00,000 रुपये, अन्य धार्मिक खाते में 2,60,00,000 रुपये अल्पसंख्यक सम्प्रदाय के लिए अमानत खाते में 2,50,000 रुपये। मस्जिद में मुफ्त की विद्युत आपूर्ति के लिए 1,20,00,000। मस्जिद में मुफ्त जलापूर्ति के लिए 50,00,000 रुपये। ढाका तारा मस्जिद 3,00,000 रुपये। कुल 8,45,70,000 रुपये। वायतुल मुकर्रम मस्जिद की देखरेख के लिए 15,00,000 रुपये। इनमें अल्पसंख्यक सम्प्रदाय के लिए अमानत खाते में महज 2,50,000 रुपये की मंजूरी दी गयी। प्रशिक्षण और उत्पादनमुखी कार्यक्रमों के संचालन और प्रसार के लिए कुल 144 धार्मिक क्षेत्रों में 10,93,38,000 रुपये। देश में धार्मिक अल्पसंख्यकों की संख्या करीब ढाई करोड़ है। ढाई करोड़ लोगों के लिए ढाई लाख रुपये की मंजूरी कितनी मजेदार बात है।

विकास के मद में धर्म मंत्रालय 20,00,000 रुपये। बांग्ला भाषा में इस्लामी विश्वकोष के संकलन व प्रकाशन के लिए 20,000 रुपये। इस्लामिक फाउंडेशन के इस्लामिक सांस्कृतिक केन्द्र की परियोजना के लिए 1,90,00,000 रुपये। इस्लामिक फाउंडेशन के प्रकाशन, अनुवाद और शोध कार्यक्रम के लिए 1,68,75,000 रुपये। इमाम प्रशिक्षण परियोजना, इस्लामिक फाउंडेशन के पुस्तकालय के विकास कार्यक्रम के लिए 15,00,000 रुपये। मस्जिद पाठागार परियोजना के लिए 25,00,000 रुपये। नये जिलों में इस्लामिक सांस्कृतिक केन्द्र के प्रसार के लिए, इमाम प्रशिक्षण/ट्रेनिंग एकेडेमी के लिए 1,50,00,000 रुपये। कुल 5,68,75,000 रुपये। फिर उपखाते में 2,60,000 रुपये का विभाजन इस प्रकार हुआ—इस्लाम धार्मिक अनुष्ठान/उत्सव-समारोह आदि के लिए 5,00,000 रुपये। इस्लामी धार्मिक संगठनों के लिए कार्य सूची मूलक सहायता की मंजूरी 28,60,000 रुपये। माननीय संसद सदस्यों के जरिये देश की विभिन्न मस्जिदों के पुनर्निर्माण/मरम्मत और पुनर्वास के लिए 2,00,00,000 रुपये। विदेश से आये और विदेश जाने वाले धार्मिक प्रतिनिधि दलों के खर्च के लिए मंजूरी राशि 10,00,000 रुपये। अंतर्राष्ट्रीय धार्मिक संख्या संबंधी अनुदान के लिए 6,40,000 रुपये। नव मुस्लिम व गरीबों के पुनर्वास के लिए 10,00,000 रुपये। कुल 2,60,00,000 रुपये। 1991-1992 के धार्मिक खाते के अनुमोदित बजट में पाया जाता है कि उन्नयन एवं अनुन्नयन खाते में कुल अनुमोदित राशि 16,62,13,000 रुपये है। इस बजट में नव मुसलमानों के

पुनर्वास का खाता भी बहुत मजेदार है। इस खाते में दस लाख रुपये की मंजूरी मिली है। लेकिन विकास खाते में अल्पसंख्यकों के लिए कोई व्यवस्था नहीं है। एक दरिद्र देश जिसमें कई धर्म, कई वर्ण के लोग रहते हों, किसी एक विशेष धर्म को ग्रहण करने, उसको बढ़ाने का यह प्रलोभन अत्यंत लज्जा का विषय है। देश की आर्थिक रीढ़ टूटी हुई है। प्रति व्यक्ति कर्ज का बोझ कितना है, क्या हमने एक बार भी इसका हिसाब लगाया है! देश की इस पंगु आर्थिक हालत में राष्ट्रीय बजट में इस्लाम संबंधी विषयों के लिए इतनी बड़ी राशि के अनुमोदन का क्या तर्क है? इतना ही नही, इस बजट में विभेदपूर्ण अनुमोदन ने राष्ट्रीय सद्भावना को भी नष्ट किया है। कोई क्या इस बारे में नहीं सोचता? सुरंजन इसके बारे में सोच ही रहा था कि देखा, काजल देवनाथ दरवाजा खोलकर अंदर आये।

'क्या बात है सुरंजन, बेवक्त सो रहे हो?'

'मेरे लिए वक्त-बेवक्त क्या है!' सुरंजन हटते हुए काजल के बैठने की जगह कर देता है।

'माया लौटी?'

'नहीं।' सुरंजन निःश्वास छोड़ता है।

'क्या कर सकते हैं, बताओ तो। हम लोगों को कुछ तो करना चाहिए।'

'क्या कर सकते हैं?'

काजल देवनाथ के अधपके बाल, उम्र चालीस के ऊपर, ढीला-ढाला शर्ट पहने हैं। उनके ललाट पर भी चिन्ता की सिकुड़न पड़ी है। सिगरेट निकालकर बोले, 'पिओगे क्या?'

'दीजिए।' सुरंजन हाथ बढ़ाता है। बहुत दिनों से उसने सिगरेट नहीं खरीदी। पैसा किससे माँगेगा वह। किरणमयी से? शर्म के मारे तो उसने उस कमरे में जाना ही छोड़ दिया है। मानो माया के खो जाने की लज्जा उसी की है, सुरंजन को ऐसा ही लगता है। क्योंकि देश को लेकर ज्यादा उछल-कूद तो उसी ने की है। इस देश का आदमी असाम्प्रदायिक है, यह प्रमाणित करने के लिए वही ज्यादा चिल्लाता रहा है, लज्जा इसीलिए उसी की है। वह इस लज्जित चेहरे को लेकर सुधामय की तरह एक आदर्शवादी, सत्य और न्यायनिष्ठ व्यक्ति के सामने खड़ा नहीं होना चाहता। सुरंजन भूखे पेट सिगरेट पीता है। माया अगर देखती तो कहती, खबरदार दादा, अच्छा नहीं होगा जो तुमने खाली पेट सिगरेट पी। तुम्हें कैंसर होगा, मर जाओगे।

सुरंजन को यदि कैंसर होता, तो बुरा नहीं होता। लेटे-लेटे मृत्यु की प्रतीक्षा करता। किसी उम्मीद को लेकर जीना नहीं पड़ता।

काजल देवनाथ क्या करें, कुछ सोच नहीं पा रहे थे। उन्होंने कहा, 'आज तुम्हारी बहन को उठा ले गये, कल मेरी लड़की को उठा लेंगे। उठाएँगे ही तो।

आज गौतम के सिर पर वार किया है, कल मेरे या तुम्हारे सिर पर वार करेंगे।'

सुरंजन ने पूछा, 'हम लोग पहले मनुष्य हैं या हिन्दू बताइए तो?'

काजल कमरे में चारों तरफ देखकर बोले, 'यहाँ भी आये थे न?'

'हाँ।'

'माया उस समय क्या कर रही थी?'

'सुना है, पिताजी के लिए खाना लगा रही थी।'

'उन्हें मार नहीं सकी?'

'कैसे मारती? उनके हाथों में मोटी-मोटी लाठियाँ थीं, रॉड और लोहे की छड़ें थीं। फिर क्या हिन्दुओं की हिम्मत है जो मुसलमानों पर हाथ उठायें, भारत के अल्पसंख्यक मुसलमान उल्टे वार करते हैं। दोनों में मारपीट होती है। उसे दंगा कहा जाता है। वहाँ दंगा होता है और लोग इस देश की घटनाओं को दंगा कहते हैं। यहाँ जो हो रहा है, वह है साम्प्रदायिक आतंक। इसे अत्याचार-उत्पीड़न कहा जा सकता है। एक दल, दूसरे दल को जी भरकर पीट रहा है, मार रहा है।'

'क्या लगता है कि माया लौटेगी?'

'पता नहीं।' माया की चर्चा छिड़ते ही सुरंजन महसूस करता है कि उसके गले में कुछ अटका हुआ है, छाती के अंदर एक शून्यता आ जाती है।

'काजल दा, देश में और क्या-क्या हुआ?' सुरंजन माया का प्रसंग टालना चाहता है।

काजल देवनाथ छत की तरफ धुआँ छोड़कर बोले, 'आठ हजार मकान, दो हजार सात सौ व्यावसायिक प्रतिष्ठान, तीन हजार छह सौ मंदिरों को हानि पहुँचाई गयी, तोड़ दिया गया। बारह लोग मारे गए और दो करोड़ रुपये की हानि हुई। गाँव के गाँव उजाड़ दिये। 43 जिलों में ध्वंस-यज्ञ चलाया गया। उत्पीड़ित हुईं दो हजार छह सौ स्त्रियाँ। बुरी तरह क्षतिग्रस्त मंदिरों में पाँच सौ साल पुराना गौरांग महाप्रभु का प्राचीन मंदिर, जो सिलहट के दक्षिण में है, बनियाचंग की कई सौ साल पुरानी कालीबाड़ी, चट्टग्राम का कैवल्यधाम, तुलसीधाम, भोला का मदनमोहन अखाड़ा, सुनामगंज और फरीदपुर के रामकृष्ण मिशन शामिल हैं।

सुरंजन ने पूछा, 'सरकार की ओर से कुछ सहायता-वहायता नहीं मिली!'

'नहीं, सरकार ने तो दीया ही नहीं, किसी स्वयंसेवी संस्था को भी मदद करने की अनुमति नहीं मिली। वैसे गैर-सरकारी कुछ संस्थाएँ निजी प्रयास और उत्साह से आगे आयी हैं। हजारों हजार बेघर खुले आकाश के नीचे बैठे हैं। न कपड़ा है न खाना, न घर। बलात्कार की शिकार लड़कियाँ गूँगी हो गयी हैं, उनके मुँह में जुबान नहीं है। व्यवसायी सब कुछ खोकर हाथ पसारे बैठे हैं। अब तक उन्हें डराकर रुपया ऐंठा जा रहा है, जमीन-जायदाद पर कब्जा किया जा रहा है। बरिशाल जिले में अनुमानित पचहत्तर करोड़ रुपये की आवासीय बर्बादी हुई है।

व्यावसायिक प्रतिष्ठानों की कुल मिलाकर बाईस करोड़ रुपये की, सब मंदिरों को मिलाकर सत्तावन करोड़ रुपये की सम्पत्ति का नुकसान हुआ है।'

'और अच्छा नहीं लगता, काजल दा। और अच्छा नहीं लगता!'

'सबसे बुरा क्या हो रहा है, जानते हो? देश-त्याग। इस बार के भयानक देश-त्याग को रोकने का और कोई उपाय नहीं है। सरकारी पक्ष से बराबर कहा जा रहा है, हिन्दू देश से पलायन नहीं कर रहे हैं। कलकत्ता की 'देश' पत्रिका ने एक बार लिखा था न—'साल में करीब डेढ़ लाख बांग्लादेशी यहाँ घुसपैठ कर रहे हैं और इनमें से अधिकतर वापस नहीं जा रहे हैं।' पिछले दो दशक में पचास लाख से भी अधिक अल्पसंख्यक देश से पलायन के लिए बाध्य हुए। चार जनगणना रिपोर्टें क्या कहती हैं, सुनो! 1941 में मुसलमानों की संख्या थी 70.3 प्रतिशत, हिन्दू थे 28.3 प्रतिशत। 1951 में मुसलमान थे 76.9 प्रतिशत और हिन्दू थे 22.00 प्रतिशत। 1961 में मुसलमान थे 80.4 प्रतिशत, हिन्दू 18.4 प्रतिशत। 1974 में मुसलमान थे 84.4 प्रतिशत और हिन्दू थे 12.1 प्रतिशत। 1991 में मुसलमानों की आबादी हुई 86.4 प्रतिशत और हिन्दू रह गये। 12.6 प्रतिशत। इससे यह पता चलता है कि मुसलमानों की आबादी हर साल बढ़ रही है और हिन्दुओं की घट रही है। क्यों घट रही है? आखिर कहाँ जा रहे हैं ये लोग? यदि सरकार कहती है कि माइग्रेशन नहीं हो रहा है तो गणना की रिपोर्ट ऐसी क्यों है। अब नयी जनगणना का नियम क्या है, जानते हो? हिन्दू-मुसलमान को अलग-अलग गिनेंगे।'

'इसका कारण?'

'ताकि हिन्दुओं की आबादी घटने का सही-सही हिसाब मिल पाये।'

'तो कहा जा सकता है कि यह सरकार बड़ी चालाक है। है, न काजल दा?' सुरंजन ने अंगड़ाई लेते हुए कहा।

काजल देवनाथ ने और कुछ न कहकर एक सिगरेट होंठों से लगा ली। फिर पूछा, 'एश ट्रे है?'

'पूरे कमरे को ही एश ट्रे मान लीजिए।'

'तुम्हारे माँ-बाप से मिलकर उन्हें क्या सांत्वना दूँगा, बताओ तो?' काजल देवनाथ लज्जा से सिर झुका लेते हैं। उन्हें इतनी लज्जा होती है मानो उन्हीं के भाई ने माया का अपहरण किया है।

फिर माया का प्रसंग। फिर उसके हृदय से ज्वालामुखी की तरह लावा निकलता है। सुरंजन इस प्रसंग को बदलते हुए कहता है, 'अच्छा काजल दा, जिन्ना ने तो कहा ही था अब से हम सभी पाकिस्तानी हैं, कोई हिन्दू-मुसलमान नहीं। फिर भी क्या हिन्दुओं का भारत-पलायन कम हुआ?'

'जिन्ना थे इस्माइलिया खोजा। मुसलमान होकर भी वे हिन्दू उत्तराधिकार

कानून मानते थे। उनकी पदवी दरअसल खोजानी थी। नाम था 'झीना भाई खोजानी।' झीना भर रखकर बाकी नाम उन्होंने छोड़ दिया। जिन्ना ने हिन्दुओं की रक्षा का वचन तो दिया था अवश्य, लेकिन उसके बाद भी हिन्दू लोग वैमनस्य के शिकार हुए। ऐसा यदि न होता तो 1948 जून के महीने में ही पूर्वी पाकिस्तान से ग्यारह लाख हिन्दू भारत क्यों चले जाते? भारत में वे 'रिफ्यूजी' के रूप में जाने गये।'

'पश्चिम बंगाल में हुए दंगे के कारण अनेक मुसलमान भी इस देश में चले आये।'

'हाँ, वेस्ट बंगाल और आसाम से काफी मुसलमान भी इस देश में चले आये हैं। क्योंकि तब भारत और पाकिस्तान सरकार के बीच 'नेहरू-लियाकत' समझौता हुआ था। समझौते में कहा गया—'दोनों देश के अल्पसंख्यक धर्म निरपेक्ष नागरिक के रूप में समान अधिकार के हकदार होंगे।' उनका जीवन, संस्कृति और सम्पत्ति का अधिकार निश्चित किया गया, उनके विचार व्यक्त करने और धार्मिक आचरण की स्वाधीनता को स्वीकार किया गया। इस समझौते की शर्त के अनुसार वहाँ से आये लोग वापस लौट गये। लेकिन यहाँ से गये लोग फिर नहीं लौटे। न लौटने पर भी कुछ समय तक के लिए लोगों का वहाँ जाना रुक गया था। लेकिन 1951 में पाकिस्तान की संविधान सभा में ऐसे दो नियम पास हुए, 'ईस्ट बेंगाल इवाक्वी प्रॉपर्टी एक्ट ऑफ 1951' और 'ईस्ट बेंगाल इवाक्वीस एक्ट ऑफ 1951'। इन कारणों से पूर्वी पाकिस्तान से पलायन करने वालों की संख्या 35 लाख तक पहुँच गयी। ये बातें तुम्हारे पिता को ज्यादा अच्छी तरह मालूम होंगी।'

'पिताजी मुझसे यह सब कुछ नहीं कहेंगे। देश से पलायन की बात उठते ही वे आगबबूला हो जाते हैं। किसी भी तरह वे बरदाश्त नहीं कर पाते हैं।'

'क्या देश-त्याग को हम लोग भी ठीक मानते हैं? लेकिन जो जा रहे हैं, गोपनीय ढंग से जा रहे हैं। उन्हें तुम क्या कहकर लौटा सकते हो? कोई एक आश्वासन तो उन्हें देना ही होगा। वरना कोई स्वेच्छा से अपनी धरती छोड़कर जाना चाहता है? शास्त्र में एक कहावत है न, 'जो है अप्रवासी, वही है सबसे सुखी।' मुसलमान तो हिजरत के अभ्यस्त हैं। एक देश से दूसरे देश में घूमते रहे हैं, इतिहास ही इसका गवाह है। लेकिन हिन्दुओं के लिए अपनी धरती का बड़ा महत्त्व है।' कहते-कहते काजल देवनाथ उठकर बरामदे की ओर गये। शायद अपनी उत्तेजना शान्त करने। वापस आकर बोले, 'चाय पीने की बड़ी इच्छा हो रही है। चलो, किसी चाय की दुकान पर चलते हैं।'

सुरंजन कपड़ा नहीं बदलता है। जो कपड़े पहने था, बिना नहाये, कई दिन का खाली पेट, बदन से रजाई उतार झट से खड़ा हो गया। बोला, 'चलिये! शरीर में जंग लग गयी है, लेटे लेटे।'

सुरंजन दरवाजा खुला छोड़कर ही निकल गया। अब क्यों बन्द करेगा।

अघटन, जो घटना था, वह तो घट ही चुका है। चलते-चलते काजल देवनाथ ने पूछा, 'तुम्हारे घर में खाना-वाना बन रहा है?'

'माँ कमरे में रख जाती है। कभी खाता हूँ, कभी नहीं खाता। मन नहीं करता। मुझे कुछ अच्छा नहीं लगता।' सुरंजन अपने बालों में उँगलियाँ फेरता है, बालों को सँवारने के लिए नहीं, बल्कि भीतर की यंत्रणा कम करने के लिए।

फिर उसने पूछा, 'उनहत्तर-सत्तर में शायद हिन्दुओं का माइग्रेशन कम हुआ था, काजल दा।'

'छियासठ में 'छठा दफा आंदोलन', शुरू हुआ, उनहत्तर में जन-उत्थान, सत्तर के निर्वाचन से मुक्ति युद्ध के पहले तक हिन्दू घटे हैं। 1955 से 1960 तक बड़े पैमाने पर पलायन हुआ। साठ से पैंसठ के बीच करीब दस लाख लोग चले गये। युद्ध शुरू होने पर करीब एक करोड़ लोगों ने भारत में शरण ली। इनमें अस्सी फीसदी हिन्दू थे। युद्ध के बाद लौटने पर हिन्दुओं ने पाया कि उनका घर-बार सब कुछ बेदखल हो गया है। काफी लोग उस समय फिर वापस लौट गये और कुछ ही इस उम्मीद में रहे कि स्वतंत्र देश उन्हें सुरक्षा देगा। उसके बाद तो तुमने देखा ही है। '74 में मुजीब सरकार ने 'शत्रु सम्पत्ति' के नाम को छोड़कर और कुछ चेंज नहीं किया। जिया उर रहमान ने बंगलादेश की स्वतंत्रता विरोधी साम्प्रदायिक शक्ति को सत्ता में बैठाया। संविधान से धर्म निरपेक्षता को हटा दिया। इसके बाद इरशाद आये तो उन्होंने इस्लामी पुनरुज्जीवन शुरू किया। 1982 के 22 दिसम्बर को इरशाद ने घोषणा की कि इस्लाम और कुरान की नीति ही देश के नये संविधान का आधार होगी। चौबीस वर्षों तक धर्म के नाम पर शोषित होने के बाद धर्म फिर राजनीतिक जीवन में दम्भ के साथ वापस आएगा, किसने सोचा था।' एक चाय-दुकान देखकर वे रुके। काजल देवनाथ, सुरंजन को ऊपर से नीचे तक देख कर बोले, 'तुम बड़े अन्यमनस्क से लग रहे हो। जिन सवालों को तुम बहुत अच्छी तरह जानते हो, उन्हें ही फिर से पूछ रहे हो। क्यों? लगता है तुम्हारे अन्दर तेज उथल-पुथल है। ऐसे वक्त में स्थिर रहो सुरंजन। तुम जैसे प्रतिभावान व्यक्ति के हताश होने से कैसे चलेगा?'

एक टेबुल पर दोनों आमने-सामने बैठ गये। काजल देवनाथ ने पूछा, 'चाय के साथ कुछ लोगे?'

सुरंजन ने सिर हिलाया, 'हाँ।' उसने दो समोसे लिये। काजल देवनाथ ने भी समोसे लिये। खाने के बाद दुकान के लड़के से बोले, 'पानी लाओ।'

'पानी' शब्द सुरंजन ने सुना। काजल देवनाथ घर में 'जल' बोलते हैं। लेकिन आज उन्होंने 'पानी' कहा। क्या पानी कहते-कहते अभ्यास हो गया है इसलिए बोले। या फिर डर से? सुरंजन की जानने की इच्छा हुई। पूछना चाहते हुए भी उसने नहीं पूछा। उसे लगा कि एक साथ कई जोड़ी आँखें उनका निरीक्षण कर रही

हैं। वह तेजी से चाय पीता है। क्या डर कर? उनके अन्दर इतना डर क्यों पैदा हो रहा है? गरम चाय का अचानक घूँट मारने से उसकी जीभ जल गयी। तीखी निगाह से पास वाले टेबुल का जो लड़का उन्हें देख रहा है उसकी थुथनी में थोड़ी-सी दाढ़ी, सिर पर क्रुश से बुनी हुई टोपी है। उम्र यही कोई, इक्कीस-बाईस होगी। सुरंजन को लगा, माया को जो लोग ले गये हैं, यह लड़का जरूर उन्हीं में से एक होगा। वरना कान लगाये हुए क्यों है? उसका इधर इतना ध्यान क्यों है। सुरंजन ने पाया कि वह लड़का मुँह दबा-दबा कर हँस रहा है। तो क्या इसलिए हँस रहा है कि कैसा मजा चखाया, तुम्हारी बहन से तो मनचाहा खेल खेल रहे हैं हम लोग। सुरंजन की चाय खत्म नहीं होती है। कहता है, 'चलिए, उठते हैं काजल दा। अच्छा नहीं लग रहा है।'

'इतना जल्दी जाना चाहते हो?'

'अच्छा नहीं लग रहा है।'

सन् 1954 में राष्ट्रीय संसद की कुल सदस्य संख्या 309 थी। अल्पसंख्यक थे 72। सत्तर में तीन सौ में अल्पसंख्यक ग्यारह। 1993 में कुल 315 में महज 12। 1979 में 330 में आठ। 1986 में 330 में सात। 1988 में केवल चार और 1991 में 330 में 12। बांग्लादेश की सेना में कोई अल्पसंख्यक मेजर या ब्रिगेडियर नहीं है। 70 कर्नलों में एक, 450 लेफ्टीनेंट कर्नलों में आठ, एक हजार मेजर में 40, तेरह सौ कैप्टनों में आठ, नौ सौ सेकिण्ड लेफ्टीनेंटों में तीन, 80 हजार सिपाहियों में पाँच सौ, 40 हजार बी.डी.आर. में हिन्दू केवल तीन सौ हैं। 80 हजार पुलिसकर्मियों में धार्मिक अल्पसंख्यकों की तादाद केवल दो हजार है। एडीशनल आई.जी. कोई नहीं, आई.जी. तो है ही नहीं। पुलिस अफसरों के 870 सदस्यों में अल्पसंख्यक महज 53 हैं। गृह, विदेश, सुरक्षा मंत्रालयों में उच्च पदों पर, विदेश के बंगलादेश मिशन में अल्पसंख्यक संप्रदाय का कोई नहीं है। सचिवालय की स्थिति तो और भी बुरी है। सचिव या अतिरिक्त सचिव के पद पर अल्पसंख्यक संप्रदाय का एक भी आदमी नहीं है। 34 संयुक्त सचिवों में सिर्फ तीन, 463 उपसचिवों में अल्पसंख्यक 25 हैं। स्वायत्तशासी संस्थाओं में प्रथम श्रेणी के अधिकारी 46 हजार 894 हैं, जिसमें अल्पसंख्यकों की संख्या तीन सौ है। सरकारी, अर्ध-सरकारी, स्वायत्तशासी प्रतिष्ठानों में प्रथम और द्वितीय श्रेणी के पदों पर अल्पसंख्यकों की तादाद पाँच फीसदी से ज्यादा नहीं है। आबकारी और टैक्स महकमे के 152 कर्मियों में एक, आयकर विभाग के साढ़े चार सौ कर्मियों में आठ, राष्ट्र औद्योगिक प्रतिष्ठानों में अधिकारियों की संख्या एक फीसदी, कर्मचारी तीन चौथाई, श्रमिक एक चौथाई से भी कम। इतना ही नहीं, बंगलादेश बैंक समेत किसी भी बैंक के

डायरेक्टर, चेयरमैन या एम.डी. के पद पर एक भी हिन्दू नहीं है। यहाँ तक कि वाणिज्य बैंकों की किसी भी शाखा के मैनेजर पद पर एक भी हिन्दू नहीं है। व्यवसाय में मुसलमान पार्टनर न रहने पर सिर्फ हिन्दू प्रतिष्ठानों को हमेशा लाइसेंस भी नहीं मिलता है। इसके अलावा सरकार द्वारा नियंत्रित बैंक, विशेषकर औद्योगिक संस्थान से उद्योग, फैक्ट्री के लिए कोई ऋण नहीं मिलता है।

सुरंजन को सारी रात नींद नहीं आयी। उसे अच्छा न लगने की बीमारी ने जकड़ लिया है। किरणमयी सुबह एक बार कमरे में आयी थी। शायद माया के बारे में पूछने आयी होगी, क्या अब कुछ भी करने को नहीं है? दिन क्या इसी तरह माया के बिना ही गुजरेंगे? इन दिनों किरणमयी भी मरी-मरी-सी हो गयी है। आँखों के नीचे झाईं पड़ गयी है। सूखे होठों पर कोई शब्द नहीं है, न हँसी ही है। सुरंजन बिस्तर पर इस तरह शिथिल पड़ा था, मानो वह सो रहा हो। किरणमयी को समझने नहीं दिया कि उसके भीतर एक भीषण यंत्रणा हो रही है। किरणमयी उसके टेबुल पर दोनों वक्त चुपचाप खाना रख जाती है। सुरंजन को बीच-बीच में गुस्सा भी आता है, क्या यह पत्थर की बनी है? उसका पति पंगु है, बेटी खो गयी है, बेटा रह कर भी नहीं है फिर भी उसे किसी से कोई शिकायत नहीं। लाश की तरह शिकायत हीन, भावहीन, आश्चर्यजनक रूप से शान्त जीवन है किरणमयी का।

वह तय करता है कि दिनभर सोयेगा। उसे सोना चाहिए। काफी दिनों से उसे नींद नहीं आयी है। आँखें बन्द करते ही उसे लगता है, एक भयानक पंजा उसकी ओर बढ़ रहा है। उसका गला दबाने जा रहा है। उसकी जान लेने के लिए एक के बाद एक हाथ बढ़ते हैं। उसे चैन नहीं आता, एक क्षण के लिए भी शान्ति नहीं मिलती।

ननीगोपाल मानिकगंज से आये हैं। उनके साथ पत्नी और बच्चे भी हैं। ननीगोपाल सुधामय के दूर के रिश्ते में आते हैं। सुधामय के घर की टूटी-फूटी चीजों को देखकर ननीगोपाल को जरा-सी भी हैरानी नहीं होती। कहते हैं, 'आपका भी घर नहीं छोड़ा?'

ललिता, ननीगोपाल की पत्नी, सूनी माँग पर भी घूँघट डाले है। वह किरणमयी के दोनों हाथ अपने सीने पर रखकर, 'भाभी' कहते हुए जोर से रो पड़ती है। ललिता की बेटी पास ही सिमटी खड़ी रहती है। क्या नाम है उसका, सुधामय याद नहीं कर पाते हैं। वह माया की ही उम्र की होगी। एक-दो साल छोटी भी हो सकती है। उसे सुधामय अपलक दृष्टि से देखते रहते हैं। उनकी आँखें फिर धुँधली हो जाती हैं। माया नहीं है, इस बात को वे मानना नहीं चाहते। मानो है, बगल में ही किसी के घर गयी है। या ट्यूशन पढ़ाने गयी है, शाम को वापस आ

जाएगी। दरअसल, घर के प्रत्येक व्यक्ति के अन्दर यह आशा बाकी है कि बलात्कार की शिकार, उत्पीड़ित, क्षत-विक्षत होकर भी माया एक दिन वापस आएगी।

'दादा, इस देश में अब और नहीं रहूँगा। लड़की बड़ी हो गयी है, मन ही मन डरता हूँ, कब क्या हो जाए।'

सुधामय उस लड़की पर से आँखें हटाते हुए बोले, 'चले जाने की बात मेरे सामने मत बोलो। सुना है, बगल के गौतम वगैरह चले जा रहे हैं। सोचा क्या है? कहाँ-कहाँ जाएँगे। जहाँ जाएँगे, वहाँ क्या गुण्डे बदमाश नहीं रहते? वहाँ डर नहीं है? लड़कियों की सुरक्षा का अभाव सभी देशों में है। कहा जाता है न, 'नदी का यह पाट कहता है छोड़ निःश्वास, उस पाट में है सर्व सुख, मेरा विश्वास!' तुम्हारी भी यही हालत है।'

ननीगोपाल पाजामा-कुर्ता पहने हुए हैं। उनके चेहरे पर दो-चार दिन की बढ़ी हुई दाढ़ी है। वे सिर पर दोनों हाथ रखे चुपचाप बैठे रहते हैं।

ललिता रोती है। आशंका से रोती है और किरणमयी पत्थर की मूर्ति बनी ललिता का रोना सुनती हैं। इस बात के लिए भी उनकी आवाज नहीं निकलती कि वे लोग माया को उठाकर ले गये हैं और वह आज तक नहीं लौटी।

ननीगोपाल का लकड़ी का कारोबार था। उन लोगों ने लकड़ी का डिपो जला दिया। इससे भी ननीगोपाल विचलित नहीं हुए। उनको तो डर अंजलि को लेकर है। उसे किसी दिन उठा न ले जायें। वे बोले, 'भैया, ललिता के एक रिश्तेदार फेनी को उसके चाँदपुर वाले मकान व सम्पत्ति के लोभ में, पकड़कर ले गये और उसे मारकर फेंक दिया। जयदेवपुर पिंगाइल के अश्विनी कुमार चंद्र की चौदह साल की लड़की 'मिको' को पकड़कर ले गये और उसके साथ बलात्कार किया, जानते हो? बाद में वह लड़की मर गयी। गोपालगंज के बेद ग्राम के हरेन्द्रनाथ हीरा की लड़की नंदिता रानी हीरा को पकड़कर ले गये। बांछारामपुर के क्षितीश चंद्र देवनाथ की लड़की करुणाबाला को गाँव के मुसलमान लड़के उठा ले गये और उसके साथ बलात्कार किया। भोला के काशीनाथ बाजार की शोभारानी की लड़की तंद्रारानी को भी उठा ले गये और उसको 'रेप' किया। टांगाइल के अदालतपाड़ा से सुधीर चंद्र दास की लड़की मुक्तिरानी घोष को अब्दुल कयूम नामक दलाल पकड़कर ले गया। भालुका के पूर्णचंद्र बर्मन की लड़की को जबरदस्ती उठाकर अपने घर ले गये। रंगपुर में तारागंज के तीन कौड़ी साहा की लड़की जयन्ती रानी साहा का अपहरण किया। यह सब नहीं सुना है?'

'यह सब कब की घटना है?' सुधामय ने थकी हुई आवाज में पूछा।

ननीगोपाल ने कहा, '1989 की।'

'इतने दिन पहले की बातें याद करके रखे हुए हो?'

'यह सब भी क्या भूलने लायक बातें हैं?'

'क्यों, परी बानू, अनवरा, मुनव्वरा, सूफिया, सुलताना, इन सबकी खबर नहीं रखी है? इन्हें भी तो पकड़ कर ले गये। इन पर भी तो अत्याचार किया, 'रेप' किया।'

ननीगोपाल फिर से सिर पर दोनों हाथ रखकर बैठ गये। थोड़ी देर बाद बोले, 'आपकी बीमारी की खबर मिली। सोचा था देखने आऊँगा, लेकिन खुद की चिन्ता से ही छुटकारा नहीं मिलता। जाते-जाते सोचा, मिलता चलूँ। आज रात ही 'बेनापोल' चला जाऊँगा। घर-बार बेचना सम्भव नहीं हो पाया। ललिता के एक मौसेरे भाई से कहा है, वह सुविधानुसार बेच देगा।'

सुधामय समझ गये कि वे ननीगोपाल को रोक नहीं पाएँगे। उन्होंने सोचा, चले जाने से क्या लाभ। इस देश में बचे हुए लोगों की संख्या यदि और घट जाए तो उनके ऊपर अत्याचार और बढ़ जाएगा। लाभ होगा जो चले जाएँगे उनका, या जो रह जाएँगे, उनका? सुधामय ने महसूस किया, लाभ दरअसल किसी का नहीं है, नुकसान ही सबको है। नुकसान दरिद्रों का, नुकसान अल्पसंख्यकों का। क्या करने से, ठीक कितने लोगों की मौत होने पर इस देश के हिन्दू भारत के आतंकवादी हिन्दुओं के अतीत, वर्तमान, भविष्य के सभी अपराधों का प्रायश्चित्त कर सकेंगे? सुधामय को यह जानने की इच्छा होती है। जानने पर कम-से-कम वे आत्महत्या तो करते। काफी लोगों को आत्महत्या के लिए कहते। उससे शायद बाकी हिन्दुओं का भला होता।

शाम को शफीक अहमद की पत्नी घर पर आयीं—आलिया बेगम। पहले अक्सर आ जाया करती थीं, आजकल बहुतेरे ही नहीं आते। हैदर के माता-पिता भी बहुत दिनों से नहीं आये। सुधामय महसूस करते हैं कि किरणमयी बहुत अकेली पड़ गयी है! आलिया बेगम को देखकर किरणमयी को थोड़ा अचम्भा हुआ मानों इस घर में किसी को नहीं आना चाहिए। यह घर एक जले हुए घर की तरह है। आलिया बेगम का हँसता हुआ चेहरा, चमकती हुई साड़ी, शरीर के गहनों को देखकर सुधामय सोचते हैं क्या किरणमयी अपने आपको उसके सामने फीकी महसूस कर रही हैं? इतने दिनों तक शायद उन्होंने किरणमयी के साथ अन्याय किया है। एक सम्पन्न, शिक्षित, रुचिशील परिवार की स्त्री को एक असम्पन्न, स्वप्नहीन परिवार में लाकर उसको इक्कीस वर्षों से शारीरिक सुख से वंचित रखा है। सुधामय अपने स्वार्थ को ही बड़ा करके देखते रहे, वरना क्या उनको नहीं

कहना चाहिए था कि किरणमयी तुम फिर से शादी कर लो। क्या कहने पर किरणमयी चली जाती? क्या उसके गोपन में आलिया बेगम की तरह चमकते जीवन की इच्छा नहीं रही होगी? मनुष्य का मन ही तो है, चली भी जा सकती थी। इसी डर से सुधामय किरणमयी के हमेशा पास-पास रहते थे, यार-दोस्तों को ज्यादा घर नहीं बुलाते थे। क्यों नहीं बुलाते थे, सुधामय ने बीमारी के दौरान खुद अपनी कमजोर उँगली उठाकर दिखा दी। बोले, सुधामय तुम जो दिन-ब-दिन दोस्त-मित्रों से अलग होते जा रहे थे, वह जान-बूझकर ही था ताकि इस घर में यार दोस्तों के आने-जाने से किरणमयी को कोई सक्षम पुरुष पसन्द न आ जाए। किरणमयी के प्रति सुधामय का इतना प्रगाढ़ प्रेम उनकी स्वार्थमयता ही थी। ताकि इस प्रगाढ़ता को देखकर किरणमयी सोचे कि इसे छोड़कर कहीं जाना उचित नहीं। सिर्फ प्यार से क्या मन भरता है? इतने बरसों के बाद सुधामय को लग रहा है, सिर्फ प्यार से ही मन नहीं भरता, कुछ और की भी जरूरत होती है।

आलिया बेगम ने घर की टूटी-फूटी चीजों को देखा, सुधामय के निश्चल हाथ-पाँव देखे, माया के अपहरण की बात सुनी 'ओह च्च...च्च...' करते हुए दुख जताया। थोड़ी देर बाद बोली, 'भाभी इंडिया में आपका कोई रिश्तेदार नहीं रहता?'

'रहता है। मेरे लगभग सभी रिश्तेदार वहीं रहते हैं।'

'तो फिर यहाँ क्यों पड़े हैं?'

'अपना देश है न, इसलिए।'

किरणमयी के जवाब से मानो आलिया बेगम थोड़ा चकित ही हुई। क्योंकि यह किरणमयी का भी देश है, यह मानो उसने पहली बार ही सुना। आलिया बेगम जितना जोर देकर कहती है। यह 'मेरा देश' है, क्या किरणमयी को उतना जोर देकर कहना शोभा देता है, शायद आलिया यही बात सोच रही है। आज सुधामय को लगा, आलिया और किरणमयी एक नहीं हैं। कहीं एक सूक्ष्म अंतर बन रहा है।

आज विजय दिवस है। इसी दिन बंगलादेश आजाद हुआ था। 'आजाद' शब्द सुरंजन को जहरीली चींटी की तरह काटता है। पूरा देश विजय दिवस समारोह मना रहा है, तोप दाग रहा है, चारों तरफ खुशियाँ मनाई जा रही हैं। सुरंजन को कोई खुशी नहीं है। हमेशा सुरंजन इस दिन सुबह ही घर से निकल जाता था, इधर-उधर कोई कार्यक्रम करता फिरता था। ट्रक पर घूम-घूमकर गाना गाता था। सुरंजन को लगता है, इतने बरसों तक उसने फालतू काम में ही समय नष्ट किया है। उसे किस चीज की स्वाधीनता मिली है, क्या फायदा हुआ उसे 'बांग्लादेश' के आजाद होने से? 'जय बांग्ला, जय बांग्ला...' 'पूर्व दिगन्त से सूर्य उठा...' 'रक्त से लाल-रक्त से लाल', 'विश्व कवि का स्वर्ण बांग्ला, नजरूल का बांग्लादेश, जीवनानंद

की रूपसी बांग्ला जिसके सौन्दर्य की नहीं है सीमा', 'एक समुद्र खून के बदले जो लोग लाये बांग्ला स्वाधीनता, हम लोग उन्हें नहीं भूलेंगे', 'हम लोग एक फूल को बचाएँगे, इसलिए युद्ध करते हैं, हम लोग एक चेहरे की हँसी के लिए युद्ध करते हैं'—ये गीत बार-बार सुरंजन के होठों पर आना चाहते हैं। लेकिन वह आने नहीं देता। सुरंजन को यह सब सुनने की इच्छा होती है। वह प्राणप्रण से अपने हृदय की आकुलता को दबा देता है।

पूरे दिन लेटे रहने के बाद वह एक इच्छा को जन्म देता है। उस इच्छा को वह जिलाये रखता है, ताकि वह बनी रहे और पुष्पित-पल्लवित होती रहे। सारा दिन वह उसकी जड़ में पानी सींचता रहा। आखिर इच्छा-लता पर फूल भी खिलता है, वह उसकी महक भी लेता है। उस इच्छा को दिन भर सेंते रहने के बाद रात आठ बजे वह घर से निकलता है। रिक्शे वाले से बोला, जहाँ इच्छा, ले चलो। रिक्शावाला उसे तोपखाना, विजयनगर, कांकराइल, मग बाजार घुमाते हुए रमना ले गया। सुरंजन ने रात में रोशनी की सजावट देखी। आलोकित राजपथ को क्या मालूम कि वह एक हिन्दू लड़का है। जानने पर शायद वह पक्की सड़क भी कहती दूर हटो। आज यह इच्छा पूरी न हुई तो हृदय के कोष-कोष में जो आग जल रही है, वह नहीं बुझेगी। यह काम न करने पर अटकती हुई साँस वाली इस जिन्दगी से उसे मुक्ति नहीं मिलेगी। शायद यह काम किसी समस्या का समाधान नहीं है, फिर भी उसे तसल्ली होगी। यह काम करके वह अपना गुस्सा, क्षोभ, यन्त्रणा को थोड़ा ही सही, कम कर सकेगा।

बार कौंसिल के सामने सुरंजन ने रिक्शा रुकवाया। सिगरेट सुलगाई। माया को वापस पाने की उम्मीद उसने छोड़ दी है। सुधामय और किरणमयी से भी कहेगा कि माया के लौटने की उम्मीद अब न करें। वे सोच लें कि किसी सड़क-दुर्घटना में माया मर गयी। उन दिनों के सचल, सक्षम सुधामय की ऐसी रिक्त, निर्जन, असहाय दशा सुरंजन से सही नहीं जाती। वह शख्स माया को वापस न पाने की वेदना-यंत्रणा से सारा दिन कराहता रहता है। जिस तरह कोई गिद्ध मनुष्य को नोच कर खाता है, शायद वे भी उसी तरह माया को खा रहे होंगे, नोच-नोच कर, फाड़-फाड़ कर। आदिम मनुष्य जिस तरह कच्चा मांस खाता था, क्या उसी तरह? कैसी एक अबूझ यन्त्रणा सुरंजन की छाती को नोच रही है, मानो उसे ही कोई खा रहा है। सात आदमखोरों का दल। उसकी सिगरेट खत्म नहीं होती है, इतने में एक लड़की उसके रिक्शे के पास आकर खड़ी हो गयी। सोडियम लैम्प की रोशनी में उसका चेहरा चमक रहा था। जरूर ही उसने चेहरे पर रंग पोत रखा है। उम्र उन्नीस-बीस की होगी।

सुरंजन ने सिगरेट फेंकते हुए लड़की को बुलाया। कहा, 'ए, सुनो।' वह लड़की रिक्शे के पास आकर खड़ी हुई। मचलती हुई हँसती है।

सुरंजन ने पूछा, 'तुम्हारा नाम क्या है?'

लड़की हँसकर बोली, 'पिंकी।'

'पूरा नाम बताओ।'

'शमीमा बेगम।'

'पिता का नाम?'

'अब्दुल जलील।'

'घर?'

'रंगपुर।'

'क्या नाम बताया तुमने?'

'शमीमा।'

वह लड़की हैरान हुई। कोई भी तो इस तरह बाप का नाम, घर का नाम नहीं पूछता है। यह कैसा ग्राहक है। तीखी निगाह से सुरंजन, शमीमा को देखता है। क्या यह लड़की झूठ बोल रही है, लगता नहीं।

'ठीक है, बैठो रिक्शे पर।'

शमीमा रिक्शे पर बैठ गयी। सुरंजन ने टिकाटुली चलने को कहा। रास्ते भर वह शमीमा से कुछ नहीं बोला। उसकी तरफ एक बार देखा तक नहीं। एक लड़की उससे सटकर बैठी है, बिना मतलब बातें कर रही है, रह रहकर गाती है, हँसते-हँसते सुरंजन के शरीर पर पड़ना चाहती है लेकिन यह सब सुरंजन को स्पर्श नहीं करता। वह खूब मन से सिगरेट पीता रहता है।

रिक्शा वाला भी काफी खुश नजर आ रहा है। वह झूम-झूमकर रिक्शा चला रहा है, हिन्दी फिल्मों के गाने गुनगुना रहा है। शहर आज सजा हुआ है, लाल-नीली रोशनियों से जगमगा रहा है। वह आज जो कुछ कर रहा है, ठंडे दिमाग से कर रहा है। कोई नशा नहीं कर रहा है।

बाहर से वह कमरे में ताला लगा आया है। घर के दरवाजे को खटखटाये बग़ैर ताला खोलकर चुपचाप कमरे में घुसा जा सकता है।

कमरे में घुसते ही शमीमा बोली, 'पैसे-वैसे की तो बात ही नहीं हुई।'

सुरंजन उसे रोकता है, 'चुप, एक भी बात मत करो। एकदम चुप रहो।'

कमरा उसी तरह अस्त-व्यस्त है। बिस्तर की चादर आधी नीचे लटक रही है। दूसरे कमरे से कोई आवाज नहीं आ रही है। शायद वे सो गये हैं। सुरंजन कान लगाकर सुनता है। सुधामय कराह रहे हैं। क्या वे समझ रहे हैं कि उनका मेधावी सुपुत्र घर में वेश्या लेकर आया है। यह दीगर बात है कि वह उसे वेश्या नहीं समझता। उसने केवल उसे मुसलमान लड़की समझा है। उसके मन में तीव्र इच्छा है कि वह एक मुसलमान लड़की को 'रेप' करे। वह शमीमा से बलात्कार करेगा, सिर्फ बलात्कार। कमरे की बत्ती बुझा देता है। लड़की को जमीन पर पटक कर

उसके कपड़े खींच कर खोल देता है। सुरंजन की साँसें तेज चलने लगती हैं। वह लड़की के उदर पर नाखून गड़ा देता है, दाँत से उसके स्तन काटता है, सुरंजन समझ नहीं पाता है कि इसका नाम प्यार नहीं है, वह अकारण ही उसके बाल पकड़कर खींचता है, गाल, गला और स्तनों को काटता है, उदर, पेट, नितंब, जाँघों को तेज नाखून से नोचता है। लड़की रास्ते की वेश्या होने के बावजूद 'ओह-आह, मर गयी, माँ...' कहते हुए कराह उठती है। सुनकर सुरंजन को खुशी होती है। वह उसे और भी पीड़ा पहुँचाते हुए, नोच-खसोट कर बलात्कार करता है। लड़की हैरान होती है। उसने इससे पहले इतना क्रूर ग्राहक नहीं पाया। बाघ के पंजे से जिस तरह छूटकर हिरनी भागना चाहती है, वह लड़की भी उसी तरह अपने कपड़े समेट कर दरवाजे के पास खड़ी हो जाती है।

सुरंजन अब बहुत शान्त है। वह अपने को बहुत हल्का महसूस करता है। जो इच्छा उसे सारे दिन सता रही थी, उसकी सद्‌गति हुई। अब इस लड़की को लात मारकर घर से निकाल देने पर उसे और खुशी होगी। उसकी साँस फिर से तेज होने लगी। वह मुसलमान लड़की को तुरन्त लात मार दे? नंगी खड़ी है वह लड़की, समझ नहीं पा रही है कि उसे रात में यहीं रहना होगा या चले जाना होगा। चूँकि उसने चुप रहने को कहा है इसलिए वह डर के मारे पूछ भी नहीं रही।

माया अब कहाँ है, क्या बन्द घर में हाथ-पाँव बाँधकर उससे बलात्कार किया होगा, उन सातों ने ही? माया को अवश्य ही बहुत कष्ट हुआ होगा, क्या वह उस समय बहुत चिल्लाई होगी? एक समय की बात है। माया तब पन्द्रह-सोलह वर्ष की थी, सपने में 'दादा, दादा' कहकर चीख उठी थी। सुरंजन दौड़कर गया तो देखा, माया नींद में ही थर-थर काँप रही है, 'माया, काँप क्यों रही हो?' जागने के बाद भी माया का काँपना बन्द नहीं हुआ। खोई हुई सी सपना बताने लगी, 'एक सुन्दर गाँव में हम दोनों घूमने गये हैं। धान के खेत के बीच से हम जा रहे हैं, बात कर रहे हैं। अचानक देखती हूँ, धान-खेत नहीं हैं, उनकी जगह एक सुनसान मैदान है, साथ में तुम भी नहीं हो। अचानक देखती हूँ, पीछे से कई लोग मुझे पकड़ने आ रहे हैं, डर कर मैं दौड़ रही हूँ, तुम्हें ढूँढ़ रही हूँ।' हाय रे, माया। सुरंजन की साँसें घनी हो जाती हैं, उसे लगता है माया बहुत चिल्ला रही है। रो रही है। किसी अँधेरे कमरे में एक झुण्ड जंगली जानवरों के बीच बैठी रो रही है। माया अब कहाँ होगी, छोटा-सा शहर है लेकिन उसे पता नहीं कि उसकी प्रिय बहन कूड़े के ढेर में, वेश्यालय में या बूढ़ी गंगा के जल में है? कहाँ है माया? मन में आता है कि इस लड़की को धक्का मार कर बाहर कर दे।

वह लड़की सुरंजन के हाव-भाव से डर जाती है। जल्दी से कपड़े पहनहकर कहती है, 'पैसे दीजिए।'

'खबरदार, अभी निकल।' सुरंजन गुस्से से उछल पड़ता है। शमीमा दरवाजा

खोलती हुई एक पाँव बाहर निकाल कातर दृष्टि से देखती है। गले की खरोंच से खून निकल रहा है, बोलती है, 'दस ही रुपये दे दीजिए।'

उस समय सुरंजन के समूचे शरीर से मानो गुस्सा छलक पड़ना चाहता है। लेकिन लड़की की करुण आँखें देख कर उसे दया आ जाती है। एक दरिद्र लड़की। पेट की आग बुझाने के लिए शरीर बेचती है। समाज के नष्ट नियम उसके श्रम, बुद्धि किसी भी चीज को काम में न लाकर उसे ठेल दे रहे हैं एक अँधेरी गली में। वह जरूर ही आज मिले पैसे से एक मुट्ठी चावल खाएगी। पता नहीं कितने दिनों की भूखी है। सुरंजन पैंट की जेब से दस रुपये निकाल कर उसके हाथ पर रखते हुए पूछता है, 'तुम मुसलमान ही हो न?'

'तुम लोग तो नाम बदल लेती हो, तुमने तो नहीं बदला है?'

'नहीं।'

'ठीक है, जाओ।'

शमीमा चली जाती है। सुरंजन को बहुत सुकून मिलता है। वह आज किसी चीज के लिए दुखी नहीं होगा। आज विजय का दिन है। सभी आनन्द उल्लास में हैं। पटाखे फोड़ रहे हैं। इक्कीस साल पहले इसी दिन आजादी मिली थी, इसी दिन शमीमा बेगम भी सुरंजन के घर आयी। वाह स्वाधीनता, वाह! सुरंजन की इच्छा हुई बिगुल बजाने की। क्या वह एक गाना गा उठेगा, 'प्रथम बांग्ला देश मेरा, शेष बांग्ला देश, जीवन बांग्ला देश मेरा, मरण बांग्ला देश।'

शमीमा को एक बार भी उसके नाम से नहीं पुकारा। उसका नाम सुरंजन दत्त है, यह बताना भी उचित था। ताकि शमीमा को भी पता चलता कि उसे नोच-खसोट कर खून निकालने वाला आदमी एक हिन्दू युवक है। हिन्दू बलात्कार करना जानते हैं। उनके पास भी हाथ, पाँव, सिर है, उनके पास भी तेज दाँत हैं और उनके नाखून भी नोचना जानते हैं। शमीमा एक अत्यन्त निरीह स्त्री है लेकिन मुसलमान तो है। मुसलमान के गाल पर एक थप्पड़ लगा पाने से सुरंजन को सुख मिलता है।

सारी रात प्रचंड अस्थिरता में बीती। कभी होश में, कभी बेहोशी में सारी रात सुरंजन अकेला, भुतही निस्तब्धता में, असुरक्षित, आतंक के काले डैने के नीचे तड़पता रहा। उसे नींद नहीं आयी। उसने आज एक तुच्छ प्रतिशोध लेना चाहा था, लेकिन नहीं ले पाया। प्रतिशोध वह ले भी नहीं सकता है। सारी रात सुरंजन अवाक् होकर सोचता रहा कि शमीमा नामक लड़की के लिए उसे माया हो रही है, करुणा हो रही है। ईर्ष्या नहीं होती। गुस्सा नहीं आता। यदि ऐसा नहीं हुआ तो प्रतिशोध किस बात का। फिर तो वह एक तरह की पराजय ही है। सुरंजन क्या पराजित है? तो सुरंजन पराजित ही है। शमीमा को वह ठग नहीं पाया। यों ही वह लड़की ठगी हुई है। उसके लिए 'संभोग' और 'बलात्कार' अलग-अलग नहीं है।

सुरंजन बिस्तर में सिमटता जा रहा था, यन्त्रणा और लज्जा से। रात तो काफी हो चुकी है, फिर सुरंजन को नींद क्यों नहीं आती। क्या वह बर्बाद हो रहा है, बाबरी मस्जिद की घटना ने उसे बर्बाद कर दिया, उसे साफ पता चलता है कि उसके हृदय में सड़न शुरू हो गयी है। इतना कष्ट क्यों हो रहा है, जिस लड़की को उसने दाँत से नोचा, काटा, उसी के लिए कष्ट हो रहा है। काश, वह जाने से पहले उस लड़की के गर्दन से निकल रहे खून को रूमाल से पोंछ पाता। क्या वह लड़की फिर कभी मिल सकती है। बार काउंसिल के मोड़ पर खड़ा होने से अगर वह लड़की कभी मिल जाए तो सुरंजन उससे क्षमा माँग लेगा। इतनी जाड़े की रात में भी उसे गरमी लगती है। वह बदन से रजाई उतार देता है। उसके बिस्तर की चादर पैर के पास सिकुड़ी हुई है। गंदे गद्दे के ऊपर घुटनों में सिर घुसाए वह लेटा रहता है। कुत्ते की तरह कुण्डली मार कर। सुबह उसे जोर से पेशाब लगी। फिर भी उठने की इच्छा नहीं हुई। किरणमयी चाय रखकर जाती है। उसे कुछ खाने की इच्छा नहीं होती। उबकाई-सी आती है। उसे गरम पानी से नहाने की इच्छा होती है। लेकिन गरम पानी कहाँ मिलेगा? ब्रह्मपल्ली के मकान में तालाब था, जाड़े की सुबह तालाब में उतरने पर रोंगटे खड़े हो जाते थे। फिर भी तालाब में न तैरने पर उसका नहाना ही पूरा नहीं होता था। आज भी काश वह खूब तैर-तैर कर नहा पाता, लेकिन यहाँ तालाब कहाँ। वह अगाध पानी कहाँ। नल के नपे हुए पानी से नहाने की इच्छा नहीं होती। जीवन में इतनी नाप-तौल क्यों है।

सुरंजन सुबह दस बजे बिस्तर छोड़ता है। वह बरामदे में खड़ा होकर 'ब्रश' कर रहा था इतने में सुना कि खादिम अली का लड़का अशरफ किरणमयी से कह रहा है, 'मौसी जी हमारे घर के पुटू ने कल शाम को माया जैसी एक लड़की की लाश गेन्दुरिया लोहा पुल के नीचे पानी में तैरती हुई, देखी है।'

सुरंजन का टूथ ब्रश वाला हाथ अचानक पत्थर जैसा हो गया। शरीर में इलेक्ट्रिक करेंट लगने पर जैसा होता है, वैसी ही एक तरंग उसके शरीर में दौड़ गयी। भीतर से रोने की आवाज नहीं आयी। पूरा घर स्तब्ध है। मानो बात करते ही दीवारों से प्रतिध्वनि गूँजेगी। मानो उसके अलावा इस घर में हजारों बरसों से कोई नहीं रहता। बाहरी बरामदे में खड़ा सुरंजन महसूस करता है, पिछली रात विजयोत्सव मनाने के बाद शहर की नींद अभी तक पूरी नहीं टूटी है। वह टूथ ब्रश हाथ में लिये ही खड़ा था। हैदर जर्सी पहने रास्ते में टहल रहा था। उसे देखते ही रुक गया। नजर से नजर मिल जाने के कारण ही वह सौजन्यतावश रुक गया था। धीरे-धीरे वह उसके पास आया। पूछा, 'कैसे हो?'

सुरंजन ने हँसकर कहा, 'ठीक हूँ।'

तुरन्त बाद माया का प्रसंग उठना चाहिए था। लेकिन हैदर ने उस प्रसंग को नहीं छेड़ा। वह 'रेंलिंग से सट कर खड़ा हो गया। बोला, 'कल शिविर' के लोगों ने राजशाही विश्वविद्यालय में 'जोहा हाल में जन बलिदान कब्र पर लगे स्मृति फलक को तोड़ दिया।'

सुरंजन ने 'पिच्च' से मुँह में भरे पेस्ट का झाग ज़मीन पर फेंका। पूछा, ' 'जन बलिदान कब्र' माने?'

'जन बलिदान कब्र का मतलब तुम नहीं जानते।' हैदर ने विस्मय के साथ सुरंजन को देखा।

सुरंजन ने सिर हिलाया, 'नहीं।'

अपमान के मारे हैदर का चेहरा स्याह हो गया। वह समझ नहीं पाया कि सुरंजन मुक्ति युद्ध के चेतना विकास केन्द्र का नेता होने के बावजूद 'जन बलिदान कब्र' का अर्थ न जानने की बात क्यों कह रहा है। 'शिविर' के लोगों ने जन बलिदान कब्र का स्मृति फलक तोड़ दिया है। तो तोड़ दें। उनके हाथों में अभी अस्त्र है, उसे वे लोग काम में लगा रहे हैं, उन्हें कौन बाधा देगा। आहिस्ता-आहिस्ता वे लोग तोड़ देंगे अपराजेय बांग्ला, स्वअर्जित स्वाधीनता, तोड़ देंगे शाबाश बंगलादेश, जयदेवपुर के मुक्ति योद्धा को। इसमें कौन रुकावट डालेगा। एक दो मीटिंग होगी। एक दो जुलूस निकलेंगे। 'जमात शिविर युवा कमांड की राजनीति बंद हो' कहते हुए कुछ प्रगतिशील राजनीतिक दल चिल्लाएँगे, यही न। इससे क्या होगा, सुरंजन मन-ही-मन बोला, 'कद्दू' होगा।

हैदर काफी देर तक सिर झुकाये खड़े रहने के बाद बोला, 'कुछ सुना है, परवीन यहीं पर है। उसका 'डायवोर्स' हो गया है।'

सुरंजन सुनता है लेकिन जवाब में कुछ नहीं बोलता। परवीन का 'डायवोर्स' होने की बात सुनकर उसे कोई दुख नहीं हुआ। बल्कि मन-ही-मन सोचा, ठीक हुआ। हिन्दू के साथ शादी नहीं की, मुसलमान के साथ की, अब कैसा लग रहा है? परवीन को वह एक बार मन-ही-मन 'रेप' करता है। इतनी सुबह दाँत माँजते हुए 'रेप' करना उतना संतोष नहीं देता, फिर भी मन में 'रेप' की इच्छा रह ही जाती है।

कुछ देर बाद हैदर ने कहा, 'चलता हूँ।' वह हैदर को नहीं रोकता।

सुधामय अब उठकर बैठ सकते हैं। पीठ के पीछे तकिया लगाये निस्तब्ध घर की खामोशी सुनते हैं। सुधामय सोचते हैं, इस घर में सबसे ज्यादा जीने की साध माया को ही थी। उनके साथ यदि ऐसी दुर्घटना हुई होती तो माया को पारुल के घर से नहीं जाना पड़ता। और न ही उसे लापता होना होता। क्या तो किसी ने उसे लोहे के पुल के नीचे देखा है। लेकिन लाश देखने कौन जाएगा? सुधामय जानते हैं कोई नहीं जाएगा। क्योंकि सभी विश्वास करना चाहते हैं, कि माया एक दिन

जरूर वापस आएगी। यदि पुल के नीचे पड़ी लाश माया की ही होगी तो हमेशा के लिए माया के लौटने की उम्मीद अपने सीने से लगाये वे जिन्दा नहीं रह पाएँगे। आज हो, कल या परसों हो, या फिर एक वर्ष, दो वर्ष या पाँच वर्ष बाद, माया वापस आएगी जरूर, इस उम्मीद को जीवित रखना होगा। कुछ उम्मीदें ऐसी होती हैं जो मनुष्य को बचाती हैं। इस संसार में जिन्दा रहने के आधार इतने कम हैं कि कम-से-कम थोड़ी बहुत उम्मीदें ही बची रहें। बहुत दिनों के बाद उन्होंने सुरंजन को अपने पास बुलाया। करीब बैठने को कहा। टूटे हुए स्वर में बोले, 'दरवाजा खिड़की बन्द करके रहने में बड़ी लज्जा होती है।'

'आपको लज्जा आती है, मुझे तो गुस्सा आता है।'

'तुम्हारे लिए बहुत चिन्ता होती है।' सुधामय अपना बायाँ हाथ बेटे की पीठ पर रखना चाहते हैं।

'क्यों?'

'देर रात लौटते हो। कल हरिपद आये थे, सुना है, भोला की हालत बहुत नाजुक है। हजारों लोग खुले आकाश के नीचे बैठे हैं। घर द्वार कुछ नहीं बचा है। लड़कियों को 'रेप' किया गया।'

'क्या यह सब कोई नयी बात है?'

'नयी ही तो है। क्या ऐसी घटनाएँ पहले कभी हुई हैं? इसीलिए तो तुम्हारे लिए डरता हूँ।'

'मेरे लिए डर? क्यों आपके लिए डर नहीं है। आप लोग हिन्दू नहीं हैं?'

'हमें और क्या करेंगे?'

'आपका सिर बूढ़ी गंगा में बहा देंगे। अभी तक इस देश के आदमियों को नहीं पहचान पाये, हिन्दुओं को पाते ही 'नाश्ता' करेंगे, बूढ़ा है या जवान यह नहीं सोचेंगे।'

सुधामय के माथे पर विरक्ति की रेखाएँ उभरती हैं। वे कहते हैं, 'इस देश के आदमी क्या तुम नहीं हो?'

'नहीं, अब मैं अपने को इस देश का आदमी नहीं मान पाता। बहुत चाहता हूँ मानना, लेकिन सम्भव नहीं हो पाता। पहले काजल दा वगैरह विषमता की बातें करते थे तो मैं उन पर नाराज होता था। कहता था, फालतू बातें छोड़िये तो, देश में करने को बड़े-बड़े काम हैं, कहाँ हिन्दुओं का क्या हो रहा है, कितने मर रहे हैं, इन बातों पर समय बर्बाद करने का कोई मतलब है? अब धीरे-धीरे देख रहा हूँ वे लोग गलत नहीं कहते हैं और मैं भी अजीब सा होता जा रहा हूँ। ऐसा होने का तो नहीं सोचा था, पिता जी।' सुरंजन का स्वर बुझने लगता है।

सुधामय बेटे की पीठ पर हाथ रखते हैं। बोले, 'लोग सड़क पर तो उतरे हैं, विरोध हो रहा है। अखबारों में खूब लिखा जा रहा है। बुद्धिजीवी लोग रोज लिख रहे हैं।'

'यह सब करके खाक होगा।' सुरंजन की आवाज में गुस्सा है। 'कटार-कुल्हाड़ी लेकर एक दल सड़क पर उतरा है, उसके विरोध में हाथ उठाकर, गला फाड़ने से कोई फायदा नहीं होगा। कुल्हाड़ी का विरोध कुल्हाड़ी से करना पड़ता है। अस्त्र के सामने निहत्थी लड़ाई लड़ना बेवकूफी है।'

'तो क्या हम लोग अपने आदर्शों को तिलांजलि दे देंगे?'

'अब कैसा आदर्श? बकवास है, सब।'

इतने ही दिनों में सुधामय के बालों में और भी सफेदी आ गयी है। स्वर टूट गया है। सेहत आधी हो गयी है। फिर भी उनका मन नहीं टूटा। कहते हैं, 'अब भी तो लोग अन्याय अत्याचार के विरुद्ध आवाज उठाते हैं। इतनी भी शक्ति क्या सभी देशों में है, विरोध करने का अधिकार?'

सुरंजन चुप रहता है। वह सोचता है, 'पीपुल्स रिपब्लिक ऑफ बांग्लादेश' नाम बहुत जल्द 'इस्लामिक रिपब्लिक ऑफ बांग्लादेश' में तब्दील हो जाएगा। देश में शासन करेगा शरीयत कानून। औरतें बुर्का पहन कर सड़क पर निकलेंगी। देश में टोपी, दाढ़ी और कुर्ते वाले लोग बढ़ जाएँगे। धीरे-धीरे स्कूल-कॉलेज के बदले में बढ़ेंगे मस्जिद-मदरसे। हिन्दुओं को चुपचाप खत्म कर देंगे। सोच कर वह सिहर उठता है। उसे कुएँ के मेढक की तरह घर में बैठे रहना पड़ता है। बाहर आन्दोलन देखने पर विरोध-प्रतिरोध का शब्द सुनने पर उसमें शामिल होने के बजाय दरवाजे में कुंडी लगाये बैठे रहना पड़ता है। क्योंकि उनके लिए 'रिस्क' ज्यादा है। मुसलमान बेझिझक अपनी माँग के लिए नारे लगा सकते हैं, हिन्दू तो नहीं लगा सकते। हिन्दुओं के साथ अन्याय हो रहा है, इस बात को एक मुसलमान जितनी ऊँची आवाज में कह सकता है, उतनी ऊँची आवाज में हिन्दू नहीं कह सकता है, क्योंकि बोलते हुए उसका गला अटक जाता है, कब कौन रात के अँधेरे में उसकी ऊँची आवाज के लिए गला काट जाए, कहा नहीं जा सकता। अहमद शरीफ को 'मुरताद' (धर्मद्रोही) घोषित करके भी उन लोगों ने जिन्दा रखा, लेकिन सुधामय को उल्टा-सीधा कहते ही खामोशी से कत्ल कर दिया जाएगा। हिन्दू के मुँहतोड़ होने पर मौलवी की तो कौन कहे, कोई प्रगतिवादी मुसलमान भी बर्दाश्त नहीं करेगा। सुरंजन को सोचकर हँसी आती है कि प्रगतिवादी लोग भी 'हिन्दू' और 'मुसलमान' नाम धारण करते हैं। सुरंजन खुद को एक आधुनिक मनुष्य मानता था लेकिन अब उसे अपने को 'हिन्दू-हिन्दू' लगता है। क्या वह बर्बाद हो रहा है? शायद वह बर्बाद होता जा रहा है। सुधामय, सुरंजन को और करीब आने को कहते हैं। टूटी हुई आवाज में पूछते हैं, 'क्या माया को कहीं भी खोज कर नहीं पाया जा सकता?'

'पता नहीं।'

'किरणमयी तो उस दिन से एक रात भी नहीं सोयी। तुम्हारे बारे में भी सोचती रहती है। अब अगर तुम्हें कुछ हो गया...'

'मरना होगा तो मर जाएँगे, कितने ही लोग तो मर रहे हैं।'

'अब थोड़ा बैठ सकता हूँ, किरणमयी सहारा देकर बाथरूम ले जाती है। पूरी तरह स्वस्थ न होने पर तो रोगी देखना भी सम्भव नहीं होगा। दो महीने का किराया बाकी हो गया है। तुम एक नौकरी-चाकरी...'

'दूसरों की गुलामी मैं नहीं करूँगा।'

'परिवार दरअसल...हमारी वह जमींदारी भी तो नहीं रही, गोला भर धान, तालाब भर मछली, गोहाल भर गायों का सुख हमने पाया है। तुमने अपने समय में क्या पाया। गाँव की जमीन जायदाद बेच दी, उसके रहने से आखिरी उम्र में गाँव में जाकर एक झोंपड़ी बनाकर दिन काट सकता था।'

सुरंजन ने डपटा, 'बेवकूफ की तरह बातें क्यों कर रहे हैं? गाँव में जाकर आप बच जाते क्या? मुखिया के लठैत सिर पर लाठी मार कर सब छीन नहीं लेते।'

'सब पर इतना अविश्वास क्यों करते हो? क्या देश में एक दो अच्छे आदमी भी नहीं हैं?'

'नहीं, नहीं हैं।'

'तुम यों ही हताशा के शिकार हो रहे हो।'

'यों ही नहीं।'

'तुम्हारे यार-दोस्त? इतने दिनों तक तुमने जो कम्युनिज्म पढ़ा, आन्दोलन किया, जिनके साथ उठे-बैठे, उनमें कोई अच्छा आदमी नहीं है?'

'नहीं, कोई नहीं है। सभी कम्युनल हैं।'

'मुझे लगता है तुम्हीं कम्युनल हो रहे हो?'

'हाँ, हो रहा हूँ। इस देश ने मुझे कम्युनल बनाया है। मेरा कोई दोष नहीं है।'

'इस देश ने तुम्हें कम्युनल बनाया है?' सुधामय के स्वर में अविश्वास भरा है।

'हाँ, देश ने ही बनाया है।'

सुरंजन 'देश' शब्द पर जोर देता है। सुधामय चुप हो जाते हैं। सुरंजन कमरे की टूटी-फूटी चीजों को देखता है। काँच के टुकड़े जमीन पर अब तक बिखरे पड़े हैं। पैर में नहीं चुभता यह सब? पैर में न चुभने पर भी मन में चुभता है!

सुरंजन दिनभर कमरे में ही लेटा रहा है। उसकी कहीं जाने की इच्छा नहीं होती है। किसी के साथ गपशप में भी वक्त गुजारने की इच्छा नहीं होती। क्या एक बार लोहे के पुल की तरफ जाएगा? एक बार नीचे की तरफ ताकेगा माया का सड़ा-गला शरीर देखने के लिए? नहीं, आज वह कहीं नहीं जाएगा।

दोपहर बाद सुरंजन मकान के पक्के आँगन में टहलता है, अकेला, उदास। एक बार कमरे में घुस कर सारी किताबों को आँगन में फेंकता है। कमरे में बैठी

किरणमयी सोचती है, शायद उसने किताबों को खाने के लिए धूप में रखा है, कीड़े लगे होंगे। दास कैपिटल, लेनिन रचनावली, एन्जेल्स-मार्क्स की रचना, मार्गेन, गोर्की, दोस्तोएवस्की, टाल्स्टाय, ज्याँ पॉल सार्त्र, पावलोव, रवींद्रनाथ, मानिक वंद्योपाध्याय, नेहरू, आजाद... समाज तत्व, अर्थनीति, राजनीति, इतिहास की ईंट की तरह मोटी-मोटी किताबों के पन्ने फाड़-फाड़कर आँगन में बिखेरता है, उन्हें इकट्ठा करके माचिस की तीली उनमें फेंक देता है। हिन्दू को पाकर उग्र, कट्टरवादी मुसलमान जैसे जल उठता है, वैसे ही कागज को पाकर आग धधक उठती है। काले धुएँ से आँगन भर जाता है। जली हुई गंध पाकर किरणमयी दौड़कर आती है। सुरंजन हँसकर कहता है, 'आग तापोगी, आओ।'

किरणमयी अस्फुट स्वर में कहती है, 'क्या तुम पागल हो गये हो?'

'हाँ माँ। बहुत दिनों तक भलामानुस था। अब पागल हो गया हूँ। पागल न होने से मन को शांति न मिलती।'

किरणमयी दरवाजे पर खड़ी होकर सुरंजन का यज्ञ-धूम देखती है। वह नल से पानी लाकर आग बुझाये, उसका यह बोध भी लुप्त हो जाता है। काले धुएँ से सुरंजन का शरीर ढँक जाता है। किरणमयी को लगता है, सुरंजन किताबों को नहीं अपने आप को जला रहा है।

सुधामय सोचते हैं, प्रखर, मेधावी, जीवन्त लड़का जो खुद ही विषहरा मंत्र का काम करता था, अब खुद ही विषपान कर रहा है। विषपान करते-करते वह नीला पड़ता जा रहा है। उसका निःशब्द लेटे रहना, दोस्तों से चीखकर बातें करना, रात को लड़कियों को घर लाना, मुसलमानों को गाली देना, किताबें जलाना...सुधामय समझते हैं। दरअसल, सुरंजन को गहरी ठेस लगी है। परिवार, समाज, राष्ट्र सबके प्रति आहत क्रोध से वह अपने आप को हीनता बोध की अन्धी आग में जला रहा है।

सुरंजन को आग देखते हुए बहुत खुशी होती है। पूरे देश के हिन्दुओं का घर इसी तरह आग में जला है, इसी तरह की लपटों में। क्या सिर्फ घर-द्वार और मंदिर ही जले हैं, मनुष्य का मन नहीं जला? अब सुरंजन सुधामय के आदर्श से धुला पानी और नहीं पियेगा। सुधामय वामपंथ में विश्वास करने वाले व्यक्ति हैं, सुरंजन ने भी उसी एक विश्वास पर अपने आपको गढ़ा था। अब वह इस पर विश्वास नहीं करता। उसने अनेक वामपंथियों को 'साला, मालाउन का बच्चा' कहकर गाली देते हुए पाया है। 'मालाउन' का शब्द वह स्कूल से ही सुनता आ रहा है। कक्षा के दोस्तों के साथ बहस होते ही एक-दो शब्द के बाद ही वे कहते, 'मालाउन का बच्चा।' सुरंजन की आँखें जलने लगती हैं, पानी भर आता है। वह समझ नहीं पाता है कि यह पानी किसी कष्ट के कारण आया है या आदर्श के जले धुएँ से। जलना खत्म होने पर सुरंजन निश्चिन्तता की साँस छोड़ता है। लेटे हुए जब भी

उसकी नजर उन किताबों पर पड़ी है, उनमें से नाना किस्म के नीति कथा के कीड़ों ने उसे कुरेद-कुरेद कर खाया है। वह और नीति-वीति नहीं मानता। काश! वह इतने दिनों के विश्वास पर कसकर एक लात मार पाता! क्यों वह यह सब धारण करेगा, ज्ञान का प्याला मनुष्य होठों से छुआता है, गले से नीचे नहीं उतारता। वही क्यों अकेला गले से उतारेगा?

यज्ञ के अन्त में वह एक लम्बी नींद लेना चाहता है। लेकिन नींद नहीं आती। रत्ना की याद आती है। बहुत दिनों से नहीं मिला है। कैसी है वह लड़की। रत्ना की गहरी, काली आँखें पढ़ी जा सकती हैं। उसे और बात करने की जरूरत नहीं होती है। शायद वह सोच रही होगी, एक दिन सुरंजन आकर उसका दरवाजा खटखटायेगा। चाय के साथ जीवन की कथाएँ छेड़ने पर रात बीत जाएगी। सुरंजन सोचता है आज रात को वह रत्ना के घर जाएगा। कहेगा, क्या सिर्फ मैं ही मिलने आऊँगा? और क्या किसी की इच्छा नहीं होती है किसी को देखने की?

सुरंजन को विश्वास है अचानक एक उदास शाम को रत्ना सुरंजन के घर आएगी। कहेगी, 'अजीब खाली-खाली-सा लगता है, सुरंजन।' कितने दिनों से उसे किसी ने चुम्बन नहीं लिया। परवीन चूमती थी। परवीन उससे लिपटकर कहती थी, 'तुम मेरे हो, मेरे। मेरे सिवा और किसी के नहीं, तुम्हें आज सौ बार चूमूँगी।' कमरे में अचानक किरणमयी के आ जाने से वे अलग हो जाते थे। मुसलमान के साथ शादी होने से कोई झमेला नहीं, वैसा ही जीवन उसने चुन लिया। रत्ना के मामले में तो 'जाति' का प्राब्लम नहीं। वह उसी को समर्पित करेगा अपना ठुकराया जीवन। सुरंजन जब ऐसा सोच रहा था कि आज रात को जाएगा। शरीर में जमी धूल-कालिख को धोकर धुला हुआ एक शर्ट पहनकर रत्ना के घर जाएगा। उसी समय दरवाजे पर दस्तक होती है। दरवाजा खोलकर वह देखता है, रत्ना खड़ी है। बहुत सजी-धजी है। चमकती हुई साड़ी, हाथों में ढेर सारी चूड़ियाँ, शायद झनझनाकर बज भी उठीं। रत्ना एक मीठी हँसी हँसती है। उसकी हँसी सुरंजन को विस्मित और अभिभूत करती है। 'आइए, भीतर आइए' कहते-कहते वह ध्यान देता है, एक सुदर्शन पुरुष रत्ना के पीछे खड़ा है।

रत्ना को वह कहाँ बैठायेगा। घर की जो बुरी हालत है। फिर भी 'बैठिये-बैठिये' कहते हुए टूटी हुई कुर्सी को आगे बढ़ा देता है। रत्ना हँसकर कहती है, 'बोलिए तो किसे लायी हूँ?'

रत्ना के भाई को सुरंजन ने कभी देखा नहीं है। सोचता है, कहीं वहीं तो नहीं है। सुरंजन को रत्ना ज्यादा देर सोचने नहीं देती है। हाथ की चूड़ियों की तरह झनझन कर हँसते हुए बताती है, 'ये हुमायूँ हैं, मेरे पति।'

क्षणभर में उसकी छाती में एक तूफान शुरू हो गया। तूफान में उसका अन्तिम सहारा रूपी वृक्ष भी जड़ से उखड़ गया। जीवन का काफी समय यूँ ही

बिताने के बाद बहुत इच्छा थी कि बाकी जीवन रत्ना के साथ छोटा-सा परिवार बसाकर बिताएगा। और रत्ना ने इस आतंक के देश में जिन्दा रहने के लिए विकल्प के रूप में मुसलमान पति को चुन लिया! सुरंजन अपमान और क्रोध से नीला पड़ गया। वह अपने अस्त-व्यस्त दरिद्र कमरे में रत्ना और उसके सुदर्शन, सम्भवतः सम्पन्न भी, पति को बैठाकर भलेमानुस की तरह अच्छी-अच्छी बातें करेगा। हुमायूँ के साथ हाथ बढ़ाकर 'हैंड शेक' करेगा, चाय पिलाएगा, जाते समय हँसकर कहेगा 'फिर आइएगा।' नहीं, सुरंजन ऐसा कुछ नहीं करेगा। ऐसी सौजन्यता दिखाने का उसका मन नहीं होता है। वह अचानक घर के दोनों अतिथियों को अवाक् करते हुए कहता है, 'मुझे बहुत जरूरी काम से बाहर निकलना पड़ रहा है, आपके साथ बैठने के लिए मेरे पास समय नहीं है।' वे दोनों इतने अपमानित होते हैं कि 'सॉरी' कहकर तेजी से बाहर निकल जाते हैं। सुरंजन दरवाजे के दोनों पल्लों को जोर से बन्द करता है, दरवाजे से पीठ लगा कर खड़ा रहता है। काफी देर तक खड़ा रहने के बाद किरणमयी जब अन्दर आकर कहती है 'जो रुपये उधार लाये थे, उसे वापस कर दिये हो तो?' अब उसकी चेतना वापस आती है। 'उधार' शब्द विष बुझे तीर की तरह सुरंजन की छाती में चुभता है। वह किरणमयी के उद्विग्न चेहरे की तरफ सिर्फ देखता है, कहता कुछ नहीं।

सुरंजन को लगता है, साँस रुक गयी है। मानो यह कमरा लोहे का एक बक्सा है जिसे खोलकर वह बाहर नहीं निकल पा रहा है। कुछ देर तक बरामदे में टहलता रहा, फिर भी उस पर सावन की बारिश की तरह आकाश से दुख झरने लगा। किरणमयी चुपचाप एक कप टेबुल पर रख जाती है। सुरंजन ने देखा, लेकिन चाय की तरफ हाथ नहीं बढ़ाया। थोड़ी देर तक लेटता है, फिर उठकर खड़ा हो जाता है। क्या वह एक बार लोहे के पुल की तरफ जाएगा? लोहे के पुल की बात सोचते ही उसकी छाती काँप उठती है। उसे लगता है, उसकी भी लाश सड़-गल कर नाली में पड़ी रहेगी। यह घर एक स्थिर पोखर की तरह निस्तब्ध है। जिस तरह जल के कीड़े जल पर निःशब्द चलते रहते हैं, उसी प्रकार घर के तीनों प्राणी जलकीड़े की तरह चलते हैं। किसी को किसी के पैर की आहट सुनाई नहीं देती।

अचानक किरणमयी पूरी भुतही निस्तब्धता तोड़ देती है। कोई कारण नहीं, कुछ नहीं, थोड़ी देर पहले सुरंजन को एक कप चाय दे जाती है, वह रो पड़ती है। उसके बिलखकर रोने की आवाज से सुधामय चकित होकर उठ कर बैठ जाते हैं, सुरंजन भी दौड़कर आता है। देखता है, किरणमयी कमरे की दीवार से माथा टेककर रो रही है। उसे किरणमयी को चुप कराने का साहस नहीं होता है। यह रोना रुकने के लिए नहीं है, यह रोते जाने का है। दीर्घ दिवस, दीर्घ रजनी का जल जमते-जमते हृदय की नदी जब उमड़ पड़ना चाहती है, तब कोई बाँध नहीं होता

उसे रोके रख पाने के लिए। सुधामय भी सिर झुकाये स्थिर, रोने से उभर आया तीव्र हाहाकार उनके भी सीने में जाकर चुभता है। रोना थमता नहीं। क्यों रो रही है किरणमयी, कोई नहीं पूछता, क्यों उनका यह हृदय विदारक आर्तनाद, मानो यह सुधामय और सुरंजन दोनों जानते हैं, उनको पूछने की जरूरत नहीं है।

सुरंजन दरवाजे पर खड़ा था, चुपचाप कमरे में घुसता है, ताकि किरणमयी उसके पैरों की आहट सुन कर रुक न जाए। उसके अन्दर का घर-द्वार टूटकर गिर जाता है, चूर-चूर हो जाता है, जल जाता है, राख हो जाता है उसका सजाया हुआ स्वप्न। जिस तरह से किरणमयी घर की निस्तब्धता को तोड़कर रो पड़ी थी, उसी तरह सुरंजन भी अचानक चीख उठा—'पिताजी!'

सुधामय चौंक उठे। सुरंजन ने उनके दोनों हाथों को जोर से पकड़कर कहा, 'पिताजी, मैं कल सारी रात एक ही बात सोचता रहा। आप मेरी बात नहीं मानेंगे, मैं जानता हूँ। फिर भी कह रहा हूँ, आप मेरी बात मान जाइये। मान जाइये पिताजी। चलिए, हमलोग कहीं चले जाते हैं।'

सुधामय ने पूछा, 'कहाँ?'

'इंडिया।'

'इंडिया?' सुधामय इस तरह चौंक पड़े मानो एक विचित्र शब्द सुना हो, मानो 'इंडिया' एक अश्लील शब्द है, एक निषिद्ध शब्द, उसे उच्चारित करना अपराध है।

किरणमयी का रोना धीरे-धीरे थम जाता है। वह सुबकती रहती है, सुबकते-सुबकते जमीन पर उकड़ूँ होकर पड़ी रहतीहै। सुधामय के माथे पर भीषण विरक्ति की रेखाएँ उभरती हैं। कहते हैं, 'इण्डिया तुम्हारे बाप का घर है, या दादा का? तुम्हारी चौदह पीढ़ी में किसका घर है इण्डिया में, जो इण्डिया जाओगे? अपना देश छोड़कर भागने में लज्जा नहीं आती?'

'देश को धोकर पिएगे पिताजी? देश ने आपको क्या दिया है? क्या दे रहा है मुझे? माया को क्या दिया है आपके देश ने? माँ को क्यों रोना पड़ता है। आपको क्यों रात-रात भर कराहना पड़ता है? मुझे क्यों नींद नहीं आती है?'

'दंगे तो सभी जगह होते हैं। इण्डिया में नहीं हो रहे हैं? वहाँ लोग नहीं मर रहे हैं? कितने लोग मर रहे हैं? खबर है?'

'दंगा तो अच्छी चीज है पिताजी, यहाँ तो दंगा नहीं हो रहा है। मुसलमान हिन्दुओं को मार रहे हैं।'

'खुद को हिन्दू समझते हो तुम?' सुधामय उत्तेजना में बिस्तर से उठना चाहते हैं। उन्हें दोनों हाथों से रोकते हुए सुरंजन कहता है, 'चाहे हम कितना ही नास्तिक क्यों न हों, कितना ही मानवतावादी हों, लोग हमें 'हिन्दू' ही कहेंगे, 'मालाउन' ही कहेंगे। इस देश को जितना प्यार करूँगा, जितना अपना सोचूँगा, यह देश हमें उतना ही दूर धकेलेगा। मनुष्य को जितना प्यार करूँगा, उतना ही दरकिनार कर

दिया जाऊँगा। इनका कोई भरोसा नहीं है पिताजी। आप तो कितने ही मुसलमान परिवारों का मुफ्त में इलाज करते हैं, इस दुर्दिन में उनमें से कितने आकर आपके बगल में खड़े हुए? हम सब को भी माया की तरह लोहे के पुल के नीचे मर कर पड़ा रहना होगा। पिताजी चलिए चले चलते हैं।' सुरंजन सुधामय के ऊपर झुक जाता है।

'माया लौट आएगी।'

'माया नहीं लौट आएगी पिताजी। माया नहीं लौटेगी।' सुरंजन के गले से जमे हुए दुःख का एक टुकड़ा बाहर निकलता है।

सुधामय लेट जाते हैं। उनका शरीर ढीला पड़ जाता है। बड़बड़ाते हुए कहते हैं, 'माया को ही जब नहीं बचाया जा सका, तो और किसे बचाने जाऊँगा।'

'खुद को। जितना कुछ खो चुका हूँ, उसके लिए शोक मनाने को यहाँ बैठा रहूँगा? इस भयानक असुरक्षा के बीच? उससे अच्छा है, चलिए चले चलें।'

'वहाँ क्या करेंगे?'

'वहाँ जो भी होगा कुछ करेंगे। यहाँ पर भी क्या कर रहे हैं? क्या हमलोग बहुत अच्छे हैं? बहुत सुख में?'

'जड़हीन जीवन...'

'जड़ लेकर क्या करेंगे पिताजी? यदि जड़ से ही कुछ हो सकता, तो इस तरह दरवाजा, खिड़की बन्द करके क्यों पड़े रहना होता? सारी उम्र क्या इस तरह कुएँ के मेढक की तरह जीवन बिताना होगा। ये लोग बात-बात में हमारे घरों पर हमला करेंगे, ये लोग हमें मारने के आदी हो चुके हैं। इस तरह चूहे जैसा जीवन बिताने में हमें लज्जा आती है पिताजी। गुस्सा भी आता है। मैं कुछ कर नहीं कर सकता। मुझे गुस्सा आने पर क्या मैं उनके दो घर भी जला सकूँगा? क्या हमलोग मूर्खों की तरह ताकते हुए अपना सर्वनाश देखेंगे? कुछ कहने का, कोई मुसलमान मुझे एक थप्पड़ मारे तो क्या उसे जवाबी थप्पड़ मारने का मुझे अधिकार है क्या? चलिए, चले जाते हैं।'

'अब तो परिस्थिति शान्त होती जा ही है। इतना क्यों सोच रहे हो? आवेग के सहारे जिन्दगी नहीं चलती।'

'शान्त होता जा रहा है? सब ऊपर-ऊपर से। भीतर क्रूरता ही रह गयी है। भीतर भयंकर दाँत, नाखून निकाले हुए जाल बिछाये बैठे हैं वे। आप धोती उतार कर आज पाजामा क्यों पहनते हैं? क्यों आपको धोती पहनने की स्वतंत्रता नहीं है? चलिए चले चलते हैं।'

सुधामय गुस्से में दाँत पीसते हैं, कहते हैं, 'नहीं। मैं नहीं जाऊँगा। तुम्हारी इच्छा हो तो तुम चले जाओ।'

'आप नहीं चलेंगे?'

'नहीं', घृणा और वितृष्णा से सुधामय मुँह फेर लेते हैं।

'फिर कहता हूँ पिताजी, चलिए चले चलते हैं।' सुरंजन ने पिता के कन्धे पर हाथ रखकर मुलायम स्वर में कहा। उसकी आवाज में कष्ट था, आँसू थे।

सुधामय ने पहले की ही तरह दृढ़ स्वर में कहा, 'ना'। यह 'ना' सुरंजन की पीठ पर चाबुक की तरह पड़ा।

सुरंजन असफल हुआ। वह जानता था वह सफल नहीं होगा। सुधामय जैसे कठोर व्यक्ति लात-जूता खाकर भी धरती पकड़कर पड़े रहेंगे। ज़मीन के साँप, बिच्छू उन्हें काटेंगे, फिर भी वह ज़मीन में ही घुसे रहेंगे।

किरणमयी की रुलाई रुक गयी थी। वह एक राधाकृष्ण की तस्वीर के सामने झुकी हुई थी, इससे पहले सुरंजन ने घर में गणेश की एक मूर्ति देखी थी, शायद मुसलमानों ने उसे तोड़ दिया है। किरणमयी ने शायद राधाकृष्ण की इस तस्वीर को कहीं छिपा कर रखा था। भगवान कृष्ण से वह सुरक्षा, निश्चिन्तता, निश्चयता, शान्तिपूर्ण जीवन के लिए प्रार्थना कर रही है।

निराशा के अथाह जल में सुरंजन अकेला तैरता रहता है। रात हो जाती है। रात गहराती है। वह बड़ा अकेला महसूस करता है। कोई नहीं है, कोई मददगार नहीं है उसका। अपना ही देश विदेश लगता है। वह अनेक तर्क, बुद्धि, विवेक सहित अपने में सिमटता जाता है। उसका उदार, सहिष्णु, तर्कवादी मन, हड़ताल, कर्फ्यू और आतंक के देश में क्रमशः संकुचित होता जाता है। वह रिक्त होता जाता है। अपने बन्द दरवाजा-खिड़की वाले कमरे में उसे साँस लेने के लिए शुद्ध हवा नहीं मिल पाती। मानो वे सभी एक भयावह मृत्यु की प्रतीक्षा कर रहे हैं। अब और माया के लिए नहीं, अपने भविष्य की आशंका से सबका हृदय काँप उठता है। वे अकेले पड़ते जा रहे है। जान-पहचान के लोग, मुसलमान दोस्त और पड़ोसी देखने आ रहे है। लेकिन कोई कह नहीं पा रहा है, हमारे जीवन की जैसे एक निश्चयता है, वैसी ही आपकी भी है। आप लोग कुंठित मत होइए। सिकुड़े-सिमटे मत रहिए। आप लोग निर्भय होकर चलिए, निर्विघ्न अपना काम कीजिए, दिल खोल कर हँसिए, निश्चिन्त होकर सोइए।

रात भर एक भयंकर अस्थिरता सुरंजन को नोच खाती है।

रात के आखिरी पहर में सुरंजन को नींद आती है। नींद में वह एक अद्‌भुत स्वप्न देखता है। अकेला एक नदी के तट से होकर वह चला जा रहा है। चलते-चलते वह देखता है, नदी की एक उन्मत्त लहर उसे खींचकर गहराई में ले जाती है, वह भँवर में फँस गया है, भीतर धँसता जा रहा है। वह बचना चाहता है लेकिन कोई नहीं है जो उसके असहाय हाथ को पकड़कर उसे तट की ओर खींच ले। वह

पसीना-पसीना हो जाता है। वह फुँफकारते हुए अनजाने पानी में धँसता चला जाता है। ऐसे समय में एक शान्त, स्निग्ध हाथ उसे स्पर्श करते हुए जगाता है! सुरंजन चौंक उठता है। डर से उसका चेहरा विवर्ण हो जाता है। भँवर का पानी उसे डुबाये जा रहा था, वह जी-जान से चिल्ला रहा था, एक तिनके के सहारे के लिए हाथ बढ़ा रहा था। स्वप्न में मानो उसे बचाने के लिए एक हाथ आगे आया। सुरंजन तुरन्त सुधामय के मजबूत हाथ को जकड़ लेता है।

किरणमयी के कन्धे का सहारा लिए हुए वे चलकर आये हैं। उनके शरीर में थोड़ी-थोड़ी ताकत आ रही है। वे सुरंजन के सिरहाने बैठते हैं। उनकी आँखों में दूर नक्षत्र की ज्योति है।

'पिता जी?'

एक गूँगी जिज्ञासा सुरंजन के भीतर धक्-धक् करती है। तब सुबह हो रही थी। खिड़की की दरार से एक टुकड़ा रोशनी अन्दर आ रही है। सुधामय ने कहा, 'चलो, हमलोग चलते हैं।'

सुरंजन विस्मित होता है। पूछता है, 'कहाँ पिताजी?'

सुधामय ने कहा, 'इण्डिया!'

सुधामय को कहने में लज्जा होती है, उनका स्वर काँपता है, फिर भी वे चले जाने की बात कहते हैं; क्योंकि उनके भीतर का स्वयं निर्मित किया हुआ वह सख्त पहाड़ भी इतने दिनों में ढह गया है।

❑❑❑